KB252603

조성기

# 통도사 가는 길

Published by MINUMSA



For information address Minumsa Publishing Co.
506 Shinsa-dong, Gangnam-gu, 135-887.
www.minumsa.com

Second Edition, 2005

ISBN 89-374-2013-9(04810)

오늘의 작가 총서 13

조성기

# 통도사 가는 길

민음사

# 차례

# 통도사 가는 길

나는 왜 통도를 '通道'로 알았을까.


배낭 하나를 어깨에 메고 훌쩍 여행길에 올랐습니다. 실직자도 아니면서 언제나 마음만 먹으면 여행을 할 수 있다는 것도 여간 큰 특권이 아닙니다. 내 친구 변호사는 자기도 자유직이라면서, 하루 동안 임의로 사무실에 나가지 않고 「우리는 제네바로 간다」식으로 술집 아가씨를 고향으로 데려다주고 온 이야기를 진지하게 한 적이 있었는데, 그 친구도 하루 이상은 그런 시간을 내기가 어려울 것입니다.

사실, 내가 판사나 변호사가 되지 않고 목사가 되지 않고 작가가 된 것은, 이 여행의 자유를 위함이라 하여도 과언이 아닙니다. 어디 여행의 자유뿐이겠습니까.

나는 배낭 속에 세면도구들과 함께 굴원(屈原)의 시집이라 할 수 있는 『초사(楚辭)』제1권과 제2권을 넣고 떠났습니다. 명지대학교 출판부에서 나온 책으로, 송정희 교수가 번역을 하였더군요. 일전에 태종출판사에서 하정옥 교수 번역으로 내놓은 굴원 시집은 이미 다 읽었는데, 이번에 또 『초사(楚辭)』를 가지고 간 것은 번역의 차이로 인한 묘미를 느껴보려 한 것이지요. 그리고 이번 시집이 더 많은 분량의 시를 담고 있는 것으로, 아마 굴원이 지었다고 하는 시는 다 실은 모양입니다.

왜 하필 굴원의 시집을 들고 갔느냐구요. 요즈음 내가 굴원의 생애를 소설화하는 작업을 하고 있기 때문이기도 하지만, 무엇보다 내 마음의 상태 때문이라고 해야 되겠지요.

나는 오후에 강남 고속버스 터미널 매표소로 가서 사천육백 원에 대구행 승차권을 한 장 끊었습니다. 고속버스를 혼자 탈 때마다 경험하는 일이지만 나의 옆자리에 누가 앉을 것인가, 적잖이 신경이 쓰이게 됩니다.

언젠가 한번 내가 아는 청년이 이발용 면도칼로 할복자살을 기도했다는 소식을 듣고 그 청년의 누나와 함께 고속버스를 타고 급히 청주로 내려간 적이 있었습니다. 병원 병실에서, 다행히 목숨을 건진 그 청년을 만나 몇 마디 위로의 말을 건네고 나는 혼자 다시 고속버스를 타고 서울로 올라왔습니다.

차창 너머로는 저녁놀이 갖가지 색깔로 변모해 가며 먹빛으로 잦아들고 있었습니다. 나는 그 청년이 자살을 기도한 이유에 대해 내 나름대로 추리를 해보면서 인생과 죽음의 의미들을 되씹어 보곤 하였습니다. 나의 평범한 일상에 자살기도라는 사건을 안고 뛰어들어 내 마음을 무겁게 만든 그 청년이 얄미워지기도 하였습니다. 얄미운 감정이 생긴 것은 그가 죽지 않고 살아났기 때문일 것입니다. 실패한 자살기도는 종종 주위 사람으로 하여금 우롱당한 기분을 느끼게 하기도 하니까요.

이런저런 생각들로 나는 내 옆좌석에 앉은 사람에 대하여 신경을 쓸 겨를이 없었습니다. 그 사람은 서른쯤 되어 보이는 여자였습니다. 그 여자도 나에게 말을 걸지 않았고 나도 한마디 건네지 않았습니다. 차체의 진동으로 인하여 약간씩이나마 어깨가 서로 닿을 법도 한데, 창가에 앉은 내가 워낙 차창 쪽으로 몸을 틀고 있었기 때문인지 그런 감촉조차 전혀 느끼지 못했습니다. 그 여자와 나는 완전한 타인으로 그렇게 청주에서 서울까지 올라왔습니다.

그런데 강남터미널에 버스가 도착하여 승객들이 막 일어설 무렵이었습니다. 그 여자가 내 쪽으로 고개를 돌리며 처음이자 마지막으로 나에게 말을 하였습니다.

"감사합니다."

그러고는 조용히 일어서서 승강구로 다가가는 승객들 사이에 끼어들었습니다. 나는 잠시 얼떨떨해 있다가 가방을 챙겨들고 몇 사람 건너 그 여자의 뒤편에서 천천히 승강구로 향해 갔습니다. 말총 모양으로 단아하게 묶은 그 여자의 뒷머리채를 훔쳐보면서, 그 여자가 왜 나에게 감사하다고 인사를 했는지 그 이유가 궁금해 견딜 수 없었습니다. 그러나 나는 버스에서 내리는 그 여자를 뒤따라가서 말을 걸거나 하지는 않았습니다.

감사합니다.

그 여자의 처음이자 마지막 말이 그 이후에도 간혹 내 귓가에서 맴돌곤 하였습니다. 도대체 그 여자가 나에게 감사할 이유가 어디에 있단 말인가. 그 이유를 헤아린다는 것은 청년이 자살을 기도한 까닭을 추리해 보는 것보다 더 어려운 듯싶었습니다.

이번에는 내 옆좌석에 아무도 앉지 않았습니다. 평일이라 그런지 좌석들이 제법 많이 비어 있었습니다. 서울에서부터 좌석이 빈다면 대구까지 그대로 비어 있게 된다는 것을 알고 있는 나는, 내 옆자리를 흘끗흘끗 비껴보면서 묘한 감정에 젖어들었습니다. 나는 대구까지 비어 있는 자리와 동행해야 하는 것입니다. 비어 있는 자리.

문득 「반야심경」의 구절들이 하얀 나비떼들처럼 나의 뇌리에서 퍼덕이며 날아올랐습니다. 그 이백육십 자밖에 되지 않는 「반야심경」을 아예 외어버린다고 작정하고 한번 쭉 머릿속에 집어넣은 적이 있는데, 매일 독송을 하지 않으니 자연히 기억이 희미해져 단편적인 문구들만 앞뒤 순서가 뒤바뀐 채 간혹 의식의 표면으로 불현듯 떠올라오곤 하는 것이었습니다. 그러나 맨 앞부분과 맨 뒷부분은 제법 순서대로 외고 있지요.

관자재보살 행심반야바라밀다시 조견오온개공 도일체고액 사리자 색불이공 공불이색…… 아제아제 바라아제 바라승아제 모지사바하. 「반야심경」의 주제는 알다시피 모든 것이 없다는 것 아닙니까. 물질도 없고 감각도 없고 의식도 없고 의지도 없고 지식도 없고, 눈과 귀와 코와 혀도 없고 몸과 마음도 없고, 형태와 소리와 냄새와 맛과 감촉과 법도 없고, 눈으로 보는 영역에서 의식의 영역에 이르기까지 모든 것이 없다는 것이지요. 무명도 없고 늙음과 죽음도 없고 괴로움도 없고, 괴로움을 없애는 길도 없고 지혜도 없고 무언가 얻을 것도 없다 이거지요. 얻을 것이 없으니 마음에 걸림이 없고, 걸림이 없으므로 일체의 두려움이 없어 헛된 망상에서 벗어나 완전한 열반에 이르게 된다는 말이지요.

없을 무 자가 스무 번 이상이나 반복되고 있는 「반야심경」을 매일 마음써서 독송한다면, '있다' 라는 환상에서 깨어나게 되는 날이 오고야 말겠지요. 말하자면 공(空)의 한복판으로 들어가는 것이지요.

어느 날 새벽 세 시경에 일어나 아득한 적막 속에서 「반야심경」을 다시 읽어본 적이 있는데, 그 순간에는 그야말로 한 구절 한 구절이 가슴에 파고들어 침침한 두 눈이 밝아지는 기분이었습니다.

'없다'는 말이 무슨 말인지 이해가 될 것도 같았습니다. 이런 순간이 좀 더 지속된다면 현장법사와 같이 득도의 경지에 이르는 것이 아닌가 여겨지기도 하였습니다. 하지만 「반야심경」은 도가 없으니 득도할 것도 없다고 말하고 있지요.

내 옆에 비어 있는 자리를 보고 그 빈자리와 대구까지 동행해야 한다는 사실을 인식하면서 「반야심경」의 구절들을 떠올린 것은, 그리 부자연스러운 일은 아니었지요. 무엇보다 그 옆자리에 그녀가 없다는 것을 절감하고 있었으니까요. 그리고 내가 여행의 목적지로 삼고 있는 곳으로 인하여 더욱 그런 연상 작용들이 일어났겠지요.

대구로 가는 길에 차창 너머 산야를 바라보니, 벌써 진달래가 피어 있는 산기슭도 눈에 띄었습니다. 고속도로변에 심어놓은 개나리들도 노란색을 뒤집어쓰기 시작하더군요. 연둣빛으로 물이 오르는 나무와 풀들. 온 천지에 거대한 생명의 윤회가 일어나고 있었습니다. 그런데 그녀와 나의 봄은 이토록 허전한 겨울이 되고 말았습니다.

그날 저녁 그녀는 나와 함께 좌석버스를 타고 가면서 봄을 몹시 싫어하는 이유를 말했습니다. 봄이 되면 맨 먼저 학창시절의 최루탄 가스가 생각난다고 하였습니다. 그 부연 연기 속에서 전경들에게 떼밀려 교정 화단의 붉은 철쭉꽃 더미를 끌어안고 쓰러지며 머리가 거꾸로 처박히곤 했다고 하였습니다. 머리가 터져 흐르는 피, 선홍빛 철쭉, 깨어진 이마뼈 대신에 플라스틱 인조뼈를 끼워넣은 학우들.

그리고 그녀는 왜 봄에 역사상 유명한 혁명들이 일어나는지 아느냐고 하면서 봄의 심리학을 펼치기 시작했습니다. 그때 나는 이번 봄에 그녀와 나의 관계에도 혁명이 일어나리라는 것을 예감하며 두려움에 젖었습니다. 그 혁명은 밝은 혁명이 아니라 어두운 혁명일 것이기 때문이었습니다.

예감했던 대로 긴 겨울이 지나자 어두운 혁명은 일어났고, 나는 이렇게 홀로 여행길에 올랐습니다.

대구 터미널에 내리니 벌써 어스름이 길거리에 깔리고 있었습니다. 나는 근처 식당에서 간단히 저녁식사를 한 뒤 빨리 자리를 정해 쉬고 싶은 생각에 적당한 여관을 찾아보았습니다. 거기 터미널 근방에는 여관촌이 형성되어 저마다 무슨 무슨 장 여관이니 모텔이니 하며 네온사인들을 밝히고 있었지만, 소음에 민감한 내가 선뜻 들어갈 만한 여관은 잘 나타나지 않았습니다. 도로변에 위치하지 않고, 안쪽으로 들어와 있어야 하고 스탠드나 가라오케 같은 것이 주위에 없어야 하는 등, 몇 가지 조건들을 구비한 여관을 찾기 위해 나는 여관촌 골목길을 오르락내리락하였습니다. 얼마 후 제법 조용할 것 같은 여관을 발견하고는 그곳 현관으로 들어섰습니다. 지은 지 몇 달도 되지 않은 듯 바닥의 검은 타일이 번들거렸습니다.

"방 있습니까?"

내가 현관 맞은편의 접객실을 향해 인기척을 내자

"네, 이층으로 올라가세요."

아가씨의 목소리가 접객실 창구에서 새어나왔습니다. 그러나 다음 순간,

"아니, 혼자잖아."

두런거리는 소리가 들리더니 어떤 아주머니의 목소리가 튀어나왔습니다.

"혼자 숙박하시게요."

"네."

"방이 없어요."

"방금 방이 있다고 했잖아요?"

내가 의아해하며 어깨에 멘 가방을 추스르자,

"아저씨, 열시 이후에 오세요."

아가씨가 목소리를 낮추어 재빠르게 속삭이다시피 일러주었습니다. 아가씨의 어조로 보아, 지금 방이 있긴 있는데 혼자 온 손님에게는 내어주기가 곤란하다는 투였습니다. 나는 손목시계를 내려다보았습니다. 시곗바늘은 여덟시 십분경을 가리키고 있었습니다. 열시 이후에 그 여관에서 방을 얻기 위해서는 두 시간 정도를 길거리에서 배회하며 보내야만 했습니다. 이 시대는 여관에 혼자 들어가 숙박하는 것이 송구스러운 일이 되고 말았습니다.

나는 몸의 피로를 진하게 느끼고 있었으므로 열시 이후를 기다리고 싶지가 않았습니다. 그래서 여관보다는 장사가 덜 될 것 같은 허름한 여관을 목표로 천천히 다가가 조금 쑥스러워하며 현관으로 들어섰습니다. 과연 그곳은 혼자 오는 손님을 외면하지 않았습니다.

넓은 온돌방에 가방을 내려놓고 세면실에서 몸을 씻은 후 자리에 누우니 참으로 편안해졌습니다. 모든 현실적인 의무에서 떠나, 가정까지도 떠나 이렇게 객지의 조용한 방에 혼자 누워보는 맛이야말로 여행의 진수가 아니고 무엇이겠습니까.

지난번 일본 속의 한국문화 탐방을 위해 일본여행을 하였을 때 마침 나와 한방을 써야 할 짝이 등록까지 해놓고 오지 않는 바람에 주일 내내 객실을 혼자 사용하는 혜택을 누릴 수 있었는데, 그 태평양의 밤바다 물결소리가 들리는 아타미해변 객실에서 혼자 있는 행복에 겨워 나도 모르게 좀 감상적인 눈물을 흘리기도 하였지요. 혼자 있기를 이렇게 좋아하는 사람이 결혼을 하고 아이들까지 낳았으니 알다가도 모를 일입니다. 아내에게는 미안한 말이지만, 나는 집에서도 내 방에서 혼자 잠을 자야만 숙면을 취할 수 있습니다. 내가 어떤 단체에 소속되는 것을 가급적 피하는 이유도 여기에 있겠지요. 내 인생에 몇 가지 가능성들이 있지만 작가로 살기로 고집하는 것도, 혼자 있고 싶은 욕망 때문에 그러할 것입니다. 한동안 단칸 전세방 생활을 하다가 나 혼자 잘 수 있는 내 방을 가지게 되었을 때의 그 행복감이라니. 나는 어떤 때는 내가 죽어 무덤들이 즐비한 공원묘지 같은 데 묻히면 얼마나 불편할까 염려를 하기도 합니다.

그렇게 여관방에서 혼자 누워 있는 즐거움을 만끽하고 있는데 이게 어떻게 된 일입니까.

"아흐 아흐 아아 아악."

윗방에서인지 옆방에서인지 아랫방에서인지 도저히 가늠할 수 없는 방향에서 여자의 신음소리가 계속 들려왔습니다. 그 소리는 무슨 가락처럼 낮게 잦아졌다가 높아지고 높아졌다가 잦아지고 하 다가, 드디어는 째지는 단말마와 같은 부르짖음으로 급상승하였습 니다. 그 여자는 오르가슴에 오르는 행운을 오늘밤 쟁취하였음이 틀림없습니다. 왜 여자들은 오르가슴에 오를 때 소리를 내질러야 하는 걸까요. 「양철북」 영화에 보면 여자가 너무도 세게 소리를 지 르는 바람에 여관방 창문이 박살나는 희한한 장면이 나오지요. 마 땅히 「참을 수 없는 존재의 가벼움」이라고 제목을 붙였어야 할 「프 라하의 봄」 영화에서도 얼마나 여주인공이 세게 소리를 지르는지. 현대에 남아 있는 몇 가지 안 되는 원시의 소리들 중 하나가 바로 저 오르가슴을 선포하는 여자의 소리이지요. 진정 꾸밈없는 싱싱한 생명의 소리. 그리고 죽음의 소리. 나는 극에 달한 여자의 그 교성 속에서 생명과 죽음이 맹렬히 만나는 것을 체험하곤 하지요. 하지 만 일생동안 그런 소리 한 번 힘차게 내지르지 못하고 늙어가는 여 자들도 있긴 있지요.

나는 다른 소음들에는 신경이 날카로운 편이지만 여성의 교성에 는 비교적 너그러운 편이지요. 그런데 하나의 교성이 찾아들고 나 면 다른 방향에서 교성이 일어나고 하여, 이러다가는 오늘밤 잠을 설치고 말겠구나, 걱정이 되기도 했지요.

그러다가 지극히 자연스럽게 그녀의 몸에 대해 생각하기 시작했지요. 그녀를 안을 수 있는 기회를 어렵게 마련하긴 하였지만 그녀는 나를 위해 스웨터 하나 벗어주지 않았지요. 나는 그녀의 윗도리 한 장 벗길 수 없는 나 자신에 대해 깊은 절망감만 느꼈지요. 그녀를 안았지만 그녀를 안았다는 그 사실로 인하여 당황하기만 한 나의 모습을 상상할 수 있겠지요. 그때 나는 우리가 입고 있는 옷이 자존심 그 자체라는 것을 알게 되었지요.

그래서 그녀의 몸을 생각한다지만 자꾸만 그녀가 입었던 옷들이 함께 뒤엉켜들어 머릿속이 어지러워지기만 하였지요. 내가 그녀의 몸을 이런 식으로나마 종종 생각한다는 것을 그녀가 안다면 그녀는 얼마나 나를 경멸할까요. 그러나 내 생각을 내가 제어할 수 없는 것을 어떻게 합니까. 제어하려고 하면 할수록 더 심술을 부리는걸요. 여자의 교성이 여기저기서 계속 건너오는 이런 상황에서는 더욱 그렇지요.

그때 애써 떠올린 「반야심경」의 구절은 이러했지요. 무색성향미촉법(無色聲香味觸法). 특히 나는 '무촉(無觸)'에 주의하였지요. 촉감이 없다. 감촉이 없다. 감촉 내지는 촉감이란 원래 없는 것이다. 그러므로 감촉했다고 느끼는 것은 허상일 뿐이다. 어떤 감촉으로 인한 미련 역시 미망일 뿐이다. 흔히 사랑이라는 것도 서로를 감촉하려는 허무한 욕망에 다름 아니다.

이렇게 생각을 전개시키다가 가스통 바슐라르의 『불의 정신분석학』에서 읽은 어느 장면으로 연결되었지요. 두 나뭇가지가 마찰하여 불이 일어나자마자 그 불은 두 나뭇가지를 태워버리지요. 마지막에는 그 뜨거웠던 불도, 애타게 서로를 감촉하며 마찰했던 나뭇가지들도 없어지고 말지요. 서로를 감촉하지 않았던들, 그리하여 불이 일어나지 않았던들, 두 나뭇가지는 그대로 하나의 개체들로 남아 있었을 텐데 말입니다.

그런 식으로 '무촉'을 화두로 삼고 있는 내 귓가에서 어느새 여자들의 교성은 밤에 우는 도둑고양이 울음소리들로 변해 갔습니다. 내 방의 창문 밑 여기저기서 도둑고양이들이 울고 있었습니다. 우우우 이이잉 아앙아앙 이이잉…….

아침에 일어나 어제 저녁식사를 한 식당에서 조반을 먹고 터미널에서 그리 떨어지지 않은 동대구역으로 가, 천사백 원을 주고 삼랑진까지 가는 통일호 기차표를 샀습니다.

한 시간 정도 기차를 타고 가니 삼랑진에 도착하였습니다. 경부선 열차를 타고 수없이 거쳐 지나간 삼랑진역이지만, 정작 내려서 역사(驛舍)의 마당을 밟아보기는 이번이 처음이었습니다. 삼랑진역 건물은 몇십 년 전이나 지금이나 별 차이가 없는 듯이 여겨지는 전형적인 시골 역사였습니다.

나는 역 앞에 대기하고 있는 택시 운전사에게 다가가, 양산 가는 버스를 타려고 하니, 시외버스 정류장으로 데려가 달라고 하였습니다. 그러자 택시 운전서는 고개를 저으며,

"여서는 양산 가는 차 없습더."

퉁명스런 목소리로 대답했습니다.

"그러면 어떻게 갑니까?"

"다시 기차 타고요, 물금까지 가서 그서 양산 가는 버스 타야 되는 깁니더."

"물금요?"

나는 생전처음 들어보는 지명이라 다시금 확인을 해보아야만 하였습니다.

"물금 가는 완행열차가 곧 들어올긴데 퍼떡 가서 기차표 끊으소.

그 기차 하루에 몇 번밖에 안 오는 기차라요."

나는 얼른 다시 역사 안으로 들어가 매표소에서 물금 가는 비둘
기호 기차표를 백육십 원 주고 한 장 끊었습니다. 서울전철 일 구간
요금보다 싼 기찻삯이었지요. 기차통학 경험이 없는 나로서는 이렇
게 싼 기차표를 사본 기억이 없지요.

십 분쯤 지난 후 개찰이 시작되었으므로 나는 역사를 도로 통과
하여 툭 트인 플랫폼에 서게 되었습니다. 삼랑진을 둘러싸고 있는
주변 산들이 한눈에 들어왔습니다. 높은 산은 눈에 띄지 않고, 다
고만고만한 산들이 자잘한 나무와 풀들을 조용히 이고 순박한 촌부
의 모습처럼 거기 이마들을 맞대고 있었습니다. 저쪽 여러 줄기의
선로 너머 낡은 담벼락 옆에는 시커멓게 마른 담쟁이덩굴이 뒤덮인
사일로 같은 구조물이 서 있었는데, 이상하게도 그것이 자꾸만 내
눈길을 끌었습니다. 썩어들어가는 양철지붕을 그대로 이고 있는 그
것은 어떻게 보면 버려진 망루와도 같이 여겨졌습니다. 이전에는
물건을 보관하는 창고용으로 쓰인 듯하였으나 지금은 전혀 사용되
지 않고 있음이 분명하였습니다. 그곳은 어쩌면 들쥐들이나 뱀들이
모여살고 있는지도 모릅니다. 그것을 뒤덮고 있는 마른 담쟁이덩굴
은 정녕 죽어 있을 것이었습니다. 아니, 어느 날 느닷없이 푸릇푸릇
살아날지도 모를 일입니다.

나는 왠지 그 구조물이 오십 년도 더 넘게 거기 세워져 있었을거
라고 추측했습니다. 그러다가 문득 나는 플랫폼 어느 자리에 붙박
인 듯 서버리고 말았습니다.

"아."

나도 모르게 가만히 탄성을 발하였습니다. 나는 삼십 년 전, 좀
더 정확하게 말하면 이십구 년 전, 어머니가 서 있던 자리에 서 있
는 것이었습니다. 그렇습니다. 어머니는 이십구 년 전 그날 부산에

서 삼랑진까지 갔다왔습니다.

그 초겨울날 새벽, 어머니와 나는 부산진역으로 나가 희부연 안개 속에서 수갑에 손목이 채워져 있는 아버지를 보았습니다. 두 사람씩 조를 이루어 각각 한 손에 수갑이 채워져 있는 그 열댓 명의 죄수들은 경남 지역에서 교원노조를 주동했던 교사들로 서대문 형무소로 이송되려 하고 있었습니다. 호송을 맡은 형사들은 가족들이 일정한 지점까지 기차에 동승하는 것을 허락해 주었습니다. 그 당시만 해도 형사들에게 이런 인간미와 여유가 있었던 모양입니다. 그것은 형사들에게 교사에 대한 존경심들이 남아 있었기 때문이기도 할 것입니다. 그때에 비해 민주화가 무척 진전된 것처럼 떠벌리는 지금의 상황에서는, 도저히 상상할 수 없는 친절한 배려인 셈이지요.

나는 학교 수업을 받기 위해 집으로 다시 돌아오고 어머니는 삼랑진까지 아버지를 따라갔습니다. 아버지와 어머니가 다정히 함께 기차여행을 한 것은 아마 그때가 처음이자 마지막일 것입니다. 아버지와 어머니가 삼랑진까지 가는 동안 무슨 이야기들을 주로 나누었겠습니까. 보나마나 중학 입시를 코앞에 둔 나에 관한 이야기들 아니었겠습니까.

어머니는 기차가 삼랑진역에 닿자 플랫폼으로 내려서서 멀어지는 아버지의 모습을 언제까지고 바라보며 손을 흔들다가 끝내 옷소매로 눈물을 훔쳤을 것입니다. 그러다가 문득 선로들 너머 저쪽의 창고 같은 구조물을 바라보았을 것입니다. 담쟁이덩굴이 막 기어오르기 시작하는 그 구조물을 보면서, 어머니는 틀림없이 형무소의 감방을 떠올렸을 것입니다.

전국 이십만의 교사들 중에서 교원노조 간부 천오백여 명을 용공분자로 몰아 대량 검속하고, 그중에서 또 골수분자 오십사 명을 전국에서 추려 군사재판에 회부하기 위해 서대문 형무소로 이송하는 그 가운데 아버지가 끼여 있었으니, 감옥살이는 각오해야만 할 판이었습니다.

그때 감옥소로 향하는 남편을 전송하러 삼랑진까지 왔다가 황량한 플랫폼에 내던져진 듯 서 있게 된 어머니의 나이는 갓 서른을 넘기고 있었습니다. 아버지의 나이는 어머니보다 꼭 십 년 위이므로 그 무렵 아버지는 마흔을 넘어서고 있었지요. 바로 지금의 내 나이입니다.

나이 마흔으로 넘어서니 벌써 인생 후반기를 바라보며 여러 가지 착잡한 사념들이 오가는데, 아버지는 그 나이에 시대의 한복판에서 머리띠 두르고 치열하게 싸우다 전봉준처럼 서울로 압송되고 있었습니다.

이제 삼십 년이 지나 어머니가 아버지를 전송했던 그 자리에 내가 억겁 인연처럼 서 있게 되었습니다. 세속적으로 이야기하면, 어머니의 인생은 여기 삼랑진 플랫폼에서부터 무너지기 시작했습니다. 지금 내 나이보다 열 살이나 어린 어머니가 이 자리에 외롭게 서서 시대와 인생에 대하여 느꼈을 두려움과 불안의 무게. 나는 여기에 와서야 비로소 어머니의 어깨를 짓누른 그 인생의 짐들을 환히 보는 듯하였습니다. 그래서 내가 태어나서 사십 년 만에 처음으로 어머니를 진정 만나는 기분이었습니다.

햇빛은 나의 인식처럼 부드럽고 환했습니다. 저기 햇빛 너머로 기차가 달려왔습니다. 광주에서 부산진으로 가는 비둘기호였습니다.

물금으로 가는 철로변은 그야말로 그윽한 봄기운이 감돌고 있었습니다. 오른편으로 맑고 푸른 낙동강이 흐르고 왼편으로는 싱싱한 대나무밭, 진달래, 보얀 복사꽃, 개나리, 매화꽃 들이 지나가고 있었습니다. 물이 오르고 있는 부드러운 수양버들, 봉오리를 펼칠 채

비를 차리고 있는 목련들도 보였습니다. 산자락 양지에 무심히 자리잡고 있는 초가집 몇 채는 산에서 자생하는 큰 버섯처럼 보이기도 하였습니다.

완행열차의 엉성한 객석에 끼여앉은 단거리 시골 승객들은 들판의 햇살에 그을린 얼굴로 생활고를 언뜻언뜻 내비치기도 하였지만, 건강한 웃음을 잃지 않으며 연신 농담을 주고받았습니다. 자연스럽게 우러나는 해학들. 도시인들보다 그들이 웃을 수 있는 여유를 더욱 지닌 듯이 여겨졌습니다. 봄이 되어 얼었던 마음들이 녹으면서 새싹처럼 웃음들이 비어져나오는지도 모르겠습니다.

나는 배낭 속에만 넣어두고 아직 꺼내지도 않은 굴원의 시집을 읽어볼까 하다가, 온통 시로 변해 있는 자연을 읽기로 하고는 차창 너머의 풍경에서 눈을 떼지 않았습니다. 이렇게 좋은 봄을 싫어한다는 그녀의 마음을 그 시간에는 잘 이해할 수가 없었습니다. 어쩌면 그녀는 봄을 시기하는지도 모릅니다. 그녀만큼 같은 대상에 대하여 좋아하는 감정과 싫어하는 감정이 한데 뒤섞여 있는 여자는 일찍이 만나본 적이 없습니다. 그녀에게서는 싫어한다는 말이 좋아한다는 말과 동의어를 이루고 있는 경우가 무척 많아, 그녀의 목소리는 그냥 귀로 들어서는 혼돈을 일으키기 십상이었습니다. 언제부터인가 나는 그녀의 목소리는, 듣지 않고 보아야겠다고 마음먹었을 정도입니다. 또한 그것이 그녀의 기묘한 매력이기도 하였지요.

그런데 지금 나는 그녀의 목소리를 영영 보지 못할 지경에 처하고 말았습니다. 이제는 혼돈이 일어나도 좋으니 그녀의 목소리를 듣기만이라도 했으면 하고 아쉬워하는 것입니다. 내가 방금, 소리를 보는 관음(觀音)의 단계에 대해 이야기하였다는 것을 아시겠지요. 사실 내가 그녀를 관음하려고 부단히 노력하지 않았던들 벌써, 그녀와 나의 사이는 깨어지고 말았을 것입니다. 그나마 지난겨울까지 이어져온 것도 관음의 덕택인 셈이지요. 그러나 나의 관음이라는 것도 한계에 달했는지, 흐트러져버린 그녀와 나의 관계를 어떻게 수습할 길이 없군요.

나의 결정적인 실수, 아니 실패는 그녀의 목소리를 진정 관음했어야 할 시점에 그만 청음(聽音)을 해버린 것이었지요. 평소에는 관음을 잘하다가 왜 그때는 청음을 해버렸는지.

"나를 안고 싶으세요? 그럼 안아주세요."

그녀가 나를 빤히 쳐다보며 또렷한 음성으로 말했을 때, 나는 그만 관음하는 것을 까먹고 덜컥 청음을 해버린 것이지요.

물금역에 내려 역사를 빠져나오면서 흘끗 역사 지붕 쪽을 올려다보았습니다. 거기 한자와 함께 역명 표지가 붙어 있더군요. 물금(勿禁). 말 물. 금할 금. 참으로 희한한 한자의 결합이었습니다. 원래 물금이라는 것은 순 토박이말인데 한자어를 어색하게 차용해 왔다는 느낌을 지울 수 없었지요. 금하지 않는다. 무엇을 금하지 않는다는 말인가. 금하지 않는 대상마저 없으니 좀 과장해서 말하면, 마치 무한한 자유의 공간 속으로 갑자기 내던져진 기분이었지요. 자유의 현기증, 자유로부터의 도피, 뭐 이런 말들을 사용한 학자가 있기도 하지만 그 순간 나는 약간 어찔해졌지요.

아무것도 금하지 않는 물금의 세계로 나는 한 걸음 한 걸음 두리번거리며 걸어들어갔지요. 사람들의 표정이 정말 물금의 상태에 있는 듯했지요. 우리가 인간관계에서 궁극적으로 바라는 것도 바로 이 물금의 상태가 아닐까요. 금지하고 있던 것을 하나씩 하나씩 풀어서 허락해 주는 단계로 나아가는 것 말입니다. 특히 사랑하는 남녀의 관계는 더욱 그렇지요. 처음에는 손을 잡는 것을 금지하다가 허락해 주고, 입맞춤을 금지하다가 그것도 일정 기간이 지난 후 허락해 주고, 이런 식으로 나아가다 보면 정신과 육체의 완전한 합일에 이르는 것이지요. 그런데 윤리와 도덕, 기존 질서라는 것이 있어 여간 복잡하지가 않아요. 거기다가 종교적인 기준까지 합세하면 훨씬 착종(錯綜)을 이루게 되지요.

그녀 역시 나에 대해 물금의 상태에 있는 듯하다가 어느새 기존의 윤리 뒤편으로 숨고, 어떤 때는 종교 뒤편으로까지 숨으며 금지 팻말을 높이 치켜들곤 하였지요. 그래서 꼭 장독대를 사이에 두고 숨바꼭질을 하는 듯했지요. 여자는 어릴 적부터 고무줄뛰기를 하며 고무 금을 사이에 두고 이쪽으로 팔짝 건너왔다, 저쪽으로 폴짝 건너갔다 하는 연습을 되풀이하기 때문인지 어른이 되어서도 금을 잘 건너오고 잘 건너가고 하는 모양이지요. 그런데 남자들은 어릴 적부터 여자아이들이 가지고 노는 고무줄을 주머니칼로 끊어먹기를 잘하지요. 아예 금을 없애버리는데 익숙한 편이지요.

물금은 고즈넉하기 그지없는 평화로운 시골마을이었지요. 거기 자전거포 옆 공지에는 서커스 천막 같은 것이 쳐져 있기도 했지요. 그곳으로 들어가 보니, 마침 백금녀가 나와서 무슨 약 선전을 하고 있더군요. 사회자는, 백오십 킬로그램의 거구 인기 코미디언 어쩌구 하며 백금녀를 소개하였지만, 내가 보기에는 백금녀 같지가 않았어요. 남자가 백금녀로 분장을 한 것도 같고 덩치 큰 여자가 백금녀 흉내를 내는 것 같기도 했어요. 그러나 사람들은 전혀 그런 것에 개의치 않고 백금녀의 만담에 웃음보를 터뜨리고 있었지요. 그런데 한참 구경을 하다가 주위를 살피니 온통 여자들, 그러니까 아주머니 아가씨 할머니 들뿐 아니겠어요. 당황한 얼굴로 왼쪽 건너편을 바라보니 글쎄 남자들은 모두 그쪽에 모여 있더군요. 천막을 가로지르는 버팀목에 분명히 '남자석', '여자석'이라는 표지가 따로 붙어 있는 것을 그제야 발견하였지요. 약장수가 약 선전을 하는 천막인데도 남자석과 여자석을 엄격히 구별해 놓다니. 그런데 물금 사람들은 한 사람도 어김없이 그 구분을 지키고 있었지요. 부부가 같이 천막에 들어왔다가도 남자석, 여자석으로 따로 떨어져 앉더군요. 내가 아무 생각 없이 여자석 복판으로 들어가 깔개 위에 털썩 앉았을 때 주위 사람들이 얼마나 눈살을 찌푸렸을까.

나는 슬그머니 일어나 남자석으로 옮기면서 사람들의 표정을 훔쳐보았지요. 그러나 그 사람들은 나의 실수를 눈치채지도 못한 듯하였지요. 자기들은 엄격히 기준을 지키면서도 기준을 어기는 자에 대해서는 관대하고 무관심하다는 것인지. 나는 묘한 물금의 역설을 느꼈지요. 그녀의 모순도 바로 이 물금의 역설과 통하는 바 있지요.

물금 버스정류장에서 백칠십 원의 찻삯을 내고 양산으로 가는 버스를 탔지요. 버스가 띄엄띄엄 다녀서 그런지 시골길을 달리는 버스인데도 얼마 있지 않아 사람들이 꽉 찼습니다. 어떤 아주머니는 왕골로 만든 돗자리를 삼만이천 원에 샀다면서 주위 사람들에게 돗자리 자랑을 한참 하더군요. 오른편 양산천 둑 위에는 ‘양산천을 보호하자.’는 플래카드가 길게 걸려 있었지요. 이곳 양산천도 근방에 있는 동양시멘트 공장 등으로 인하여 공해 몸살을 앓고 있는 모양이지요. 양산교를 지나니 곧장 버스 종점에 닿았습니다.

드디어 나는 양산에 도착하였습니다. 이제 금방이라도 내가 목적지로 삼고 온 통도사로 달려갈 듯이 거리를 둘러보았습니다. 그런데 양산이 깊은 산중에 자리잡고 있을 거라고 예상했던 것과는 달리, 탁 트인 시가지가 나를 얼떨떨하게 하였습니다. 할 수 없이 지나가는 행인에게 통도사로 가는 길을 물었습니다.

“언양으로 가는 버스를 또 타야 합니더.”

나는 언양행 버스에 올라타 양산천을 따라 한참을 또 달려가야만 했습니다. 이제는 확실히 통도사 입구에 내리게 될 것입니다. 나는 어릴 적부터 경남에 있는 유명한 세 절의 이름을 어른들에게서 자주 들으며 자랐습니다. 그런데 그 절 이름들은 한결같이 그 절이 위치해 있는 지명과 한덩어리가 되어 불리었습니다. 동래 범어사, 합천 해인사, 양산 통도사, 그 절 이름들과 지명은 아무리 의식적으로 따로 떼어 생각하려 해도 뗄래야 뗄 수가 없었지요. 합천, 하면 머릿속에서 그대로 해인사가 떠올랐지요. 합천은 해인사만을 위해 존재하는 것 같았고, 해인사는 합천만을 위해 존재하는 것 같았지요. 동래 범어사, 양산 통도사도 말할 필요가 없었지요.

그 세 절은 나에게 절의 삼위일체처럼 여겨졌지요. 세상에 다른 절들은 존재하지 않는 것처럼 말입니다. 그리고 어른들로부터 그 절들에 관한 이야기를 자주 듣다 보니, 그 절들은 어른들만이 갈 수 있는 절인 양 생각되더군요. 그래서 그런지 중학교 때까지 부산에 살고 그 이후에도 수시로 경남 지역을 드나들었으면서도 정작 합천 해인사, 동래 범어사를 찾아가 본 것은 나이 서른다섯이 훨씬 넘어서였지요. 이제 양산 통도사는 마흔이 넘어서 찾아가 보게 되는군요.

통도사는 그 이름이 주는 어감 때문인지 세 절 중에서도 가장 큼직한 절일 거라고 생각하고 있었지요. 통도, 얼마나 크고 깊은 울림으로 들리는 말입니까.

나는 종종 이런 꿈을 꾸기도 하였지요. 나는 힘들여 언덕을 올라갑니다. 그 언덕만 넘으면 또 다른 세계로 나아가게 됩니다. 그런데 언덕배기로 올라와 보니 엄청나게 큰 문이 가로막고 있는 것이 아닙니까. 그 문은 거무튀튀한 굵은 나무들로 짜 맞추어진 것으로 차라리 거대한 벽이라고 할 만합니다. 사실 벽이라고 해도 되는 것이, 어디서 어디까지가 문짝에 해당하는지 도통 가늠을 할 길이 없거든요. 비록 문짝 부분을 확인했다 하더라도 워낙 커서 온몸을 다 사용해 밀어도 끄덕하지 않을 것입니다. 나는 그 문, 아니 벽 앞에서 난감하지 않을 수가 없었습니다. 그런데 희한하게도 그 문 앞에 서 있으면 어느새 마음이 편안해져 오는데, 그것은 그 문 자체가 하나의 세계요 길처럼 여겨졌기 때문입니다. 그 문은 꿈속에서 종종 경상도와 전라도의 경계인 하동 근방에 서 있는 것 같기도 했고, 이승과 저승의 경계에 세워져 있는 듯도 했고, 남한과 북한의 경계인 휴전선 일대에 서 있는 것 같기도 하였습니다. 하여튼 내 의식 속에서 부각되는 갈등과 관련하여 그 문이 서 있는 경계가 그때그때 정해지는 듯싶었습니다.

이번에도 사실 여행길에 오르기 전에 그 문을 꿈속에서 보았습니다. 그 문은 그녀가 누워 있는 방과 내가 누워 있는 방의 경계에 세워져 있는 듯이 여겨졌습니다. 꿈속에서는, 집 같은 것은 보이지 않고 집들을 다 삼킨 듯한 거대한 문만이 서 있었습니다.

그 문이 꿈속에서 나타날 적마다 나는 두근거리는 가슴으로 까마득히 높은 문을 올려다보았습니다. 그러면 말입니다. 어김없이 문 꼭대기에 '통도사' 라는 세 글자가 하얀색으로 적혀 있는 것이 아니겠습니까. 통도, 통 ── 도. 꿈 전체가 '통도' 라는 기이한 울림으로 가득 메워지는 것을 느끼며 나는 전율하게 마련이지요.

그런 꿈을 여러 번 꾸었으면서도 나는 통도사를 선뜻 찾아나서지 못하였습니다. 어쩌면 그런 꿈을 꾸고 있기 때문에 찾아가는 것을 꺼렸는지도 모릅니다. 왜 이런 꿈을 종종 꾸는 것인가. 나 자신을 분석해 보아도 그 이유를 잘 헤아릴 수가 없었습니다. 어릴 적 통도사 이름을 들으면서 그 '통도' 라는 울림에 깊은 인상을 받았던 것이 아닌가. 삶에서 길이 자주자주 막히는 것을 경험하면서 길을 뚫어나가고 싶은 무의식적인 소원이 통도라는 말과 관련된 것이 아닌가. 대강 이 정도밖에 생각해 볼 수가 없었습니다.

그녀와 나의 사이에 막힌 길을 뚫는다는 것은 거의 불가능하다고 여겨져 몹시 낙담한 가운데 있을 때 나는 또 그 꿈을 꾸었고, 꿈에 이끌리듯 한 번도 가보지 못한 통도사를 이제야 찾아나선 것이었습니다. 임금에게로 나아가는 길을 찾지 못해 애태우는 굴원의 시집을 들고.

신진마을, 삼감마을 들을 지나 통도사 입구에 내리니 오후 세시 경이었습니다. 안내판을 보니 거기서 통도사까지는 2.9킬로미터였습니다. 꽤 걸어가야 할 거리였으므로 택시를 타고 갈까 어쩔까 하면서 그곳 상점들 앞을 서성거리다가, 길 한모퉁이에 세워져 있는 장거리 공중전화 박스를 발견하였습니다. 갑자기 내 심장이 두근거리는 것을 느꼈습니다.

나는 서울에서 여러 교통편을 통하여 여기까지 오는 동안, 사실은 그녀에게 전화를 걸고 싶은 충동에 내내 시달리며 왔습니다. 고속버스가 금강휴게소 같은 데 잠시 정차한 때에도 공중전화 박스 근방에서 배회하다가 터덜터덜 버스로 돌아오곤 하였습니다. 그녀를 만나지 못한 두 달간 얼마나 그녀에게 전화를 걸고 싶었던지. 그러나 내 전화를 받는 그녀가 어떤 반응을 보일지 너무도 잘 알고 있었으므로 나는 감히 전화번호판을 누를 수가 없었습니다. 그녀와의 만남이 비교적 자연스럽게 이어지던 기간에도 나는 그녀에게 전화를 걸려면 군대에서 사격연습을 할 때처럼 일단 호흡을 정지해야만 하였습니다. 그녀의 목소리를 전화기를 통하여 듣기까지 왜 그렇게 온몸이 긴장되는지.

그런데 그녀가 나를 향하여 절교를 선포한 이 마당에 전화를 건다는 것은 보통 어려운 일이 아닙니다. 그렇지 않아도 그녀와 통화를 하게 되면 할 말들은 제대로 생각나지 않고 후회스럽게도 엉뚱한 헛소리들만 내 입에서 새어나오기가 일쑤인데, 싸늘한 침묵으로 대할 그녀의 반응 앞에 내가 어떤 말들을 할 수 있을지 겁이 나기까지 하는 것입니다. 나의 전화가 그녀로 하여금 절교의 결심을 더욱 굳히게 할지도 모를 일입니다. 그래서 그녀와의 관계를 다시 회복하기 위해서는 일정 기간 내가 전화를 걸고 싶은 마음을 자제하고 그녀의 생각들이 차분히 정리되기를 기다려야 할 것이라고 나 자신에게 타이르고 있으나, 그러면 그럴수록 그녀에게 전화를 하고 싶은 충동이 불쑥불쑥 일어나는 것은 어찌된 일입니까.

통도사 입구 마을의 한모퉁이에 홀로 우뚝 서 있는 장거리 공중 전화 박스. 나는 어느새 그 전화박스 속으로 들어가 전화를 걸고 있는 자신을 상상합니다. 이 시간쯤이면 그녀 혼자 집에 있을 가능성이 많으므로 십중팔구 그녀가 전화를 받을 것입니다. 내 목소리를 확인한 그녀는 갑자기 실어증에 걸린 사람처럼 깊은 침묵 속으로 빠져들 것입니다. 그녀가 한번 침묵하면 그 침묵의 흡인력이 얼마나 대단한지 나의 머릿속에 어지러이 떠돌던 언어들까지 모조리 빨아들이고 마는 법이므로, 나 역시 아무 말도 하지 못할 것입니다. 이전에도 그녀와 나는 그렇게 전화기를 사이에 두고 긴 침묵으로 대치한 적이 종종 있었는데, 그러면 나는 그 위압적인 침묵에 압도당하여 그만 두 손을 번쩍 들고 속히 항복을 해버리고 싶기만 하였습니다.

이번에도 그 침묵에 질려버리고 말 것이 뻔한데 내가 어떻게 그녀에게 전화를 걸 수 있겠습니까? 하지만 나는 그 깊은 침묵의 밑바닥에서 헤어나와 꼭 한마디 말이나마 그녀에게 전해 주고 싶었습니다. 여기는 통도사 입구라고.

나는 심호흡을 해가며 전화박스로 한 걸음 한 걸음 다가갔습니다. 그때 나는 알게 되었습니다. 그녀에게 전화를 걸기 위해 여기까지 먼 길을 달려내려왔다는 사실을 말입니다. 그녀가 있는 곳에서 되도록 멀리 떨어지면 떨어질수록 그녀에게 전화를 걸 수 있는 용기가 생길 것이고, 먼 데서 걸려온 나의 전화를 그녀가 매정하게 대하지만은 않으리라는(물론 얼마 동안의 침묵은 각오해야 되겠지만) 소박한 생각들을, 내가 하고 있었음에 틀림없습니다. 방금 내가 나의 생각들을 '소박한 생각'이라고 표현하였는데 그녀가 들으면 아마 코웃음을 칠 것입니다. 교활하기 짝이 없는 생각들을 소박한 생각이라고 둘러대었다고 말입니다. 멀리 떨어져와서 전화를 거는 나의 '교활한' 의도마저 꿰뚫어볼 그녀이기에, 나는 결국 전화박스로 다가가던 걸음을 멈추고 말았습니다.

그녀에게 전화를 거는 일을 끝내 포기하자, 나는 한나절의 여독가지 겹쳐 그만 온몸의 맥이 탁 풀리는 느낌이었습니다. 이런 상태로 통도사까지 걸어들어간다는 것은 무리라고 여겨져 포니 택시를 탔습니다. 택시는 새로 닦아놓은 신작로를 시원하게 달려나갔습니다. 오른쪽으로 보니 양편에 아름드리 노송들이 우거진 또 하나의 길이 개천을 사이에 두고 신작로와 나란히 뻗어 있었습니다.

"저쪽 길은 사람들이 도보로 통도사까지 가는 길인 모양이지요?"

내가 어림짐작을 하자 택시 운전사가 흘끗 그쪽 길을 한번 쳐다보더니 대답하였습니다.

"그렇습더. 원래는 이쪽 길이 없었는데 얼마 전에 차량으로 오는 손님을 위해 통도사에서 자동차 전용도로를 새로 닦았습죠. 중들도 자가용을 손수 운전해서 타고 다니는 세상이니."

"통도사가 돈이 많은 모양이죠?"

"아무렴요. 입장료에다 시줏돈까지 합치면 어마어마할 겁더."

나는 오늘만큼은 절간의 축재 같은 것을 성토하고 싶지가 않았으므로 이 정도에서 입을 다물고 말았습니다.

택시에서 내려 절의 경내로 다가가는 내 마음은 흥분되기 시작했습니다. 과연 내가 꿈속에서 보곤 했던 그 거대한 거무스레한 문이 내 눈앞에 나타날 것인가.

그러나 어디에도 그러한 문은 보이지 않았습니다. 절의 첫 문인 일주문을 지나고 둘째 문인 천황문을 지나고 셋째 문인 불이문을 지나 탁 트인 경내로 들어섰지만, 내가 보기를 기대했던 문은 눈에 띄지 않았습니다. 그렇다고 실망을 하거나 하지는 않았습니다. 꿈 속의 그 문을 어디에선가 발견할 것만 같은 예감이 자꾸만 나를 경내 깊숙이 끌어들였습니다. 나는 여러 법당들과 석탑들, 샛노란 산수유꽃이 정갈하게 피어 있는 정원들을 둘러보며 점점 대웅전 쪽으로 다가갔습니다. 신라 선덕여왕 때 자장율사에 의해 창건되어 몇 차례의 화재와 중건 중수를 거듭한 유서 깊은 절의 경내답게 고풍스러운 분위기가 가득 배어 있었습니다. 천 년 세월의 길이와 백 년도 채 되지 않는 우리 인생의 짧은 연한들을 무의식적으로 비교하고 있었는지, 싸리비에 말끔하게 쓸린 절간 흙마당이 문득 허무의 광장같이 여겨지기도 하였습니다. 천 년 세월이 지난 후 그녀로 향한 나의 감정들은 저 마당의 한 터럭 흙먼지로나 남을 수 있을지. 그렇지만 지금 나의 내면을 짓누르는 그녀의 무게가 저기 오층 석탑의 무게만큼이나 되는 것을 어찌합니까.

대웅전으로 들어가기 전에 안내판을 읽어보고 한 바퀴 건물 전체를 둘러보았습니다. 임진왜란 때 완전히 소실되었던 건물을 인조 22년에 중건하였다 하니 삼백오십 년 가까이 되는 법당인 셈이었습니다. 그런데 보통 절의 대웅전과는 달리 동서남북 각각에 다른 이름의 현판들이 걸려 있습니다. 동쪽 면에는 대웅전, 서쪽 면에는 대방광전, 남쪽은 금강계단, 북쪽은 적멸보궁, 이런 식으로 어떤 문으로 들어가느냐에 따라 그 건물의 용도가 달라지는 듯이 이름들이 다르게 붙어 있었습니다. 동쪽을 제외한 다른 쪽 문들은 잠겨 있거나 접근이 불가능하여 나는 대웅전이라는 현판이 걸려 있는 동문으로 해서 조심스럽게 법당으로 들어갔습니다. 아, 그곳은 희한하게도 온통 푸르스름한 세계였습니다. 그렇게 황홀할 정도로 아름답게 바래가는 단청은 일찍이 본 적이 없습니다. 붉은색이 먼저 퇴색되어 염염해지고 푸른색마저 희미해지고 있는 그 단청은, 모든 사라져가는 것들의 아름다움을 그윽하게 대변하고 있었습니다. 그리고 법당 안은, 불단을 향해 열심히 절하고 있는 고동색 바지 차림의 한 아가씨밖에 없어 고요하기 그지없었습니다. 나는 발끝으로 왼편으로 돌아 아가씨와 몇 걸음 떨어진 자리에 잠시 서 있다가 그만 주저앉듯이 반가부좌 자세로 내려앉고 말았습니다.

그것은 허공이었습니다. 허공으로 인한 충격이 나를 내려앉게 만들었습니다. 나는 전혀 예상치도 못했던 광경에 넋을 잃어버렸습니다.

불단은 텅 비어 있었습니다. 붉고 푸른 연화문으로 정교하게 장식된 삼층 불단은 그 너머 허공으로 통해 있었습니다. 그 허공은 막연한 형태로가 아니라 가로누운 긴 직사각형으로 반듯한 형태를 취하고 있었습니다. 어떻게 보면 단아한 허공이었습니다.

부처는 그 허공으로 사라지고 없었습니다. 색불이공 공불이색 색즉시공 공즉시색…… 이 「반야심경」의 구절대로라면 부처도 없어야 마땅합니다. 나는 얼어붙은 듯 그대로 앉은 채 부처가 사라진 그 「반야심경」의 세계를 언제까지나 바라보고 있었습니다. 머리끝에서부터 서서히 전율이 일어나더니 온몸 구석구석으로 퍼져나갔습니다. 이런 것을 두고 법열이라 하는지 모르지만, 설령 법열이라 하더라도 그것은 심리적이고 감정적인 법열에 불과할 것입니다. 그런데 법열이라는 것이 심리적이고 감정적인 요소까지를 포함하는 거라면 나도 법열의 언저리에 앉아 있는 셈이었습니다. 허공을 향해 끝없이 절하고 있는 아가씨, 허공을 하염없이 바라보고 있는 나. 불가사의한 상징의 힘.

한순간, 오층 석탑의 무게로 나를 내리누르고 있던 그녀의 존재가, 시선이 머물고 있는 허공 속으로 빨려들어가는 것을 느꼈습니다. 그러자 나마저도 허공 속으로 빨려들어갔습니다. 그녀도 없고 나도 없었습니다. 다만 텅 빈 삼랑진역 플랫폼에 어머니만 홀로 서 있었습니다. 허공 속에서도 법당 뒤편 금강계단의 석종부도 꼭대기가 마치 선덕여왕의 한쪽 유방처럼 봉긋이 떠 있었습니다. 그 유방의 젖을 먹고 자라는 듯 금강계단 너머로는 신선한 녹색의 숲이 우거져 있었습니다. 나는 그 석종부도 속에 모셔져 있다는 싯다르타의 사리마저 허공으로 사라져버렸기를 바랍니다.

얼마나 지났을까. 허공도 법당 천장처럼 푸르스름한 단청에 덮이기 시작하였습니다. 이제 저 이내가 지나가면 어스름이 오고, 어스름이 지나가면 어둠이 곧 뒤따라올 것입니다.

통도사를 나와 노송이 우거진 도보길로 들어서니 날이 어둑어둑해졌습니다. 통도사에서 멀어질수록 절 뒤편 영취산이 점점 높아지고 우람하게 보였습니다. 무풍교에 이르렀을 무렵 다시 한 번 영취산을 뒤돌아보았는데, 아, 거기 내가 꿈속에서 보았던 거대한 문이 서 있었습니다. 그 거무스레한 문 꼭대기를 까마득히 올려다보니, 통도사라는 하얀 세 글자가 여전히 걸려 있었습니다.

그러나 이제 통도는 '通道'가 아니라 '通度'라는 사실을 나는 알고 있었습니다.

# 불일폭포

ㄱ자형의 구조로 된 여관이다. ㄱ자의 가로 부분에 주인이 기거하는 안방이 위치해 있고 세로 부분에 객실들이 들어서 있다. 안방과 객실들 앞에는 대청마루가 이어져 있다. 여관 마당에는 꽃들과 정원수가 한 무더기로 모아져 있다. 그중에 석류나무가 유난히 돋보인다. 석류열매가 시뻘건 내용물을 반쯤 드러내 보이고 있어 석류가 월경을 치르고 있는 것 같다. 그 옆에 어린이용 그네가 매달린 철제 구조물, 펌프가 박힌 시멘트 세면장, 대로 만든 평상, 빨랫줄 그 외 삼태기 같은 시골 농기구들이 보인다.

간간이 빗방울 떨어지는 소리가 들린다. 안방 문이 열리면서 훤칠한 키에 큰 눈을 가진 아가씨가 마루로 나와 마당으로 내려선다. 분홍빛 엷은 블라우스를 입고 물색 치마를 두른 모양이 제법 세련되어 있다. 아가씨는 하늘을 흘끗 쳐다보며 중얼거린다.

"하늘이 뭉게뭉게 하대이. 또 쏟아지겠구마."

그녀는 빨랫줄로 다가가 거기에 걸린 옷가지들을 챙겨든다. 그

때 검은 여름 양복을 입은 한 남자가 여관으로 들어선다. 여윈 얼굴
에 눈꼬리가 아래로 처진 실눈을 한 그는 갈색 가방을 오른손에 들
고 두리번거리며 아가씨 쪽으로 다가간다. 아가씨에 비해 오히려
키가 작게 보인다. 아가씨는 옷가지들을 엉거주춤 두 팔로 안은 채
어서 오시라는 시늉을 한다. 입에서 어서, 라는 부사 하나는 새어나
온 것도 같다.
　"여, 여긴 얼마요?"
　남자가 묻는다.
　"뭐가예?"
　아가씨의 반문에 그는 여관방들을 손가락으로 가리키다가 바로
그 손가락으로 뒤통수를 긁는다.
　"요즈음 손님도 없는데 싸게 해드리께예."
　"싼 게 얼마요?"
　"사천 원 주시면 되겠어예."
　남자는 좀 안심이 된 듯한 표정을 짓는다.
　"하룻밤만 묵으려는데."
　아가씨는 옷가지들을 마루 한구석에 밀어놓으면서,
　"그렇게 하이소."
한다. 비와 쓰레받기를 집어 든 그녀는,
　"근데 잠깐만 기다리이소. 내 방청소 해드리께예."
　하며 안방과 가까운 객실로 들어간다. 남자는 가방을 마루기둥
에 기대어놓고 양복 윗도리를 벗어 가방 위에 걸쳐둔다. 노타이차
림의 와이셔츠도 벗어 양복소매 근처에 던져놓는다. 러닝만 걸친
앙상한 가슴으로 심호흡을 한차례 하고는 세면장으로 가 몸을 씻는
다. 푸푸, 소리를 내며 씻다가,
　"어, 물 한번 시원하다."

물의 냉기를 견디려는 듯 탄성을 지르기도 한다. 아가씨는 방을 쓸면서 열린 방문 쪽으로 고개를 돌리며 묻는다.

"어떻게 혼자 오셨네예."

남자는 몸을 계속 씻으며 다시 한 번 여관을 둘러본다.

"주말이 돼야 손님들이 몰리는 기라예. 그리고 계속 장마가 지니까 손님들이……."

아가씨가 쓰레받기에 방 먼지를 쓸어담아 마루 한구석에 놓인 쓰레기통에 털어넣는다.

"그리고 말이지. 아가씨 혼자……."

남자가 말을 중단하자, 아가씨는 얼른 머리와 옷매무시를 손질하는 척하며,

"저 방청소 다 했구먼요."

한다.

"수건 좀 주시오."

남자가 세숫대야의 물을 붓는다.

"아이구. 내 정신 보라이."

아가씨가 안방마루로 건너가 마른 수건을 가져와 남자에게 건넨다. 남자가 잠시 아가씨를 유심히 살핀다. 아가씨도 마주 바라보다가 살포시 고개를 숙인다. 남자는 수건으로 얼굴을 닦으며 마루에 걸터앉는다. 그다음 발을 발가락 사이사이까지 닦고 마루로 올라가 가방과 옷가지들을 들고 방으로 들어간다. 그리고 곧 와이셔츠차림으로 아까 그 수건을 목에 두른 채 다시 마루로 나온다.

"여기서 불일폭포까지 얼마쯤 걸릴까요?"

남자가 뒷산 쪽을 바라보며 묻자, 세면장 근방의 마당에 서 있는 아가씨가,

"시간 말인기라예. 2킬로는 족히 되니까 올라가는 데 한 시간은

걸리겠구먼요. 워낙 산길이라서."

또렷또렷하게 대답해 준다.

"꽤 걸리는군."

남자는 하늘을 한번 올려다보고 나갈 채비를 차린다.

"그런데 지금 가시려고요? 빗방울이 계속 떨어지는디."

아가씨가 염려스러운 표정을 짓는다.

"이 정도면 오히려 시원하겠지."

남자는 아치형 간판이 걸린 여관 출입구로 다가간다.

"저, 우산이라도……."

아가씨가 우산을 찾는 듯 두리번거린다. 남자는 목에 두른 수건을 들어 보이며,

"이걸로 하지. 뭐."

하면서 여관을 나선다. 혼자 남은 아가씨가 휑하게 뚫린 출입구를 바라보며 중얼거린다.

"비가 제법 올 것 같은데. 산길도 미끄러울 테고…… 이상한 손님이야."

그녀는 안방마루로 올라가 아까 빨랫줄에서 걷어온 옷가지들을 간추린다. 빗방울이 점점 더 굵어진다.

"순샘이는 왜 아직 안 오는 거여."

아가씨는 투덜거리며 출입구 쪽을 또 바라본다.

남자는 '쌍계사 경내'라고 적힌 팻말을 지나 걸어올라간다. 길 양쪽에서 비어져나온 나무 그늘이 축축하게 젖어 있다. 그는 일주문, 금강문, 천왕문 들을 지나간다. 팔영루 앞에 선 그는 건물을 올려다본다. 상측 벽 가득히 물고기가 물에서 튀어오르는 단청화들이 그려져 있다. 한국 불교음악의 창시자인 진감국사가 섬진강에서 뛰노는 물고기를 보고 팔 음률로써 범패의 일종인 「어산(魚山)」을 작

곡했다고 하는 내력이 안내판에 적혀 있다. 남자는 범종루로 올라간다. 거기 사물(四物)들, 즉 지옥 중생을 구제한다고 설명되어 있는 범종, 어류를 구제한다는 목어, 축생류를 구제한다는 법고, 허공 중에 떠다니는 외로운 영혼들을 구제한다는 운판들이 가만히 놓여 있거나 걸려 있다. 남자는 대웅전 앞마당으로 들어선다. 887년 진성여왕이 시호를 내리고 고운(孤雲) 최치원이 비문을 썼다는 진감국사 대공탑비가 오랜 세월의 풍상이 문질러놓은 흔적과 6·25 때 입은 총상(銃傷)의 흔적을 그대로 드러내며 가랑비에 젖고 있다.

"이모. 나 왔다."

한 계집아이가 몸집에 비해 무척 큰 가방을 두 손으로 힘겹게 들고 여관으로 들어선다.

"왜 이리 늦게 오노? 비도 오는데."

아가씨가 마루에 멍하니 앉아 있다가 흰자위가 흘러내릴 정도로 눈알을 부라린다.

"맹술이 집에서 놀다 안 왔나?"

계집아이가 아가씨의 서슬에 조금 움츠러들며 우물우물 변명을 한다.

"아유, 저렇게 비를 맞고. 빨리 들어와!"

계집아이가 빠른 걸음으로 안방마루로 다가온다. 아가씨가 마른 수건으로 아이의 얼굴과 머리를 닦아준다.

"외할매는 어디 갔노?"

계집아이가 말간 얼굴이 되어 묻는다.

"청학동에 갔다. 또 거 정감록인가 뭔가 강설 들으러."

아가씨가 떨떠름하게 대꾸하자 계집아이는 자기도 「정감록」에 대하여 안다는 듯이 고개를 끄덕인다.

"이씨, 한양 정씨, 계룡산 조씨, 가야산 범씨, 완산 왕씨, 왕씨 거 어디라 카더라.”

계집아이가 머리를 갸우뚱거린다.

“니는 그런 거 알 필요 없다. 구구단이나 외어라.”

아가씨가 핀잔을 주다 말고,

“니, 배고프제.”

아이의 얼굴을 살핀다.

“응, 라면 먹고 싶다.”

“가만있거라이. 내 속히 가서 라면 사 오께.”

아가씨가 비닐우산을 찾아 펴들고 마당을 가로질러 나간다. 계집아이는 마루 위에서 고무줄넘기 흉내를 내며 봉긋봉긋 입을 벌려 노래를 부른다.


이 강산 침노하는 공산 무리를…….


남자가 산길로 접어들자 빗방울은 더욱 굵어진다. 빗줄기가 산길 가의 댓잎을 때리는 소리가 온 주위에 가득하다. 남자는 손에 든 수건을 머리 위에 얹고 걸음을 서두른다. 배낭을 짊어진 청년 세 사람이 길 한모퉁이에 모여앉아서 몹시 지친 표정으로 판초를 꺼내입으려고 한다. 남자는 그들에게 눈길을 한번 준 후 묵묵히 그 곁을 지나간다. 저기 지게에다 무거운 포대를 얹고 가는 두 아낙네의 뒷모습이 보인다. 아낙네들은 그냥 비에 젖으면서 등을 구부린 채 한 번도 쉬지 않고 올라간다. 남자는 아낙네들을 앞지를까 말까 망설이는 듯하다가 좀 빠른 걸음으로 그네들을 앞질러간다. 얼마 후 남자가 뒤를 돌아본다. 청년들도 아낙네들도 보이지 않는다. 시야 가득히 빗줄기에 젖는 산등성이의 수풀이 펼쳐진다.

아가씨가 라면봉지를 사들고 들어와 안방마루와 붙은 부엌으로

들어간다. 계집아이가 마루에서 내려와 부엌으로 따라 들어가면서

"이모, 내가 라면 끓일게. 내 할 줄 안다마."

한다. 잠시 후 아가씨 혼자 부엌에서 나온다.

"아유, 저 고집도. 꼭 지 어미 닮았네."

그녀는 그냥 마루로 올라가려다가 다시 부엌 쪽을 돌아보며 소리를 냅다 지른다.

"물 끓으면 라면 넣으라이!"

이때 안방문 바로 앞에 놓인 전화기가 울린다. 텅 빈 여관에 울려 퍼지는 전화벨소리는 적막이 스스로를 견디지 못해 몸을 떠는 소리 같다. 아가씨가 송수화기를 든다.

"어. 잘 있다. 별일 없다. 순샘이 들어와서 배고프다고 라면 끓인다. 엄마? 청학동 가서 아직 안 왔다. 니는 언제 올래? 그래 빨리 오라마. 심심해 죽겠다. 손님? 오늘은 한 사람밖에 없다. 불일폭포 구경갔다. 형부는 잘 있제? 시동생 미국 잘 갔나? 어디더라? 필라멘트? 아아 필라델피아? 그래그래 끓는다이."

아가씨가 송수화기를 놓고 잠깐 멍청한 표정을 짓는다. 그러더니 안방문 바로 안쪽에 놓여 있는 책 한 권을 집어들고 마루에 비스듬히 눕는다. 책을 뒤적여 읽던 부분을 찾는다. 빗소리가 자꾸만 드세어진다. 아가씨가 지붕 위 하늘과 뒷산 쪽을 번갈아 쳐다본다.

"손님. 마 팍 젖겠다."

남자의 구두가 흙투성이로 변해 간다. 걸음을 떼기가 힘든 듯 다리가 무겁게 움직인다. 왼편 길모퉁이에 장승 하나가 다소곳이 박혀 있다. 사내 장승인데 계집처럼 서 있다. 남자가 장승 앞으로 다가가 걸음을 멈추며 휴, 한숨을 내쉰다. 장승 위쪽에 팻말이 붙어 있는데 거기에 '환학대(喚鶴臺)'라고 적혀 있다. 남자가 문득 주위를 둘러본다. 장승 뒤의 큼직한 바위 외에는 별로 눈에 띄는 게 없

다. 남자의 시선이 다시 팻말로 돌아와 안내문에 고정된다. '여기 큰 바위는 신라 말 유종 최치원 선생께서 학을 불러 타고 노닐었다는 전설이 있는 곳입니다. 여기서 불일폭포까지 칠백오십 미터.' 칠백오십 미터, 남자는 혼잣말처럼 중얼거리며 또 한 번 크게 한숨을 내쉰다. 힘이 들어서 한숨을 내쉬는 것만도 아닌 것 같다. 불일폭포가 가까워질수록 그의 얼굴 표정은 사뭇 긴장되어 가고 있다.

부엌에서 칭얼거림이 섞인 계집아이의 목소리가 들린다.

"이모, 이모, 안 된다. 라면이 막 퍼진다."

아가씨가 책을 한쪽으로 치워 두고 부엌 쪽으로 급히 가며,

"그러니까 뭐라 그래. 내가 한다고 하니까. 부득부득 지가 하겠다고."

중얼거린다. 부엌에서 아가씨와 계집아이가 시비하는 소리가 새어 나온다.

"왜 때려이."

"끓는 물에 넣으라고 안 했나. 이 문디 가시나야."

"끓는 물에 넣나 넣고 끓이나 마찬가지 아니가."

"그러니까 라면이 퍼져뿌렸제. 이 멍충아."

"이모 니가 멍충이다. 아직 시집도 못 가구 씨……."

"할 말이 없으니까 이게 그냥."

"아야야, 엄마 오면 내 때렸다고 일러뿌릴끼다."

"일러라 일러, 요것아."

아가씨가 라면이 담긴 양재기를 소반에 얹어들고 부엌에서 나온다.

"얼른 와서 더 불기 전에 처먹어."

계집아이가 찌푸린 얼굴로 따라 나와 아가씨와 함께 마루로 올라간다. 소반을 앞에 두고 마루에 앉은 계집아이가 젓가락을 들고

라면을 먹으려다 말고,

　"오늘 손님 없나?"

묻는다. 아가씨는 남자가 묵을 방을 손에 든 책 모서리를 가리키며,

　"손님 하나 들었다."

한다.

　"방에 있나?"

　계집아이가 내키지 않는 듯 라면 가락을 밍근히 입에 넣기 시작

한다.

　"아이다. 불일폭포 구경갔다."

　"이리 비가 오는데? 이모, 불일폭포가 그리 좋나?"

　"하모. 남한 제일의 폭포 아이가. 오늘 같은 날은 물이 불어서 훨

씬 보기가 좋을 끼다."

　아가씨가 눈을 가느스름하게 뜨고 폭포의 광경을 머릿속에 그리

는 듯한 표정을 짓는다.

　"나도 가보고 싶다이. 맹술이는 벌써 가봤다 카더라."

　"맹술이는 사나자슥 아이가. 니 같은 가시나들은 우움타."

　"나도 산 잘 탄다."

　"그래도 오학년 되거든 가봐라. 그때 되모 내가 데리고 가주께."

　"정말이가?"

　"하모."

　"그때까지 이모 시집 안 갈 끼가."

　"시집가더라도 순샘이 보러 올 낀데 뭐."

　"치, 삼촌처럼 미국으로 가뿌리면 우짜노."

　"미국 같은 소리 하고 자빠졌네."

　계집아이가 젓가락을 소반에 놓으며,

　"이모 나 졸립다. 자께."

한다.

"방에 들어가 자라이."

계집아이가 천천히 일어나 안방으로 들어간다. 빗소리는 더욱 거세어진다. 아가씨는 책을 마루에 놓아두고 소반을 부엌으로 가지고 들어간다.

갑자기 산길이 끊기면서 넓은 평지가 펼쳐진다. 남자의 실눈이 회동그래진다. 평지에는 여기저기 십여 개의 텐트가 자리잡고 있다. 바깥에 나와 돌아다니는 사람은 별로 없다. 몇몇 사람이 삽으로 텐트 주위에 고랑을 파기도 하고, 근처 개울가에서 그릇을 씻기도 하고, 저녁밥 준비를 위해 우산을 받쳐들고 버너 손질을 하기도 한다. 그들은 한결같이 아무 말이 없다. 소리를 내는 것이라고는 빗줄기뿐이다. 남자는 좀 빠른 걸음으로 평지를 가로질러 아래로 꺾여 내려가는 산길로 접어든다. '등산로 폐쇄. 폭포 가는 길' 이라고 쓰인 팻말 아랫부분에 화살표가 그려져 있다. 남자는 화살표를 따라 산모퉁이를 돌아간다. 무성한 수풀 속에서인 듯 큰물 쏟아지는 소리가 들린다. 그 물소리에 빗소리는 아예 묻혀버린다. 남자는 무엇에 끌리는 것처럼 내리막길을 허겁지겁 내려간다. 드디어 빗줄기과 나무숲 사이로 허옇게 번쩍이는 물줄기가 비친다. '위험' 이라는 표시판이 세워진 길은 더욱 급경사를 이루며 낭떠러지를 따라 고불고불 아래로 이어진다. 어느 지점부터는 시멘트 층계가 만들어져 있고 쇠줄로 연결된 파이프 난간들이 세워져 있다. 쇠줄들은 대부분 그 사슬고리가 끊어져 저쪽 벼랑으로 늘어뜨려진 채 벌건 녹을 비에 적시고 있다.

마침내 남자는 계곡 밑바닥으로 내려선다. 그는 경배하는 자세로 머리를 조금 숙이고 있다가 서서히 고개를 들어 폭포의 꼭대기 쪽을 올려다본다. 폭 삼 미터, 길이 육십오 미터의 폭포는 중간에서

한 번 모였다가 다시 떨어져 내리는 이단 구조로 되어 있는데 소리가 쏟아지는지 물이 쏟아지는지 분간을 할 수 없을 정도이다. 물은 너무도 맑아 하얀 벚꽃 무더기가 쏟아져내리는 것 같기도 하고, 눈사태가 생겨 하얀 눈더미가 쏟아져내리는 것 같기도 하고, 하얀 학의 무리들이 깃털을 풀풀 날리며 내려앉는 것 같기도 하고, 봉우리마다 기거하는 산신령들이 한자리에 모여 층층이 돌아앉아 그 눈부시게 하얀 긴 머리카락들을 너풀너풀 풀어헤치고 있는 것 같기도 하다. 남자는 한참동안 폭포를 올려다보고 있다가 주위를 둘레둘레 살펴본다. 그 깊은 계곡에 남자 한 사람밖에 없다. 마침 저녁안개가 어느새 가랑비로 변해 있는 빗줄기를 따라 계곡 벼랑을 타고 느릿느릿 내려와 괴어들기 시작한다. 남자는 점점 더 농도가 짙어지는 부연 안개 속에 매몰되다시피 그 윤곽이 스러진다. 안개가 너무 짙어 폭포 줄기마저도 보이지 않을 지경이 된다. 계곡을 메운 안개의 언저리에는 푸르스름한 이내빛이 감돈다. 폭포는 여전히 아우성치고 있지만 안개를 한 모금도 몰아내지 못한다.

아가씨가 책을 덮으며 가슴에 살짝 껴안는다. 책표지가 제법 볼록하게 돋은 아가씨의 젖꽃판을 지그시 누른다. 아가씨는 두 팔에 힘을 넣으며 책을 몇 번 좌우로 움직인다. 아가씨의 도톰한 입술이 조가비처럼 스르르 열린다. 열린 틈 사이로 조갯살 같은 불그죽죽한 혀끝이 보인다. 혀끝이 위아래 이빨을 건드리며 곰지락거린다. 왼손이 슬그머니 아래로 내려가 샅께의 치마 부분에 와 멈춘다. 그 부분을 왼손의 손가락들이 곰실거리며 안으로 께껴넣는다. 결국 왼손이 그녀의 불두덩을 거머쥔 형용이 된다. 마루에 뻗어 있는 그녀의 두 다리가 뻣뻣해지면서 서로 포개진다. 가슴에서 책이 둥그러져 마룻바닥에 떨어지는 것과 동시에 아가씨의 몸체가 한차례 뒤집힌다. 여전히 열려 있는 입술 사이로 부드러운 신음소리가 스타카

토로 끊겨 토막토막 새어나온다. 그러다가 긴 한숨과 함께 몸의 동작들이 느슨해지고 신음소리들이 잦아든다. 빗소리도 훨씬 약해져 있다. 아가씨가 가만히 엎드려 있는데 잠이 든 것도 같다.

머리에 수건을 얹은 그대로 남자가 여관 마당으로 뛰어들어온다. 오른손에 두꺼운 비닐에 단단히 싸인 보퉁이가 들려 있고 왼편 겨드랑이에 누런 종이봉지가 끼여 있다. 온몸은 비에 젖을 대로 젖어 있다. 아가씨가 벌떡 몸을 일으키며,

"어머 많이 젖었네여."

한다. 남자는 처마 밑에 서서 보퉁이와 봉지를 객실 마루에 놓고는 머리에 얹힌 수건을 벗겨내려 두 손으로 비틀어짠다. 수건에서 물이 주르르 떨어진다.

"갈아입을 옷도 없을 텐데."

아가씨가 엉덩이를 비비적거리며 마루 끝으로 바투 다가앉는다.

"그게 좀……."

남자가 비에 흠뻑 젖은 와이셔츠와 바지를 살펴본다.

"어쩐다."

아가씨가 남자의 모습이 안쓰러운 듯 중얼거린다.

"뭐, 초여름인데 벗고 있죠 뭐. 옷은 선풍기 바람에 말리면 되고."

남자가 불끈 쥐어짠 수건으로 머리와 얼굴 등을 닦고는 그 수건을 마루 모서리에 던져놓는다. 그리고 조심스럽게 보퉁이를 좀 더 안쪽으로 밀어놓는다.

"그게 아닌 기라예. 요즈음도 밤이면 춥십니더. 하다 못해 러닝구나 잠옷바지라도 있어야 할 낀데. 가만있자, 우리 형부 옷을 하룻밤만 빌려드릴께예."

아가씨의 말에 남자가 불쑥 고개를 들고 아가씨를 다시금 쳐다보며,

“형부라니요?”

급하게 묻는다.

“원래…….”

아가씨가 이야기를 하려다 말고,

“잠깐만 기다리이소.”

하고 안방으로 들어간다. 곧이어 헐렁한 러닝과 잠옷바지, 마른 수건 들을 들고 나온다.

“아유, 이런 실례를 해서 어쩐담. 그놈의 비가 그냥 그칠 것 같더니 오히려 더 퍼부어가지고…… 하여튼 감사합니다.”

남자가 여자가 마루를 건너와서 건네주는 옷가지들을 받아들고 객실로 들어가려다가 얼른 다시 돌아서서 보퉁이를 집어들고 들어간다. 여자가 뒤에서 남자의 손에 들린 보퉁이에 시선을 늘어뜨려 보내며 고개를 갸우뚱거린다.

“비에 젖은 옷은 퍼떡 가지고 나오시소. 내가 부뚜막에 널어드리께예.”

아가씨가 닫힌 방문에다 대고 조금 수줍은 기색을 띠며 속삭이듯 말을 던진다. 남자가 비에 젖은 와이셔츠와 러닝, 바지 들을 가지고 나와 아가씨에게 건네준다. 아가씨는 그 옷들을 대강 비틀어 짠 후에 부엌으로 가지고 들어간다. 자기 몸집에 비해 약간 큰 러닝과 잠옷바지를 입은 남자는 아까의 그 수건을 집어들고 방바닥과 문턱에 묻은 물기를 닦아낸다. 그러고 나서 마루에 놓인 종이봉지께로 다가가 단정한 자세로 앉는다. 봉지에서 포도주병과 마른오징어 한 마리를 꺼내며 부엌 쪽을 향해,

“아가씨, 거 병 따는 거랑 컵 하나 가져다줘요.”

부탁한다. 아가씨가 쟁반에 유리컵과 병따개를 얹어들고 부엌에서 나온다.

"그래, 불일폭포 구경은 잘했습니꺼?"

남자 옆에 쟁반을 내려놓는다.

"우선 아가씨도 여기 앉지."

아가씨가 엉거주춤 마루에 걸터앉는 동안 남자는 병마개를 따고 포도주를 컵에 따라붓는다.

"포도주 향기가 좋군. 향료를 섞은 거겠지만 말이야."

아가씨가 유리컵에 가득 부어진 붉은 포도주로 코끝을 향하며,

"정말 그렇네예. 색깔도……."

감탄조로 은근히 맞장구를 친다. 남자가 포도주를 들이켜고 빈 컵을 아가씨에게 내민다.

"저는 술을 못하는 기라예."

아가씨가 황급히 사양하는 몸짓을 한다.

"포도준데 뭐. 다른 술은 몰라도 포도주는 사람을 거룩하게 한다는 술이라며. 거 있잖아. 멋있는 젊은 친구의 피, 피 말이야."

남자가 억지로 권하자 아가씨가 마지못해 포도주를 반 컵쯤 받아마시고는 오징어를 조심스럽게 뜯어 입에 문다.

"조금 마셨는데도 속이 이상하네예."

남자는 아가씨 얼굴을 찬찬히 살피며,

"아가씨는 정말 술을 못하는 모양이군."

보일락말락 고개를 끄덕인다.

"하긴 산아가씨가 술을 마시는 건 어울리지는 않는 일이지. 머루와 다래를 한 움큼씩 따서 입에 욱여넣고 우물거리는 게 어울리지."

아가씨가 남자를 웃음기가 담긴 흘기는 눈으로 비껴 쳐다보며,

"술을 못한다고 비꼬시는 말씀같이 들리네예."

한다. 그러면서 남자에게 포도주를 따라준다.

"아니 그게 아니고, 뭐랄까, 아가씨를 보는 순간부터 지리산 정

기 같은 걸 느껴서 그렇지. 특히 그 눈에서 말이오. 실례인지 모르지만 내가 아가씨를 껴안는다면 싱그러운 머루와 다래 냄새가 물씬 날 것 같소. 허허, 이건 어디까지나 가정법이오.”

남자가 아가씨의 눈에 시선을 고정시킨 채 포도주를 들이켠다. 그리고 빈 컵을 아가씨와 자기 사이의 애매한 위치에 내려놓고 포도주를 따른다.

“어쩐지 저는 산아가씨라는 말이 싫네예.”

아가씨가 항의라도 하듯이 컵을 집어들어 훌쩍 술을 마셔버린다. 남자는 좀 놀라는 표정으로,

“허허허, 아무리 그래도 산아가씨 같은데 포도향기에 젖은 산아가씨.”

농담을 풀어놓는다. 아가씨는 다시 술을 따라주며,

“말씀하시는 것이 꼭 글 쓰시는 분 같으네예.”

한다. 남자는 아무 말 없이 술을 들이켜고는 오징어다리를 북 물어뜯는다. 포도주병은 이미 바닥이 나 있다.

“그건 그렇고, 불일폭포 어땠어예?”

아가씨가 남자의 표정을 살피며 화제를 돌린다. 남자는 계속 입을 다물고 있다.

“혹시 실망을 하셨어예?”

남자의 표정이 점점 진지해진다.

“비가 너무 와서 못 가보신 건 아닌지.”

아가씨의 목소리가 기어들자 남자가 갑자기 소리를 내지른다.

“난 가서 봤어요.”

아가씨가 남자의 고함에 몸을 흠칫 움츠린다. 남자는 무언가 골똘히 생각하는 자세를 여전히 풀지 않는다. 아가씨는 자리를 피하듯이 엉거주춤 일어나,

“수 숙박계 가지고 오겠어예.”

하며 안방으로 건너간다.

숙박계를 들고 온 아가씨가 아까처럼 남자 옆 마루에 걸터앉는다. 남자는 사념에서 깨어난 듯 숙박계를 내려다본다.

“이런 여관에도 임검을 나오나요?”

남자의 눈에 일순 긴장의 빛이 감돈다.

“가끔 나옵니다. 허지만 오늘 같은 날이사…….”

남자가 숙박계 난을 볼펜으로 메워나간다. 아가씨가 숙박계 난이 메워지는 것을 훔쳐보다 말고,

“무직이라예? 그런 거 같지는 않은데예.”

불쑥 끼어든다. 남자는 숙박계를 아가씨에게 건네주며,

“난 무직이라고 할 수밖에 없소.”

한다. 문득 곤혹한 표정이 남자의 얼굴을 스치고 지나간다. 그때 제법 가까운 거리에서인 듯 종소리가 들려온다.

땡그랑 땡그라앙 땡땡그랑 땡땡 땡그라앙…….

남자가 종소리에 귀를 기울인다.

“오늘 수요일이라서 저녁예배를 알리는 교회 종소리구먼예. 기독교인이신가예?”

아가씨가 설명을 해주면서 물어도 남자는 그저 묵묵히 종소리만 듣고 있다.

“오 년 전 이런 저녁무렵에 저런 종소리가 마을에 울려퍼졌소.”

남자가 혼잣말처럼 중얼거리기 시작한다.

“마을 사람들은 종소리가 울리는 곳으로 모여들었소. 예비군복을 입은 장정들은 예비군 중대 무기고를 때려부수고 마을 청소년들에게 총과 탄환들을 마구 집어 주었소. 곧 밤이 왔소. 하늘과 땅은 캄캄한 어둠으로 완전군장을 하고 있었소. 새벽녘에 또 종소리가

울렸소. 이번에는 조종(弔鐘)소리였소."

"그렇다면."

아가씨가 눈을 둥그렇게 뜬다.

"그렇소. 오 년 전에 지리산 저쪽에서 일어난 일이오."

땡땡그랑 땡때엥……

종소리가 계속 이어진다.

"복음을 알리는 종소리가 나에게는 자꾸만 조종소리로 들리오. 인간이 죽인 신의 죽음을 애도하는 조종소리. 신도 죽고 인간도 죽었소."

종소리도 죽는다. 빗소리마저 가늘어져 갑자기 적막이 찾아든다. 아가씨가 주위를 두리번거리면서 숙박계를 들고 일어서려 한다.

"아, 앉으시오. 잠깐만 앉아주시오."

남자가 손을 들어올리며 애원하는 투로 급히 말을 던진다. 아가씨가 말의 그물에 걸린 듯 다시 마루에 걸터앉는다.

"나 오늘 아가씨에게라도 이야기하지 않으면 가슴이 터져버릴 것 같소."

분위기가 급변하는 것에 당황해하며 아가씨가 말을 더듬거린다.

"내가 무 무슨 이야기 사 상대가 되겠어예."

남자가 물끄러미 아가씨를 바라보면서,

"당신 눈 때문이오."

라고 짧게 내뱉는다.

"내 눈요?"

"그렇소. 내가 찾고 있는 여인의 눈을 닮았소."

"여인을 찾는다니요?"

"그러니까 내 이야기를 들어달라는 거요."

아가씨가 무릎 위에 놓인 숙박계를 두 손으로 움켜쥐며 가만히 한숨을 쉰다.

"자초지종을 다 이야기하지는 않겠소. 그 여인을 처음 알게 된 것은 그 5·18의 길고긴 날들이 시작될 무렵이었소. 그녀를 멀리서 보기도 하고 가까이서 보기도 하면서 어떤 때는 가끔씩 서로 말을 주고받기도 하였소. 그녀는 신 지핀 무녀와 같았소. 아무것도 두려워하지 않았고 전혀 피곤을 몰랐소. 그녀는 이리 뛰고 저리 뛰며 우리를 격려했소. 그런데 난 감히 그 잔다르크를 사랑하기 시작했소. 죽음의 공포가 문득문득 몰려올 때 가두 방송하는 그녀의 목쉰 소리를 한마디라도 들으면 말할 수 없는 애정이 내 안에서 그녀 쪽으로 흘러갔고 그와 함께 죽음의 공포도 빠져나갔소. 그렇지만 사실은 그녀에 대한 감정이 사랑이라는 것을 그 상황에서는 깨달을 수 없었소. 다만 그녀가 행방불명이 되고 상황이 끝났을 때 비로소 그 감정이 사랑이라는 사실을 알게 된 것이었소. 그 이후 나는 그 사랑에 완전히 매인 몸이 되었소. 그녀에 대한 사랑은 이상하게도 내 고향에 대한 사랑, 민족에 대한 사랑으로 자연스럽게 연결되었소. 그 사랑에 붙들려 사진 한 장 가지고 있지 않은 그녀를 오 년 동안 찾아헤맸소. 그녀가 죽었다고는 결코 생각되지 않았소. 나와 같은 처지일 거라고만 생각되는 거였소. 오 년이 지나니까 그녀의 자태는 내 의식에서 해체되고 그녀의 두 눈만이 등대처럼 남아 있게 되었소. 그리고 더 나아가 그녀는 나에게 구체적인 인간으로서가 아니라 하나의 개념으로 추상화되어 버렸소. 미(美)라고도 할 수 있고 정의라고도 할 수 있고 순수라고도 할 수 있는, 아무튼 지극히 아름다운 그 무엇이 되었소. 그러자 난 사람뿐만 아니라 아름다운 물건이나 풍경을 보게 될 때에도 그녀의 영상과 관련시키는 버릇이 생겼소. 그런데 지금까지 그녀의 영상에 딱 합치되는 대상을 찾지 못하고 있었소. 그러다가 난 오늘에야 찾았소. 적어도 그런 기분이오."

"불일폭포를 두고 하시는 말씀이라예?"

아가씨가 묻자, 말귀를 알아듣는 그녀로 인해 적이 안심이 되는 듯 남자는 반가운 기색을 떠올린다.

"불일폭포만 두고 그러는 건 아니오. 거 환학대에서도 부를 환(喚) 두루미 학(鶴) 자를 보는 순간, 온몸에 소름이 확 돋는 것을 느꼈소. 그 깊은 산중 소롯길 옆에 넙죽 엎드려 있는 큰 바위, 그 움푹 팬 윗부분에는 피같이 벌건 물이 괴어 있고 지나가는 사람 하나 없이 빗줄기만 후드득 쏟아지며 물보라 일으키는데 그 부연 시야에 글쎄 큰 학 한 마리가 펄러덩펄러덩 날아오는 게 아니겠소. 그때 천백 년 전의 최치원, 난세(亂世)에 절망하고 전국 각지를 떠돌아다니며 풍월이나 읊은 그 최치원이가 바위 위에 불쑥 나타나더니 도포 자락을 휘날리며 긴 학모가지를 끌어안고 그 등에 올라타는 게 아니겠소. 학은 몇 번 바위 주위를 선회하고는 저쪽 불일폭포 방향으로 날아가 버렸소. 하지만 보이는 거라곤 대숲 우거진 산등성이뿐이었소. 그런데 말이오. 그 얼핏 본 학이······."

"학이?"

아가씨가 목을 길게 빼며 급하게 묻는다.

"아가씨 얼굴을 하고 있었소."

남자의 시선이 아가씨의 긴 목을 따라 슬쩍 미끄러진다.

"어머나."

아가씨가 두 손으로 목을 감싸 쥐며,

"그게 아니라 그 여인의 얼굴이겠지예."

얼굴을 붉힌다.

"그렇소. 난 사실 저 마당에서 아가씨를 본 후 불일폭포를 찾아 올라가면서 줄곧 아가씨의 두 눈을 생각했소. 마치 두 눈망울이 내 앞 빗줄기 속에 둥실둥실 떠가는 것 같았소. 결국 그녀의 눈망울이었지만 말이오. 그러다가 불일폭포 계곡 아래 홀로 섰는데…… 그 폭포에 대해서는 아가씨에게 설명할 필요가 없겠죠. 저녁안개 속에서 난 폭포 밑바닥에 괴었다가 더 깊고 좁은 계곡 저 아래로 흘러내려가는 물웅덩이로 다가가 거기에 발을 담그고 섰지요. 내 머리 위로 작은 우박덩어리 같은 물방울들이 쏟아져내려와 내 전신을 애무해 주었소. 한순간 나는 말할 수 없는 희열로 빠져들어갔소. 계곡에 가득히 괸 저녁안개는 여성의 풍만한 가슴에서 뿜어져 나오는 젖물보라였소. 그리고 불일폭포가 흘러내리는 지리산의 그 깊숙한 부분은 여성의 가장 은밀한 부분이었소. 지리산은 온통 빗줄기에 애무당하며 환희로 꿈틀거리면서 그 희디흰 폭포를 분비하고 있었소. 폭포소리는 엄청난 교성이었소. 난 그때 보았소. 폭포 꼭대기에서부터 그녀가 녹아서 흘러내리고 있는 것을 말이오. 녹아서 흘러내리는 그녀 안에서 나도 함께 녹으면서 극치의 쾌감으로 떨고 있었소. 난 드디어 그녀를 보았고 만졌고 안았고 그녀와 하나로 합해졌소. 그다음, 하하하…….”

“아쿠머니나.”

이야기에 심취해 있던 아가씨가 남자의 웃음소리에 깜짝 놀란다.

“그다음 어떻게 되었는지 아시오?”

“어떻게 되었는데요?”

“폭포 아래서 저절로 정말 저절로 몽정을 했어요.”

“몽정?”

아가씨가 무슨 뜻인지 몰라 되묻는다.

“아 참, 몽정이 아니지. 꿈을 꾸고 있지 않았으니까. 아니 일종의 꿈이라 할 수 있으니까 몽정인 셈이지. 불일 보조국사가 도를 닦던 그 성스러운 곳에서 난 성(性)을 분비했단 말이오.”

아가씨는 더욱 모르겠다는 듯 머리를 살며시 젓는다. 그리고 남자의 정신상태가 어떤가 살피는 표정으로 새삼 남자를 위아래로 훑어본다. 빗소리가 다시금 거세어지기 시작한다. 얼마간 침묵이 흐른다.

"아가씨!"

남자가 자기 이야기에서 깨어나 아가씨를 돌아본다.

"네에?"

"아까부터 내가 이상하게 생각한 건 아가씨 혼자 여관일을 보고 있는 것이오."

"혼자가 아니라예. 안방에 조카애도 자고 있고 또 어머니도 곧 돌아오실 겁니더. 이 여관은 원래 어머니가 경영하던 것인데 형부와 언니에게 맡긴 거라예. 이번에 언니 시동생이 미국유학 간다고 형부랑 언니가 서울 올라가서 며칠 있는 바람에 내가 대신 와서 좀 봐주는 거구먼요."

"그럼, 그동안 아가씨는 어디에?"

"고등학교 졸업하고 이 여관일 죽 도와주고 있다가 한 이 년 전부터는 충무에 있는 사촌언니 집에 가서 일을 배우면서 거들어주고 있어예. 양장점이라예."

"아가씨 옷 입은 게 세련됐다 싶더니만."

이때 안방마루의 전화벨이 울린다. 아가씨가 건너가서 송수화기를 든다.

"어, 어무이가? 와 아즉까지 안 오노? 뭐, 다리가 떠내려갔다고? 그럼 어짜노? 그래 거기서 자고 비 그치면 내일 산길로 해서 오이소. 여기? 손님 한 분 들었는디. 염려 마이소. 순샘이는 라면 먹고 자구마. 내일 올 때 설녹차 좀 가지고 오이소. 그래 들어가이소."

아가씨가 송수화기를 놓고 마루 전등불을 켜며,

"거기에도 기둥에 스위치가 있습니더."

손짓을 한다. 남자가 몸을 일으켜 스위치를 올리자 객실마루에도 불이 들어온다. 아가씨는 저쪽 안방마루의 전등불 밑에 앉아 있고 남자는 이쪽 객실마루의 전등불 밑에 앉아 있다. 두 전등불 빛에 마당의 빗줄기가 희끗희끗 비친다. 이런 구도, 이런 채색, 이런 명암의 풍경화는 좀체 찾아보기가 힘들다. 남자가 검은 윤곽만이 보이는 앞산을 유심히 바라본다.

"어, 산이 왔다갔다하네."

"뭐라꼬예?"

아가씨가 조금 언성을 높인다.

"빗줄기가 굵어지면 산이 멀리 있는 것 같다가도 빗줄기가 약해지면 산이 가까이 다가오는 것 같네. 이런 착각은 또 처음이야."

"손님 말씨랑 닮았네예."

아가씨가 배시시 웃는다. 전등불빛에 옥니 하나가 박힌 아가씨의 치아가 덜 익은 석류알처럼 반짝인다.

"내 말이 어때서?"

"반말을 했다가 높임말을 했다가 하니까 그렇지예. 반말을 하면 가깝게 느껴지다가도 높임말을 하면 멀리 느껴지는 기라예."

"아, 내가 그랬소? 아니, 그랬나?"

"호호, 그럼 편히 쉬이소."

아가씨가 안방으로 들어가며 창호지 방문을 한번 들어올려서 꽉 닫는다. 안방에도 불이 켜진다. 남자는 마루에 그대로 앉아 마당의 화단을 바라본다. 남자의 시선은 특히 석류열매에 머물러 있다. 날이 점점 어두워지고 비는 노드리듯 쏟아진다. 앞산 너머 하늘에서 번개가 치고 천둥이 울기 시작한다. 안방에서 계집아이의 칭얼거리는 소리가 들리다가 잦아든다. 안방 문이 열린다. 아가씨가 옥빛 잠옷 차림으로 객실 마루로 건너온다.

"아직 방에 안 드셨네예. 천둥번개 때문에 나도 통 잠이 안 오고 무섭네예. 이리 비가 쏟아지는 거 생전처음 보는 거 같아예."

아가씨가 남자 곁에 쪼그리고 앉는다. 남자가 밤하늘을 올려다보며,

"그대로 폭포군, 폭포. 이 세상에서 가장 긴 폭포."

독백하듯이 중얼거린다.

"그리고 가장 넓은 폭포."

아가씨도 밤하늘을 올려다보며 남자의 소리를 받는다.

"그럼 우리는 계곡의 밑바닥 폭포 아래 있는 셈이군. 역사의 밑바닥."

남자의 말이 끝나기가 무섭게 번개 천둥이 동시에 하늘과 땅을 뒤흔든다. 아가씨도 뒤흔들리듯 엉겁결에 남자 쪽으로 몸을 기울인다. 남자가 오른팔을 올려 아가씨의 어깨를 감싸안는다.

"정말 머루와 다래 냄새가 나는 것 같소."

남자가 아가씨의 생머리칼에 코끝에 댄다. 아가씨가 남자의 가슴으로 가만히 파고들며,

"결혼도 못 하셨겠네예."

묻는다. 남자는 머루와 다래를 터뜨리려는 듯이 잠잠히 팔에 힘을 넣기만 한다. 그러다가 팔을 느슨하게 풀며,

"아버지가 안 계신 모양이군요."

아가씨의 얼굴을 들여다본다. 아가씨가 몸을 바로 세운다. 치렁한 머리채가 뒤로 젖혀진다.

"아버진 쌍계사에서 일하기도 한 스님이었어예. 6·25 때 빨치산들로부터 절을 지켜려다가 개머리판으로 머리를 되게 얻어맞고 십여 년 동안 신경쇠약으로 고생하셨어예. 그러다가 내가 첫돌이 될 무렵 거의 실성해서 돌아가셨다고 하데예. 어머니 말을 들어보

면 6·25 전후로 해서 이 지리산 일대가 피의 계곡으로 변했다더구먼요. 그래서 난 불일폭포에 가서 구경할 때마다 저 폭포가 핏빛으로 물든 적이 있었을 거라는 생각을 하곤 해예. 피의 폭포를 상상해보면 끔찍합니더.”

아가씨가 몸을 움츠리며 진저리를 치는 척한다.

“하지만 지금은 그 폭포가 언제 그런 일이 있었느냐는 듯이 하얗게 쏟아져내리고만 있지 않소. 난 그런 데서 역사의 무심함 같은 것을 느껴요.”

무겁게 말을 이어가는 남자의 표정이 사뭇 굳어진다.

“내가 일하고 있는 충무 양장점에서 내다보면예 바로 충무 앞바다가 보이고 저기 한산도로 가는 뱃길이 가물거리거든예. 그 바다도 그래예. 한산대첩 같은 때 피바다를 이루었던 곳인데 푸르디푸른 물결만 넘실대고 있어예.”

번개가 뻐언쩍, 하며 가만 어둠의 내장을 드러내보이다가 다시 어둠 속에 묻힌다. 번개의 스러짐을 애도하듯 천둥이 운다.

“하얀 폭포에서 피의 폭포를 보고 푸른 바다에서 피바다를 볼 줄 아는 눈이 우리에게 필요하오. 난 오 년 전에 지리산 저쪽에서 일어났던 일도 하얗게 푸르게 바래버릴까 두렵소. 나 자신도 점점 바래가는 것만 같소.”

남자의 눈빛이 수정체가 타는 듯 이글거린다.

“아까 그 비닐 보퉁이는 뭐지예?”

아가씨가 남자의 눈치를 살피며 조심스럽게 묻는다.

“사실 그 이야기를 아가씨에게 하려고 했는데…….”

남자가 잠시 뜸을 들인다.

“그 젖빛 저녁안개에 파묻히면서 난 울고 있었소. 지금까지 인정하지 않으려고 해왔던 그녀의 죽음을 그 계곡에서 받아들이게 된 것이지요. 그녀는 죽으면서 내 안으로 완전히 들어온 셈이오. 나는 그녀가 녹으면서 흘러내린 폭포 밑바닥을 정신없이 두 손으로 헤집기 시작했소. 자갈들을 헤치고 뼛가루 같은 맑은 모래들을 퍼내어 용소(龍沼) 가에 소복이 쌓아갔소. 그러고는 계곡을 달려올라와 평지에서 텐트를 치고 야영을 하고 있는 청년들에게서 라면봉지들을 얻고, 야영하는 사람들을 대상으로 장사를 하고 있는 아낙네들에게 비닐을 좀 얻었소. 다시 계곡 밑바닥으로 내려온 나는 라면봉지들에다가 그 모래들을 담고 비닐로 싸서 묶었소. 그러니까 저 보퉁이는 그녀의 유골함이오."

"유골함? 어쩐지 으스스해지네예."

아가씨가 다시 남자 쪽으로 몸을 기울인다.

"난 내일 새벽에 저 유골함을 들고 지리산 저쪽으로 넘어가 보름달 뜨기를 기다리는 동리, 망월동에 묻을 거요. 난, 난……."

남자가 말을 잇지 못하고 울먹이기부터 한다.

"사실 난 그녀가 환상으로 변하는 것을 더 이상 내버려둘 수가 없어 그녀를 죽여야만 했소. 유골함에 담아야만 했소."

드디어 남자가 끄윽끄윽, 흐느낀다.

"그녀의 삶이 현실이었던 것처럼 그녀의 죽음도 현실이오. 흐윽 흐윽…… 난 내일 자수할 거요."

"자수라니예?"

아가씨가 화들짝 몸을 추스린다.

"오 년간 그녀를 찾아헤매던 나를 역시 찾아헤매고 있는 자들에게 자수할 거요."

"무엇 때문에 말인기라예?"

"내가 그녀를 죽였다고 말이오."

뻐언쩍, 우르르 꾸앙 쾅콰룽, 번개와 천둥이 한꺼번에 뒤엉킨다.

어마어마한 굉음이다. 지리산 전체가 뒤집히는 것 같다. 그와 동시에 여관과 주위 집들의 전깃불이 까무러치듯 탁 꺼져버린다. 그야말로 칠흑 같은 어둠이다. 그 어둠 속에서,

　"정말로 그 여자를 죽였어예?"

라고 묻는 아가씨의 떨리는 목소리가 새어나온다. 그리고 애곡(哀哭) 같은 남자의 흐느낌이, 천둥소리에 놀라 깨어난 계집아이의 울음소리에 섞인다.

# 우리 시대의 소설가

1

　이곳은 소설가가 살 만한 동네가 아니다. 그렇다고 소설가 강만우(姜萬祐) 씨는 다른 곳으로 옮기는 문제를 진지하게 생각해 본 적도 없다. 다른 동네로 옮겨봐도 결국 비슷한 상황이 전개되고 말 것이 아닌가 우려되기만 할 뿐이다.
　언젠가 만우 씨는 충무로 대한극장에서 영화 한 편을 보고, 남산에 올라가서 벤치 같은 데 앉아 쉬었다 갈까 하고, 남산으로 오르는 길을 찾아 동국대 정문 앞으로 해서 필동이라는 동네로 들어서 보았는데, 이전에는 고즈넉하기 이를 데 없던 그 동리가, 만우 씨가 소설가로서 본격적으로 활동하게 될 때 와서 살고 싶었던 그 동리가, 갖가지 중소기업 공장들과 수공업 공장들로 잠식당해 있는 몰골을 보고 얼마나 우울해졌던지. 그야말로 잠식(蠶食), 누에가 뽕잎을 갉아먹어 들어가는 형국이었다. 근데 그 누에는 뽕잎을 가장자리부터 차근차근 갉아먹어 들어가는 것도 아니었다. 미친 누에처럼 여기 조금 저기 조금 기분 내키는 대로 꿈틀꿈틀 건너뛰면서 갉아 먹고 있었다. 그러니까 전통적인 가옥이 두어 채 이어지다가 무슨 제품 공장, 또 한 집 건너 무슨 인쇄 공장, 이런 식이었다. 남산의 신선한 바람이 고여 있어야 마땅한 좁은 골목길은 공장 봉고차들이 왔다갔다하느라고 사람 지나다닐 틈도 없을 지경이고, 공장들에서 풍겨나온 냄새들이 합성된 이상한 악취가 콧구멍을 쿡쿡 쥐어박아 만우 씨는 미간을 찌푸리지 않을 수 없었다. 남산으로 올라가는 고 전적인 삽상한 길 같은 것은 이미 존재하지 않았다. 그때 만우 씨는 생각했다. 이제 한국 어느 구석에도 전통적인 주택가를 찾아보기는 힘들겠다고. 그리고 정부에서 남산을 보전하려면, 외관상의 문제만 다룰 것이 아니라 남산 밑에 보이지 않게 뻗어 있는 골목길들부터 정화하여 원래의 주택가 골목으로 복원하는 것이 급선무라고.

　사태가 이쯤 되고 보면 가내공장들이 잠식해 들어올 염려가 없 는 아파트촌으로 들어가는 것이 상책이긴 하지만, 아파트 높이만큼 이나 치솟아 있는 아파트 가격을 감당할 재력이 만우 씨에게 있을 리 없고, 무엇보다 시멘트 개미집 내지는 벌집에 불과하다고 여겨 지는 그곳에서 살다가는 소설가로서 갖추어야 할 정서니 감수성이 니 하는 것들이 형편없이 손상될 것이 확실하므로, 아파트 입주 역 시 꺼려지기는 마찬가지였다. 아직은 공기가 그래도 맑고 소음도 적은 시골로 내려가는 것도 생각해 볼 만하지만, 시골이 오히려 변 덕스럽기 그지없는 정부의 개발정책에 희생될 가능성이 더욱 많다 할 것이다. 어느 소설가가 물색하고 물색한 끝에 조용한 시골땅을 사서 거기 집을 짓고 집필실을 마련하여 좀 편안한 마음으로 글을 써볼까 했더니, 병풍처럼 둘러쳐져 있는 뒷산 마루들이 무지막지한 포클레인·불도저·굴착기 들에 의해 깎여나가고 비행장이 떡하니

들어서게 되었다고 하지 않는가.

어차피 만우 씨는 여기서 버티어나가는 수밖에 없다고 생각했다. 한번 피해다니다 보면 계속해서 피해다니는 처지에 놓이게 마련이었다. 칠십 년대 초까지만 해도 이곳은 조용하기로 이름난 주택가였다. 긴 골목을 구불구불 빠져나오면 의대 벽돌담을 만질 수 있게 되고, 제법 넓은 길을 건너면 문리대니 법대니 하는 고색창연한 대학 건물들 정문으로도 들어설 수 있게 되었다. 그래서 소위 대학가 주변의 학구적인 분위기가 동네 전체를 감싸고 있었고, 하숙집도 많아 대학생들 스스로가 그런 분위기를 깨뜨리지 않으려고 노력하는 편이었다. 그런데 대학들이 관악산 기슭들로 옮겨가고, 정부당국에서 이곳을 대학로라는 이름으로 바꾸어, 도로 확장공사를 하느니 개천 복개공사를 하느니 시민공원을 조성하느니 문화시설들을 유치하느니 하고부터 이전의 모습들을 잃어버리고 어수선해지기 시작했다.

대학가와 대학로의 차이는 엄청난 것이었다. 대학로를 소리나는 대로 적으면 대항노, 아니면 대항로가 될 것인데, 그 때문인지 그 거리는 그야말로 대항의 신작로로 변하여 시국 규탄대회가 열려 최루탄이 난무하기 일쑤이고, 기성세대에 대항하는 젊은이들이 무리져 와서 마음껏 북 두드리고 꽹과리 치고 기타 치고 춤추고 악을 쓰다가 술에 취해 쓰러져 자기 일쑤였다. 새벽 두세시에도 젊은이들이 집단적으로 고래고래 고함치며 부르는 노랫소리가 만우 씨의 고막을 얼얼하게 하는 것은 다반사로 있는 일이었다. 그래서 만우 씨는 그 거리에 빽빽하게 들어선 무슨무슨 레스토랑의 간판을 레지스탕스로 읽곤 할 정도였다. 레스토랑이든 레지스탕스이든 저런 것들이 한 거리에 저렇게 많이 있을 필요가 있는 것인지 만우 씨로서는 알다가도 모를 일이었다.

그러나 한편, 연극이니 영화 같은 것을 구경하고 싶을 때는 편리한 점도 있긴 했다. 그 거리에 꽤 많은 연극공연 극장들이 모여 있고, 제법 쓸 만한 영화관도 자리잡고 있기 때문이었다. 유명한 재즈 카페도 있고, 심지어 낭만적인 시절에나 있을 법한 고전음악 감상실까지 들어서 있었다. 그리고 만우 씨는 이 동네에서 십 년도 더 넘게 살아오고 있고 지금도 이 동리를 떠날 엄두를 내지 못하고 있는 자로서, 이 동리에 머무름으로써 얻게 되는 그럴듯한 이익들을 어떡해서든지 찾아내 보려는 버릇이 있기도 했다. 젊은이들이 모여드는 거리의 활달함 같은 것도 창작생활에 보탬이 될 거라는 식으로 말이다. 무엇보다 만우 씨가 술을 마실 만한 적당한 공간이 지천으로 널려 있다는 사실이 가장 유리한 점으로 작용한다고도 할 수 있었다.

레스토랑 같은 것은 주택가 깊숙이 파고들어 바로 만우 씨 집 코앞까지 들어차 있는 형국이었다. 만우 씨가 집을 개조하지 않고 좀 더 버틴다면 바로 옆집과 뒷집이 레스토랑이나 카페로 변신하고 말 것이었다. 어쩌면 여관으로 바뀔지도 모를 일이었다. 주민들은 동리 전체가 상가지역으로 형성되는 데 대하여 흐뭇한 표정들을 지으며, 집을 허물고 새로운 용도에 맞게 새 건물들을 짓느라, 온통 땅을 파헤치고 쿵쾅쿵쾅 땅땅땅 뚝딱뚝딱 난리법석을 피웠지만, 어찌 소설가로서 상가 건물을 짓겠는가 하고, 만우 씨는 좀 싼값으로 구입한 옛집 그대로 지켜내고 있는 것이었다.


2


간밤에 비가 추적추적 내렸다. 만우 씨가 새벽에 마당으로 나가니 비는 그쳐 있었는데, 조간신문이 떨어진 자리에 물이 조금 고여 있었다. 신문은, 광고들이 주로 실려 있는 하단부가 물에 젖어버렸고, 상단부도 물기가 배어들어 흐늘거렸다. 만우 씨는 신문이 물러 터지지 않게 그것을 조심스럽게 들고 현관 안으로 들어와, 일단 마루에 한 장씩 펼쳐놓았다. 한 장에 사 면, 이십 면이면 다섯 장이었다. 신문 다섯 장도 나란히 펼쳐놓으니 마루 전체를 다 차지할 만큼 꽤 길게 늘어졌다. 이런 식으로 신문이 마르기를 기다리다가는 습기찬 날씨를 감안할 때 한나절은 족히 걸릴 듯싶었다.

만우 씨는 먼저 물에 젖은 신문의 하단부를 손으로 뜯어내었다. 아니, 여기서는 뜯어내었다는 표현보다 들어내었다고 하는 편이 더 나을 것 같다. 신문 하단부는 정말 맥없이 들어내어졌다. 찢어지는 소리 하나 들리지 않아, 만우 씨는 묽스그레한 밀가루 반죽을 한 줌 떼어내는 듯한 느낌을 받을 정도였다. 하단부를 들어내니 광고가 없는 신문이 되었다. 이제야 신문다운 신문이 된 것도 같았다. 만우 씨는 들어낸 하단부들을 한 덩어리로 둘둘 뭉쳐 개수통으로 들고 가 두 손으로 꾹 눌렀다. 한 종지는 넘을 듯한 물이 흘러내렸다. 온갖 신문광고들이 엉키고 짓눌려 녹아흐르는 구정물이었다. 물을 눌러짠 광고 뭉치를 쓰레기통에 버리고, 만우 씨는 화장실에 들어가 아내가 쓰는 헤어드라이어를 들고 나왔다.

광고가 없이 상단부만 남아 죽 펼쳐져 있는 신문을 향해 만우 씨는 헤어드라이어의 열기를 뿜어대었다. 물기가 배어 있던 신문이, 불기만 약간 남은 연탄 위의 오징어처럼 조금씩 오그라들며 말라갔다. 어떤 부분은 열기를 세게 쏘여 슬그머니 누룽지 빛깔로 변하기도 했다. 신문이 건조되면서 풍기는 냄새가 언뜻언뜻 코끝에 느껴졌다.

만우 씨는 드라이어로 신문을 말리면서 기사들을 대강 훑어보았다. 「생각하는 사람」 서울에 오다. 이런 제목하에 로댕의 「생각하는 사람」 청동조각 사진이 컬러판으로 큼직하게 인쇄되어 있기도 하고, 이규태 코너는 아예 로댕이라는 제목을 달고 로댕론을 펼치고 있었다. 로댕은 명성을 얻기 전에는 고독했다. 명성을 얻은 다음에는 그 더욱 고독했다. 명성이란 바로 그의 주변에 밀어닥친 오해의 총계에 불과했기 때문이다 ── 라이너 마리아 릴케. 이규태 코너는 이렇게 릴케의 말을 인용하면서 시작되고 있었다. 이규태란 사람은 어떻게 이런 코너를 매일매일 시사에 맞추어 순발력있게 써낼 수 있는지, 만우 씨는 새삼 희한하게 여겨졌다. 그가 지니고 있을 그 무수한 스크랩북들, 도서관처럼 체계적으로 정리되어 있을 인용구 모음·도서목록·도서들. 적어도 이 시대의 소설가라면 이규태 선생 정도로 자료들을 적시적소에 써먹을 수 있도록 방대하고 깔끔하게 정리해 두어야 하지 않을까. 그러려면 얼마나 넓은 공간이 요구되는 것일까. 만우 씨는 좁아터진 마루와 방들을 둘러보며 가만히 한숨을 쉬었다.

로댕 기사와 붙어 있는 옆 지면에는 영국 옥스퍼드 대학을 십삼 세에 수석으로 졸업한 천재 소녀 루스 로렌스에 관한 기사를 크게 싣고 있었다. 그런데 소제목으로, "'문학은 마음 혼란' 학과만 시켜"라는 구절이 적혀 있었는데, 만우 씨가 좀 더 읽어보니 그것은 로렌스의 아버지 해리 씨가 딸을 교육시킨 내용과 관련된 것이었다. 해리 씨는 로렌스를 일체 학교에 보내지 않았을 뿐만 아니라, 문학은 딸의 마음을 어지럽힌다고 생각하여 소설 한 권 읽지 못하도록 했다는 것이었다. 이런 아버지의 교육방법에 대하여 논란이 일고 있다고도 했다. 원래 신문으로 따지면 로댕의 「생각하는 사람」과 로렌스 관련 기사는 사 면이나 떨어져 있어야 하는 것이지만, 신문을 펼쳐놓는 바람에 바로 옆 기사가 되어 묘한 대조를 이루고 있는 셈이었다. 소설 한 권 읽지 않은 천재 수석졸업자와 「생각하는 사람」. 이 세상에 천재가 많지 않은 사실이 소설가인 만우 씨로는 여간 다행이 아니었다. 그러잖아도 영상매체의 위력에 눌려 위기론이 나올 정도로 맥을 못 쓰고 있는 소설인데 말이다.

만우 씨는 신문을 다 말린 후, 구운 내가 살짝 나는 신문의 상단 부들을 챙겨들고 서재로 들어갔다. 우선 컬러판 로댕 조각 사진들이 눈에 들어와 그것부터 봐나갔다. 「저주받은 여인」, 「입맞춤」, 「팔 없는 사람의 명상」, 「청동시대」, 「발자크의 두상 」 등의 조각 사진들이 간단한 작품소개와 함께 두 면에 걸쳐 가득 실려 있었다. 아마 신문사에서 로댕전시회를 후원 내지는 주최하는 모양이었다. 그렇지 않고서야 이렇게 로댕에 대하여 대대적으로 지면을 할애할 리 만무했다.

그때 전화벨이 울렸다. 아직 아침이라 하기에는 이른 시각이어서, 만우 씨는 고개를 갸우뚱하며 송수화기를 들었다.

"여보세요."

"거기가 강만우 씨 댁입니까?"

"그런데요."

"지금 전화 받는 사람이 강만우 씨입니까?"

"예. 그렇습니다만."

"「염소의 노래」라는 소설을 쓴 강만우 씨 맞습니까?"

"네. 맞습니다. 그런데 무슨 일로?"

"그 소설을 내가 사서 읽었습니다."

"아, 감사합니다. 내 소설을 읽어주셔서."

"감사할 것까지는 없소. 내가 전화를 건 건 환불해 달라고 걸었으니까."

"네? 뭐라고 하셨습니까?"

"환불요. 물건을 잘못 사면 물건값을 도로 돌려주잖습니까."

"무슨 말씀이신지? 혹시 파본된 책을 구입하셨습니까? 그러면 나한테 연락하지 말고 책을 산 서점이나 출판사로 연락해서……."

"이보시오. 나도 그런 것쯤은 알고 있습니다. 내가 환불 받기를 원하는 사람은 바로 강만우 씨 당신이란 말이오."

"어, 그러니까 내가 당신에게 환불을 해달라는 이 말씀입니까?"

"이 사람이, 소설을 쓰면서 말귀를 못 알아듣네. 당신 소설 읽느라 괜히 시간만 낭비했으니, 소설을 쓴 당신이 환불을 해주어야 된다 말이오. 내 말 이제 알아듣겠소?"

"어, 그건. 어."

"이 사람이, 말을 더듬거리긴. 불량상품을 만들어 팔아 소비자에게 손해를 끼쳤으면 상품을 만든 회사가 책임을 져야 하듯이, 소설가 당신이 내 손해를 물어줘야 된다 이거요."

"어, 그건 경우가 좀 다른 것 같은데요."

"다르긴 뭐가 달라요? 그럼, 당신이 쓴 소설에 대하여 책임을 안 지겠다 이겁니까? 소설책 내놓고 돈을 받아요, 안 받아요?"

"돈을 받지요. 출판사에 출판권 설정을 해줬으니."

"책 팔리는 수만큼 돈을 계속 받을 거 아니오? 그렇다면, 당신 책을 읽느라 쓸데없이 시간만 허비하고 손해본 나 같은 독자에게 환불할 책임이 분명히 있는 거요."

"그럼 좋습니다. 소설을 쓴 나에게 그 부분에 대하여 환불할 책임이 있다 합시다. 도대체 당신에게 얼마나 환불해 달라는 말입니까?"

"내가 뭐 괜히 협박공갈해서 돈이나 뜯어내는 그런 사람이라고 생각하면 안 됩니다. 내가 환불해 달라는 액수는 그리 많은 게 아닙니다."

"한번 말해 보십시오. 당신이 요구하는 금액이 얼맙니까?"

“삼천오백 원입니다. 내가 책을 산 값만을 환불해 주면 된다 이 겁니다.”

“그렇다면, 그런 책을 골라산 당신 책임은 없습니까? 책을 고르는 당신의 분별력에 문제가 있는 점은 어떻게 생각합니까?”

“그것까지 다 감안하여 책 한 권 값을 요구한 것입니다.”

“내가 환불해 주지 않겠다면 어떡할 겁니까?”

“끝까지 요구해서 받아낼 것입니다.”

“마음대로 하십시오. 나는 환불하지 않겠습니다.”

“당신 소설을 읽고 실망한 독자에 대해 전혀 책임을 못 느낀단 말입니까?”

“아까도 이야기했지만, 그건 환불하는 문제와는 상관이 없다고 생각합니다. 작가 양심의 문제일 뿐입니다.”

“양심상 책임이 있을 뿐, 금전상 책임이 없다 이건데, 책임이란 건 뭔가 가시적인 형태를 띠어야 하는 것 아니오?”

“앞으로 더 좋은 작품을 내어놓는 것도 책임의 가시적인 형태라고 할 수 있고, 또 다르게 책임을 질 수도 있겠죠.”

“더 좋은 작품을 내놓는다구요? 당신이 써내는 소설들이 갈수록 나빠지고 있는데, 당신이 그런 형태로 책임을 질 거라고는 기대할 수 없소. 지금까지 당신이 써낸 소설들에 대하여 모두 환불을 요구한다면 액수가 이만 원은 넘을 테지만, 이번에 출간된 『염소의 노래』라는 책에 대해서만 환불을 요구하는 것이니, 내가 잘 봐준 줄 아시오. 내가 이번에 환불을 요구하는 것은, 당신이 쓰는 소설들을 더 이상 못 참겠다는 뜻도 되는 거요.”

“그렇게까지 내 소설에 실망했다면 양심상 큰 가책을 느낄 수밖에 없군요. 하지만 환불은 지금껏 한 번도 해본 적이 없고, 환불을 꼭 받고 싶으면 내 소설같이 실망스러운 책을 출간한 출판사에나

요구해 보시오. 책 한 권을 팔게 되면, 작가 쪽보다 출판사 쪽에서 아무래도 더 큰 이윤을 가져가게 되니 말이오."

"책 내용에 대해서는 어디까지나 작가 자신이 책임을 져야 되는 거 아니오? 이건, 어디서 이윤을 더 많이 취하느냐의 문제가 아니란 말이오. 나는 당신에게 환불을 요구하고 싶을 뿐이오."

"내가 백 보 양보해서 만약 환불을 하게 된다 하더라도, 책 한 권이 팔릴 때 나에게 돌아오는 이윤의 한도 내에서밖에는 환불해 줄 수 없소."

"도대체 책 한 권 팔리면 당신에게 돌아오는 이윤이 얼마큼 되는 거요?"

"책 한 권 값의 십 퍼센트가 보통이지요. 그러니까 삼천오백 원짜리 책 한 권 팔리면 삼백오십 원이 들어오는 셈이죠. 어떤 출판사는 광고를 많이 해주겠다는 감언이설로 오 퍼센트 이상은 주지 않는 경우도 있지요. 또 출판사들이 인세를 지급하는 것이 주먹구구식이라서 언제 들어올지 모르는 경우가 허다하지요. 그리고 기껏 초판 삼천 부 정도 찍으면 그만인 경우가 대부분인데, 다 계산해 봐도 백만 원가량밖에 되지 않소. 수개월, 아니 수년씩 작품을 써가지고 들어오는 수입이 고작 그거란 말이오. 몇몇 인기있는 작가들을 제외하고는, 이 시대 소설가들이야말로 최하 수준의 임금을 받는 근로자라 할 수 있소. 십 년 전의 원고료 액수를 지금도 그대로 받고 있는 형편이오."

"그러니까 요는, 환불해 주더라도 삼백오십 원 그 이상은 못 주겠다 이거군요."

"말을 하자면 그렇다는 거지, 환불해 주겠다는 뜻은 아니오."

"나도 환불 액수를 따지면 삼천오백 원이 문제겠소? 상징적으로 책 한 권 값을 받아내겠다 이거지, 내가 『염소의 노래』라는 책 한 권을 삼으로써 당신에게 돌아간 이윤을 되돌려달라는 것은 아니오. 내가 불량 면도기 한 대를 산 것은 아니지 않소. 이건 어디까지나 정신적인 손해에 대한 배상이란 말이오."

"어떤 정신적인 손해를 봤는지 구체적으로 이야기할 수도 없으면서 어떻게 배상을 요구하는 거요?"

"이 사람 보게. 내가 언제 구체적으로 이야기할 수 없다 그랬소?"

"막연히 시간을 낭비한 것 같다는 것만으로 배상을 요구하는 근거가 될까요?"

"그건 환불을 요구하는 이유 중 하나에 불과하오. 구체적으로 말해 보라면 다 말할 수도 있소. 그럼, 해봅시다. 우선 당신, 『염소의 노래』라는 책을 가지고 와서 펴놓으시오. 페이지를 짚어가면서 이야기해 봅시다."

"아, 지금 나는 이러고 있을 시간이 없습니다. 오늘 원고를 써서 넘겨야 할 데가 있습니다."

"어디 지방신문에도 연재하시더만, 나, 그 신문, 정기구독하지는 않지만 지방 내려가면 가끔 보는데 신문연재 같은 거 안 할 수 없소? 그리 이야기를 지지부진 늘어놓아서 뭘 하겠다는 거요?"

"아무튼 오늘은 바쁘니 이만 끊었으면 합니다."

"내가 요구한 것에 대해 당신은 아무것도 확답을 해주지 않았소."

"뭘 더 확답하라는 거요? 환불 같은 것은 하지 않겠다고 분명히 밝혔소."

"방금은, 내가 어떤 정신적인 손해를 보았는가 구체적으로 밝히면 환불을 해줄 것처럼 말하지 않았소?"

"그건 당신이 제시하는 이유가 하도 막연해서 그래 봤던 것이지, 구체적인 이유라는 것을 들어보려고 그런 것은 아니오."

"왜 말을 돌리고 그러오. 꼭 당신 소설 같구려. 나도 한가한 놈은 아니고, 출근도 해야 하니, 오늘은 이만 끊겠소. 다음에 또 전화를 걸어 매듭을 짓든지 하겠소."

"아, 제발 이러지 마시오. 이런 식으로 나를 방해하지 마시오."

만우 씨는 송화기에 대고 엉겁결에 소리를 쳤지만, 이미 전화는 끊어져 있었다. 만우 씨는 책상 의자에 털썩 주저앉으며 자기도 모르게 오른손 손등으로 턱을 받쳤다. 그건 전화가 오기 전에 신문에서 본 「생각하는 사람」 모습을 닮아 있었다. 만우 씨는, 한 이십여 분 동안 통화를 한 상대방의 목소리를 떠올리며, 그 사람의 성격과 정신상태 등을 유추해 보았다. 일단은 정신이상자는 아니라는 생각이 들었다. 이쪽의 말을 대거리하는 투로 보아 정신이상자이기는커녕 아주 명료한 의식을 가진 자라고 여겨지기도 했다. 출근도 해야 된다는 말을 하기도 했으니, 정상적으로 직장에 다니는 사람일 가능성도 많았다. 그리고 만우 씨가 그동안 쓴 소설들을 빼놓지 않고 다 읽었음에 거의 틀림없었다. 그리고 보면 만우 씨에 대한 관심이 많은 사람이라고 할 수 있는데, 관심이 많은 그만큼 실망도 컸던 모양이었다. 그런데 왜 하필이면 실망의 표현을 책값 환불 요구로 하는 것일까. 방금 전화한 태도로 보아, 한번 해본 소리가 아니라 끈질지게 자기 주장을 관철시키려고 대들 것만 같았다. 시도 때도 없이 전화를 걸어 귀찮게 하고 집에까지 찾아와서 논쟁을 벌이고 하면, 여간 골치 아픈 일이 아니었다. 차라리 그가 요구하는 대로 삼천오백 원을 줘버리는 것이 훨씬 속 편하지 않은가. 하지만 그의 요구에 굴복하게 되면 소설가로서의 자존심은 진구렁에 던져지고 마는 셈이었다. 독자에게 책값을 환불하고 나서 다시 붓을 들 수 있는 소설가가 몇이나 있을 것인가. 비록 정신병자에게 봉변을 당한 셈 치더라도 심적인 타격이 클 것이 뻔하였다. 결국, 만우 씨는 자신의 소설 창작을 위해서도, 좀 심한 말로 자신의 유일한 생계수단을 이어가기 위해서도, 어떡해서든지 그에게 환불을 해주는 수치만은 모면해야 할 것이라고 마음먹으면서, 「생각하는 사람」의 자세를 풀었다.

하지만 그다음부터는 신문의 활자들도 만우 씨의 눈에 잘 들어오지 않고, 원고를 쓸 의욕도 영 나지 않았다. 그 작자는 그 전화 한 통화로써 만우 씨의 내면을 흩트려놓기에 충분한 충격을 준 셈이었다. 만우 씨는 날씨가 더욱 후텁지근하게 느껴져 창문을 있는대로 다 열어놓았다. 그러나 시원한 바람 한 줌 들어오지 않고 차도를 질주하는 차소리만 우렁우렁 들려올 뿐이었다. 거기다가 근처의 신축 공사장에서 하루 작업을 준비하는 인부들이 떠들어대는 소리와 판자를 던지는 소리 같은 것들이 쿵쿵 들려왔다. 좀 있다 레미콘 차들이 와서 시멘트를 붓고 하면 그 요란한 소음을 견디기가 보통 힘든 일이 아니었다. 오늘 하루도 얼마큼 한 소음과 싸워야 될지. 그런데 이미 그의 전화로 인하여 만우 씨 마음속에 일어난 소음이, 바깥의 소음들을 훨씬 능가하고 있는 편이었다.

만우 씨는 오늘 써야 할, 아니 오늘 쓰기로 계획한 원고량을 다시 계산해 보았다. 신문연재 원고는 어제 일주일치를 우송하였으므로 며칠 동안 문제될 것이 없는데, 몇 달 전부터 원고 독촉이 있는 문예지에 중편 하나를 넘기는 일이 목에 가시처럼 걸려 있었다. 이제는 더 이상 연기할 수도 없는 형편이라 다음 달 초까지는 꼭 넘겨야만 하였다. 그래도 원고가 백오십 매가량 진척되어 있어, 오늘분의 원고를 하루 미루고 내일 좀 더 힘을 쓰기만 하면 별 지장은 없을 것 같았다. 내일 오후에 압구정동에 갈 일이 있긴 하지만, 오전 중에 몰아서 원고를 쓰면 될 것이었다. 내일은 새벽부터 전화기 코드를 뽑아놓든지 해야지.

만우 씨는 방을 나와 현관문을 열고 바깥으로 나왔다. 아내가 좁은 마당에서 빨래를 정리하다 말고, 만우 씨가 어디로 가는가 하고 의아한 얼굴로 쳐다보았다.

"명륜당 들렀다 올게."

명륜당을 한 바퀴 둘러보고 오는 것이 만우 씨의 아침산보인 셈이었다. 아침산보라고 해야 규칙적으로 하는 것은 아니고, 한 달에 너더댓 번 나가보는 것이 고작이었다.

명륜당은 성균관대학이 방학이라서 그런지 텅 비어 있었다. 만우 씨는 서너 아름은 됨직한 은행나무 아래에 앉아 고풍스러운 명륜당 기와지붕을 하염없이 바라보았다. 고등학교 시절 전국 고교 백일장이 해마다 열리던 명륜당 뜰이었다. 만우 씨는 김천 지역 고등학교 대표로 여기까지 올라와 백일장에 참가하곤 했다. 일, 이학년 때는 입선에도 들지 못하고 계속 떨어지다가 삼학년 때 입상을 하기도 했다. 차상이라는 이상한 이름의 상을 사모관대를 쓴 유생 차림으로 받았는데, 그때 산문부 백일장 제목이 '손'이었다. 만우 씨는 그 제목을 받고 처음에는 어떻게 써야 할지 몰라 당황해하였다. 그러다가 저기 숲그늘에 앉아서 원고지를 메우고 있는 한 여학생의 손을 보고는 영감이 떠올라 글을 써나가기 시작했다. 그 여학생의 섬섬옥수를 보고, 만우 씨는 희한하게도 김천 근방 황악산 자락에 있는 직지사 부처들의 손을 떠올렸다. 직지(直指)라는 절 이름도 손과 관련이 있었다. 신라에 처음으로 불교를 전한 묵호자가 세웠다는 절인데, 그 후 능여대사가 중건하면서 절의 터를 잴 때 일체자를 사용하지 않고 손으로 측량을 했다 하여 직지사라는 이름이 생겼다고 하였다. 직지사 대웅전에 있는 자그마한 천 개의 부처들과 보물로 지정되어 있는 삼존불 탱화 속의 무수한 부처들 손 모양을 떠올리며, 그 손들이 이루는 웅장한 화엄세계를 나름대로 글로 옮겨보았다. 쉽게 이야기하면, 손에 손 잡고 새 세상을 이루어보자는 좀 순진한 내용이었다. 황악산 직지사는 만우 씨가 중고등학교 시절 심심하면 놀러갔던 절이었다. 대웅전으로 들어서자마자 천불들 중에서 유일하게 서 있는 아기부처를 발견하면 아들을 낳는다 하여, 아들 못 낳은 여자들이 가슴을 두근거리며 드나들던 절이었다. 천 개의 앉은 부처들 중에서 혼자만 오뚝 서 있는 그 아기불은 아마도 천상천하 유아독존을 외쳤던 탄생불일 것이었다. 섰다가 모로 누웠다가 똑바로 눕는 부처. 탄생불, 가부좌불, 열반불, 와불. 부처도 생로병사의 원리를 그 몸의 자세로 보여주고 있는 셈이었다.

만우 씨는 무릎 위에 놓인 두 손을 내려다보며, 지금 은행나무 아래 앉은 자신의 자세가 아직은 가부좌불을 닮았다고 여겨졌다. 한창 일할 나이, 열심히 소설을 쓸 나이가 아닌가 싶었다. 그런데 오늘은 소설 쓰는 일을 일찌감치 접어두고 도망치듯 명륜당으로 들어와 있는 형편이었다. 독자로부터 환불을 요구당하는 처지에 이르고 말았다니. 만우 씨는 생각할수록 맥이 빠지지 않을 수 없었다. 아침때가 지나가는 데도 밥 먹을 생각조차 나지 않았다.

아내가 아침 밥상을 차려놓고 기다리고 있다는 것을 알면서도, 만우 씨는 집으로 향하지 않고 덕수궁으로 향했다. 덕수궁 관람표를 한 장 사서 대한문을 지나 궁 안으로 들어섰다. 덕수궁은 경복궁이나 창덕궁에 비해 규모가 작아 조금만 빨리 걸으면 궁궐 담이 곧 끝나버릴 것 같아, 만우 씨는 될 수 있는 한 천천히 걸어서 현대미술관 쪽으로 다가갔다. 내일부터 열릴 로댕전시회를 준비하기 위해 아침부터 전시회 관계자들이 인부들을 지휘해 가며 부산하게 움직이고 있었다. 수십억, 아니 수백 수천억 원에 달할 로댕의 청동조각품들이 전시될 장소를 배정받기 위해 여기저기 복도에서 기다리고 있는 모습은 또 하나의 진귀한 전시회라 할 수 있었다. 만우 씨는 로댕전시회 관계자 중의 한 사람인 것처럼 뒷짐을 지고 음음, 헛기침도 몇 번 해가며 홀 안으로 쑥 들어가, 이리저리 돌아다니며 로댕

조각품들을 공짜로 구경하였다. 번호가 매겨진 것을 보니 모두 마흔여섯 점이 전시될 모양이었다. 진열 번호 일번이 「코가 깨진 남자의 얼굴」이었고, 사십육번이 「장례의 수호신」이었다. 만우 씨는 아침신문에서 얼핏 본 「팔 없는 사람의 명상」이라는 여인상 작품 앞에 오래 서 있었다. 그 작품은 양팔이 없을 뿐만 아니라 왼쪽 무릎도 정과 망치로 깨버린 듯 달아나고 없었다. 다리를 움직이려고만 하면, 무릎도 없이 허벅지에 덜렁거리며 간신히 붙어 있는 장딴지 부분이 그대로 떨어져나갈 것만 같았다. 신문에서도, 그 작품은 명상과 행동 사이의 모순을 표현하고 있다고 설명하였는데, 과연 직접 보니 그 모순의 처절함이 피부로 느껴지는 듯했다. 양팔과 무릎이 없는 행동. 행동하기만 하면 무너지게 되어 있는 몸의 구조. 그 여인은 「생각하는 사람」처럼 턱을 받칠 만한 손 하나 없는 셈이었다.

아무튼 청동으로 기운차게 혹은 부드럽게 빚어진 그 조각품들의 세계는 인간사의 모든 것을 거의 다 담고 있다 해도 과언이 아니었다. 만우 씨는 미술관을 슬그머니 빠져나오며 오른손으로 무릎을 쳤다. 그것은 자기 무릎이 있는가 확인해 보는 동작이기도 하면서, 무언가 깨달음을 나타내는 몸짓이기도 했다.

"그렇다. 청동의 문체여야 한다."

만우 씨는 입으로 중얼거리기까지 했다. 내면과 현실을 청동의 문체로 표현해 낼 때, 얼마나 강인하고 장중한 세계가 펼쳐질 것인가. 만우 씨는 지금껏 자신의 문체가 물렁한 목질의 문체이거나 방정맞은 양철의 문체였다는 사실을 부끄러워했다. 그런데 어떤 소설가가 청동의 문체로 이 세계를 장엄하게 그려내었는가. 동서고금을 둘러보아도 언뜻 짚이는 작가가 없었다. 한때 만우 씨가 흠뻑 빠졌던 도스토예프스키나 카뮈도 청동의 문체는 아니었다. 무언지 모르지만 청동보다는 약한 그런 문체였다. 헤밍웨이도 돌이나 바위의 문체 정도밖에 안 되고, 존 스타인벡도 어딘지 부족한 구석이 있고, 고리키도 거친 철의 문체는 될지언정 청동의 문체는 아니었다. 포스트모더니즘 어쩌고 하는 현대작가들일수록 기교는 발달된 반면 문체의 힘은 점점 약해져, 고무판을 조각칼로 요리조리 재미있게 파고 있는 격이었다. 한국의 소설가들 중에는 청동의 문체를 구사하는 작가가 있는가. 아직은 없다는 사실이 만우 씨를 서운하게 하면서 한편 안도하게 하였다. 그러다가 만우 씨는 연암 박지원은 청동의 문체를 구사한 작가가 아닐까 하는 생각을 해보았다. 그 『열하일기』의 웅려함과 통달함, 그리고 깐깐함. 가히 청동의 문체라 이를 만하지 않은가. 하지만 『열하일기』는 아깝게도 한문으로 쓰인 작품이었다.

'청동의 문체를 구사하려면 청동의 눈, 청동의 심장을 가져야 한다. 환불을 요구하는 독자 하나쯤 한 방에 때려눕히는 청동의 팔을 지녀야 한다.'

어느새 만우 씨는 생각의 방향을, 아침에 전화를 건 그 독자에게로 돌리고 있었다. 아무래도 오늘 하루는 그 독자가 만우 씨의 머릿속에 똬리를 틀고 들어앉을 모양이었다.

만우 씨는 그날 하루 동안 어디를 쏘다녔는지, 소주에 고주망태가 되어 한밤중에 집으로 돌아왔다. 한밤중이라지만 여름날 대학로 거리는 그냥 대낮이라 해도 될 성싶었다. 웃통을 벗어젖힌 젊은 남녀들이 집으로 돌아갈 줄은 모르고 밤새도록 신작로에서 노래하고 춤추고 낄낄거리며 뒹굴었다. 거리의 상점들도 네온사인 끄는 법을 잊은 듯했다.

"야, 이 시대의 절망하는 청년들아 내일 아니, 오늘부터 로댕전시회가 덕수궁에서 열린다. 거기 가서 「절망하는 청년」을 보라!"

74

만우 씨는 청춘남녀들 못지않게 고함을 질러대며 신작로를 건너 갔지만, 아무도 「절망하는 청년」이 로댕의 조각품 이름임을 알지 못했다.


3


만우 씨는 오랏줄에 꽁꽁 묶인 채 언덕으로 끌려올라가고 있었 다. 석가모니가 열반에 들었다는 쿠시나가라숲 언덕 같기도 하고, 예수가 십자가에 못박혔다는 갈보리언덕 같기도 했다. 언덕에 다 올라가니 굵은 통나무 말뚝이 세워져 있었는데, 로마병정 같은 사 람들이 우르르 달려들어 만우 씨를 말뚝에 매달았다. 그러고는 말 뚝 아래에 섶을 잔뜩 쌓기 시작했다. 만우 씨는 무언가 사태가 심상 찮게 돌아간다는 것을 눈치채고, 몸을 묶고 있는 오랏줄을 풀려고 버둥거려 보았다. 그런데 오랏줄은 어느새 책다발들로 변해 있었 다. 만우 씨가 지금까지 쓴 열 권 가량의 소설책들이, 출판사로 반 품되어 온 것들이라면서, 만우 씨의 온몸을 친친 감고 있었다. 『염 소의 노래』 책들은 아예 만우 씨의 목을 휘감고 조르기 시작했다. 만우 씨는 팔과 다리를 놀려 그 책다발 오랏줄을 끊어보려고 용을 쓰다가, 문득 자신의 양어깨에서 이미 팔들이 떨어져나가고 두 무 릎이 으깨어져 있음을 발견했다. 이제 영락없이 사람들의 처분만 기다리는 수밖에 없다. 누가 횃불을 들고 앞으로 나와서 섶에다 불 을 붙이려 했다. 만우 씨가 그 사람을 내려다보니 전혀 낯선 얼굴이 었다. 그 낯선 얼굴이 만우 씨를 올려다보고 외쳤다.
“이래도 환불을 해주지 않겠느냐?”
그제야 만우 씨는 그 사람이 누군지 알 수 있었다. 만우 씨는 극

심한 공포로 전신이 떨려왔지만, 눈을 질끈 감고 말을 뱉어냈다.

"환불해 주지 않겠다."

마침내 그 사람이 섶에다 횃불을 갖다대었다. 곧 불길이 만우 씨가 쓴 책들을 태우고 만우 씨의 몸을 집어삼켰다. 만우 씨는 몸이 불길에 녹아내린다고 생각하며, 자기가 이 시대에 작가의 자존심을 위해 분신도 불사한 최초의 사람이 되었다는 자부심을 느끼고 있었다. 하지만 불기운이 목구멍으로 넘어오자 목이 타는 듯하여 물을 찾았다. 물, 물, 물. 소리는 내지 못하고 속으로 물을 부르짖다가, 만우 씨는 말뚝에서가 아니라 방바닥 위해서 눈을 떴다.

정말 온몸에 불기운이 지나갔는지 사지가 땀으로 흠뻑 젖어 있었다. 만우 씨는 머리맡 텔레비전 앞에 놓인 컵의 물을 벌컥벌컥 들이켜고 나서 무거운 머리를 흔들며 간신히 일어나, 서재의 전화기 코드를 뽑아버렸다. 그리고 부엌에 나와 있는 아내를 불러 안방의 전화기 코드도 뽑도록 하였다.

만우 씨는 아침밥을 명태국에 말아 조금 먹은 후, 문예지에 넘길 중편 원고를 다듬기 위해 책상 앞에 앉았다. 중편 제목은 '말의 섶'이었다. 이제 후반부로 접어들고 있었다. 만우 씨는 제목을 정할 때 섶이라는 단어를 새삼 사전에서 찾아보았는데, 만우 씨가 애용하는 사전에는 섶이 다섯 가지 의미로 나와 있었다.

섶 1 : 줄기가 가냘파 넘어지기 쉬운 식물을 버티기 위하여 곁들여 꽂아둔 막대기. 섶 2 : 두루마기나 저고리 깃 아래에 달린 긴 조각. 섶 3 : 섶나무(준말). 섶 4 : 누에가 올라가 고치를 짓도록 마련한 짚이나 잎나무. 섶 5 : 물고기가 모이도록 물속에 마련한 나무. 만우 씨가 제목에서 의미하는 바는 섶 3이라 할 수 있으므로, 섶나무도 찾아보았음은 말할 필요가 없었다. 섶나무 : 잎나무 · 풋나무 · 물거리 따위의 총칭.

만우 씨는 원고를 계속 이어나가기 위해, 일단 앞에 써놓은 부분을 되풀이해서 여러 번 읽어보았다. 칼뱅과 세르베투스의 논쟁과 갈등이 점층적으로 심화되어 가도록 구성을 한다고 했는데, 16세기의 사건을 다루는 것이라 그 시대 풍속과 배경에 관한 지식이 약하여 거친 감이 없잖아 있었다. 하지만 삼위일체를 둘러싸고 벌이는 논쟁은 만우 씨가 읽어볼 때도 그럴듯하여 박진감이 있는 편이었다.

이제 세르베투스를 재판하는 장면으로 넘어갈 차례였다. 자신의 말 한마디를 끝까지 지켜내는 세르베투스의 신념과 고집, 거기에 당황하는 칼뱅의 모습을 대조적으로 그로테스크하게 그려가야만 하였다. 만우 씨는 한숨을 푸우 한 번 크게 내쉬고, 끝도 없이 빈 공간으로 이어져 있는 원고지 칸을 메우기 시작했다. 심문관이 세르베투스에게 엄숙한 어조로 물었다.

"그대는 우리 교회가 고백하고 있는 신성한 삼위일체 교리에 대해 어떻게 생각하는가?"

"삼가 제 의견을 말씀드리면, 삼위일체 교리는 대가리 셋을 가진 지옥의 개라고 생각합니다."

"뭣이라구!"

화가 머리끝까지 난 심문관이 재판석을 주먹으로 내리쳤다.

똑똑똑.

문 두드리는 소리가 났다.

"여보, 손님이 찾아왔는데요."

조심스러운 아내의 목소리였다. 만우 씨는 이런 식으로 아내가 방해를 하는 경우는 거의 없던 일이라, 이맛살을 찌푸리며 책상 의자에서 일어나 문께로 다가갔다. 문을 열어 아내의 작은 얼굴을 내다보며 언짢은 투로 내뱉었다.

"누가 찾아왔다는 거야? 찾아올 사람이 없는데. 웬만하면 없다

그러고 돌려보내요."

"출판사에서 나온 것 같아요. 긴히 상의할 일이 있다면서."

아내가 현관 쪽을 흘끔 바라보았다. 결국 만우 씨는 방을 나와 현관께로 나가보았다.

"아, 강만우 선생님이십니까?"

현관에 서서 이렇게 운을 떼는 남자의 목소리를 듣는 순간, 만우 씨는 온몸에 소름이 돋는 기분이었다.

"어제 전화했던 사람입니다. 오늘도 몇 번 전화를 했지만, 통화가 되지 않아 이렇게 직접 찾아왔습니다."

그 남자는 어제 전화통화에서와는 달리 정중한 어투로 말하려 노력하고 있었다.

"나는 지금 중요한 원고를 쓰고 있소. 그러니 당신과 이야기를 할 여유가 조금도 없소. 돌아가시오."

만우 씨는 무의식적으로 오른손을 움직여 글 쓰는 흉내를 내보였다.

"원고를 쓰는 일보다 이게 더 중요한 일입니다."

"거, 환불해 달라는 거 말이오?"

옆에서 아내가 어리둥절한 표정이 되어 두 사람을 번갈아 쳐다보았다.

"그렇습니다. 꼭 환불을 받아야 되겠습니다. 삼천오백 원 말입니다. 여기까지 오는 데 쓰인 교통비는 계산에 넣지 않겠습니다."

만우 씨는 다시 한 번, 그 남자가 정상인인가 하고 훑어보았다. 옅은 자주색 여름남방을 입고 있는 그는 만우 씨보다 서너 살가량 어려 보였는데, 머리도 단정히 빗고 전체적인 용모도 흐트러진 구석이 없었다. 정상인으로 여겨질 수밖에 없는 그러한 분위기가 만우 씨를 더욱 초조하게 하였다. 만우 씨는 이 사람을 쉽게 돌려보낼 수 없다는 것을 직감하고, 함께 바깥으로 나갈 채비를 차렸다.

"여보, 내 이 사람하고 이야기 좀 하고 올 테니, 당신 방 전화기 코드 꽂아놔요."

"환불이 무슨 말이에요? 당신, 이 사람에게 돈 받은 거 있어요?"

"당신은 몰라도 돼."

만우 씨는 아내를 따돌리고 그 남자를 바깥으로 데리고 나왔다.

"당신, 나를 이렇게 귀찮게 할 거야?"

만우 씨는 앞서 걸어나가며 제법 위협조로 말을 던졌다.

"내가 뭘 귀찮게 했다고 그러십니까? 내가 오히려 여기까지 오고 하니 더욱 귀찮습니다. 삼천오백 원 환불만 하면 깨끗이 끝날 일이 아닙니까?"

그 남자는 만우 씨와 한 걸음 정도 떨어져서 따라오며 차분하게 대꾸하였다.

"환불해 줄 수 없다는데! 이 사람이."

만우 씨가 언성을 높이며 휙 뒤돌아섰다. 하지만 그 사람은 조금도 위협을 느끼거나 움츠러드는 기색이 아니었다. 몸피는 서로 어슷비슷하여 만우 씨가 덩치로써 그 사람을 제압할 수는 없는 형편이었다. 결국 언성을 높이는 수밖에 없는데, 그것마저 먹혀들지 않은 셈이었다.

"환불해 줘야 할 이유를 구체적으로 말씀드리겠습니다. 어디 이야기를 나눌 만한 레스토랑으로 가시죠."

이번에는 그 남자가 만우 씨를 앞질러 걸어나가기 시작했다.

"아침부터 레스토랑은. 나는 당신 이야기를 더 들을 필요가 없으니 그만 돌아가시오. 내가 이만큼 배웅을 해줬으면 됐지 않소."

만우 씨는 그 남자가 앞으로 걸어나가도록 내버려두고, 그냥 뒤돌아서서 집으로 발걸음을 옮겼다. 대문으로 들어서면서 뒤돌아보니, 그 남자가 골목길에 그대로 선 채 이쪽을 망연히 바라보고 있다가, 왼팔을 한번 들어 보이고는 골목을 다시 걸어나가기 시작했다. 그 여유있는 작별인사는 불원간 재차 방문을 하겠다는 의사표시인 것 같기도 했다.

"미친놈."

만우 씨는 그가 어렴풋이 들을 수 있도록 약간 소리를 높여 혼잣말인 양 내뱉고는 대문 안으로 들어섰다. 자초지종을 자꾸만 캐물으려는 아내의 입을 막고 다시금 책상 앞에 앉았으나 이미 글을 쓸 수 없는 마음 상태가 되어 있었다.

'씨펄놈.'

만우 씨는 자기도 모르게 입에서 튀어나오는 욕설로 인하여 잠시 당황했다. 이렇게 그 작자에게 매일 방해를 받다가는 마감기간 안에 중편이 완성되기는 어려울지도 몰랐다. 그냥 삼천오백 원이든 삼만오천 원이든 환불을 해버리고, 그 작자가 전화를 걸거나 집으로 찾아오는 일이 없도록 하는 것이 좋지 않은가. 이런 생각이 또 들기도 했으나, 만우 씨는 힘차게 머리를 저었다.

오후에 압구정동 쪽에 나가볼 일이 있어 어제치까지 합해서 오전 중에 원고를 적어도 이십 매 이상은 써두어야 하는데, 아직 한 장도 채 쓰지 못하고 마음이 흐트러지고 만 것이었다. 잠시 후 아내가 꿀물 잔을 받쳐들고 염려스러운 얼굴로 방으로 들어왔다. 만우 씨는 아내를 보자, 저 여자가 그 작자를 따돌리는 지혜를 발휘하지 못했기 때문에 일이 망쳐지고 말았다고 여겨져 더욱 부아가 났다. 그런 때는 아내가 자식을 낳지 못하는 석녀라는 사실이, 다시 말해 아내와 성교를 아무리 해도 자식을 만드는 일에서는 항상 실패가 예정되어 있다는 사실이 새삼스럽게 마음을 건드리기도 했다.

"앞으로 누가 찾아와도 없다고 그래요. 전화가 와서 나를 바꿔달라 그래도 확실한 데 아니면 없다고 그러고."

"알았어요. 그런 손님인 줄 몰랐어요. 워낙 정중하게 이야기해서."

아내는 고개를 숙인 채 얼굴을 붉히며 미안한 기색을 떠올렸다. 만우 씨는 작품을 써나가려고 펼쳐둔 칼뱅과 세르베투스 관련 자료들을 한쪽으로 밀어놓으며 꿀물을 들이켰다. 아내가 조용히 물러나갔다.

만우 씨는 푸슈킨이 「모차르트와 살리에르」라는 작품을 쓴 것처럼, 서로 대립되는 인물을 소재로 하여 몇 작품을 쓸 계획을 가지고 있었다. 칼뱅과 세르베투스, 프로이트와 융, 헤겔과 셸링, 더 나아가 마르크스와 베버도 다루고 싶었다. 세계 지성사에 획을 그은 대조적인 인물들을 먼저 다룬 후, 한국적인 상황으로 옮겨와 김시습과 정인지같이 동시대를 살면서 전혀 다른 길을 걸은 인물들도 다룰 예정으로 있었다. 한국 현대정치사로 넘어와도, 그런 소재의 틀 속에 담길 만한 인물들은 얼마든지 찾아볼 수 있을 것이었다.

만우 씨는 의자에서 일어나 방 안을 왔다갔다하다가 구석에 놓인 선풍기를 켜고는 방바닥에 털썩 주저앉았다. 이렇게 많은 구상들을 가지고 앞으로 더욱더 열심히 잘 써나가려고 하는데, 어처구니없게도 벌써부터 환불을 요구하는 독자가 생기다니. 그러다가 만우 씨는 생각을 다른 방향으로 돌려보았다. 어쩌면 그 작자는 상습적으로 소설가들에게 그런 식의 협박을 하여 교묘하게 돈을 뜯어내고 있는지도 몰랐다. 책을 사서 보지도 않고 신문 같은 데 기자가 요약해 놓은 내용들을 슬쩍 훑어보고는, 사서 읽은 것처럼 행세하며 환불 어쩌고 하는 소리를 하고 다닐 수도 있지 않은가. 다른 소설가들도 그 작자에게 당하였는데 창피스러워 입을 다물고 있는지도 모른다. 그렇다고 아는 소설가들에게 전화를 걸어, 혹시 소설책 값 환불해 달라는 독자가 귀찮게 군 적이 있느냐고 물어볼 수도 없었다. 만우 씨는 자기가 직접 그 작자에게 책내용을 꼬치꼬치 캐물어, 그의 사기성 여부를 들춰봐야겠다고 마음을 다잡아먹었다. 생각이 여기에까지 미치자, 이틀 동안 그 작자의 말에 정신이 산란해지고 소설을 쓰고 싶은 의욕뿐만 아니라 살고 싶은 의욕조차 시들시들해지려 했던 자신이 무척 못나 보였다. 이제 이 작자가 전화를 걸거나 찾아오기만 해봐라. 단단히 혼을 내어 오히려 싹싹 빌고 가도록 해주겠다.

"여보, 여보!"

만우 씨는 서재의 방문을 열면서 아내를 큰 소리로 불렀다.

"아니, 왜요?"

"거, 있잖소. 방금 왔다간 친구 말이오. 전화를 걸거나 찾아오면 나한테 바꿔주시오."

지금 만우 씨는 문법적으로 약간 틀린 말을 하고 있었지만 평소의 그답지 않게 그것을 의식하지 못하고 있었다.

"조금 전에는 바꿔주지 말라고 했었잖아요."

"바꾸라면 바꿔줘."

만우 씨는 아내에 대해서는 기분에 따라 끝어미 '요'가 붙다가 떨어졌다가 했다. 마음을 그렇게 정하자, 비로소 만우 씨는 안정이 되어 다시 책상의자에 앉을 수 있게 되었다.

심문관이 다소 마음을 진정시켜 세르베투스에게 질문을 해나갔다.

"『삼위일체론의 오류』라는 책은 그대가 지은 것이 확실한가?"

"네. 내가 지은 책이 분명합니다. 이십이 년 전, 내가 스무 살 때 지은 책입니다."

"삼위일체론이 오류라는 근거는 어디에 있는가?"

"그 근거는 바로 성서에 있습니다."

"그대도 성서를 존귀히 여기는가?"

"내가 성서보다 더 높이 숭앙하는 책은 이 세상에 없습니다. 그런데 325년 니케아 종교회의는 성서에도 없는 삼위일체 교리를 교회의 이름으로 정함으로써 큰 과오를 저질렀습니다."

"그대는 예수가 영원 전부터 하느님의 아들이라고 믿지 않는가?"

"그렇게 믿지 않습니다. 예수는 원래부터 사람이었는데, 하느님의 신성을 덧입었을 뿐입니다. 그러니까 예수는 하느님의 영원하신 아들이 아니라, 영원하신 하느님의 아들에 불과합니다."

말하자면 세르베투스는 '영원하신' 이라는 형용사를 하느님에게만 붙이려고 했다. 심문관은 고개를 설레설레 저었다.

"그대는 빌레뉴바라는 가명으로 도피생활을 해왔는가?"

"그렇습니다. 『삼위일체론의 오류』라는 책 때문에 로마교회에서 나를 체포하려 하여, 비엔나를 탈출하면서 그 가명을 사용하기 시작했습니다."

"그대는 비엔나를 탈출하기 전에 또, 삼위일체론을 반대하는 책 한 권을 비밀리에 출판하지 않았는가? 그 책 제목이 『기독교의 재건』이라고 했던가?"

"맞습니다. 『기독교의 재건』입니다."

"기독교의 재건이라고? 기독교를 파괴하려고 쓴 책 제목에다 재건이라는 말을 사용하다니."

심문관이 코웃음을 치자 세르베투스는 얼핏 냉소를 떠올렸다.

"교회의 이익을 떠나 순전한 마음으로 성서로 돌아가는 길만이 기독교를 재건할 수 있다고 믿었기 때문에 그런 책 제목을 붙였습니다."

"그대는 저작물로 인하여 비엔나의 로마교회가 궐석재판에서 그대에게 화형을 언도한 것을 알고 있는가?"

"알고 있습니다. 내 책들까지 나와 함께 화형 언도를 받은 것을 알고 있습니다. 내 책들은 이미 나를 본떠 만든 인형과 함께 불태워졌다고 들었습니다."

"이제 그대는, 로마교회뿐만 아니라 로마교회의 적인 종교개혁파도 그대에게 화형을 선고하려 하고 있음을 아는가?"

"그것도 잘 알고 있습니다."

"그런데도 왜 그대는 칼뱅이 교회를 맡고 있는 이 제네바로 와서, 그것도 칼뱅이 설교하는 그 시간에 교회로 들어왔다가 체포되었는가?"

"나는 칼뱅이 어떻게 사이비 교리와 거짓말로 사람들을 후리는가 내 눈으로 직접 확인하러 갔을 뿐입니다. 칼뱅이야말로 하느님의 이름을 빙자하여 중대한 과오를 저지르고 있는 자입니다. 칼뱅이 주장하는 교리가 얼마나 거짓된 것인가 밝혀 보이겠으니, 칼뱅을 이 법정에 불러내어 나와 논쟁하게 할 것을 요구합니다."

세르베투스의 두 눈은 이미 화염에 휩싸인 듯 이글거리고 있었다.

짜릉 짜르릉.

안방에서 울리는 전화벨소리가 희미하게 귓전에 와닿았다. 만우 씨는 어디서 온 전화인가 하고, 잠깐 만년필을 원고지 위에 내려놓고 긴장된 자세로 기다렸다.

"여보, 신문사에서 전화예요. 장거리전화."

만우 씨는 서재의 전화기 코드를 다시 꽂고 송수화기를 들었다.

"전화 바꿨습니다."

"아, 강 선생인가? 나 황 부장이오."

신문사 문화부 기자가 전화를 하지 않고 문화부장이 전화를 하는 경우는 뭔가 연재소설과 관련하여 주문사항이 있을 때였다.

"이 여름에 글 쓰느라고 수고가 많죠. 건데 말이오, 요즘 우리 신문사 내에서 강 선생 소설이 재미가 없다고 야단이여. 재미가 없다는 말은 작품이 좋지 않다는 뜻은 아니고 말이제, 거, 있잖아, 남녀 상봉지사가 없다 이거제. 한 달이 넘도록 여자 한 사람 등장 안 하니, 이거 원. 날씨도 더분데, 강 선생, 지방 독자를 위해서 좀 시원하게 한번 써보소. 「염소의 노래」라는 작품에서는 남녀 상봉지사를 기가 막히게 그려놨더만, 그런 식으로 말이제, 좀 해주소, 그럼. 나악중에 술이라도 한잔합시더. 수고하이소.”

“아, 네.”

만우 씨가 미처 말을 꺼내기도 전에 황 부장은 자기 말만 하고 벌써 전화를 끊어버렸다. 남녀간의 정사를 황 부장은 상열지사라고 하지 않고, 상봉지사라는 좀 어색한 문구로 표현하는 습관이 있었다. 자기 딴에는 점잖은 문자를 쓴다고 그랬을 것이었다.

“상봉지사 좋아하네.”

일단 그렇게 중얼거리기는 했지만, 만우 씨의 마음은 또 흔들리고 있었다. 화염에 휩싸인 듯 이글거리는 세르베투스의 두 눈을 잃어버리고, 만우 씨는 멍하게 앉아 있기만 했다. 이제 이것으로 오늘 작업은 끝내야 할 것 같았다. 압구정동에 한시까지 가야 했다. 만우 씨는 벽에 걸린 전자시계를 흘끗 올려다보고 외출 채비를 차렸다. 며칠 전에 준비해 둔 봉투를 챙겨드는 것을 잊지 않았다.


4


오늘 함께 검토해 볼 작품은 최희명 여사의 단편에 해당하는 작품이었다. 만우 씨는 자기 앞에 놓인 자개상 위에 봉투에서 꺼낸 단편 원고 복사본을 놓은 후, 널찍한 방 안에 빙 둘러앉아 있는 여섯 명의 여자들과 청년 한 사람을 슬쩍 훑어보았다. 실내 공기는 에어

컨 바람으로 여름을 전혀 느낄 수 없을 정도로 시원하였다.

"자, 그럼 최희명 씨의 작품 「먼 슬픔」에 대하여 각자 느낀 바를 말해 보십시오. 그저 막연히 이야기하지 말고, 좋은 점과 나쁜 점을 구체적으로 지적해 보도록 하십시오."

만우 씨 왼쪽 바로 옆에 앉은 최희명 여사는 긴장된 표정을 짓고 있었다. 이 육십 평 넓이의 1002호 아파트는 최희명 여사네 집이었다. 남편은 경제기획원에서 제법 높은 지위를 차지하고 있는 고위공무원인데 프랑스로 출장을 나가고 없었다. 이번 달은 최희명 여사의 작품이 검토대상이 되고 또 남편도 외국으로 떴으므로, 최희명 여사가 자기 집으로 회원들을 초대하겠다고 적극 나선 것이었다.

"이거, 희명 씨한테 점심을 얻어먹었으니 작품을 꼬집을 수도 없고."

늘 농담기가 온몸에 흐르는 김수옥 여사가 앞에 놓인 예쁜 크리스털 주스잔으로 손을 뻗으며 한마디 운을 떼자, 청년을 제외한 나머지 사람들이 웃음을 터뜨렸다. 잘 웃지 않고 표정이 진지하다 못해 심각하기까지 한 그 청년은, 같은 회원인 지표숙 여사의 조카뻘 된다고 했다. 처음에는 이 모임에 참여하지 않았다가 지표숙 여사의 특별추천으로 나중에 합류한 청년이었다.

"「먼 슬픔」은 제목부터 어느 여류 기성작가들을 흉내내고 있을 뿐만 아니라, 그 내용도 닮아 있어 신선감이 전혀 없습니다. 주인공 도연이가 남자를 포기하고 떠나는 대목도 설득력이 없고 전체적으로 필연적인 동기 같은 것이 결여되어 있습니다."

청년이 굳은 표정을 풀지 않은 채 작품의 결점부터 날카롭게 지적하고 나섰다. 만우 씨가 최희명 여사의 얼굴을 훔쳐보니 벌써 발갛게 상기되어 있었다.

"지금 단계에서 기성작가의 흉내를 내었다고 꼬집는 것은 무리라고 생각합니다. 우리는 어디까지나 작가 수업을 받는 예비 문인들로서 기성작가를 배우는 의미에서도 좀 흉내를 내어보면 어떻습니까. 그리고 하도 많은 소재들이 갖가지 형식으로 이미 작품화되어 있기 때문에, 흉내를 낸다고 한 것도 아닌데, 우연히 결과적으로 흉내를 낸 셈이 되는 경우가 많다 이겁니다. 우리가 어떻게 지금까지 발표된 작품들을 다 읽어볼 수 있습니까."

청년이 흉내를 내었다고 지적한 부분에 대하여, 권미선 여사가 은근히 최희명 여사의 입장을 변호해 주었다.

"주인공 도연이가 남자를 떠나는 대목이 설득력이 없다고 했는데, 내가 읽을 때는 그 부분이 감동적이었어요. 아마 수홍 씨가 남자라서 여자의 심리를 잘 몰라 그렇게 생각했나 봐요. 수홍 씨도 연애를 해보고 여자 심리를 알아보도록 해요."

두 귓불이 늘어질 정도로 큼직한 다이아몬드형 귀고리를 달고 있는 조난이 여사가 청년을 애교스럽게 흘겨보자, 청년은 씁쓸한 표정을 짓고 다른 사람들은 윤기가 흐르는 허연 얼굴에 벙긋이 미소들을 담았다.

"도연이를 끈질기게 찾아오는 또 다른 젊은 남자 있잖아요. 송구진이라고. 그 남자와의 관계를 좀 더 진득하게 그렸으면 작품이 더욱 재미있게 되지 않았나 생각해요. 이거 원, 포옹하는 장면 하나 없으니."

김수옥 여사가 어깨를 으쓱거리며 가볍게 혀를 찼다. 만우 씨가 볼 때, 그 동작은 누구에게 안기고 싶어 하는 여자의 몸짓 같기도 했다. 여섯 여자들 중에서 김수옥 여사가 그래도 얼굴과 몸매가 옹기종기한 게, 가장 매력적으로 생겨 있었다. 김수옥 여사의 남편은 민항 여객기 조종사라고 했다. 남편이 집으로 돌아와 자고 가는 날은 한 달에 열흘도 채 되지 않았다. 그래서 김수옥 여사는 누구보다

귀가시간에 구애됨이 없이 자유분방하게 지내는 편이었다.

"이전 작품보다는 문장이 많이 안정된 것 같아요. 맞춤법도 틀린 데가 별로 없고, 그런데 문장 어미를 쓸 때 신경을 써야 할 것 같아요. 있었다, 있었다, 있었다, 이런 식으로 같은 어미가 세 번 연달아 반복되기도 하고, 것이었다로 끝나는 문장이 너무 자주 나와요."

문장을 다듬는 데 유달리 마음을 쓰는 이신주 여사도 한마디 했다. 이렇게 최희명 여사를 제외한 여섯 명이 원고 복사본들 페이지를 넘겨가며 자기들 나름대로 「먼 슬픔」에 대한 작품 평들을 주고받았다. 최희명 여사는 사람들의 말을 듣고 있다가, 원고지 한모퉁이에다 볼펜으로 꼼꼼하게 메모를 해두기도 했다.

이 모임은 여고 문학반 동창들끼리 이십여 년 만에 새로 만나기 시작하면서 이루어지게 된 것이었다. 지표숙 여사가 어느 신문사 문화센터에서 만우 씨로부터 소설창작 강좌를 들은 적이 있는데, 그것이 인연이 되어 이런 그룹과외 형태로 발전하였다. 대개 그럴듯한 아파트에 살고 있는 주부들로 과외비도 한 학기당 이십오만 원씩 내어놓았다. 한 달에 한 번 모임을 가져, 회원 중 한 사람이 쓴 작품에 대하여 서로 의견을 주고받고, 만우 씨가 최종적으로 정리를 해주며 지도하는 형식으로 진행되는데, 육 개월에 육 일만 나와서 몇 마디 하면 자그마치 백오십만 원이 굴러들어오는 셈이었다. 문화센터에 나가서 강의를 하는 것도 어쩐지 쑥스럽기만 하던 만우 씨가 지표숙 여사로부터 그룹 지도를 해달라는 청을 받았을 때 사실은 어디로 숨고 싶은 심정이었지만, 과외비로 내놓겠다는 금액을 듣고는 솔깃하지 않을 수 없었다. 그 무렵에는 신문연재도 걸려들지 않아 생활비에 쪼들리고 있던 형편이어서, 마지못한 척하며 수락을 하였다. 회원들이 돌아가면서 단편이든 중편이든 작품을 하나 써서 복사를 해가지고, 회원들에게 등기우편으로 우송하여 읽어보도록 한 연후에 모임을 가졌다. 고등학교 시절에는 한가닥씩 하던 여자들이라 그런지, 만우 씨가 볼 때도 제법 소설 비슷하게 써내고들 있었다. 좀 더 지도를 해주면 신춘문예 정도는 통과할 듯싶은 여자들도 한두 명 눈에 띄기도 했다.

이런 식의 과외가 한 학기로 끝난 것이 아니라, 이제 세 학기째로 접어들고 있었다. 그런데 아직은 회원들 중에 신춘문예니 무슨 신인상이니 해서 등단을 한 사람은 하나도 없었다. 지표숙 여사와 이신주 여사가 최종심에 올랐다가 떨어진 적이 있을 뿐이었다. 차츰 만우 씨는 이들을 지도하는 일이 지겨워지고, 또 신문연재도 걸려들어 달마다 생활비 정도는 들어왔으므로 그룹과외를 관둬버릴까 마음을 먹기도 했지만, 지표숙, 김수옥 여사들의 열성으로 인하여 끌려가다시피 이어가고 있는 것이었다. 그러나 한편, 만우 씨는 이 상류층 내지는 중산층 주부들의 의식과 생활을 캐내어 그것을 소재로 작품을 쓸 수도 있겠다는 생각으로 견디어내고 있었다.

"선생님, 희명 씨도 여기에 그렇게 썼는데, 가령 누가 부끄러운 표정을 지었다, 라고 할 때 그거 어떻게 되는 거예요?"

작품 평을 하다 말고 지표숙 여사가 만우 씨에게로 말끝을 돌려 질문을 하였다. 처음에 만우 씨는 말귀를 못 알아듣고 속으로, 뭐가 어떻게 되긴 어떻게 돼요, 하고 중얼거렸다.

"부끄러운 표정을 지었다, 할 때 그게 문법적으로 맞는 표현이에요, 뭐예요?"

"뭐가 이상한 거 있어요?"

이신주 여사가 고개를 갸우뚱하며 관심을 나타내었다.

"내 말은 부끄러워하는 표정이라고 해야지, 부끄러운 표정은 틀린 게 아니냐는 거예요. 부끄러운 일이다, 할 때는 부끄러운이지만 말이에요."

들고 보니 만우 씨도 별생각 없이 습관적으로 쓰는 부끄러운 표정이라는 말이 문제가 있다고 생각되었다. 엄밀히 따져, 부끄러운 표정이라고 하면 표정이 부끄럽게 여겨진다는 뜻이 아닌가. 그렇게 되면, 두려운 표정이라고 할 때도 문제가 제기될 수 있었다. 그 표정이 두렵게 느껴진다는 뜻인지, 무엇을 두려워하는 표정이라는 뜻인지. 그러나 보통은 무엇을 보고 놀라고 무서워할 때, 두려운 표정을 지었다, 라는 식으로 표현하지 않는가. 슬픈 표정이라고 할 때도, 표정을 짓는 주체가 슬퍼하는 것인지, 그 표정을 보는 자가 슬프게 느낀다는 뜻인지 애매해지지 않을 수 없었다. 그렇다고 슬픈 표정이라는 말 대신에 슬퍼하는 표정이라고 하면 문장의 맛이 한풀 사그라지고 말았다. 의아한 표정이라고 할 때도 사정은 마찬가지였다. 문법적으로 의아해하는 표정이라고 해야 하지만, 모두들 약속이나 한 듯이, 의아한 표정을 지었다, 라고 쓰고 있지 않은가. 만우 씨는 문득 우리말에는 형용사도 아니고 동사도 아닌, 다시 말해 형용사도 되고 동사도 되는 중간 형태의 단어들이 있지 않은가 하는 생각이 들었다. 부끄럽다, 두렵다, 슬프다, 의아하다 따위는 문맥에 따라 형용사도 되고 동사도 되는 것으로 보면 안 될까. 하지만 이것은 잠시 스쳐 지나가는 생각에 불과했다.

"글쎄요. 하도 습관적으로 쓰고들 있어서. 그래도 정확한 표현은 부끄러워하는 표정이라야 되겠네요."

말은 그렇게 했지만, 만우 씨는 어디까지나 부끄러운 표정이라는 표현이 마음에 드는 것을 어찌할 수 없었다.

"표정과 관련될 때는 문법적으로 좀 융통성이 있어야 되지 않을까요? 부끄러운 표정이라고 하는 경우, 부끄러워하는 표정이라고 이해를 해주면 되는 거 아니에요? 두려운 표정, 하면 두려워하는 표정으로 이해하면 되고 말이에요."

수홍 청년이 이맛살까지 찌푸리며, 골똘한 사유 끝에 나온 말인 양 진지하게 자기 의견을 개진했다. 그것은 만우 씨의 생각과 비슷한 것이기도 했다. 수홍은 공과 계통의 대학을 나왔는데, 무슨 바람이 불었는지 얼마든지 들어갈 수 있는 직장도 포기하고 소설을 쓴답시고 식구들의 속을 썩이고 있다고 했다. 하지만 만우 씨가 볼 때는, 수홍이 지금이라도 차라리 무슨 제철 공장인가 하는 그 직장으로 들어가는 게 훨씬 나을 것 같았다. 문장 구사나 이야기 얼개를 엮어가는 것을 보면, 워낙 순발력이 없어 그의 표정만큼이나 갑갑하기 이를 데 없었다. 그러나 그런 말을 단도직입적으로 해줄 수가 없어 속이 탈 뿐이었다.

"무서운 표정이라고 할 때도 무서워하는 표정으로 이해하란 말이에요?"

여학교 교장처럼 생긴 지표숙 여사가 짐짓 무서운 표정을 지어 보이며 따졌다.

"그렇게 무서운 표정을 짓지 마요. 내가 무서워하는 표정을 짓잖아요."

역시 김수옥 여사답게 재치를 발휘하였다. 아닌 게 아니라 무서운 표정은 무서워하는 표정과 완연히 구별되는 표현이었다.

"어, 그건 좀 다르네요. 아무튼 표정을 묘사하는 시점이 작중인물의 내부에 있느냐, 전지적인 관점으로 바깥에 있느냐 하는 것을 구분해야 되겠지요."

수홍은 우물우물하면서 슬그머니 꺾여들어갔다. 만우 씨가 어수선해지는 분위기를 정리해 주어야만 했다.

"좋아요. 그렇게 한 단어를 사용할 때도 밑바닥까지 따져보는 자세가 중요해요. 토씨 하나도 함부로 사용해서는 안 되는 것이 작가들의 의무지요. 중세 시대 세르베투스라뚠 사람은 형용사의 위치를 조금만 옮기면 살 수도 있었는데, 끝까지 자기 신념대로 형용사의 위치를 옮기지 않아 화형당해 죽었지요."

"무슨 형용사였는데요?"

권미선 여사가 맑은 머루빛 눈동자를 만우 씨의 시선에 맞추며 호기심을 나타내었다. 만우 씨는 무슨 정형외과의사 부인이라는 권미선 여사의 눈망울을 볼 적마다, 저 나이가 되도록 어떻게 저리 소녀처럼 맑은 눈빛을 유지할 수 있을까 싶어, 백치스럽게 여겨질 정도였다.

"영원한이라는 형용사였습니다. 하느님의 영원하신 아들이라고 했으면 살았는데, 영원하신 하느님의 아들이라고 끝까지 고집하는 바람에 죽었지요.

"그게 그거 아니에요? 우리말로는 똑같은 뜻인 것 같은데요. 우리말로써는 영원한 형용사가 하느님도 꾸미고 아들도 꾸민다고 할 수 있잖아요?"

최희명 여사가 비로소 긴장이 풀린 푼더분한 얼굴을 들고 끼어들었다.

"라틴어에서는 형용사가, 꾸미려는 단어 바로 앞에 있어야 되는 모양이에요. 셈피테르누스라는 그 형용사가 하느님 앞에 붙느냐, 아들 앞에 붙느냐에 따라 생명이 오락가락했으니까요. 우리 작가도 세르베투스처럼 생명을 걸고 한 단어의 위치를 지킬 줄 알아야겠지요."

만우 씨는 자기가 마치 그런 작가정신을 지닌 소설가인 것처럼, 제법 근엄한 표정을 지으며 사람들을 둘러보았다. 회원들은 만우 씨를 정말 존경하는 눈길로 바라보고 있었다.

5

　그는 하루가 멀다 하고 만우 씨에게 전화를 걸었다. 그것도 작업을 시작하려는 아침 아홉시 무렵에 꼭꼭 전화벨이 울리도록 했다. 만우 씨가 오히려 그에게 일단 한번 만나자고 사정해도, 그는 책값을 환불해 주겠다는 약속을 분명히 하지 않으면 만나지 않겠으니 그것부터 확답을 하라고 압박을 가했다. 그러나 작전상 약속을 해주는 것조차 만우 씨로서는 할 수 없는 일이었다. 빈말이나마 환불을 해주겠다는 말을 입 밖에 내는 순간, 소설가로서의 생명이 끝날 것 같은 이상한 두려움이 마음 한구석에 도사리고 있었다.
　하루는 만우 씨가 머릿속에 담고 있던 말을 결국 끄집어내어 수화기 속에다 밀어넣었다.
　"당신 환불, 환불 하는데 당신이 내 책을 사서 보았다는 증거가 어디 있소?"
　그러자 뜻밖의 반격을 당했다고 생각하는지 저쪽에서 잠시 침묵이 흘렀다.
　"지금까지 「염소의 노래」에 대한 내 느낌을 말하면서, 작품의 줄거리를 몇 번이나 이야기했습니까? 어떻게 책을 읽지 않고 그 정도로 이야기할 수 있겠습니까?"
　"그 정도는 책을 읽지 않고도 얼마든지 이야기할 수 있는 거요. 신문이고 어디고 하도 책들의 내용을 요약해서 써놓은 기사들이 많아서 말이오. 「염소의 노래」도 여기저기 내용 요약과 함께 책소개가 된 걸로 아는데, 누구나 그것만 보고도 당신만큼은 이야기할 수 있을 거요."
　"하, 기가 막혀서 말이 안 나오는군요. 그럼, 내가 책 한 권 값을 뜯어내기 위해 사기를 친다 이겁니까?"

"내가 하고 싶은 말을 바로 당신이 했소. 당신이 책 한 권 값이라 했는데, 나한테 하듯이 열 작가에게 해봐요. 자그마치 삼만오천 원이 돼요. 백 명의 작가에게 이런 짓을 하면 삼십오만 원이 된다 이 말이오. 천 명의 작가, 아니 수천 명의 저술가들에게 이런 식으로 귀찮게 하여 돈을 뜯어내면 오백만 원, 천만 원은 거뜬히 된다 이 말이오."

만우 씨는 유리한 고지를 점해 나가고 있다고 느끼면서 몰아붙였다. 그와 동시에 세르베투스의 이글거리는 눈동자와 사자후도 떠올렸다.

"말이 지나칩니다. 내가 삼천오백 원을 받아내기 위해 지금껏 몇 번이나 전화를 했는지 아십니까? 집으로 찾아가기도 했고요. 이런 식으로 돈을 뜯어내다가는 언제 삼천오백 원이라도 모으겠습니까? 사기를 치려면 치사하게 소설가들을 상대로 치겠습니까. 그것도 한 사람당 삼천오백 원을 뜯어내려고 말입니다. 이러고 있을 시간에 자동차나 한 대 더 파는 것이 훨씬 이윤이 많이 남을 것입니다."

그는 무심결에 자기 직업을 드러내고 만 셈이었다. 만우 씨는 자동차회사 영업사원이 자신의 소설에 대해 시비를 걸고 있다고 생각하니, 더욱 자존심이 상했다.

"그럼 내가 당신을 직접 만나 당신이 내 소설을 과연 읽었는지 몇 가지 시험을 해보겠으니, 어디서든지 만납시다."

"내가 읽었다는 것이 판명되면 책값을 환불해 주시겠습니까?"

"당신이 돈을 내고 서점에서 책을 샀는지도 확인해 봐야지."

"그야 간단하지요. 내가 가지고 있는 책에 서점 도장이 찍혀 있고, 서점에서 발행한 영수증도 갖고 있으니까요. 그렇지만 그건 중요하지 않아요. 설사 내가 도서관에서 책을 빌려 읽었다 하더라도 환불을 요구할 권리가 있다고 생각해요. 전에도 말했지만, 이건 책

값이 문제가 아니라 그 책으로 인한 정신적 시간적 손실이 문제니까요. 하여튼 이 모든 것이 판명되면 환불하겠다고 약속하는 겁니까?"

"그렇다고 환불을 약속하는 것은 아니오. 당신이 사기를 치고 있는가 아닌가만 확인을 하려는 것이니까. 일단 만나서 따져봅시다."

"환불을 약속하지 않으면 만날 이유가 없는데요."

"전에는 환불을 요구하는 근거를 좀 더 구체적으로 말해 주겠다고 하지 않았소? 당신한테 말할 기회를 주겠다는데, 왜 만나지 않으려고 고집을 부리는 거요? 전화통화를 길게 할 수 없으니 만나서 이야기하자는 거요."

"그동안 전화통화로도 그 근거에 대하여 제법 많이 이야기했다고 생각하는데요. 더 듣고 싶다면 그렇게 해줄 수도 있지요. 하지만 내가 말하는 근거를 들어보고, 타당하다고 생각되면 환불을 하는 겁니다."

그는 정말 끈질기게 환불에 대한 약속을 받아내려 했다.

"먼저 들어나 봅시다."

만우 씨도 끝내 환불에 대한 약속의 가능성은 내비치지 않았다.

"좋습니다. 내가 사기를 치고 있다는 혐의라도 우선 벗어야겠군요."

만우 씨가 사기 운운한 것이 주효했던지, 그가 의외로 수그러들었다. 그리하여 두 사람은 다음 날 명륜당에서 오후 다섯시에 만나기로 했다.

다음 날은 문예지에 중편 원고를 넘기는 날이기도 해서, 만우 씨는 밤을 새우면서 초고 뭉치와 씨름을 하였다. 특히 이틀 전에 쓴 뒷부분을 신경을 쓰며 퇴고해 나갔다. 밀 것인가, 두드릴 것인가. 두드리는 것이 과장되고 어색하게 느껴지는 대목은 미는 방향으로 고치고, 밀기만 하여 밋밋하다고 여겨지는 부분은 두드리는 방향으로 바꾸어보기도 하였다.

마침내 1553년 10월 26일 제네바 소의회는 세르베투스에게 화형을 언도했다. 칼뱅은 속으로 은근히 기뻤지만, 자신이 얼마나 자비로운 인물인가를 제네바 시민들에게 보이기 위해, 세르베투스에게 관용을 베풀어주기를 소의회에 간청했다. 그 간청의 내용은, 세르베투스를 끔찍하고 고통스러운 화형에 처하지 말고 단번에 목을 치는 참수형에 처해 달라는 것이었다. 그러나 소의회는 칼뱅의 요구를 거부하였다.

화형 언도를 받은 세르베투스는 처음에는 멍한 표정으로 있다가, 다음 순간 미친 듯이 신음하며 날뛰었다. 그 모습은 칼뱅을 향하여, 거짓말쟁이요 살인자라고 규탄하며 사자후를 발하던 투사의 위용이 아니었다. 세르베투스는 점점 소리를 내어 울부짖으며 윗옷을 두 손으로 찢고 가슴을 쳐댔다. 그리고 고향인 스페인 아라곤 빌나노바 사투리로 부르짖기 시작했다.

"미세리코르디아! 미 세리코르디아!"

자비를 호소하는 내용이었다. 그러나 칼뱅이나 소의회에 자비를 호소하는 것 같지는 않았다.

다음 날 아침, 칼뱅이 세르베투스를 면회하러 가, 다시금 그의 주장을 철회할 것을 요구했으나, 세르베투스는 고개를 가로젓기만 했다. 칼뱅의 측근인 파렐도 면회를 와서 세르베투스에게 회개를 간곡히 권했지만, 세르베투스는 회개할 자는 칼뱅이라는 식으로 말할 뿐이었다.

정오경, 세르베투스는 제네바 시청 광장으로 끌려나왔다. 하늘은 맑게 개어 그 어느 때보다 높아 보이고 태양은 중천에서 이글거렸다. 집행관이 세르베투스에게 사형 집행문을 낭독하자 세르베투스는 졸도하여 쓰러져버렸다. 군중 속에 있던 파렐이 달려나가 세르베투스를 부축하여 일으켜주며 그의 귀에다 대고 다급하게 외쳤다.

"지금이라도 늦지 않으니, 그대는 예수가 하느님의 영원하신 아들임을 시인하라!"

세르베투스는 입을 앙다물고 있다가 문득 소리를 높였다.

"칼뱅에게 저주가 있을지어다!"

세르베투스는 샴펠 언덕으로 끌려가 거기에 세워진 십자가에 달렸다. 그의 온몸에는 그가 저술한 책들이 묶여 있었다. 그는 책으로 옷을 입고 있는 것 같았고, 책 속에 파묻힌 것 같았다. 그는 가끔 자신의 책 냄새를 맡아보는지 고개를 숙였다가 하늘로 시선을 향하곤 했다. 그리고 저 아래 계곡을 따라 흐르는 아름답고 푸른 알베 강으로 눈길을 돌리기도 했다. 십자가 밑에는 화목과 섶이 쌓여 있었는데, 그 나무들은 일부러 그랬는지 물에 젖어 있었다. 집행관의 명령에 따라 간수가 섶에 불을 붙이자, 나무들은 연기를 심하게 뿜어내면서 조금씩 타들어갔다. 불에 타서 죽기 전에 먼저 연기에 질식하여 기절하게 되는 것은, 화형수에게 마지막 남은 자비인 셈이었다.

파렐이 십자가 밑으로 바짝 다가와 세르베투스를 향하여 안타깝게 부르짖었다.

"하느님의 영원하신 아들에게 기도하라!"

그러나 세르베투스는 연기 속에서 묵묵히 입 다물고 있다가 마침내 기침을 토하기 시작했다. 그 기침이 멎음과 동시에 질식하게 될 것이었다. 세르베투스는 기침을 꾹 누르고 온 힘을 다하여 마지막 한마디 말을 뱉어내었다.

"예수, 영원하신 하느님의, 아들……."

불길이 먼저 세르베투스의 책들로 옮겨붙었다. 책들이 타면서 세르베투스의 몸도 타들어갔다. 검은 연기와 불길이 알베 강 위를 가로지르며 천천히 태양을 가렸다.

만우 씨는 그 가려진 태양을 응시하는 듯 고개를 들며 만년필을 놓았다. 이제 오늘은 더 이상 원고를 보지 않을 작정이었다. 이대로 잡지사에 원고를 넘겼다가 필자 교정을 볼 때, 퇴고를 한 번 더 할 수 있는 법이었다. 어떤 때는 초교부터 보게 되기도 하는데, 그런 경우는 원고를 잡지사에 넘기고도 두서너 번은 더 퇴고할 기회가 주어진다고 할 수 있었다. 필자 교정을 철저히 보기로 방침을 정하고 있는 만우 씨로서는, 작품을 무책임하게 조산해 내는 일이란 있을 수 없다는 자부심이 대단했다. 그런데 책값을 환불해 달라는 놈이 다 있으니. 만우 씨는 자신이 오늘 오후에 그 작자를 만나 따져 볼 일들로 생각의 방향이 돌아갔다. 무엇보다 그 작자의 사기성을 폭로하기 위해서는 만우 씨 자신이 「염소의 노래」를 다시 한 번 훑어볼 필요가 있었다.

만우 씨는 책상 의자에서 일어나 벽을 따라 세워져 있는 책장에서 『염소의 노래』를 찾았다. 그러나 도대체 그 책이 어디에 꽂혀 있는지 눈에 띄지 않았다. 그러다가 만우 씨는 방 복판에 우뚝 서버렸다. 『염소의 노래』가 출판되었을 때 출판사로부터 작가 증정용 도서 열 권을 얻어와서 여기저기 인사치레를 해야 할 사람들에게 부쳤는데, 마지막 남은 책까지 어느 평론가에게 보내고 정작 작가 자신에게는 한 권도 없는 것이었다.

오늘 아침 잡지사에 원고를 넘기고 오면서 서점에서 『염소의 노래』를 한 권 사야겠다고 마음을 먹는 순간, 만우 씨는 결국 그 친구 때문에 삼천오백 원을 투자하게 된다는 것을 인식하게 되었다. 책 살 돈으로 그냥 그 친구에게 환불해 주고 이 지루한 싸움을 끝내 버릴까 하는 생각이 스치고 지나갔지만, 만우 씨는 세르베투스의 고집을 글로 쓰고 난 직후인 것이었다.

아침나절, 만우 씨가 직접 마포에 있는 잡지사를 방문하여 원고

를 전달하고 나오면서 근처 책방에 들러 『염소의 노래』를 한 권 달
라고 했다.

"염소의 노래? 그런 책 없는데요. 언제 그런 책이 나왔습니까?
『염소의 배꼽』이라는 책은 있는데요."

서점주인이 코끝으로 『염소의 배꼽』이 꽂혀 있는 지점을 가리
켰다.

"허허, 염소의 배꼽요? 그건 무슨 책이오?"

만우 씨가 기가 찬 표정으로 물어보았다.

"일종의 유머를 통한 명상집이라 그럴까, 거, 모르세요? 구라하
슈라고, 인도에서 도 닦다가 미국으로 건너가 갑부 된 친구 말이오.
내가 볼 땐 완전 사이비 교주인데, 글쎄 어떻게 된 판인지 한국 사
람들은 그 작자 책을 많이들 사본단 말이오. 미국의 산업폐기물이
한국으로 넘어오듯이, 문화나 종교폐기물도 이 땅으로 넘어와서 판
을 친다 이 말씀이오."

서점주인은 어디서 의식화 교육이라도 받았는지, 책 팔아먹을
생각은 하지 않고 이 땅의 독서풍조에 대해 성토하기 시작했다.

"사람들이 우리 서점에 와서 하도 많이 찾길래, 나도 그 책 한번
읽어보았는데 재미는 있습디다. 골치 아프지 않고. 하지만 다 읽고
나서는 그 구라하슈란 사람 욕이 저절로 나옵디다. 한국에 그 사이
비 교주가 있으면 책값 환불해 달라고 하고 싶을 정도예요."

"환불요?"

만우 씨는 숨이 컥 막히는 것을 느끼며 서둘러 서점을 나왔다.
오후에 만날 그 친구는 얼마나 욕을 해대다가 환불을 요구하기로
결심한 것일까. 만우 씨는 몇 군데 서점을 들러서야 간신히 『염소
의 노래』를 한 권 살 수 있었다. 만우 씨는 자기 사진이 꼭 염소처
럼 표지에 실려 있는 그 책을 서점주인이 챙겨 줄 때, 얼른 얼굴을

모로 돌렸다.

만우 씨는 아직 그 친구를 만나려면 적어도 다섯 시간은 남았다는 것을 알고, 「염소의 노래」를 한번 훑어볼 시간을 감안한다 하더라도 그동안 어떻게 시간을 보내나 막막한 심정이 되었다. 그때, 이거 원 포옹하는 장면 하나 없으니, 하며 어깨를 으쓱거리던 김수옥 여사의 옹기종기한 모습이 떠올랐다. 지금쯤이면 남편은 물론 아이들도 집에 없을 시간이었다. 만우 씨는 공중전화 박스로 들어가 수첩을 꺼내 김수옥 여사 집 전화번호를 찾아내어, 전화번호판을 여자 젖꼭지 누르듯이 조심스럽게 꼭꼭 눌렀다.

"여보세요."

다행히도 김수옥 여사가 직접 전화를 받았다. 만우 씨는 가슴이 두근거리기 시작했다.

"나, 강만웁니다."

강만웁니다. 오늘따라 자기 이름이 이상하게 시적으로 느껴졌다.

"어, 선생님이세요? 어쩐 일이에요? 전화를 다 해주시고."

김수옥 여사는 오랫동안 전화를 기다린 사람처럼 호들갑스럽게 반가워하였다.

"저어, 시내 나왔다가 문득 생각이 나서 걸어봤어요. 사실 지금 중편 원고 하나 넘기고 오는 길인데, 마음이 허전하고 해서 누구랑 차 한 잔이라도 했으면 하고……."

"어머, 그래요? 영광스럽게도 내가 간택되었네요. 지금 거기 어디세요?"

만우 씨는, 김수옥 여사가 간택이라는 단어의 뜻을 알고 쓰는지 모르고 쓰는지 어안이 벙벙하였다. 하긴 간택에도 두 가지 뜻이 있긴 하지만.

"마포 쪽이에요. 집이 머셔서, 좀 그렇죠?"

"아니에요. 제가 직접 차를 몰고 나갈게요. 여기서 얼마 안 걸려요. 그럼, 선생님은 거기 가든호텔이라고 있죠? 그 호텔 커피숍에서 조금만 기다리세요."

만우 씨는 가든호텔을 찾아 커피숍으로 들어가 김수옥 여사를 기다렸다. 기다리는 동안 「염소의 노래」를 훑어볼까 하다가, 분위기가 어수선하고 주위 사람들이 책 표지 사진을 보게 될까 봐 그만두고는, 종업원이 갖다준 생수만 들이켰다. 김수옥 여사는 이촌동에서 강변로를 따라 이십 분 만에 달려왔다.

만우 씨와 김수옥 여사는 커피숍에서 커피를 한 잔 마시고, 캐피탈 승용차에 동승하여 한강변으로 나와 고수부지를 거닐며 이 이야기 저 이야기 나누다가, 다시 차를 타고 여의도광장을 지나 문화방송국 근처 고급 레스토랑에 들어가 점심식사를 하면서 맥주 두어 병을 시켜 마셨다. 냉장되었던 맥주를 마시자 만우 씨는 한나절 더위와 갈증이 가시는 기분이었다. 김수옥 여사도 맥주를 사양하지 않으며 두 잔을 연거푸 들이켰는데 흐뭇한 기색이 역력했다. 김수옥 여사는 이번에 만우 씨가 잡지사에 넘긴 원고에 대하여 물었고, 만우 씨는 칼뱅과 세르베투스의 관계를 설명하며, 그 작품을 집필하게 된 경위에 관해, 지금 학원안정법 문제로 시끄러운 한국의 정치적인 상황과 관련하여, 제법 그럴듯한 장광설을 늘어놓았다. 정치란 결국 말의 싸움이며 정치적인 성향을 가진 인간들이란 결국 말의 섶을 두 어깨에 지고 불 속으로 들어가는 운명에 처해 있다는 식으로, 원래의 창작 의도와는 사뭇 다른 방향으로 이야기를 전개시키기도 했다.

"작가들도 말의 섶을 지고 불 속으로 들어가는 운명에 처한 자들이 아닐까요?"

김수옥 여사가 영리하게 만우 씨의 의표를 찔렀다.

"그렇지요. 말을 다루는 인간치고 정치적이 아닌 인간은 없는 법이지요."

만우 씨는 김수옥 여사의 견해를 인정해 주며, 민중이니 순수니 해가며 정치판처럼 말싸움이 대판 벌어져 있는 문학판을 떠올렸다.

"선생님, 이번 달은 제가 작품을 써야 하는 달이잖아요. 적어도 모임 가지기 일주일 전에는 완성하여 복사본을 부쳐줘야 할 텐데 걱정이에요."

"전에부터 구상하고 있는 게 있을 거 아닙니까?"

"있긴 있죠. 그리고 중간까지는 써놓기도 했어요. 그런데 후반부로 넘어가려고 하니까, 그때야 처음부터 어떻게 썼어야 했다는 것을 깨달아지는 거 있죠? 근데 지금 와서 다시 쓸 수도 없고."

정말 그 문제가 고민이 되는지, 김수옥 여사는 잠깐 동안이긴 하지만 이맛살을 모았다. 그 이맛살이 하도 귀엽게 모아져, 만우 씨는 손을 뻗어 엄지나 검지로 이맛살을 살짝 펴주고 싶은 충동을 느꼈다.

"뤼시앵 골드만이라는 학자도 『숨은 신(神)』이라는 책에서 그와 비슷한 이야기를 했죠. 하나의 작품을 쓸 때 최후에 발견되는 것은 최초에 무엇을 놓았어야 했는가이다. 그런데 말이죠. 최초에 무엇을 놓았어야 했는가를 알고 다시 처음부터 작품을 쓰기 시작하더라도, 또다시 맨 끝에 가서, 최초에 무엇을 놓았어야 했는가를 새로 발견할 뿐이라는 거예요."

"그러니까 끊임없이 시행착오가 반복된다 이 말이군요. 꼭 시지푸스 신화 이야기 같으네요."

"어쩌면 작가들은 새로 이야기를 시작하기 위해, 다시 말해서 예정된 실패를 위해 수백 매니 수천 매니 하는 원고지를 메우는지도 모르죠. 그러고 보면 이 세상에 완성된 작품은 하나도 없는 셈이죠.

아무리 완결미가 있는 작품도, 작가 스스로는 다시 처음부터 써야 한다는 강박관념 같은 것을 느끼게 되지요. 하지만 작가들은 그런 것을 슬쩍 감추고 완성된 작품인 것처럼 세상에 내어놓지요. 영리한 평론가들은 그것을 눈치채고 마음껏 작품을 물어뜯는 거죠.”

김수옥 여사는 만우 씨의 이야기를, 묵묵히 고개를 끄덕이며 들으면서 맥주잔으로 오른손을 가져갔다. 그 오른손에는 고급스러운 빛깔의 비취반지가 끼여 있고 손등의 피부가 하도 고와서, 손 전체가 마치 보얀 살빛 보석처럼 보였다. 말하자면, 만우 씨는 그 손을 만지고 싶은 것이었다.

“선생님, 그렇더라도 어차피 작품은 써나가야 할 테니까 조금만 미리 지도해 주세요. 대강 구성을 잡아놓고 쓰는데, 뭔가 막혀가지고 풀리지 않는단 말이에요. 처음부터 새로 쓰는 문제는 다음에 생각하기로 하고, 우선 쓰고 있는 걸 마무리해야 하잖아요. 그러니까, 주인공 주변에 이런 인물들을 배치해 놓았거든요.”

김수옥 여사는 핸드백에서 필기구를 꺼내다 말고,

“아니, 제가 선생님 옆으로 가서 설명해 드려야겠네.”

하며, 이미 식탁에 내려놓은 냅킨으로 입가를 다시 한 번 훔치고 나서 슬그머니 맞은편 만우 씨 옆자리로 와 앉았다. 소파 형식의 의자였으므로 김수옥 여사의 체취와 체온이, 불땀 좋은 장작불처럼 만우 씨에게로 후끈 건너왔다. 김수옥 여사는 레스토랑 계산서를 뒤집어 플러스펜으로 주인공 어쩌고 하면서 도표 비슷한 것을 그려나가며, 쓰고 있는 작품 줄거리를 들려주기 시작했다. 작품 내용은 최희명 여사의 「먼 슬픔」과 비슷한 범주에 속하는 것이었지만, 유한부인과 대학생 간의 사랑을 다룬 것이라 훨씬 더 흥미로운 구석이 있었다.

김수옥 여사는 자기가 속한 계층답지 않게 작품에 나오는 대학생을 소위 운동권 학생으로 설정하고 있었다. 하지만 골수분자는 아니고 약간 변두리서 갈등하는 학생으로, 어느 날 시위현장에서 쫓기다가 막다른 골목으로 뛰어들었는데, 그 골목 끝에는 여관 건물이 우뚝 서 있을 뿐 피할 데라곤 한 군데도 없었다. 학생은 무조건 여관으로 뛰어들어, 종업원의 안내도 받지 않고 마침 열려 있는 어느 이층 객실로 성큼 들어가서 문을 잠갔다. 그러나 그 객실은 비어 있는 방이 아니었다. 어떤 여인이 옷을 챙겨입고 막 나서려는 순간, 학생이 방으로 들어선 것이었다. 학생은 여인에게 데모하다 쫓기는 정황을 이야기하고 숨겨달라고 부탁하였다. 여인은, 지금 나가야 된다면서 곤란해하다가, 학생이 워낙 간절히 사정을 하자 생각을 바꾸어 학생으로 하여금 침대에 누워 있도록 했다. 조금 있으니 문을 두드리는 소리가 났다. 어떤 남자가, 왜 나오지 않느냐고 다그쳤다. 여자는, 좀 생각할 일이 있으니 먼저 가라, 나중에 전화 연락하겠다, 어쩌고 하며 토라진 듯 언성을 높여 말했다. 남자는 뭐라 중얼거리다가 멀어져갔다. 잠시 후 종업원과 경찰이 와서 문을 두드렸으나 여인은 능숙하게 따돌렸다. 그리하여 외간남자와 바람을 피우던 그 유한부인은 대학생과 친하게 되어 학비까지 대어주고, 어떤 때는 시위자금까지 대어주며 종종 관계를 맺었다.

학생은 자기의 신념과 유한부인의 끈끈한 정 사이에서 방황을 하였다. 대략 이런 식으로 이어지는 이야기였다.

"그런데 말이죠. 문호라는 학생이 갈등을 이기지 못하고 또 운동권에 속죄하는 뜻에서 분신자살을 기도하도록 하려고 하는데, 그 과정을 그럴듯하게 써나가는 게 어렵단 말이에요. 분신자살이라는 극한상황으로 몰아가지 않고 대강 헤어지는 것으로 끝내면 나도 편한데, 선생님 생각에 어떻게 하는 것이 좋겠어요?"

어느새 김수옥 여사의 무릎이 만우 씨의 허벅지 근방에 닿고, 여사의 손등이 만우 씨의 팔뚝을 슬쩍슬쩍 건드렸다.

"너무 시대상황을 염두에 두고 무리를 하는 것 아닐까요. 아무튼 김 여사의 내적인 리듬을 따라 이어나가라는 말밖에 할 수 없네요. 그 내적인 리듬은 자기 스스로 느끼고 조절할 수 있는 성질의 것이지, 누가 이렇게 하라 저렇게 하라 간섭을 할 수 없는 것이지요. 여기에 소설 창작의 철저한 개인성이 있는 것이죠. 그 개인성은 개성이라는 말로 바꿀 수도 있죠. 마르셀 프루스트는 「잃어버린 시간을 찾아서」를 쓰는 십삼 년 동안, 모든 창문과 문을 코르크로 막고 세상의 소음이 일체 들리지 않는 밀폐된 방 안에 틀어박혀 오로지 창작에만 몰두하였지요. 그에게는 자기 작품에 대한 바깥사람들의 칭찬이나 비난들이 한갓 소음으로 여겨졌을 뿐이지요. 그는 자기 창작작업에 아무도 초대하지 않으려는 듯한 자세로 철저히 개인성을 유지하였지요."

"그럼, 소설을 지도하고 하는 것도 있을 수 없는 일 아니에요?"

"사실, 소설 창작을 지도하고 지도받고 하는 것보다 더 웃기는 일도 없죠. 그것은 성교의 기술과 체위를 지도하는 것만큼이나 어처구니없는 일이죠."

만우 씨는 약간 술기운을 빌리고 있는 중이었다. 만우 씨의 무례한 말에 김수옥 여사는 당황하기는커녕 더욱 재미있어하였다.

"호호호. 선생님도 큰소리를 칠 때가 다 있네요. 사실 나도 그렇게 생각하고 있어요. 회원들도, 뭐, 소설을 지도받기 위해 달마다 모이는 건 아닐 거예요. 일종의 정신적인 달거리죠."

김수옥 여사는 이제 완전히 머리를 만우 씨의 어깨에 기대고 있었다.

"선생님은 소설을 지도하는 웃기는 일을 하고 있으니, 나한테 그것도 지도해 줘요."

“그것이라니오?”

“방금 말했잖아요. 어처구니없는 일 말이에요.”

만우 씨는 어처구니가 없었지만, 오른팔을 뻗어 김수옥 여사의 아담한 어깨와 새근거리는 가슴을 감싸안고 있었다.


6


만우 씨는 김수옥 여사에게 ‘그것’ 까지 지도해 주느라고, 약속시 간보다 삼십 분이나 늦게 명륜당으로 왔다. 그 사람은 지난번 차림 그대로 명륜당 뜰 구석을 거닐며 한쪽에 걸린 북을 두드려보기도 하다가, 만우 씨가 나타나자 뜰 복판으로 여유있게 걸어나왔다.

“내가 좀 늦었군요.”

만우 씨는 일단 사과를 하고 은행나무 그늘 아래에 자리를 잡고 앉았다. 그 사람도 만우 씨 옆에 와서 앉았다. 어디선가 쓰르라미 소리가 요란하게 들려왔다. 그 사람의 손에는 『염소의 노래』가 들려 있고, 만우 씨가 겨드랑이에 끼고 있는 작은 손가방에도 그 책이 들어 있었다. 그런데 만우 씨는 김수옥 여사와의 일 때문에 그 책을 한번 훑어보지도 못하고 달려온 것이었다.

“자, 보십시오. 여기 서점 도장이 찍혀 있고 영수증도 있습니다. 그리고 이름도 적혀 있습니다.”

그 사람은 책의 표지를 열어 민준규라는 이름 세 글자를 보여주었다.

“민준규가 당신 이름입니까?”

만우 씨의 말이 떨어지기가 무섭게 그 사람은 자기 사진이 붙은 주민등록증까지 보여주었다.

“좋소, 당신이 다른 사람 책을 가지고 와서 당신 이름을 써놓았을 수도 있지만, 이게 당신 책이라는 건 인정하기로 하겠소. 이제부터 당신이 이 책을 읽었는지 확인을 해보기로 하겠소.”

만우 씨는 자세를 잡고 민준규를 돌아보았다. 민준규는 얼마든지 물어보라는 식으로 조금도 당황하거나 긴장하는 빛을 드러내지 않았다. 오히려, 만우 씨가 초조해지기 시작했다. 무엇보다 「염소의 노래」에 나오는 주인공 이름이 기억나지 않는 것이었다. 만우 씨는 김수옥 여사가 너무 진하게 감겨드는 바람에 색상할 정도로 몸을 놀려 지금 주인공 이름도 기억나지 않는 걸 거라고 생각하며, 머리를 두어 번 흔들고는 엉거주춤 손가방에서 책을 끄집어내었다.

그런데 이게 어떻게 된 일인가. 놀랍게도 그 책은 『염소의 노래』가 아니라 『염소의 배꼽』이었다. 아니, 이럴 수가. 만우 씨는 자기가 『염소의 배꼽』이라는 책도 한 권 더 사서 넣고 왔나 하고, 손가방 지퍼를 활짝 열어 가방 안을 살펴보았다. 그러나 손가방은 텅 비어 있을 뿐이었다.

만우 씨는 민규가 볼세라 책을 얼른 다시 손가방 안으로 집어넣고, 기억을 정리해 보았다. 분명히 마포극장 근방까지 걸어와 세 번쨌가 네 번째로 서점에 들러 주인에게 『염소의 노래』를 달라고 하지 않았던가. 그리고 그 주인이 책을 챙겨 줄 때, 책 표지에 실린 염소 같은 자신의 얼굴 사진을 외면하기까지 하지 않았던가. 하지만 이제 생각하니, 외면하기에만 급급했던 그 사진이 얼굴 사진이었는지 확실하지가 않았다. 방금 꺼내 본 『염소의 배꼽』 표지에도 그 책의 저자인 구라하슈의 사진이 실려 있었는데, 그 사진을 자기 사진으로 착각하고 얼른 고개를 돌렸는지도 몰랐다. 그리고 보니, 만우 씨는 서점 주인에게 『염소의 노래』를 달라고 했는지, 『염소의 배꼽』을 달라고 했는지에 대해서도 혼돈이 일어났다. 만우 씨 자신은

『염소의 노래』를 달라고 했는데, 서점 주인이 '염소'라는 말만 듣고『염소의 배꼽』이겠거니 하고 건네주었는지도 몰랐다.

만우 씨는 난감하지 않을 수 없었다. 주인공 이름이 기억나지 않을 뿐 아니라, 책의 내용도 구체적으로 떠오르지 않았다. 기껏 떠오른다는 것이, 문화부 기자가 책을 읽어보지도 않고 출판사의 홍보물을 요약하여 신문기사로 써놓는 그런 내용 정도에 불과하였다. 그것도 지금 지방신문에 자기가 연재하고 있는 소설 줄거리와 혼선이 되기도 했다. 이래 가지고는 민준규의 사기성 여부를 밝혀내기는커녕, 도리어 만우 씨가 작가로서의 정체성이 의심당할 판이었다. 만우 씨는 한숨을 내쉬려다가 얼른 삼키며, 짐짓 관용을 베푼다는 듯이 입을 열었다.

"좋소. 당신이 내 책을 읽었는가 하는 것도 더 이상 따지지 않겠소. 당신이 읽은 것으로 하겠으니, 이제 당신이 환불을 요구하는 근거를 좀 더 구체적으로 말해 보시오."

민준규는 의외라는 듯이 만우 씨를 빤히 쳐다보고는, 차분하게 자신의 생각을 풀어놓기 시작했다.

"전에도 전화를 통하여 한두 번 말한 바 있지만, 이제는 책에 대한 관념을 바꿀 때가 되었다는 것입니다. 우리나라는 오랜 유교 전통과 사농공상의 문화적 질서 속에서 일단 책이라 하면 대부분 존경하는 풍토가 있어왔습니다. 어느 정도 수준있는 책을 저술하고 소설을 쓰고 시를 쓴다고 하면, 고상한 선비 축에 속하는 것으로 여겨왔단 말입니다. 책의 소비자인 독자가 책을 읽고 마음에 들지 않는 구석이 있어도 책을 잘못 선택한 자신의 책임으로만 돌리고, 저자에게 따져보거나 하지 않았단 말입니다. 물론 이해관계가 첨예하게 얽힌 경우는 따져보는 경우도 있지만, 그런 경우에도 경제적으로 배상받고 하는 것은, 명예훼손 사건이 아닌 한 극히 드물었습니다. 그러나 이제 책도 엄연히 하나의 상품으로 경제구조 속에서 유통되고 있는 점을 감안할 때, 소비자의 권리가 강화되어야 한다고 보는 것입니다."

"그 비슷한 이야기는 전에도 당신이 나에게 한 것 같소. 요는, 내 작품이 불량식품이라서 환불해 달라는 거 아니오? 하지만 예를 들어봅시다. 어떤 사람이 영화 한 편을 보러 극장으로 가서 표를 사가지고 영화를 보다가 불량 영화라고 느껴져 보지 않고 나왔다고 할 때, 당신의 논리대로라면 그런 경우도 환불을 해주어야겠군요.

"물론이지요."

"그 영화가 불량 영화인지 아닌지 미리 알아보지도 않고 극장에 들어간 책임이 더 크지 않을까요?"

"꼭 그렇다고는 볼 수 없지요. 현대 자본주의 문화 구조에서는 어떤 영화든지 굉장한 영화로 선전될 수 있지요. 신문광고를 한번 보세요. 얼마나 현란한 문구들로 영화를 선전하고 있습니까. 영화사로부터 촌지를 받은 영화평론가들끼리 엉터리 평을 신문이나 잡지에 그럴듯하게 써놓는단 말입니다. 이런 대대적인 선전 광고 속에서 그 영화가 불량 영화인가를 미리 알아본다는 것은 불가능하지요."

"먼저 본 사람에게 물어보고 판단할 수도 있고, 제작진, 감독, 배우 들을 보고 판단할 수도 있는 거 아니오?"

"물론 대개 사람들이 그런 경로를 통하여 영화를 선택하지요. 하지만 그런 것을 기준으로 하다가는 진짜 훌륭한 영화를 놓치기 십상이고, 화려한 제작진, 감독, 배우라는 그 자체가 이미 속임수의 일종이란 말이지요."

"근데 영화니 소설이니 하는 것은 전자제품과 달라서 어떤 기준을 가지고 불량 상품이라고 판정한단 말이오? 그건 아주 주관적인 사항 아니오?"

"그러니까 이런 복잡한 과정을 거치는 것 아닙니까? 소설인 경우는 이렇게 저자와 직접 따져보아, 저자로 하여금 그의 작품이 불량 상품임을 인정하도록 하면서, 환불을 받아내는 거죠."

민준규도 이런 과정이 지겨운지 숨을 한 번 몰아쉬었다. 만우 씨는, 민준규가 완전히 돈 것은 아니고 사고는 정상적으로 하는 편집증 환자가 아닐까, 얼핏 그렇게 생각해 보았다. 하지만 오늘은 어디까지나 상대방을 정상인으로 여기고 공격과 방어를 해야만 하였다.

"저자로 하여금 자기 작품이 불량품임을 인정하도록 설득할 만큼, 그렇게 자신이 있는 거요?"

"그런 자신도 없이 이렇게 나왔겠습니까?"

"그럼 한번 나를 굴복시켜 보시오."

만우 씨는 얼마든지 버티어내겠다는 자세로 은행나무 둥치에 등을 기대었다. 그러나 온몸이 매미 허물처럼 흐늘흐늘 내려앉는 것 같아, 빨리 집으로 들어가 잠이나 자면서 쉬고 싶은 마음밖에 없었다. 이 친구가 왜 나같이 좋은 소설을 쓰려고 부단히 노력하는 작가를 물고 늘어지는 것일까. 통속소설이나 쓰면서 대중적인 인기를 교묘하게 누리고 있는 작가들, 문장도 제대로 되지 않는 감상적인 수필을 베스트셀러에 올리고 있는 저자한테나 이 친구가 찾아가서 설득을 하든지 굴복을 시키든지 해야 할 것이 아닌가. 민준규는 잠시 로댕의 「생각하는 사람」과 닮은 자세를 취하고 있다가 입을 열었다.

"우선 「염소의 노래」는 제목부터가 동화적이라서, 원래의 중후한 의미를 퇴색시키고 있습니다. 작가의 말에 보니, 희랍 전통 비극 작가인 아이스킬로스, 소포클레스, 유리피데스 들을 소개하면서 그들의 작가정신을 본받아 이 시대의 비극적인 상황을 총체적으로 드러내기 위해 그런 제목을 붙였다고 하는데, 그러려면 그대로 '비극'이라는 제목으로 붙였어야 하지 않습니까. 비극, 즉 트라고디아의 어원이 염소를 의미하는 트라고스와 노래를 의미하는 아오이도스의 합성이라고 하지만, 염소를 희생 제물로 바치는 희랍 제사 의식을 알지 못하는 한국 독자들에게는 그 의미가 전혀 다르게 느껴질 거란 말입니다."

"물론 다르게 느껴질 거라는 것은 알고 있었소. 하지만 제목을 '비극'이라고 했을 때 누가 그 책을 사서 보려고 하겠소. '염소의 노래'라고 해야 부담없이 접근할 수 있는 거 아니오?"

만우 씨는 대꾸하기도 귀찮았지만, 처음부터 지나치게 몰리지 않기 위해 일단 나름대로 방어를 해보았다.

"바로 그 점이 문제란 말입니다. 제목에서부터 독자들 눈치나 보고 잘 팔릴 제목을 고르는 거 말이오. 그래, 제목을 그런 식으로 붙여 많이 팔리기라고 했습니까?"

만우 씨는 서점을 서너 군데 들러도 『염소의 노래』가 눈에 띄지 않던 민망스러운 정경을 떠올렸다. 『염소의 노래』라고 사온 것조차 『염소의 배꼽』이지 않은가.

"제목을 정하는 데서부터 시작된 그런 비겁한 자세가 작품 전체에 흐르고 있다 이겁니다. 정말 작가의 말에서 밝힌 대로 이 시대의 비극적인 상황을 그리려고 했다면, 소신껏 그렇게 밀고 나가야지 온갖 계층의 독자들 눈치를 보느라고 우왕좌왕하고 있단 말입니다.

"작품 주인공이 그렇게 우유부단한 성격이라서 이야기가 그런 식으로 진행된 것뿐이지, 작가인 내가 눈치를 본 것은 아니오."

"그럼, 애초에 왜 그런 성격의 나승식을 주인공으로 세웠습니까? 정말 비극적인 상황을 총체적으로 그려 보이려면, 이 시대의 전형적인 인물을 주인공으로 삼았어야 하지 않습니까?"

만우 씨는 그때서야 아, 「염소의 노래」 주인공 이름이 나승식이었지, 하고 기억이 되살아났다.

"총체적으로 그린다는 말은, 다른 말로 하면 객관적으로 그린다는 말인데, 오히려 이쪽도 아니고 저쪽도 아닌 나승식 같은 성격의 소유자가 객관적인 위치를 유지할 수 있는 거 아니오?"

"그것은 객관적인 것과는 상관없는, 우유부단한 나승식 그 사람 자신의 위치일 뿐입니다. 그런 고립된 위치에서는 아무것도 잡히지 않기 때문에, 그의 눈에 모든 것이 그저 파편처럼 흘러만 가는 겁니다. 팔십 년대 최대의 비극인 광주사태조차도 나승식의 눈에는 그런 식으로밖에 보이지 않는 것입니다. 총체적으로 그린다고 했지만, 결국 떠내려가는 세태의 파편들만 보여주었을 뿐입니다. 파편들을 많이 모아두었다고 해서 그것이 그대로 총체가 되는 것은 아닙니다. 작품을 관통하는 작가의 확고한 인생관, 세계관, 다시 말해 절묘한 세계 해석이 있어야 총체성을 획득할 수 있는 것입니다."

만우 씨는, 그때서야 민준규가 루카치의 『소설의 이론』 같은 책을 읽고 저리 큰소리를 친다는 것을 눈치 챌 수 있었다. 만우 씨는 침을 한번 꿀꺽 삼키고 나서 약간 떨리는 목소리로 말했다.

"총체성 운운한 루카치의 이론은 시대착오적인 교리라는 판정이 난 지 오래요."

"이건 또 무슨 말입니까? 당신도 작가의 말에서 이 시대의 비극적인 상황을 총체적으로 그리겠다는 등 운운하지 않았습니까?"

만우 씨는 속으로 뜨끔함을 느끼며, 입을 다물었다가 맥없이 중얼거렸다.

"내가 말하는 총체적이라는 말과 루카치가 말한 총체성하고는 다른 말이오."

"아직도 당신의 작품이 여지없이 파편으로 허물어져 실패했다는 사실을 인정하지 않는 거요? 물에 젖은 신문처럼 흐늘흐늘해져 건져

넬 건더기가 하나도 없단 말이오. 또 다른 이유들을 대어볼까요?"

민준규의 목소리는 재판석에서 언도를 내리듯 준엄한 어조로 바뀌어 있었다. 만우 씨는 정말 물에 젖은 신문처럼 피로감이 엄습해 왔다.

"난 말이오. 이 논쟁의 늪에서 빨리 벗어나고 싶은 마음뿐이오. 당신 말대로 나의 작품이 실패했다고 해두고 이만 일어납시다."

만우 씨가 손가방을 챙기며 엉거주춤 일어나려고 했다.

"그럼, 환불을 해주시오."

"환불은 해주지 않겠소."

"방금 당신 작품이 실패했다고 인정하지 않았소?"

"내가 인정한 것은 아니오. 그렇다고 해두자는 거지."

어느새 명륜당 뜰에는 저녁 어스름이 내리고 있었다.


7


만우 씨는 자기를 붙잡아 앉히려는 민준규를 뿌리치고 혼자 명륜당을 빠져나와 집으로 돌아왔는데, 오다가 뒤돌아보니, 민준규가 입을 꾹 다문 채 대학로의 인파를 헤치며 무수한 레스토랑 앞을 지나, 한 사람의 레지스탕스처럼 또박또박 따라오고 있었다. 만우 씨는 집으로 들어서자마자 대문을 잠그고 현관으로 급히 들어가 아내를 찾았다. 아내는 부엌에서 저녁밥 준비를 하다 말고, 물 묻은 손을 비비며 나와 만우 씨를 맞았다.

"누가 대문 초인종을 눌러도 나가보지 말아. 지금부터 집에 아무도 없는 것으로 하는 거야."

"왜 그러세요? 누구한테 쫓기고 있는 거예요?"

"그놈이야. 전에 찾아왔던 그 미친놈 말이야."

"정, 괴롭히면 경찰에 신고해요."

"그렇게 일을 크게 벌일 필요는 없어. 문만 열어주지 않으면 돼."

"알겠어요. 세수하고 밥 먹을 준비나 하세요."

아내가 다시 부엌 싱크대 앞으로 걸어가다가 돌아서서, 턱으로 서재 쪽을 가리켰다.

"신문사에서 신문 소포 왔어요. 서재 방문께 놓아뒀어요."

만우 씨는 서재로 들어가면서 신문 소포를 집어들었다. 신문 소포라는 것은 만우 씨가 소설을 연재하고 있는 지방신문사에서 일주일분의 신문을 모아 보내주는 우편물을 가리켰다. 사실은 소포가 아니라 그냥 등기우편물인데, 봉투가 두툼하다 보니 소포로 불리었다. 만우 씨는 봉투를 찢어 일주일분의 신문을 꺼내어, 연재소설이 실려 있는 지면들을 슬쩍 펼쳐 보고는, 신문들을 방바닥에 두고 화장실로 들어가 세수를 하였다.

그렇게 만우 씨가 세수를 하고 저녁밥을 먹고 하는 삼사십 분 사이에 대문 초인종이 거의 십 분 간격으로 서너 번이나 울렸다.

만우 씨는 식사를 마친 후, 서재로 들어가 신문들을 펼쳐놓고 연재소설 부분을 가위로 잘라 스크랩하기 시작했다. 때지난 다른 기사들은 건성으로 한 번 훑어보는 것으로 그쳤지만, 연재소설을 다시 꼼꼼히 읽어보며 교정할 부분은 고치고 하면서 화가가 그린 삽화도 살펴보았다. 만우 씨는 스크랩을 하다 말고, 지난달 간밤에 비가 왔던 날 아침이 생각났다. 그때 신문이 물에 젖어 광고 부분을 손으로 뜯어내고 상단부만 모아서 헤어드라이어로 말렸던 것이었다. 지금 신문들도, 만우 씨가 연재소설 부분을 잘라냄으로써 상단부와 하단부가 갈라지고 있었다. 그러니까 연재소설은 신문의 배꼽 부위에 가로 걸려 있는 셈이었다. 형이상학이 형이하학으로 되는 그 지점에.

만우 씨는 문득, 그 사이비 교주가 썼다는 「염소의 배꼽」이 읽고 싶어졌다. 그 책은 만우 씨 바로 옆 손가방 안에 들어 있는 것이었다.

삐이삐이 삐.

또 초인종 벨이 울렸다.

# 영화구경

## 1

「독서하는 여인 LA LECTRICE」: 아무래도 '독서하는 여인'이라는 제목은 어울리지 않는다. 김화영이 번역한 것처럼『책 읽어주는 여자』라는 제목이 훨씬 낫다. 영화판에 있는 사람들의 무식함이라니. 독서하는 행위와 책 읽어주는 행위는 자위와 성교의 차이만큼이나 다르다. 창녀는 자기 혼자 아무리 자위행위를 하여도 돈을 벌 수 없다. 자기 혼자 아무리 독서를 하여도 돈을 벌 수 없다. 책을 읽어주어야 돈을 번다. 책 읽어주는 여자는 한 번도 풀이 죽는 일이 없이 고개를 빳빳이 들고 다닌다. 폴라로 목에 깁스를 하였다. 폴라는 색깔을 달리하면서 수시로 바뀐다. 저 여자는 도대체 몇 벌의 폴라를 가지고 있는 것인가. 파란색 모자에 검은 폴라, 푸른 재킷에다 검은 바지, 검은 코트에 파란 양말, 검은 구두에 파란 장갑. 푸른색과 검은색을 절묘하게 배합하여 얼굴을 제외한 몸의 모든 부분을 감싸고 공원의 갈색 벤치 위에 누워 책을 읽고 있다. 초록빛 잔디와 나무, 검은 벽과 철문, 철문 너머 역시 초록빛 숲, 벤치의 검은 쇠받침대, 오석 가루가 깔린 듯한 길. 여자도 오랜만에 자기 자신을 위한 독서를 하고 있는 것일까. 책 읽어주는 여자는 다시 책 읽어주는 일을 하러 나간다. 발걸음이 경쾌하여 마치 발레를 하면서 골목을 누비는 것 같다. 음악도 조금 익살스러워진다. 비가 내린다. 노란색 레인코트를 입은 여자가 일부러 집 건물의 홈통 밑으로 들어가 서서 홈통에서 쏟아지는 빗물을 온통 뒤집어쓴다. 혼자 즐거워한다. 밝고 건강하다. 자본주의사회에서는 저런 여자만이 살아남는다. 조금이라도 우울해지면 창녀가 되기 십상이다. 창녀가 되기를 요구하는 사장에게 책을 읽어준다. 책 읽어주는 여자는 책을 읽어주고 사장은 여자의 몸을 읽는다. 책 읽어주는 여자는 클로드 시몽의 책을 읽어준다. 『사물의 교훈』. 『사물학습』이라고도 하는 중편이다. 매일 서류 속에 묻혀 출장을 다니느라 책 읽을 시간과 정신적인 여유라고는 눈곱만큼도 없는 사장, 어디 파티석상에 가서는 독서를 많이 하는 척 유식한 척해야 하는 사장. 그런 자에게 클로드 시몽의 책을 읽어주다니. 여자는 너무도 분주한 활동으로 망쳐진 사장의 심신을 달콤한 잠에 젖게 하여 잠시라도 쉬도록 하기 위해 클로드 시몽을 읽어줄 것이다. 그 사장 같은 자들은 클로드 시몽을 읽거나, 읽는 소리를 듣거나 하면, 반드시 잠이 들게 마련이다. 클로드 시몽의 문장은 끝도 없는 잠 속에서 태어나 끝도 없는 잠 속으로 침몰하기만 한다. 클로드 시몽이 노벨문학상인가 하는 것을 받았을 때, 조선의 평론가들은 얼마나 그를 어렵게 소개하였던가. 그 무렵의 평론가들은 작가와 독자의 거리를 어찌해서든지 멀리 떼어놓으려고 작정한 자들 같았다. 평론가들이 독자들에게 형성시켜 놓은 작가에 대한 선입감과 편견이라니. 평론가들은, 클로드 시몽을 읽을 자신을 독자들에게서 자꾸만 뺏어갔다. 평론가들의 지독한 방해를 뚫고 「사물의 교훈」 혹은 「사물학습」을 읽었을 때 느껴지는 명증함. 그 야말로 클로드 시몽에 대한 학습이었다. 여자 역시 클로드 시몽의 비밀을 아는 듯 책 읽는 일에 신명이 나 있다. 저럴 때는 책 읽는 무 당 같다. 무당굿을 할 때 환자가 깊은 잠 속으로 떨어지듯, 사장은 어느새 침을 흘리며 잠이 들어버렸다. 여자는 거의 벗은 몸으로 사 장의 몸 위에 올라가서도 책 읽어주는 일을 계속한다. 철저한 직업 의식인가. 허리를 펴고 앉아 있는 여자의 몸이 사장의 몸 위에서 반 복적으로 흔들린다. 기마자세이긴 기마자세인데 말이 발랑 드러누 워 있는 기마자세. 말이 자꾸만 힝힝거린다. 여자는 책을 읽으면서 말을 타고 달린다. 성교 행위와 독서. 독서는 성교다. 서로 오르가 슴이 잘 맞지 않는 성교다. 레몽 장이 쓴 「책 읽어주는 여자」 첫머 리에 자크 라캉의 말이 인용되고 있다. 여자는 누구나 뭔가 우스꽝 스러운 구석을 지니고 있다. 정신 나간 여자와 우스꽝스러운 남자 의 이야기. 사실 연애라는 것도 정신 나간 여자와 우스꽝스러운 남 자 사이에서나 가능한 일이다. 똑바로 정신 차리고 체면 차리고 하 다가는 어느 세월에 연애를 한단 말인가. 사장은 열렬히 여자를 연 애하고 여자는 책 읽는 일을 미끼로 빠져나간다. 여자는 남자에게 서 빠져나감으로써 연애하는 법이다. 독서야말로 세계와 연결된 내 유일한 마지막 끈이다. 은퇴한 늙은 법관이 여자에게 책을 읽어주 기를 부탁한다. 사드의 책, 『소돔 백이십 일』. 법관이 자기 자신은 사회적인 체면 때문에 읽을 수 없었던 책, 오랫동안 다락과 지하실 에 감추어두고 있었던 책을, 기가 막히게 아름다운 목소리를 지녔 다는 여자로 하여금 읽게 하고 싶어, 여자가 읽어나가는 음탕한 구 절을 듣고 싶어, 아니 음탕한 구절을 읽어나가는 여자의 목소리와 표정을 감상하고 싶어 안달이 나 있다. 여자의 목소리가 아름답다

고 하는 것은 곧 색스럽다는 것을 의미하는 것이 아닌가. 착착 감겨
드는 목소리. 이전에 MBC「명작의 무대」해설을 하던 여자의 목소
리. 장유진. 장유진의 목소리를 듣고 있으면 그저 목소리에 애무당
하고 있는 기분이다. 채만식의「탁류」가 어떻고 하는 내용들은 무
대 뒤편으로 사라지고, 장유진의 목소리와 성감대만이 무대 전면에
남는다. 채만식의「탁류」를 자세히 읽어보아야겠다는 생각은 조금
도 안 생기고 장유진이 그리워지기만 한다. 장유진이 성우 노릇을
하였던 엘리자베스 테일러, 잉그리드 버그만, 오드리 헵번, 메릴 스
트립, 그 외 수많은 여배우들이 그리워진다. 장유진은 이미 장유진
이 아니다. 법관도 바로 그런 장유진을 원한 것일까. 여자는 순간적
으로 자기 직업의 성격에 대하여 생각한다. 자기는 책을 읽어주는
여자다. 어떤 책을 읽어주느냐 하는 문제는 자기와는 상관이 없다.
책 읽어주는 여자는 어떤 책이든 읽어주기만 하면 된다. 여자는 직
업적인 냉정을 유지하며 책을 읽어나간다. 더러운 동성연애에 관한
대목이다. 순간적으로 나타났다 사라지는 어떤 영어 자막을 직역하
면, 씨를 뿌린다는 말이 된다. 항문에 씨를 뿌린다. 씨를 항문에 심
으면 비료 성분으로 인하여 무척 잘 자랄 것이다. 조선의 은퇴 법관
같으면 양주 별산대놀이 대본을 읽게 할지도 모른다. 취바리가 땅
을 치며 대소한다. 아 하하하, 그래 승속이 가이어든 인가에 내려와
서 계집을 하나도 아니요 둘씩이나 데리고 농탕을 쳐. 그래 계집을
데리고 농탕을 해. 너 이놈 천부당만부당이다…… 소무들이 노장의
배를 썩썩 문지른다. 저 육실한 년들 보게. 저놈이 거위배를 앓느냐
왜 배를 문질러. 얘 얘 아니꼽다. 마라 마라. 얘 너하고 나하고는 당
치 않으니 만루청산 깊은 골로 쑥 들어가서 서로치기나 하다가 세
상을 보내자. 서로치기는 번갈아 가면서 하는 비역이다. 서로치기
동성연애자는 남자 역할 여자 역할을 다 해낼 수 있다. 취바리는 동

성연애 맛을 알면서도 여전히 여자 맛을 볼 줄도 안다. 상투 권투 시마마다 자라춤을 추어라. 철철 저리 절수. 취바리 한참 춤을 추다가 소무의 가랑이 속을 보려고 치마를 들치고 대강이를 집어넣는다. 여자는 계속 책을 읽는다. 법관은 안경 속에서 몽롱한 눈빛이 된다. 수많은 음란도서들을 판금시키고 도서 출판자들을 재판했을 법관이 여자가 읽는 한 구절 한 구절을 놓치지 않으려고, 귓바퀴를 발정난 당나귀처럼 세우고 있다. 어떤 늙은 바람둥이였는데 반 시간도 더 되게 내 똥구멍에 입맞추고 애무하고 난 다음에, 혀를 구멍 속에 처박아 쑤셔넣고 찌르고 그 속에서 돌리고 또 돌려대는 것이 있는데, 그 기술이 어찌나 능란한지 그 혀가 내 창자 속 깊숙이까지 느껴질 지경이었다구. 여자의 목소리는 여전히 중성적이다. 이년을 이때까지 데리고 살았어도 내전 구경을 못 했으니 한번 해보자. 얘 이 속이 얼마나 넓은지 대단하구나. 우르륵 우르륵. 취바리가 치마 속에서 천둥하는 소리를 낸다. 얘 이것 봐라. 이게 무슨 냄새냐. 이년이 어찌나 뒷물을 안 했는지 오뉴월 삼복지경에 조기젓 썩는 내가 나는구나. 책 읽는 여자는 책 읽어주기를 원하는 여러 부류의 사람들을 만난다. 하반신을 쓰지 못하는 소년에게 책을 읽어주기도 하고, 부모들이 바빠 돌볼 시간이 없는 어린 소녀에게 동화책을 읽어주기도 하고, 레닌을 숭배하는 노망기 있는 노파나 술집 여자에게 책을 읽어주기도 한다. 여자는 어린 소년이건 중년이건 노인이건 남자와 관련될 때는 예외없이 애욕의 대상이 되고 만다. 여자가 자본주의사회에서 직업을 가지고 살아나가는 데는 남자가 가장 큰 장애물이다. 남자는 없고 수컷들만 있는 시대다. 수컷들은 번듯한 지상의 사무실 방마다 여자를 잡아먹으려고 거미처럼 웅크리고 있다. 책 읽어주는 여자는 자주 바꾸어입는 폴라의 색깔처럼 그때그때 상황에 맞게 자기 변신을 꾀함으로써 남자들을 타고 넘는다. 법관을 비롯한 사회 저명인사 세 남자가 한자리에 모여 사드의 책을 읽어주기를 원할 때, 여자는 책 읽어주는 직업을 포기하고 실업자로 돌아온다. 하나의 유희가 끝난 것처럼 감미로운 음악이 흐른다. 하반신마비로 휠체어에 앉아 있는 소년과 그 친구인 소경 소년을 나란히 앉혀놓고 책을 읽어주던 여자의 모습이 종영을 알리는 영사막에 잔영으로 어른거린다. 그 소년들은 육체적 불구를 통하여 병들고 황폐한 세상을 상징한다. 이제 책이라는 것은 더 이상 세상을 구제하거나 변혁시킬 수 없는 무의미한 것이 되고 말았다. 파티석상에서 인용할 수 있는 몇 구절만 알고 있으면 된다. 문화폐기물들. 버릴 만한 마땅한 장소도 없어 서점마다에서 악취를 풍기고 있을 뿐이다. 출판사들은 정화시설 하나 없이 폐기물들을 마구 쏟아내고 있다. 어느 책이 피피엠의 기준에 합당한지 책 골라주는 여자도 나옴직하다. 책 공해로 시달리는 여러분들에게 무공해 책을 골라드리는 일을 하고 있는 여자입니다. 전화번호는 일구일구. 목소리가 좋아 책 읽어주는 일까지 하면 금상첨화이다. 책 읽어주는 여자. 책 읽어주는 여교사, 남교사. 고등학교 영어시간, 영어 선생님은 늘 짧은 혀로 일본식 발음을 해가며 영어책을 읽어주기만 하였다. 책 읽어주는 대통령. 대통령은 부지런히 라디오나 텔레비전에 나와 책을 읽어주고 있다. 책 읽어주는 남자. 목소리 좋은 작가들은 붓방아질 그만하고, 책 읽어주는 남자로 자기가 지은 책들을 유한부인들에게 읽어주기만 하여도 꽤 수입이 들어오겠다. 육체적으로 금전적으로. 책들은 이미 책을 떠났다.

2

「리큐」: 하로시 데시가하라 감독이 만든 일본영화. 일본영화를 내 생애 처음으로 보러 갔다. 젠장 나는 아직껏 외국으로 나가는 비행기 근처에도 가보지 못했다. 일본문화를 차단시켜 놓은 장본인들이 일본문화를 살짝살짝 흉내내어 조선땅에서 젠체하고 있다는 것쯤은 모르는 바 아니지만, 글쎄 일본영화 한 편 보지 못하게 되어 있는 형편에서 그놈들의 혐의점을 찾아낼 수가 있어야지. 자신들이 무더기로 표절하고 있는 그 범죄를 감추기 위해 일본문화에 대하여 이토록 까막눈을 만들어놓은 것인가. 구로자와 아키라 감독이 시나리오를 써서 다른 외국 감독으로 하여금 만들게 하였던 「폭주기관차」라는 영화. 그 예술적인 충격. 이미 선로의 조절장치 조작으로 전복될 운명에 처해 있는 기관차 위에 우뚝 서서 휘날리는 눈보라 속으로 사라져가는 주인공. 나는 극장 좌석에 그대로 얼어붙는 기분이었다. 일본인 감독에 일본 배우들이 등장하는 영화를 보는 것은 「리큐」가 처음이다. 요즈음 영화사를 차려 영화제작에 들어간 신성일과 엄앵란 부부가 몇몇 친척들을 데리고 와서 바로 옆에서 보고 있다. 신성일과 엄앵란을 실물로 보기는 이번이 처음이다. 신성일과 엄앵란은 나를 병들게 한 장본인들이다. 그들은 나를 국민학교 때부터 영화광이 되도록 해버렸다. 그 둘이 연애하는 장면을 자주 봄으로써 나는 초등학교 일학년 적부터 여자 담임선생을 시작으로 하여 수많은 연인들을 만들어나갔다. 신성일과 엄앵란이 시원한 바람이 불고 있는 강언덕 풀밭에 나란히 앉아 있다. 신성일이 엄앵란의 어깨를 한 팔로 부드럽게 감싸안는다. 엄앵란이 살포시 머리를 신성일의 가슴에다 댄다. 신성일은 엄앵란을 천천히 풀밭에 누인다. 서로 얼굴이 가까워지고 입술이 닿을락말락 한다. 갑자기

장면이 바뀌어버린다. 나는 영화장면이 바뀌어 있는 동안 풀밭에서 어떤 일이 벌어지고 있을지 궁금해서 견딜 수 없어 한다. 영사실로 달려가서 아까 그 장면으로 다시 돌려달라고 외치고 싶어진다. 지금쯤 신성일과 엄앵란은 무엇을 하고 있을까. 키스는 끝냈을까. 옷을 벗기고 있는 것은 아닐까. 근처의 오두막으로 들어가 신성일이 엄앵란을 올라탔을까. 아이구 왜 저리 엉뚱한 장면만 보여주나. 다시 신성일과 엄앵란이 나온다. 그들은 단정한 모습으로 시내 거리를 걷고 있다. 나는 그들이 영화장면이 바뀌어 있는 동안 풀밭에서 어떤 일을 저질렀는지, 혐의점을 찾기 위해 그들의 표정과 몸매를 유심히 살핀다. 그들은 능청스럽게도 전혀 그런 기미를 나타내 보이지 않는다. 지금도 저렇게 능청스럽게, 자기들이 타락시킨 나를 모르는 척하며 「리큐」를 보기에 여념이 없다. 리큐는 도요토미 히데요시 시대에 살았던 다도의 제일인자였다. 차를 끓이기 위한 원통형의 숯들이 일정한 크기로 잘려 쌓이고, 지순한 도자기를 구워내듯 차 한 잔을 끓여내고 있는 리큐. 청자빛 다기를 왼손으로 감싸고 오른손으로는 받쳐들고 무릎을 꿇은 채 온 정성을 다해 마시는 예술. 따뜻한 물속에 녹여지는 갈색 풀들, 녹색 가루들. 다료를 젓는 다구는 가늘게 쪼개어진 대나무들로 만들어져 마치 작은 솔과 같고. 다도를 배우기 위해서 모여드는 제자들. 개중에는 눈이 파란 서양인도 있다. 서양인은 다도를 배우는 대신 지구본을 선물하여 지구는 둥글다는 사실을 가르친다. 지구는 가도 가도 끝이 없다. 천주교인에 대한 박해가 있어서 서양 청년이 리큐 문하를 떠나갈 때 리큐가 하는 말도, 지구는 끝이 없다. 헤어져서 떠나가는 발걸음을 계속 내디뎌 가면 결국 다시 이 자리로 돌아올 것이므로 이별은 곧 나중의 만남을 의미한다는 것인가. 지구는 끝이 없다. 리큐의 입에서 묵직하게 흘러나오는 말이 묘한 여운을 남긴다. 다다미방, 단아한 문살의 구조, 평범한 물건조차도 하나하나 온 마음을 다해 만든 듯 예술품들처럼 놓여 있다. 정원에 깔려 있는 돌 하나도 그냥 놓인 것 같지 않다. 마루, 마루 기둥, 기와, 마당의 화초들. 다들 차의 향기에 흠씬 젖어 있는 듯하다. 히데요시는 리큐가 끓여주는 차를 마시면서 리큐의 솜씨를 칭찬해 마지않는다. 최고의 차를 마신다고 하여도 누구나 성인이 될 수 없는 법. 히데요시는 그렇게 좋은 차를 좋은 그릇에 무시로 마셨으면서도 차의 향기와는 어긋나는 길로 나아간다. 조선과 중국을 정복하고자 하는 야심을 지구본을 굴리면서 키워나간다. 히데요시에게서 딸아이에게로 굴러가는 지구본, 딸아이에게서 히데요시에게로 굴러오는 지구본. 천진난만한 웃음소리. 음흉한 웃음소리. 히데요시에게 점점 실망한 리큐는 도쿠가와 이에야스와 고민을 나누고 이에야스가 마신 차의 찌꺼기를 마심으로써 깊은 결속을 다진다. 같은 다이묘로 이에야스와 경쟁관계에 있는 히데요시는 분노하고, 자기를 깔보았다는 죄목으로 리큐를 처형하기에 이른다. 리큐가 히데요시를 위해 마지막으로 끓여주는 차. 히데요시는 그 차를 마시면서 리큐의 마음을 돌려보려 하나 이미 늦었다. 그들이 마지막으로 나누는 비장한 대화. 히데요시의 정권욕에 물들어 부패하려는 다도를 지켜내는 리큐. 그는 청아한 다기처럼 일생을 살다 갔다. 다도를 그대로 인생에다 연장시켰다. 귀향을 가서 처형을 기다리면서도 대나무와 창호지로 다실을 만드는 리큐와 그 부인. 창호지에 비치는 그들의 맑은 그림자. 그림자놀이. 「천년의 고독」 며칠 전에 생전처음 본 일본연극. 재일동포들로 구성된 신주쿠 양산박극단에서 만든 일종의 전위극이다. 그림자놀이가 연극을 환상적으로 이어가는 효과를 절묘하게 자아내었다. 대사가 알아들을 수 없는 일본말이고 연극 진행도 거의 전위적이지만 이상한 감동과 재미로 다가오는 연극. 그 이유가 무엇일까. 같은 동포라는 유대감으로 인해서인가. 대사를 알아들을 수가 없기 때문에 더욱 연극은 전위적이 되어버렸고, 상상은 나래를 펴내 나름대로 감동과 재미를 맛본 것인가. 조명이 완전히 꺼지면서 시작되는 그림자놀이에서는 나비가 끝도 없이 강을 건너가고 산과 들을 지나가고. 나비야 나비야 어디로 가니. 나비채를 든 소년의 그림자, 나비를 자꾸만 쫓아가고. 기울어지는 나비채의 그림자, 나비는 놀라서 더 높이 날아오르고. 호랑나비가 들어 있는 유리상자를 닦고 또 닦는 여주인공. 호랑나비야 날아라 하늘 높이 날아라. 숨어봐, 숨을까, 숨었다. 수시로 어두운 조명 속에서 등장하는 우산을 든 여인들. 빙글빙글 돌아가는 우산들, 무의식의 원형들. 무의식의 우산들을 덮어쓰고 있는 의식. 그 우산들을 접으면 말간 의식들이 드러난다. 무의식의 정거장. 정거장같이 생긴 무대 한쪽에서 주로 우산을 든 여인이 나타났다 사라진다. 나비가 날아가고 싶은 곳, 무의식의 우산들이 여행을 하여 도착하고 싶은 곳. 여자의 우산은 여행이기도 하다. 중간 중간 들리는 기차소리. 붉은 피가 쏟아지는 펌프, 여주인공 아게하는 유리상자에 갇힌 호랑나비를 날려보내고 하늘그네를 타고 오른다. 일본인의 다도와는 상관없는 소외된 지대의 사람들. 다도는 결국 권력층과 상류층에서 출발하여 사람들에게 순종의 미덕을 심어주는 교묘한 정치도구인가. 아니면 단지 권력자들이 다도를 이용해 먹고 있을 뿐인가. 권력자들은 아무리 차를 많이 마셔도 여전히 탐욕의 입과 목구멍을 지닌 존재들이다. 권력자들은 아무리 아무리 좋은 음악을 들어도 여전히 탐욕의 귀를 가진 자들이다. 아무리 아름다운 무용을 보아도 여전히 탐심에 충혈된 눈과 손발들을 지닌 소인들이다. 히데요시는 불안하기 그지없는 어린아이 같고, 리큐는 거대한 어른 같다. 쩍쩍 갈라진 대나무숲을 지나 리큐가 처형장으로 나아간다. 그 처형이란 스스로 할복자살을 하는 것이다. 비바람

치는 대나무숲, 갈라진 대나무들이 마구 흔들린다. 다료를 젓는 대나무 갈래들. 리큐는 다료처럼 대나무들에 의해 저어진다. 할복하는 장면은 차마 보여주지 못한다. 올림픽 무렵 국립극장에서 공연된 가부키. 딱딱할 정도로 절제된 대사와 동작. 기묘한 색채의 배합, 할복의 순서 하나하나가 얼마나 장엄한 분위기 속에서 연출되었던가. 가부키에서 장엄한 분위기란 무서운 침묵을 가리키는 말이다. 주인공의 생을 비극적으로 불태우는 불꽃으로 인하여, 책을 읽는 자나 연극 영화를 보는 자의 생은 더욱 따뜻해진다고 누가 말했던가. 그런 불꽃으로 몸을 따뜻하게 녹이기 위해 사람들은 비극적인 주인공을 즐겨 찾는다. 불꽃이 없는 작품은 예술이 아니다. 리큐가 자신을 다료처럼 다기처럼 내어놓음으로써 불태워졌기에, 나는 따끈한 녹차 한 잔을 마신 것처럼 훈훈해졌다. 나의 인생도 다른 인생들에게 따끈한 한 잔의 차가 될 수 있다면. 내가 좋아하는 여인은 가을이 시작되던 날, 한 잔의 녹차를 마시고 싶다고 말했다. 약간 추워지는 날씨 속에서 그녀는 손가락끝이 시리다고 하면서 손을 매만졌고, 나는 처음으로 그녀의 손을 잡아보았다. 다만 그녀의 손을 따뜻하게 해주기 위하여. 그때 나는 나 자신이 그녀에게 한 잔의 녹차가 되지 못하고 있는 사실이 아쉬웠다. 이제 보니 한 잔의 녹차가 되기 위해서는 얼마나 나 자신이 비극적으로 불태워져야 하는 것인가. 비극은 보는 자의 관점에 따라서는 비극이 아닐 수 있는 법, 리큐는 자신의 생애를 결코 비극적으로 생각하지 않았음에 틀림없다. 그는 올곧은 대나무숲을 지나 표표히 저승으로 걸어갔다. 이제 화면에는 바람만이 남았다.

3


　「어둠 속의 외침」: 메릴 스트립이 나오는 영화는 무조건 좋은 영화라고 안심해도 괜찮다. 메릴 스트립은 김혜자처럼 그저 호감이 간다. 내가 메릴 스트립에 빠져 있는 이유를 아무리 따져보아도 그녀의 육체적인 매력에서는 찾기 힘들 것 같다. 육체를 통하여 흘러나오는 어떤 정신에 내가 감응되고 있음이 분명하다. 머리끝부터 발끝까지 혼신의 힘을 다하여 연기하는 내적인 열정이 그 눈빛을 통하여 야무진 입술을 통하여 내비칠 때, 나는 온몸에 쥐가 내리는 것을 느낀다. 그녀는 내가 몇백만 년 전부터 알고 있던 여자처럼 느껴진다. 그녀는 나에게 누나고 어머니고 연인이다. 나의 아니마다. 나는 메릴 스트립이 나오는 영화는 메릴 스트립과 연애를 하면서 보게 된다. 메릴 스트립은 이 영화에서 호주의 중년 부인으로 연기하기 위하여 일부러 살을 찌게 만들었다. 밤마다 스테이크 같은 것을 실컷 먹고 잠을 잤다. 보기 흉할 정도로 살이 쪘다. 여자가 자신의 모양을 그렇게 바꾼다는 것은, 다른 여자의 경우 거의 생각지도 못할 일이다. 연기를 위하여 머리를 깎는 것은 보통 있는 일이고, 메릴 스트립은 살찐 부인 역을 마친 후 도로 살을 빼는 데 얼마나 고통을 겪었는지 다시는 살찐 부인 역은 하지 않겠다고 하였다. 그녀는 이 영화로 제42회 칸영화제 여우주연상을 탔다. 호주의 관광명소, 거대한 바위산이 한라산의 주봉처럼 지평선 위에 자리잡고 있다. 그 바위산을 보기 위해 몰려든 관광객들. 텐트들이 즐비하게 늘어서 있다. 텐트마다 밝혀진 불빛들, 왁자지껄 떠들어대는 사람들의 음성, 기타 뜯는 소리, 노래 부르는 소리. 메릴 스트립이 가족 텐트로 들어가 갓난아이를 돌보려다가 비명을 지른다. 요람에 누워 있어야 할 아기가 보이지 않는다. 텐트를 급히 나서자 저쪽 야산으로 딩고 한 마리가 사라지는 모습이 시야에 들어온다. 딩고가 아기를 물고 간 것이다. 목사인 남편이 달려오고 사람들이 손전등을 켜들고 야산을 뒤지기 시작한다. 백여 개의 손전등 불빛들이 까만 대기 속에서 흔들리는 모습은 그 자체로써는 아름답게 느껴진다. 결국 아무런 단서도 찾지 못하고, 언론들의 조작과 일반 사람들의 여론 등으로 인하여 메릴 스트립은 법정에까지 서게 되고, 재판 결과 살인혐의로 징역을 살게 된다. 오 년 정도 징역을 살고 난 후에 딩고가 아기를 물고 갔다는 결정적인 증거인 아기 옷이 야산에서 발견된다. 이런 터무니없는 재판이 실제로 일어났고, 영화는 그 실화를 바탕으로 만들어진 것이다. 한 사람에 대한 예단을 가지고 재판을 할 때 어떻게 엉뚱한 결과가 초래되는가를 섬세하게 그리고 있는 작품이다. 그 과정에서 각종 사람들은 자기 나름대로 추리를 해가며 여론을 형성하여 메릴 스트립을 정죄한다. 온 나라가 그 문제로 수군거리고 재판 결과에 대하여 내기를 거는 치들도 생긴다. 여론이라는 것이 얼마나 허위를 근거로 조작되는 것인가. 여기저기서 쿵더쿵거리는 입방아. 그 역경을 강인한 의지로 헤치고 나가는 메릴 스트립의 연기는 역시 일품이다. 다른 사람들이 자기를 조롱하여 침 뱉으면 그녀는 웃어준다. 너무도 기가 차서 미친 듯이 깔깔거리며 웃는다. 아기가 실종된 것도 억울한데 아기를 죽였다는 살인혐의까지 뒤집어쓰다니. 얼마나 많은 사람들이 엉터리 재판에 의해 희생되어 갔는가. 서빙고 비밀고문실, 한강과 그대로 통하는 하수구, 그 까마득한 깊이를 열어 보여주며 의자를 그 더러운 물에 닿을 정도로 달아 내리면서 고문한다. 북한을 다녀오지 않아 북한에 대하여 전혀 모르는 자들에게 북한지리를 상세히 가르쳐주고 김일성 사상을 학습시키면서까지 간첩으로 조작해 나간다. 네가 존경하는 인물이 누구냐. 최현배 선생입니다. 최현배라구, 그놈도 순 빨갱이지. 아니, 최현배 선생도 모르십니까. 국어학자 최현배 말입니다. 이 새끼가 날 놀려. 이것은 물론 구시대의 이야기로 『보안사』라는 책에 나오는 부분이다. 고문의 형태는 교묘하게 세련되었지만 지금도 여전한 모양이다. 때리지 않더라도 수사관들이 번갈아 수사하며 잠을 재우지 않으면 그보다 더 심한 고문은 없는 것이다. 비몽사몽간에 강요된 고백들을 가지고 검사들은 꼭두각시 노릇을 하며 여론재판에 앞장선다. 우익을 표방하는 각종 이상한 단체들. 아직 정식 재판이 시작되지도 않았는데 한 사람에 대한 인신공격적인 플래카드를 네거리에 걸어놓는다. 가짜 학생들은 캠퍼스의 각종 서클에 들어가 신분을 위장하는 법이다. 사이비 교주를 모시고 자기들의 교리를 믿으면 영원히 죽지 않고 영생한다는 괴상한 종교집단들. 미군 철수 운운하는 자는 민족반역자이다. 도대체 저토록 민족의 자존심을 손상시키는 구호가 또 있겠는가. 미군 철수 운운하는 자라고 한 자기는 미군 철수 운운한 것이 아닌가. 이렇게 무지막지하게 형성된 여론으로 한 사람을 재판하려 한다. 중세의 종교재판과 마녀 화형. 이백 명이나 죽인 진짜 북한 여간첩은 재판이 끝나지 않았는데도 거리를 활보하고 있고, 한 명도 죽이지 않은 가짜 북한 여간첩은 재판이 시작되기도 전에 언론들의 조작과 여론에 의해 난도질당했다. 《조선일보》가 글쎄 스포츠지까지 만듭답니다. 이 시대의 언론의 역할이나 똑똑히 할 일이지 남의 밥그릇에 숟가락을 처넣는 몰상식한 짓을 서슴지 않는단 말씀입니다. 손님도 유주현의 「조선총독부」 읽어보셨지요. 거기에 보면 여덟 쪽에 걸쳐 《조선일보》 창간 일화가 나온단 말씀입니다. 완전 친일파 계열에서 창간했다 이 말씀입니다. 아직도 정신을 못 차리고 헛소리만 하고 자빠졌응께 우리 같은 사람들 흥분 안 하게 생겼습니까. 《조선일보》 거 신문도 아니에요. 개인택시 운전사는 완전히 시사해설가로 변신하여 연신 열변을 토한다. 나는, 저《조선일보》에 근무하는 기자인데요, 하고 슬쩍 농담을 던지고 싶은 충동을 느낀다. 택시 운전사의 열변을 잠재우고 피곤한 몸을 잠시라도 좌석 등받이에 묻고 싶기 때문이다. 메릴 스트립이 재판을 받는 과정에서 헬리콥터까지 동원하여 흥미 위주의 기삿거리를 취재하기 위해 열을 올리던 신문 텔레비전 기자들, 메릴 스트립이 석방되어 나오자 이번에도 뻔뻔한 얼굴로 인터뷰를 하려 하고 사진들을 찍어댄다. 정말 법정에 서야 될 자들은 무고한 한 사람을 여론재판으로 감옥에 보냈던 언론사의 기자들이다. 이리 붙었다 저리 붙었다 하는 창녀 같은 기자들. 그 기자들의 어색한 표정들이 정지상태로 변하여 소금기둥처럼 굳어지면서 영화는 끝난다. 딩고에 물려간 아기, 딩고보다 더 냉혹한 사회에 목덜미가 물려버린 아기의 엄마. 나는 메릴 스트립을 사랑한다. 그녀에게 안기면 시골장터의 깻묵 냄새가 날 것 같다. 아, 깻묵 냄새, 메릴 스트립의 주근깨.


## 4


「바베트의 향연」: 덴마크 영화, 제60회 아카데미 외국어작품상 수상. 희한한 영화다. 먹는 것으로 시작하여 먹는 것으로 끝난다. 덴마크의 한적한 어촌. 다른 문명사회와 차단된 듯한 그 침침한 고장에 파리에서 한 여성이 전쟁을 피하여 도망온다. 바베트라는 이름의 그녀는 목사의 두 딸에게 얹혀 가정부 노릇을 하며 살게 된다. 목사의 두 딸은 죽은 아버지의 일을 계승하여 친교 모임을 이루어 가는데, 친교회의 남녀 회원들이 늙어가면서 점점 서로 불화와 갈등을 겪게 된다. 바베트는 파리와 단절되지 않기 위하여 그곳 어떤 복권회사의 복권을 정기적으로 산다. 오랜 세월이 지난 후 바베트는 만 프랑의 복권에 당첨된다. 바베트는 그 돈으로 목사의 탄생 백주년 만찬 때 친교회 회원들을 위하여 파리에서 제일가는 요리를 만들어낸다. 그녀는 파리에 있을 적에 유명한 요리사로 있었기 때문에 음식 만드는 솜씨가 대단하다. 그 요리를 만들려고 멀리 프랑스에서 배편으로 재료들을 실어오게 한다. 아주 오래된 포도주병들도 실려오고 살아 있는 거북도 실려오고 각종 동식물들이 그득히 운반된다. 바베트의 요리과정을 훔쳐본 늙은 친교회 회원들은 바베트를 마치 사탄의 화신같이 여긴다. 바베트가 거북을 죽이고 메추리의 목을 끊고 별별 희한한 음식을 장만하기 때문에, 그것들을 한번도 본 적이 없는 그들로서는 당연한 반응인지 모른다. 그들은 바베트가 대접하는 음식은 먹어주되 결코 음식맛을 칭찬한다든지 음식에 관한 이야기는 하지 않고, 오직 목사에 대한 추도의 말만 하자고 약속한다. 만찬의 밤이 다가와 드디어 바베트가 마련한 요리들이 식탁에 차례로 놓인다. 특별히 초대된 관리 한 사람만이 바베트의 요리를 알아줄 뿐, 다른 노인들은 어떻게 먹는지 그 방식조차 잘 모른다. 관리가 먹는 것을 훔쳐보면서 음식을 먹어가는 노인들의 모습은 순진하기도 하고 우스꽝스럽기도 하다. 기가 막힌 음식 맛에 깜짝깜짝 놀라면서도, 음식에 관해서는 한마디도 말하지 않기로 한 약속 때문에 노인들은 계속 목사에 대한 추억담만을 늘어놓는다. 표정과 말 들이 겉도는 것이 확연히 느껴진다. 관리는 목사에 관한 추억담보다 바베트의 요리를 계속 칭찬하기에 여념이 없다. 차츰 노인들도 자신들이 한 약속을 잊어버리고 음식에 대하여 한두마디 입을 열어 말하게 된다. 한번 약속이 깨지자 여기저기서 음식에 대한 찬탄이 새어나온다. 이렇게 풍요롭고 맛있는 음식은 일생 동안 처음 먹어보는 가난한 어촌의 노인들이다. 얼마나 생생하게,

음식들을 만들고 먹는 과정이 연출되는지, 영화를 보는 관객들은 자신도 모르게 입 안에 침이 고이게 된다. 그 노인들과 더불어 포만 감을 느끼게 된다. 마지막 후식으로 자연스럽게 둘러서서 차를 드는 노인들의 모습은 더 이상 가난에 찌든 촌로들의 형색이 아니다. 무척 품위있는 자들로 여겨진다. 그들의 품위는 서로를 따뜻하게 용서하고 화해하는 데서 더욱 드러난다. 노인들은 어두운 바깥마당으로 나가 서로 손을 잡아 둥글게 원을 그리며 춤추고 노래한다. 이제 곧 마감될 그들의 인생, 그들을 기다리고 있는 영원한 낙원에 관한 노래들이 이어진다. 참으로 따뜻한 정경이다. 정성이 담긴 좋은 식사는 황폐한 사람들의 마음에 사랑을 불러일으킨다. 파리에서 제일가는 요리를 먹었기 때문만은 아니다. 사실 노인들은 그런 요리를 먹었는지조차도 잘 모른다. 다만 그들은 바베트의 정성을 먹은 것이다. 서로 사랑이 없는 가정은 식탁을 준비하는 주부에게 문제가 있다. 한 사람의 정성이 담긴 음식을 함께 먹는 가족끼리 불화할 수가 없는 법이다. 인도네시아에선가는 원수끼리 알지 못하는 사이에 식탁을 같이하여 음식을 먹게 되면 더 이상 원수를 갚을 수 없다는 불문율이 있을 정도이다. 예수가 한 말이라는 것도 처음부터 끝까지 먹는 이야기라 하여도 과언이 아니다. 누구든지 내 음성을 듣고 문을 열면 내가 그에게로 들어가 그로 더불어 먹고 그는 나로 더불어 먹으리라. 내 살을 먹고 내 피를 마시는 자는 내 안에 거하고 나도 그 안에 거하나니. 목사의 두 딸은 바베트가 만찬이 끝난 후 파리로 돌아갈 줄 알았다. 복권에 당첨되어 돈이 많이 있을 텐데 언제 파리로 돌아갈 것이냐고 묻는다. 노인들을 대접한 수고와 기쁨으로 인하여 아직도 눈에 눈물이 고여 있는 바베트는, 복권에 당첨된 돈을 오늘 밤 만찬을 위하여 다 써버렸다고 말한다. 목사의 두 딸은 그렇게 값진 요리인 것을 몰랐다가 무척 놀란다. 이제 오히려 바베트의 빈궁을 염려한다. 그때 바베트가 대답한다. 예술가는 결코 가난하지 않습니다. 바베트는 자신의 요리를 예술로 인식하고 있음에 틀림없다. 예술은 그 자체로 풍요로운 것이요 부요한 것이다. 세상의 어떤 물질과도 비교할 수 없는 성질의 것이다. 바베트의 예술은 음식을 만드는 것만을 가리키는 것이 아니라, 사람들의 마음에 사랑의 불을 일으키는 그 솜씨를 의미한다. 바베트가 그 돈으로 가난한 어촌을 위해 더 효과적인 일을 할 수 있지 않았나 하고 묻지는 말자. 사람들의 마음에 사랑을 불러일으키는 일보다 더한 일이 또 있으랴. 모든 예술은 얼마만큼의 돈이 들어가든 사랑의 예술이 되지 않으면 안 된다. 바베트가 덴마크의 그 가난한 어촌에 계속 머무르기로 작정하고 창밖을 내다보는데, 창밖에는 사람들이 겨울 내내 기다리던 눈송이들이 내리기 시작한다. 까만 밤을 배경으로 내리는 눈송이들. 제임스 조이스의 「더블린의 사람들」이 생각난다. 「더블린의 사람들」을 다 읽고 났을 때의 그 따뜻한 사랑의 감정. 여전히 예술은 살아 있고 책은 살아 있다. 책은 책을 떠나지 않았다.

# 우리 시대의 무당

　　남탕. 신선한 물이 수도관을 통하여 쿠알콸 쏟아지고 있는 온탕 열탕 냉탕. 보얗게 피어오르는 증기. 아무도 없다. 나 혼자다. 나는 우선 온탕에 들어간다. 내가 목욕탕 안으로 들어옴으로써 목욕탕은 열린다. 이 시간만은 나의 전용 욕탕인 셈이다. 여탕. 그날 새벽 나는 삼층으로 다 올라왔다고 착각을 하고는 이층에 있는 여탕으로 들어갔다. 늘 한쪽 구석에 이불을 뒤집어쓰고 자고 있는 남자 종업원들이 안 보이는 것이 약간 이상하긴 했지만 어디 새벽운동이라도 하러 나갔나 그 정도로 생각하고 탕으로 들어간 것이었는데, 여자 손님 하나가 들어올 때까지 내가 여탕에 들어온 사실을 모르고 있었으니. 그때 보얀 수증기 너머로 다가오던 여체. 무척 젊은 아가씨였지. 흐흐흐. 탕으로 풍덩 들어왔다가 내가 남자라는 사실을 뒤늦게 알아차리고, 엄마야 고함을 지르며 뛰쳐나가던 그 매끄러운 엉덩이. 이렇게 새벽마다 온탕에 몸을 잠그고 있으면 영락없이 그 젊은 아가씨의 몸뚱어리가 떠오르니 내 물건이 물속에서 북채처럼 설

수밖에. 그 아가씬 여대생일 거야. 저기 저 대학 말이야.

자정이 넘어서고 있었다. 나는 캄캄한 길을 걸어올라갔다. 속에서 솟구치는 부아가 마음을 파고들려는 두려움들을 막아내고 있었다. 아니, 부아와 두려움들이 마구 뒤섞여 뒤통수의 근육이 조여드는 기분이었다.

채 채 챙강 챙 챙강 챙강 챙챙.

처음 그 소리가 나의 청각신경을 건드린 것은 한 일주일 전이었다. 그때도 밤중에 그 소리를 들었는데 아무래도 굿하는 소리로 들렸다. 그러나 그 소리가 어떤 방향에서 들려오고 있는지는 잘 가늠이 되지 않았다. 내가 살고 있는 연립의 어느 집에서 굿을 하는 것 같기도 했고, 작은 구릉을 사이에 두고 있는 바로 앞 연립 어느 집에서 굿을 하는 것 같기도 하였다. 너무도 오랜만에 듣는 굿소리였다.

"신이 내렸다. 신이 내렸다."

사람들은 외치고 있었다. 하얀 광목이 묶여 있는 길다란 참나무 가지 신대가 흔들리고 그 신대를 쥔 뒷집 아저씨도 흔들리고 있었다. 흔들리는 정도는 점점 심해져 아예 경련을 일으키고 있었다. 도저히 그 경련을 멈출 수 없는지 뒷집 아저씨의 이마에는 구슬땀이 맺혔다.

"정말 신이 내리나 안 내리나 시험을 해보려고 신대를 잡은 거래."

"무당이 막 굿을 하고 펄쩍펄쩍 뛰니까 글쎄 신대를 움켜쥐고 버티던 아저씨도 별수없이 저리 안 떠나."

"신이 내린 거라. 하모. 신이 내렸지."

"아, 신대가 움직여. 아저씨를 끌고가는데."

과연 신대는 움직이기 시작했고, 아저씨는 신대가 이끄는 대로 이끌려 가는 듯 넋이 빠진 표정으로 한 걸음 한 걸음 발을 떼고 있었다.

"엇샤 엇샤 엇샤 엇샤 얼쑤우."

무당은 길길이 뛰며 신대를 따랐다. 동네 어른들, 아이들이 무당을 따랐다. 나는 맨 뒤에서 따라가다가 그만 현기증을 일으키며 쪼그려 앉았다.

"꾸엑 꾸엑."

빈 토악질을 몇 번 하고는 오른손 검지를 목구멍 깊숙이 밀어넣었다.

"쿠아악."

목구멍에서 희멀건 회충 두 마리가 쭈르르 비어져나왔다.

"엇샤 엇샤 엇샤."

채 채 챙강 챙.

나는 오랜만에 굿하는 소리를 들으며 향수 같은 것에 잠시 젖기도 하였다. 의학적으로는 도저히 나을 수 없는 불치의 병에 걸려 죽어가는 환자가 있나. 굿소리를 타고 전해 오는 한 집안의 우환의 무게가 내 심장판막에 얹히는 기분이기도 하였다. 내 주의를 흩뜨리는 소리이긴 했지만 하룻밤 정도는 참아줄 만하였다. 그러나 그 소리는 이틀이 멀다 하고 계속해서 들려왔다. 이제 보니 낮에도 들려오고 밤에도 들려오고 새벽에도 들려왔다. 하루는 낮에 그 소리가 들려와 마침내 그 소리의 출처를 찾아보기로 하고 책상 앞에서 일어나 현관을 나섰다.

채 채 챙강 챙.

내가 사는 연립의 어느 집에서도 그 소리는 나지 않고 있음에 틀림없었다. 바로 앞 연립 쪽으로 가보았다. 거기 연립건물 사이의 시멘트 길을 오가며 귀를 기울여 보아도 아무 데서도 나지 않고 있었다. 하지만 그 소리는 여전히 내 귓전을 울리고 있지 않은가. 내가 환청을 듣고 있나. 누구라도 붙잡고 저 소리가 들리지 않느냐고 물어보고만 싶었으나, 그 시멘트 길에는, 차르륵, 차르륵, 고무바퀴가 빠진 세발자전거를 신나게 타고 있는 꼬마아이밖에 없었다. 쇠바퀴와 시멘트가 서로 부딪치며 서로를 긁어대는 소리, 저 소리는 뇌 속을 휘젓는 맹렬한 소음이다. 왜 저 아이의 아버지는 새 자전거를 사주지 않는 것인가. 나는 방향을 바꾸어 그 연립 앞으로 나와 비스듬히 위쪽으로 올라갔다. 그러자 굿소리가 더욱 명확하고 세차게 들려왔다. 이제야 어디서 그 소리가 나는지 알 수 있을 것 같았다. 절간이다. 아니, 절간은 아니고 무슨 암자라고 하였다. 작고 낡은 기와집 두 채. 무슨 종파의 절간 암자인지는 모르지만 사월 초파일 같은 때는 마이크까지 설치하여 온 동네가 떠나가도록 독경 소리를 퍼지게 하며 목탁을 두들겨대는 암자이다.

수리수리 마하수리 수수리 사바하 나모사만다 못다남 옴 도로도로 지미 사바하.

독경소리 목탁소리가 사방 수 킬로미터의 지역을 덮어버리면 동네는 삽시간에 절간 경내처럼 변해 버린다. 동네 사람들은 사월 초파일이니까 아무리 귀와 머리가 웅웅거려도 하루종일 참으며 속으로 부처님의 가피를 빌 뿐이다. 나는 부처님의 가피를 빌지는 않지만 그날만큼은 꾹 참는다. 독경소리는 큰길 건너편 원불교 회관에서도 우렁차게 들려오는데, 이쪽 독경과 저쪽 독경이 서로 뒤섞여 금강경을 외는지 아미타경을 외는지 팔양경을 외는지 구분할 수 없게 된다.

그런데 암자에서 굿하는 소리가 들린다는 것은 아무래도 이상하다. 그 암자는 무속이 섞인 불교를 신봉하는 어느 종파에 소속되어 있는지도 모른다. 암자를 찾아 올라가 마당으로 들어서니 장구소리·북소리·제금소리·징소리 들이 어지럽게 들려왔다. 그러나 그런 소리만 귓전을 때릴 뿐 어디에도 굿하는 기미는 느낄 수 없었다. 사람의 기척 하나 없이 조용한 암자의 마당에는 하얀 꽃송이들을 무수히 달고 있는 라일락나무 한 그루가 그 특유의 향기를 토해내고 있었다. 그때 아주머니 한 사람이 건물을 돌아오다가 나와 마주쳤다.

"어디서 굿소리가 나는 거죠? 여기서 나는 소리가 아니에요?"

"절간에서 굿을 할 리가 있나요. 저 위쪽 굿당에서 나는 소리예요?"

"굿당요?"

"굿당이 있는 줄 몰랐어요? 우리도 저 소리 때문에 정신이 하나도 없어요?"

"주택가에서 저렇게 밤낮으로 굿을 하도록 내버려두나요?"

"아무리 항의를 해도 소용이 없어요. 글쎄 자기들은 주택가가 아니라는 거예요."

아주머니는 난감한 표정을 짓고 있었다. 나는 내가 사는 S연립과 그 앞쪽의 D연립을 건너다보며 눈대중으로 거리를 측정해 보았다.

"굿당이 어디에 있어요?"

"바로 이쪽 길을 따라 올라가면 언덕빼기에 굿당이 있지요."

나는 조금 산길을 따라 올라가다가 아예, 죽은 나무들이 듬성듬성 서 있는 언덕빼기를 타고 올라갔다. 며칠 전에 온 비로 인하여 축축히 젖어 있는 언덕빼기라, 자주 발이 미끄러져 마른 나뭇가지들을 붙잡으면서 언덕의 정상으로 향했다. 내 손에 붙잡힌 나뭇가지들은, 뚜욱 뚝, 부러지기가 일쑤였다. 지팡이처럼 부러져 내 손에 들어온 나뭇가지 하나는 버리지 않고 다른 손으로 옮겨 내 몸을 지탱하게 하였다. 과연 저 위에는 보통 주택과 똑같은 일자형 기와건물이 덩그렇게 자리잡고 있는 것이 보였다.

쨍 쨍 쨍강 쨍 뚱 뚱 뚱구둥.

자진모리로 들어간 가락으로 보아 펄쩍펄쩍 뛰고 있을 것이었

다. 위쪽에서 소나기처럼 쏟아지는 굿소리가 금방이라도 나를 언덕
빼기 아래로 밀어뜨릴 것만 같았다. 굿소리가 어떻게 저리 클 수 있
나. 나는 굿소리에 떼밀리지 않으려고 애를 쓰며 언덕을 올라가고
있었다.

드디어 언덕을 다 올라와 굿당 마당에 섰다. 그리고 나는 소스라
치게 놀랐다. 굿당은 무당 한 사람이 지키는 그런 굿당이 아니었다.
얼핏 보기에는 그 건물에는 예닐곱 개의 방들이 들어 있는데, 각 방
마다 울긋불긋 신단이 차려져 있고 무당과 재비 들이 열심히 춤추
고 악기를 연주하며 몰아지경으로 들어가고 있었다. 손님들이 빼곡
히 들어앉아 비손하며 치성을 드리고 있는 모습들도 활짝 열린 문
너머로 보였다. 어느 방은 아직 굿이 시작되지 않았는지 손님들이
쪽마루에 나와들 앉아 있었다. 쪽마루에 걸터앉아 있는 손님들은
주로 잘 차려입은 여자들로 귀부인티가 흐르는 모습들이었다. 나는
굿당에 굿하러 오는 손님들이 비록 옷들은 정성을 들이기 위해 깨
끗하게 다려입고 왔을지라도 그 표정들은 여러 가지 근심걱정에 찌
들어 꾀죄죄할 거라는 선입감을 가지고 있었는데, 전혀 그렇지가
않아 다소 의아해하였다. 나는 그 손님들을 향하여 독백을 하듯이
물었다.

"어떻게 주택가에서 이런 굿을 할 수가 있죠? 주민들이 굿소리에
시달리는 것은 아랑곳하지 않고."

"그건 우리들이 알 바 아니죠. 우린 굿당이 있으니까 굿을 하러
올 뿐이에요. 항의를 하시려면 사무실에 가서 하세요."

후덕한 인상을 지닌 중년 부인이 차분한 목소리로 자신있게 대
꾸하였다. 나는 그 부인의 좋은 인상 때문에 더 이상 따지지 못하고
그녀의 말에 따르기로 하였다.

"사무실은 어디에 있죠?"

“저기로 돌아가 보세요.”

그녀가 가리키는 왼쪽 모퉁이로 돌아가니 맞은편에도 기역자형 건물 한 채가 더 있었다. 거기에도 방들이 있을 것이므로 이 굿당에는 적어도 열 개가 넘는 방들이 들어차 있는 셈이었다. 일자형 건물과 기역자형 건물은 거꾸로 놓인 디귿자형을 이루면서 제법 널찍한 안마당을 안고 있었다. 안마당 한복판에는 펌프가 하나 박혀 있고, 왼편 산등성이 쪽으로는 장독대들이 놓여 있었다. 그리고 마당 가득히 굿상에 올릴 제물들, 굿을 하고 남은 재 묻은 떡 같은 음식들이 널려 있어 마치 큰 잔치라도 벌이고 있는 형용들이었다. 코를 찌르는 갖가지 음식냄새, 귀를 찌르는 징소리, 북소리, 제금소리. 정신이 얼떨떨한 가운데 거기 한 할머니에게 사무실이 어디 있느냐고 물었다. 할머니는 흙투성이 신을 신고 이상한 지팡이를 짚고 있는 나를 의심스러운 눈길로 훑어보며 사무실로 안내해 주었다.

사무실은 일자형의 건물 뒤편에 붙어 있었다. 아주 좁은 공간을 사용하고 있어 들어갈 마음은 처음부터 생기지 않았다. 나는 사무실 미닫이문을 연 채 그 자리에 지팡이를 의지하고 서서 관리인으로 보이는 사람을 향하여 말을 던졌다. 내 말이나 그 사람의 말은 건물이 떠나갈 듯이 울리는 굿소리에 떼밀리고만 있었다.

“들어오시오. 일단 들어와서 이야기하시오.”

중년을 훨씬 넘긴 듯싶은 그 사람이 고함을 지르다시피 나를 안으로 끌어들였다. 사무실이라고 하는 그 공간에는 책상도 하나 없고 빨간 전화기 한 대가 바닥에 놓여 있는 것이 고작이었다. 그 전화기 옆에는 여관 숙박부처럼 먹표지를 씌운 장부가 놓여 있었는데 거기에는 검정 볼펜으로 사람 이름과 상호명 같은 것들이 빽빽이 적혀 있었다.

“왜 그러시오?”

“굿소리 때문에 왔는데요. 언제부터 여기 굿당이 들어섰지요?”

챙챙챙챙 챙강챙강 챙.

챙강 챙강 챙챙.

한두 마디 말을 하는데도 고막이 웅웅 울렸다.

“오래전 일이죠. 이 건물이 들어선 지는 십오 년도 훨씬 넘었죠. 여기 동네가 생기기 전부터 있었으니까요.”

나는 굿당 일을 해온 지가 십오 년도 훨씬 넘었다고 말하는 것으로 이해했다. 내가 이 동네로 이사온 지 이제 막 십 년째로 접어들고 있었으므로 내가 이사오기 전에도 여기 굿당이 있은 셈이 되었다. 그렇다면 굿당의 기득권도 무시할 수 없다는 생각이 들어 내 목소리는 더욱 공손해졌다.

“그런데 굿소리가 왜 요즈음에 와서야 들리게 된 거죠? 그것도 크게 말이에요. 전에 들은 적이 없는 것 같은데.”

“전에는 산속 깊숙한 곳에 있는 셈이었는데 주택들이 들어서고, 여기가 자연공원으로 지정돼 엄청나게 넓은 주차장이 들어서고, 또 아파트공사를 하느라 요즈음 저 건너편 나무들을 모두 잘라내는 바람에 주택가에까지 들리게 된 거죠. 주택가에 굿당이 들어선 것이 아니라 굿당 쪽으로 주택들이 밀고 들어온 것이지요.”

듣고 보니 일리가 있는 말이었다. 산업화와 도시화가 진전되는 가운데 이 변두리에도 대학이 들어서고 주택들이 버짐 번지듯 바퀴벌레 새끼 까듯 빠른 속도로 퍼지는 통에 은밀한 곳에 있던 굿당이 노출될 만도 하였다. 그러고 보면 도시 산업화에 의하여 굿당도 피해를 입고 있다고 할 수 있었다.

“시대가 변해서 주택들이 밀고 들어오고 하면 굿당도 시대변천에 맞추어 자리를 더 깊숙한 곳으로 옮기면 되잖아요? 주민들에게 소음공해를 일으키지 말고.”

나의 이 말에 그 중늙은이는 잠시 곤혹스러운 표정을 지었다.

"당신도 D연립에 사나요?"

"아니 D연립 뒤 S연립에 삽니다."

"S연립까지 굿소리가 들립니까? 거기는 괜찮을 텐데."

"내 방이 S연립의 모퉁이에 위치해서 그런지 굿소리가 들려도 보통 크게 들리는 게 아닙니다. D연립 주민들이 항의를 하지 않나요?"

나는 무슨 눈치를 채고 이렇게 물었다.

"하다마다요. 그 연립 주민들이 떼로 몰려오기도 하구, 구청엔가 진정서를 낸다고 야단을 피우는데 우린들 어떻게 합니까? 굿당을 산 안쪽으로 옮기도록 해달라고 당국에 호소를 해도 그린벨트에 묶여 있다고 허락을 안 해주니."

나는 일단 항의하는 주민들이 있다는 점에 대하여 안도의 한숨을 쉬었다. 나 혼자만 지나치게 신경과민이 되어 굿당을 찾아온 것이 아니구나, 벌써부터 굿소리가 문제가 되고 있었구나. 나는 내 뒤에도 다수의 주민들이 있다는 생각으로 제법 여유를 가지고 굿당을 염려하는 어투로 말을 이었다.

"옮기기 전까지라도 주민들에게 덜 피해를 주도록 하면 안 되나요? 문들을 닫고 굿을 한다든지 징이나 제금은 치지 않고 장구나 북만 가볍게 치면서 한다든지."

"허허, 굿은 문을 닫고 하는 법이 없어요. 귀신이 들어오고 나가고 해야 하는데 어떻게 문을 닫고 합니까? 그리고 징이나 제금 같은 쇳소리가 섞이지 않으면 신이 내리지 않아요. 신들은 쇳소리를 무척 좋아한다는 거 모르세요?"

내가 굿에 대하여 무식하다고 여겼는지 중늙은이는 은근히 나를 가르치려 하였다.

"그러면 방음벽을 쌓는다든지 하여 주민들에게 입히는 피해를 최대한 줄여야죠. 여기 보니 울타리조차 없군요."

"우리도 양심이 있는 사람들이에요. 그래서 주민들을 위하여 방음벽을 쌓으려고 했지요. 그래야 우리도 여기서 마음 편하게 굿을 계속할 수 있는 거 아닙니까. 그런데 말입니다. 주민들이 방음벽도 쌓지 말고 아예 여기를 떠나라는 겁니다. 전에 방음벽 쌓으려고 벽돌을 주문했는데 벽돌 실은 트럭이 이쪽으로 들어오려 하니 주민들이 저 아래 입구에서 트럭을 막고 들어가지 못하게 했어요. 서로 사는 방향을 모색해야지 자기들만 편하겠다고 하면 됩니까. 무슨 권리로 트럭을 막습니까. 우린 최대한 주민들을 생각한단 말입니다."

중늙은이는 옆에서 돕는 아주머니와 함께 D연립 주민들을 은근히 성토하기 시작했다. 나는 머쓱해져서 슬그머니 일어서려고 하였다. 그러다가 한마디를 불쑥 뱉어내었다.

"밤에 굿을 하는 것을 자제하는 것이 어떻겠습니까. 주민들의 안면을 위하여 적어도 밤 열두시가 넘어서는 하지 않는 것이 좋지 않겠습니까."

"물론 밤중에 소리가 더 잘 들리고 멀리 퍼질 테니가 될 수 있으면 하지 않으려고 해요."

"우선 그렇게라도 해주십시오."

나는 이 최소한의 요구는 중늙은이가 참작을 할 것이라고 믿었다. 중늙은이가 고용된 관리인에 불과하더라도 나의 뜻, 아니 주민들의 고충을 굿당 주인에게나 무당들에게나 다시 전하여 전보다는 나은 상태가 되겠거니 싶었다.

사무실을 나와 아까와는 반대 방향으로 걸어나오니 앞마당 쪽에 그랜저 승용차가 세워져 있는 것이 눈에 띄었다. 순간적으로 귀부인티가 흐르던 그 부인네들과 그랜저 승용차가 내 뇌리에서 연결되었다. 승용차 운전사로 보이는 말끔한 신사복차림의 젊은이가 굿당 쪽을 등지고 무료하게 서성거리며 담배를 피워대고 있었다. 나는 다시금 굿당과 저 아래 연립과의 거리, 근처 여중학교와의 거리를 눈대중해 보았다. 여중학교 뒤쪽 담벼락은 연립보다 훨씬 가까워 보였다. 저기 여학생들도 이 굿소리를 들으며 수업을 받고 있을 것이 틀림없었다. 굿당과 여중학교 담벼락 사이의 구릉에서 무성하게 자라고 있던 아카시아나무들은 모두 베어져 그루터기만 남긴 채 여기저기 자빠져 있었다. 여기에 이런 변화가 생기고 있었는데도 그동안 미처 눈치채지 못하고 있었던 나 자신이 의아스럽기만 하였다

D연립 쪽으로 해서 걸어내려오면서 문득 연립 입구 건물에 세로로 높이 걸쳐 있는 플래카드를 올려다보았다. 악덕업주 누구누구는 사죄하라는 내용이었다. 그 플래카드 밑 연립 입구 통행로에는, 왜 악덕업주를 규탄하는지 그 이유가 너더댓 가지 열거된 게시판이 세워져 있기도 하였다. 악덕업주는 바로 뒷산을 까뭉개고 아파트공사를 벌이려는 건설회사의 사장을 지칭하고 있었다. 주민들의 의사도 묻지 않고 나무들을 마구 베어버리고 일방적으로 아파트를 세우고자 한다는 것이었다. 그리고 아파트공사에 의무적으로 따르는 도로확장공사도 하지 않고 연립주택 바로 옆을 공사차량들이 지나다니는 바람에, 소음공해는 물론이고 주택건물에 금이 가는 등 피해가 심각하는 내용이었다. 또한 아파트공사를 지척지간에서 벌이면 그 진동으로 인하여 지반이 내려앉기도 쉽고 건물이 여러 모양으로 상하게 되어 있는데 아무런 보상대책도 마련하지 않고 공사를 강행하려 한다고 하였다. 그리하여 그 건설회사의 공사차량들이 일체 출입하지 못하도록 차량 통행금지 표시판을 통행로 중앙에 세워놓고 연립 아주머니들이 평상에 나와 앉아 감시하고 있었다. 주민 피해보상하라는 내용의 머리띠를 두른 아주머니들도 있고, 합심단결이라고 적힌 완장을 두른 아주머니들도 있었다. 남자들은 플래카드

같은 것들을 걸고 업주와 협상을 할 때나 동원되는지 별로 눈에 띄지 않았다. 하긴 그 시각이면 남자들은 직장에서 근무할 때이기도 하였다. 나는 플래카드나 게시판에서, 굿당에 관한 구절이 있는가 하고 살펴보았지만 그런 구절은 한 군데도 없었다.

밤이 되었다. 자정이 지나가고 있었다. 굿소리는 여전히 들려오고 있었다. 오늘따라 굿하기에 좋은 날인지 굿소리는 이전보다도 더욱 요란스러워졌다.

챙강 챙강 챙.

일정한 리듬으로 반복되는 그 소리는 정말 뱃속에서 회충이라도 기어나오게 할 것만 같았다. 초여름으로 접어드는 날씨였지만 창문을 조금이라도 열어두는 것은 생각조차 할 수 없었다. 이중창문을 빈틈이 없도록 하여 꼭꼭 닫고 커튼까지 쳐두어도 까맣게 텅 빈 밤의 대기를 한숨에 달려와 고막과 뇌수를 울리는 소리. 나는, 방 안에 있어도 이렇게 크게 들리는데 바깥으로 나가면 얼마나 크게 들릴까 싶어, 체육복 차림으로 연립 뒤편으로 나가보았다. 과연 징소리, 제금소리, 꽹과리소리 들이 온 동네를 폭격하고 있었다. 어둠에 잠긴 앞쪽 D연립의 건물은 그 폭격에 아무 저항도 하지 못하고 그냥 웅크리고만 있는 듯하였다. 나는 굿당 바로 밑에서 융단폭격을 당하고 있는 D연립의 주민들이 무척 안쓰럽게 여겨졌다. 아무리 굿당이 먼저 있었다고 하더라도 이런 쇳소리의 소음을 이 밤중에 거리낌없이 내어도 된단 말인가. 잠깐 울리는 교회의 종소리나 차임벨 소리도 주민들의 안면방해에 걸린다고 하여 금지된 지가 언제인데. 그믐 무렵이라 달은 보이지 않고 별들만 영롱하게 빛나는 밤, 저 굿소리만 없다면 얼마나 아늑하고 아름다운 밤인가. 밤의 휴식을 송두리째 앗아가 버리는 굿소리가 바로 서울시 행정구역 안에서 이렇게 집단적으로 울려퍼지고 있다니. 그것도 최고의 지성인들이

다닌다는 대학촌에서. 나는 무엇보다 밤중에는, 특히 자정 넘어서는 굿하는 것을 자제하겠다고 약속한 그 중늙은이의 말을 떠올리며 부아가 치미는 것을 견딜 수 없었다.

나는 나뿐만 아니라 D연립과 S연립 그리고 근처의 단독주택 주민들을 위해서 최소한 자정을 넘어서 하는 굿만은 막아야겠다고 작정을 하고는, 다시 낮에 더듬어 갔던 길을 따라 굿당을 향해 올라갔다. 인기척이라고는 전혀 느껴지지 않는 그야말로 까만 밤길이었다. 암자 곁에 세워져 있는 희미한 보안등마저 없었더라면 길을 더듬어 가기가 힘들 정도였다. 굿당이 열 개가량 모여 있는 집단 무당촌, 각 방마다 지금 신 지핀 무당들이 촛불을 밝히고 시퍼런 작두 위에서 춤들을 추고 있는지도 모르는데, 영력이라고는 한 줌도 없는 내가 맨몸으로 혼자서 이런 야밤에 무당들과 싸우러 나아가고 있다니.

굿당에는 전등들이 켜져 있어 그리 어둡지는 않았다. 길가에 면한 방에서 굿소리가 가장 크게 울리고 있는 것으로 보아 그곳 무당에게는 이미 신이 내린 모양이었다. 방문은 주택가 쪽으로 활짝 열려 있고 삼지창과 월도가 부딪치는 소리까지 쏟아져나오고 있었다. 무당이 공수를 주는지 죽은 이의 가족인 듯싶은 사람들이, 어이구 어이구, 대성통곡을 하였다. 하얀 소복을 입은 여자 하나가 눈가의 눈물을 옷소매로 훔치며 쪽마루로 뛰쳐나오더니 퍼더버리고 앉아 다시금 목을 놓았다. 저승과 교통하고 있는 그런 자들에게 주민들의 안면방해 운운한다는 것은 영 어울릴 것 같지가 않았다. 내가 머뭇거리고 있는데, 낮에 사무실에서 보았던 그 중늙은이가 퇴근을 하려는지 굿판을 살피려는지 밖으로 나왔다가 나와 마주쳤다. 나는 순간적으로, 모든 분노를 무당이나 손님들에게로 향해서는 안 되고 굿당을 운영하는 책임자에게로 향해야 한다고 생각하고는 그 중늙은이에게 물었다.

"이 굿당의 책임자 누구요?"

"바로 나요. 왜 그러시오? 보아하니 아까 낮에 왔던 분이로구먼."

중늙은이는 왜 잘 시간에 자지 않고 여기까지 올라왔느냐는 투로 약간 비꼬고 있었다.

"당신이, 관리인이 아니라 바로 굿당 주인이란 말이오? 이곳에서 일어나는 모든 일의 책임을 당신이 진단 말이오?"

나는 다시 확인을 하고 난 후 좀 더 목소리를 굵고 강하게 하였다.

"같이 파출소로 내려갑시다. 아무래도 당신을 안면방해죄로 고발해야 되겠소. 당신은 분명히 자정 넘어서는 굿을 하지 않겠다고 나에게 약속하지 않았소?"

"언제 내가 약속했소? 될 수 있는 한 안 하겠다고 했지. 만신과 손님들이 신이 잘 내리는 밤중에 굿을 하겠다고 신청들을 많이 해 온단 말이오."

"그런 신청을 받지 않으면 될 거 아니오? 주민들이 항의하기 때문에 밤중에 굿을 하는 것은 곤란하다고 하면 되지 않소?"

"거 참, 앞으로 그러도록 노력하겠소. 그런데 이 굿은 오래전부터 신청이 들어와 날을 잡은 것이라 할 수 없소. 당신이 좀 참아줘야 되겠소. 이제 곧 굿도 끝날 것이고 하니 내려가 주무시오."

"이 방에서만 굿을 하는 것은 아닌 것 같은데 다른 방 굿들은 언제 끝나오?"

"굿도 순서가 있어놔서 내 마음대로 빨리 끝내라 할 수 없소. 안채 방을 사용하도록 조처하여, 될 수 있는 한 굿소리가 적게 들리도록 할 테니 제발 오늘 밤만 봐주시오."

"당신 매일 오늘 밤만 오늘 밤만 하면서 이제껏 굿을 해온 거 아니오? 이거 상습범 아냐?"

중늙은이는 내 말에 비위가 상했는지 인상이 확 달라졌다.

"그래, 편히 잠자도록 해주려고 방음벽을 쌓으려고 하는데, 방음벽도 쌓지 마라 하니, 방음벽 쌓는 허락을 받기 위해서라도 굿을 더 세게 해야 되겠다."

그는 자기도 모르게 마음속에 고여 있는 말을 토해 놓았다.

"그럼 밤마다 굿을 하겠다는 거요, 뭐요?"

내 언성도 높아졌다.

"그래, 하겠다. 난 분명히 합법적으로 구청에서 허락을 받고 하는 거야. 여기 간판 보라구. 그리고 주택가 주택가 하는데 이게 어디 주택가야? 산속이지."

어느새 그는 반말로 대꾸하고 있었다.

"구청에서 당집 허가를 내주었는지는 몰라도 안면방해를 하라고는 허락하지 않았을 것이오. 아무래도 같이 파출소로 내려가야 되겠소."

나도 오늘 결판을 내야지 뒤로 미루다가는 안 되겠다 싶었다.

"왜 내가 파출소로 내려가? 니가 내려가서 신고를 하든지 고발을 하든지 마음대로 해보라구. 나는 파출소에서 부르면 그때 내려갈 테니까."

"그럼 신고를 할 테니까 당신 이름과 주민등록번호를 대시오."

"이 미친놈 봤나. 여기 당집 이름을 대고 신고를 해, 임마. 명신당이라고 적혀 있잖아."

나는 간판을 들여다보고 그 밑에 적힌 전화번호를 얼른 외웠다. 이렇게 중늙은이와 옥신각신하고 있는데 저 안쪽에서 러닝 차림의 사내가 급하게 걸어 나오더니,

"당신 뭐야?"

하고 대뜸 고함을 질렀다. 삼십대쯤으로 보이는 그 사내는 금방이

라도 칠 것처럼 우락부락한 인상을 짓고 있었다. 나는 심호흡을 하며 주민들이 얼마나 고통을 겪고 있는지 자초지종을 설명해 나갔다. 그러자 그 사내는 조금 누그러진 음성으로 돌아왔다.

"솔직히 말해 우리도 먹고살기 위해 이 짓을 하고 있는 거 아니겠소. 우리도 제발 좀 먹고삽시다. 나도 다섯 식구가 딸려 있는 몸이오. 방음벽 쌓아주겠다고 해도 내쫓으려고만 하니."

그 사내도 방음벽 타령을 하고 있었다. 나는, 제발 좀 먹고삽시다, 하는 그 사내의 말에 한풀 꺾이는 심정이 되었다. 굿당 관리인은 바로 그 사내임에 틀림없었다. 중늙은이 밑에서 눈칫밥을 먹으며 굿 뒤치다꺼리를 하느라 아침과 밤을 거꾸로 사는 고달픈 생활의 연속이 아니겠는가.

"아무튼 밤중에 굿을 안 해주었으면 합니다. 다시 자정 넘어 굿소리가 들리면 그때는 안면방해죄로 조치를 하겠으니 알아서들 하시오."

"네, 조심하겠습니다. 자정 넘도록 하는 경우는 드무니 그리 염려 마시오. 오늘 굿은 미리 날이 잡혀 있던 것이라."

사내는 겸손해져서 허리를 굽히기까지 하였다. 나도 이만큼 항의를 했으면 나은 결과가 있겠거니 하고 굿당을 떠나려고 하였다. 그때 쪽마루에서 목을 놓아 울던 여자가 울음을 거두고 이쪽을 향해 혼잣말처럼 중얼거렸다.

"주택이랑 이리 멀리 떨어져 있는데 안면방해라니? 굿소리도 들리지 않을 텐데 이상하다."

그러면서 저 아래, 등불 몇 개가 모여 있는 것 같은 주택가 불빛들을 내려다보았다. 나는 그 여자에게 상황을 설명해 주려다가 그만두고 다시 길을 걸어내려가기 시작했다. 등 뒤에서 나를 두고 하는 투덜거림이 분명히 들려왔다.

"내 원 참, 저리 미친놈은 처음 봤네."

"정신이상자 같은데요."

나는 그들을 향해 돌아서서 와락 돌진하고 싶은 충동을 느꼈으나,

챙강 챙강 챙챙챙.

징소리 제금소리가 나의 등을 세차게 밀어대고 있었다.


나는 목욕탕을 나서면서 목욕탕 굴뚝을 올려다보는 것이 습관처럼 되어버렸다. 그 높다란 굴뚝은 나의 성공의 상징인 것처럼 보인다. 이 근방에서 저것보다 높은 것이 어디 있는가. 십 년 전 땅 한 평에 이십만 원 정도 할 때 이백 평 사둔 것이 이토록 나에게 부와 명예를 안겨주다니. 이제는 땅 한 평에 오백만 원을 호가하니 그사이 스물다섯 배가 오른 셈이다. 백 평 대지 위에는 저렇게 목욕탕을 지어 짭짤한 재미를 보고, 나머지 백 평에는 전세금들을 끼고 내 돈 한 푼 안 들인 채 집을 지어 팔아먹고, 그 이익으로 더 큰 집을 지어 또 팔아먹고, 어떤 때는 한꺼번에 집을 서너 채씩 지어 팔아먹고, 이렇게 돈을 굴리다 보니 어느새 이 동네에서 갑부 소리를 들을 만하게 되었다. 누가 나를 깔볼 것인가. 구청장도 내 앞에서는 허리를 숙이며 악수를 청한다.

그런데 이번에 그 건물을 구입하고서는 꽤 골머리를 앓았다. 그 건물은 예전에 공민학교였다. 공민학교 교장이 교통사고로 죽자 그 건물은 공민학교 구실을 제대로 하지 못하고 다른 사람에게 넘어가고 말았다. 공민학교를 넘겨받은 사람은 그 건물에 칸막이벽들을 만들어 방을 여러 개 들이고 고시생들을 받아들여 고시원을 경영하였다. 적어도 고시원들이 대규모화하여 어마어마한 위용을 자랑하며 도로변 가까이로 내려오기 전까지는 그 고시원은 그런대로 재미를 보았다. 그러나 여러 가지 편리한 시설을 갖춘 대형 고시원들이

즐비하게 생기고, 근처 산 일대가 자연공원으로 바뀌어 주차장들이 들어서고 하면서, 그 고시원은 쇠락하기 시작했다. 더 이상 고시원으로써는 경영하기 힘들게 된 주인이 그 건물을 내놓았고, 나는 요즈음 시세로는 제법 싼값인 삼억 정도에 구입하게 되었다.

나는 처음에 자연공원으로 놀러오는 등산객과 유흥객들을 상대로 식당을 지으려고 하였다. 생선회를 주로 취급하는 식당을 만들어 정원에는 싱싱한 향어나 송어 들이 노닐 수 있는 큰 연못을 파놓을 계획이었다. 이 근처에서는 찾기 힘든 멋있는 식당을 지으려고 했지만, 그 땅 주위가 아직도 그린벨트에 묶여 있는 지역이라 웬만큼 빽을 써도 허가가 떨어지지 않았다. 결국 전세를 놓으려고 했지만 여러 가지 규제가 있는 그 건물로 들어오려는 사람이 없었다. 다시 팔아버릴까 생각하기고 했지만 아무래도 내가 산 값에도 못 미치는 가격으로 팔릴 것만 같아, 아파트가 들어서서 땅값이 오르기까지 무슨 일이 있더라도 팔지 않으리라 마음먹었다.

그 건물 문제로 골머리를 앓을 때 나는 내가 종종 점괘를 구하곤 하는 무당집을 찾아갔다. 그 무당은 명두점을 잘 치는 여자로 나이가 마흔 가까이 되었다. 나이는 마흔이지만 얼굴이나 몸매가 아직도 계집아이 같았다. 하도 오랫동안 명두점을 쳐서 그럴 것이다. 그녀에게 내린 명두는 다섯 살 때 죽은 어린 딸의 혼령이었다.

그녀의 어린 딸은 동네 아이들을 따라 집 앞 강가에 멱을 감으러 갔다가 물에 빠져죽었다. 그녀는 하나밖에 없는 딸아이가 죽은 강 언덕에서 몸을 던져 따라죽고만 싶었다. 그러나 강언덕에 올라서면 푸른 강물에서 울먹이는 딸아이의 앳된 목소리가 들려왔다.

"내 혼 건져줘. 내 혼 건져줘."

결국 그녀는 딸아이의 혼을 건져주고 나서 죽기로 마음을 바꾸었다. 무당에게 부탁하여 아이의 혼을 건져달라고 하니 무당은 어른 키의 세 배는 넘을 만한 생대를 가지고 와서 무명베를 묶고, 무명베 끝에다가는 놋식기를 싸매어 그 식기를 강물 속에 담갔다. 뚜껑이 덮인 식기 안에는 쌀 몇 줌과 종이로 오린 어린아이 모양의 넋이 들어 있고 딸의 생년월일 이름 들이 적혀 있었다. 마치 식기가 혼을 낚는 미끼처럼 강물에 드리워졌는데 낚싯대 역할을 한 그 생대는 혼대라고 불렀다.

혼대로 어린 딸의 혼을 물에서 건진 후 그녀는 시름시름 앓기 시작했다. 굳이 자살을 하지 않아도 그냥 저절로 죽어갈 것만 같았다. 거기다가 어린 딸이 생시처럼 대문을 열고 달려와 품에 안겨서 재롱을 피우며 젖을 빨아먹었다. 그녀는 정말로 젖이 젖꼭지에서 새어나가는 것을 느낄 수가 있다. 날마다 그렇게 젖까지 빨리니 그녀는 꼬치꼬치 말라갔다. 그것이 바로 신이 내리기 직전에 앓는 무병이었다. 그녀는 무당으로부터 내림굿을 받고 나서야 몸을 기동할 수 있었다. 그러자 이제는 자살할 생각은 사라지고 마치 어린 딸이 자기 속에서 살고 있는 것처럼 느껴졌다. 길 가는 사람들의 과거와 미래가 언뜻언뜻 보였다. 사람들을 앉혀놓고 점을 쳐보니 척척 들어맞았다. 점을 칠 때는 목소리가 다섯 살 먹은 어린 딸아이의 앳된 음성으로 변하였다. 그녀의 신당에는 온갖 인형들이 있고 장난감들이 즐비하게 놓여 있었다. 나도 그녀에게 점을 치러 갈 때면 으레 인형이나 장난감을 하나씩 사가지고 갔다. 태엽을 감아두면 목과 엉덩이가 저절로 움직이는 그런 인형도 벌써 두서너 개 사다주었다. 그런 인형을 서양말로 오르골이라 하던가.

그녀는 식기 뚜껑같이 배가 약간 볼록하게 나온 명두놋쇠 원반을 찹쌀이 가득 담긴 명두바릿대에 꽂아두고 점을 쳤다. 놋쇠 원반의 볼록한 전면은 매끈하기만 할 뿐 아무 장식도 없었다. 그런데 꺼칠꺼칠한 뒷면에는 일월과 북두칠성들이 작은 원으로 그려져 있었다. 그 뒷면 한가운데 조그만 놋쇠고리가 달려 있고 그 고리에는 하얀 무명끈이 제법 길게 달려 있었다.

그녀가 얼마 동안 기원을 올린 후 무명끈을 쑥 집어올려 명두를 뽑으면 명두 안쪽에 찹쌀들이 묻어나왔다. 그러면 그녀는 그 찹쌀들을 상 위에 차례차례 놓으며 공징이처럼 휘파람소리를 내며 앙증맞은 목소리로 세어나갔다.

"하나아, 두울, 세엣, 네엣, 다서엇……."

홀수로 끝나면 길한 괘요, 짝수로 끝나면 불길한 괘이다. 그 건물을 구입할 때도 홀수로 끝났는데 이번에도 홀수로 끝나 일단은 안심이었다.

"염려 마요, 아저씨. 그 집에서 신들이 내려요."

"신들이 내리다니?"

"일곱 쇠방울 소리, 부채 펴지는 소리가 들리네요."

"굿당이잖아."

"나는 명두점을 치니 굿은 할 수 없고, 거기 가서 아저씨랑 고무줄뛰기나 하며 놀까."

그녀가 계집아이처럼 응석을 부렸다. 참으로 희한한 점괘다 싶었는데, 아니나 다를까 그녀의 소개를 받았는지 무당들이 하나둘 찾아와 자기들에게 전세든지 월세든지 방을 놓으라고 하였다.

"어디 요즈음은 주택가에서 굿을 할 수가 있어야지. 신명나게 굿판을 벌이지 못하니 몸주신이 온 삭신을 짓눌러. 아이고, 어깨 허리 다리야. 이런 방 하나 떡하니 얻어서 단골 받아 굿판을 벌이면 훨훨 날아갈 것 같겠네."

그래서 시작된 굿당이었다. 전세보다는 월세가 실리적일 것 같아 월세로 다 받았는데 무당들 편에서도 그것이 더 좋은 모양이다. 한두 달 정도 지나서 신당을 차려둔 채 훌쩍 어디론가 떠나버리는 무당들도 꽤 있으니 말이다. 그러면 다른 무당들이 월세로 금방 들어오고, 방이 비어 있게 되면 굿거리를 얻은 무당에게 하루이틀 정도 굿을 하도록 빌려주고 날수를 계산하여 임대료를 받으면 되는 거고, 이래저래 무당들을 상대로 하면 방들이 비어 있을 날이 별로 없게 되어 계속 수입이 들어오지 않는가. 종교행위를 하는데 누가 와서 세금을 뜯어갈 리도 없다. 다만 문제는 주민들이 안면방해를 한다고 항의를 하는 일인데 아무리 안면방해죄로 고발해 보았자 한 번 고발에 벌금 오천 원만 내면 되니까 그런 고발은 하나 겁날 것 없고, 지금까지 벌금 문 돈이라곤 백만 원 정도밖에 되지 않는다. 그리고 또 주민들은 미친 예수쟁이를 제외하고는 섣불리 굿당을 건드리지 못한다. 굿당에 와서 행패를 부린다든지 하여 저퀴라도 들면 어쩌나 싶어 몸을 사리게 마련이다. 진정서를 돌려 서명날인을 받는다고 하지만 재주껏 진정서를 구청 민원실에 들이밀어 보라지. 구청에서 허가를 내주었는걸. 진정서가 올라와도 구청장이 어찌해 주겠지. 전에 기관장들이랑 강남 룸살롱에 갔을 때 그 아가씨 삼삼했지. 막판에는 밴드도 들어오고 함께 따라온 무슨 과장인가 하는 그 친구, 노래 실력 한번 대단했지. 무엇보다 다리가 쭉쭉 뻗은 룸살롱 아가씨들, 노래하고 춤추는 거 끝내주더구먼. 바로 현대판 무당굿이야. 그 과장 같은 남자들은 이 시대의 박수들이고, 밴드 반주자는 재비들이고, 나 같은 음치들은 선무당들이지. 선무당이 사람 죽인다고 나도 목청껏 소리를 뽑으며 몸을 흔들었지. 한 곡 불렀는데 벌써 몸이 쉬지 않겠나. 그런데 밤새도록 노래하고 춤추고 공수 내리고 하는 무당들은 어떤 힘으로 그러는 걸까. 그것만 보더라도 신이 내렸다는 증거가 아니고 무엇인가. 신이 내리는데 감히 누가 와서 항의를 한단 말인가. 어젯밤에 굿당에 올라와서 안면방해 운운한 그치는 굿당에 내리는 몸주들이 얼마나 무서운지 모르고 까불

었어. 한 번만 더 올라와서 나불거리면 이번에는 방자를 해버릴까
보다.


"여기가 통장댁입니까?"
아침나절에 푸른색 긴팔셔츠를 입은 남자가 가게로 불쑥 들어서
며 물었다.
"네, 그런데요. 내가 통장인데요."
나는 낯이 익은 듯도 싶은 그 남자를 올려다보며 대답했다.
"저는 S연립에 살고 있는 사람인데요. 다름이 아니라 굿당 문제
때문에 이렇게 찾아왔습니다. D연립 주민들은 진정서를 구청에 낸
적이 있나요?"
"낸 지가 언제인데요. 조만간 어떤 조치를 내리지 않을까 기다리
고 있는데 감감무소식이에요. 환경과장인가 하는 사람이 다녀가긴
하였지만 자기들로서는 어떻게 할 수 없대요. 기껏 할 수 있는 것이
안면방해죄 정도로 고발하는 게 고작인데, 벌금을 물고 물고 하면
서도 계속 하겠다는데 못 말린다는 거예요. 그리고 누가 매일 안면
방해죄 신고하러 귀찮게 파출소로 가겠어요? 이제 D연립 주민들은
지친 모양이에요. 아파트공사 문제까지 겹쳐 굿당 문제는 잠시 뒤
로 제쳐진 것 같아요. 아파트가 세워지면 자연히 굿당은 없어지겠
거니 하고 참고 기다리는 거지요."
고개를 약간 숙이고 내 말을 듣고 있던 그는 어제 밤잠을 설쳤는
지 꺼칠한 얼굴이었다.
"아파트공사를 벌이면 안 된다고 주민들이 데모를 하고 있는데
언제 아파트 세워지기를 기다립니까? 이런 식으로 주민들이 소극
적으로 당하고만 있으니 굿당의 횡포가 점점 더 심해진다구요."
"그냥 소극적으로 당하고만 있지는 않아요. 어제는 주민들이 굿

당집 출입하는 자가용 승용차도 통행금지를 시키기로 결의했어요. 전에는 무당 봉고차만 통행금지시켰지만요. 저기 S연립 담벼락을 따라 봉고차들이 죽 세워져 있죠? 저게 다 무당이 굿상에 놓을 제물들과 무구들, 재비들을 싣고 온 차들이에요. 요즈음 무당들은 자기들도 조합을 만들었는지 무슨 무슨 연합회라는 표지가 박힌 봉고들을 타고 와요. 물론 물건들이 많을 때는 다른 봉고들도 따라오고 말이에요. 교회들마다 미니버스 한 대 정도는 다 가지고 있듯이 무당들도 제법 사업적으로 놀아요."

"저게 다 무당들 차라는 말입니까? 난 또 저기 주차장이 좁아서 여기에 주차시켜 놓은 등산객 차량들인 줄 알았는데."

그는 새로운 사실을 알았다는 듯이 담벼락에 붙어 있는 봉고차와 승용차 들 쪽으로 시선을 돌렸다.

"굿당집 차량들까지 통행금지를 시키면 굿상에 올릴 제물들은 어떻게 운반합니까?"

"요즈음 보니까 지게까지 봉고차에 싣고 와서 저 뒷길로 해서 져 나르던데요. D연립과 S연립 사이에 있는 그 구릉길로 해서 말입니다. 여자들은 머리에 이기도 하고."

"우리 동네 주민들의 불편은 아랑곳하지 않고 여기까지 와서 굿을 하겠다는 손님들도 문제군요. 손님들도 출입을 금지시키면 굿을 할 수 없게 되는 거 아니에요?"

"그렇게까지야 할 수 없지요. 차량 통행이야 집 건물에 피해가 간다는 이유로 막을 수 있지만 사람 통행이야 막을 수 있나요. 굿당을 월세로 얻은 사람들은 그곳이 자기 집인 셈인데."

그는 잠시 생각에 잠기더니 손에 들고 있는 봉투에서 내용물을 꺼냈다.

"이건 내가 써본 진정서입니다. 다시 한 번 진정서를 내보는 것입니다. 구청에만 내는 것이 아니라 검찰에도 내고 그것도 안 통하면 신문사나 방송국에도 내보는 것입니다."

나는 그가 내미는 진정서 내용을 훑어보았다. 주민들의 피해상황을 조목조목 나누어 제법 논리적으로 씌어진 진정서라고 여겨졌다. 그런데 중간중간 감정적인 문구들이 섞여 있기도 하였다. 하여튼 타자기로 찍었는지 다른 기계로 찍은 것인지 깨끗하게 인쇄가 되어 있어 정성을 기울인 혼적이 역력하였다. 이전에 편지지에 검정 볼펜으로 대강 주민들의 피해사항들을 적어서 성명과 도장을 받아 진정을 했던 때와는 다른 종류의 것이었다. 어느 관공서나 언론사에 내놓아도 그리 부끄럽지 않을 진정서였다. 나는 이 사람이 혹시 교수가 아닌가 생각되었다. 아니면 글 쓰는 작가. 하지만 그의 직업을 캐물을 필요는 없었다.

"수고하셨군요. 이것을 여기 두고 가시죠. D연립 주민들 대표에게 이 진정서를 보여주고 동의를 받아서 다시 서명날인을 받아보죠. 선생은 S연립 사람들 서명날인을 받으시고 해서 어디 다시 한 번 시도해 봅시다. 구청 쪽은 굿당과 한통속이니까 거기에 진정해보았자 소용이 없을 거고."

그는 봉투에다가 자신의 전화번호를 적어두고 가게를 나섰다. 그는 얼마나 굿소리에 시달렸으면 밤을 새워 진정서를 쓰고 깨끗하게 인쇄까지 했을까. 아마 그는 밤에 작업을 해야 하는 사람일 것이다. 나같이 둔한 사람들은 막걸리 몇 잔만 마시면 나몰라라 하고 잠으로 굴러 떨어지기도 하는데 말이다. 하긴 새벽녘에 꽹과리소리인지 징소리인지 제팔이소리인지 구별을 할 수 없는 한 무더기 쇳소리들이 꿈속에서 파고들어 머리통을 휘저으면 슬그머니 잠이 달아나는 경우가 있긴 하지.

하지만 나는 사실 굿당이 여기 있음으로 해서 이득을 톡톡히 보

는 셈이다. 굿당 사람들과 손님들이 우리 가게에 와서 물건을 사가
는 적이 많거든. 멀리서 운반해 오기도 그렇고 하니 자잘한 것들은
여기서 사가는 거지. 굿상에는 삼색실과를 놓는 것이 보통이므로
사과 배 대추 곶감 같은 것들이 잘 팔리고 막걸리 소주, 어떤 때는
맥주도 잘 팔린다. 담배나 다른 과자류도 굿당 손님들 덕택에 솔솔
팔리는 편이다. 물론 이 가게는 공휴일 이곳으로 몰려드는 등산객
과 유흥객들을 주로 바라고 장사를 하는 것이지만 평일 손님으로는
굿당 손님들이 그만이다. 요즈음 굿당을 찾는 사람들은 대개 자가
용을 몰고 오는 부자들이라서 그런지 물건을 사갈 때도 푸짐하게
돈을 쓴다. 교회도 강남 지역에는 부자들만 모이는 교회가 따로 있
듯이 여기 굿당은 부자들만 상대하는 곳인 모양이다. 한 번 굿판이
벌어졌다고 하면 보통 복채가 천만 원은 넘는다고 한다. 이천만 원,
삼천만 원 하는 경우도 있다고 하는데 좀 과장된 소문인지도 모른
다. 물론 가난한 굿손님들이 오는 경우도 있지만 아무리 못해도 한
번 굿에 오십만 원을 쥐고 와야 하고, 거기다가 인정걸 웃돈도 제법
두둑이 준비해 와야 한다. 그러니까 요즈음은 굿도 웬만한 경제수
준이 되지 않고는 할 수가 없는 형편이다.

동네 사람들이 굿소리에 신경을 쓰고 있는 것은 안면방해가 되
기 때문이기도 하지만, 실은 무당동네라는 소문이 나면 집값 땅값
이 떨어질까 싶어 더욱 안달을 하는 것이다. 나도 그게 하나 걱정이
긴 하지만 아파트가 들어서면 굿당은 할 수 없이 철수를 할 것이고
집값 땅값 문제는 염려거리가 되지 않을 것이다. 적어도 단독주택
을 가지고 있는 나에게는 말이다.

그런데 맞은편 D연립 사람들은 아파트가 들어서면 연립이 시세
가 없게 되므로 집값이 떨어지지 않을까 이래저래 걱정이다. 건물
피해 운운하며 저렇게 조를 짜 하루종일 데모를 하는 것도 따지고

보면 아파트 건설회사 측에 압력에 가해서 연립이 자리잡고 있는 대지까지 사들여 아파트를 짓도록 하고 분양권을 따내려고 저러는 것이다. 이왕 낡을 대로 낡은 연립건물인데 차제에 무너뜨리고 아파트 분양권을 쥐면 꿩 먹고 알 먹고가 아닌가. D연립에 아파트가 들어서면 상대적으로 S연립 시세가 떨어질 것이므로, S연립 사람들은 은근히 D연립이 그대로 있어주기를 바란다. S연립은 D연립에 비해 훨씬 새 건물이므로 아파트가 들어서면 아무대로 S연립이 유리하다.

D연립 아주머니들이 조를 짜서 통행로를 지키는 모습은 요즈음 노조원들 못지않게 일치단결되어 있다. 그도 그럴 것이 하루 평상에 나와 있지 않으면 만 원의 벌금을 물어야 한다. 저렇게 비닐천막이 쳐진 평상 위에 앉아 뜨개질도 하고 잡담도 하고 구호도 외치고 하는 것은 만 원을 버는 노동행위와 다름 아니다. 저 아주머니들은 목이 마르면 단체로 돈을 모아 우리 가게에서 콜라나 사이다를 박스째 사기도 하니, 우리 가게는 이런 점에서 덕을 보는 셈이다. 아무튼 가게가 네거리의 한모퉁이에 자리잡기를 잘하였다. 등산객들, 굿당 손님들, 농성하는 주민들, 등하교하는 학생들, 이 길을 지나가는 동네 사람들이 두루두루 이용할 수 있는 위치에 있으니 말이다.

물론 나는 통장이기 때문에 이 동네 주민들의 고충에 동참하는 척해야 한다. 굿당 소리로 인하여 분노하는 사람이 있으면 같이 분노하고, 아파트공사에 항의하는 주민들의 농성에 행동으로 참여하지는 못하더라도 심정적인 동조는 해주어야 한다. 그리고 어떤 때는 굿당 주인과 관리인이 한밤중에 술을 마시러 가게에 들르는 적도 있는데, 그런 경우엔 방음벽을 쌓지 못하도록 하는 주민들의 횡포에 분노하는 그들의 하소연도 고개를 끄덕이며 들어주어야 한다. 방음벽을 쌓는다고 해서 굿소리가 새어나오지 않을 턱이 없지만 말이다. 사실 나는 이 모든 싸움들을 그저 가게 유리창 너머로 구경만 하고 있으면 된다. 봉고차를 타고 오는 하얀 소복의 무녀들과 신딸들을 멍하니 바라보고만 있듯이.

　여보세요, 여보세요. 왜 대답이 없지, 전화를 걸어놓고 ── 여보세요, 여보세요. 왜 전화만 걸고 아무 말도 안 하는 거요? 당신 누구요? 넌 누구야? 임마, 누구냔 말이야 ── 여보세요, 환장하겠네. 또 그 전화야. 아무 대답이 없어.(옆에서 누가 거든다.) 그냥 끊어버려요. 자꾸 묻지 말고 ── 여보세요, 너 정말 이러기야. 이게 몇 번째 전화질이야. 너 임마 장사 방해하려고 이러지.(옆에서 누가 또 거든다.) 끊어버리라니까요. 다시 전화오면 여보세요라고도 말하지 말고 그냥 이쪽도 아무 말 없이 수화기를 들고 있기만 해요. 그러면 저쪽도 지쳐서 전화질 관두겠죠 ── …… ── 지금 당장 굿소리 그치지 않으면 이렇게 밤새도록 계속 전화질할 거야 ── 어, 이제 말을 하네. 야, 임마 너 누구야? ── 이 근방에 사는 주민이다. 지금 새벽 한시가 다 되었는데 제발 잠 좀 자자. 굿소리 안 그치면 나는 전화 소리로 널 괴롭힐 거다 ── 얼씨구, 지랄하고 있네. 할 말 있으면 굿당으로 올라와 정정당당하게 이야기해. 비겁하게 빈 전화질이나 하지 말고 ── 내가 왜 이 밤중에 굿당에 올라가. 지금 당장 굿소리 그치지 않으면 무슨 일 날 줄 알아 ── 이젠 공갈협박이네 ── 공갈이 아니야. 불을 질러버릴지도 몰라. 불 질러버리기 전에 굿당 철수하라구 ── 야, 이 새끼야, 불 지르려면 질러봐! 합법적으로 허락받고 굿하는데 니가 무슨 참견이야. 이래 뵈도 우리는 착한 일 하고 있다구. 죽은 영혼들 저승길 편히 가도록 해주고, 몽달귀신 손말명 처녀귀신 결혼시켜 주고, 갖가지 병자를 낫게 해주고. 그리고 야, 이놈아 너는 조상도 없냐! 조상신을 섬길 줄 알아야지! 어디다가 불

지른다고 그래 이 새끼가 ── 원래 굿이란 동네 주민들 축복 속에서
해야 되는 거지 이렇게 주민들 잠도 못 자게 하면서 무얼 해. 하루
이틀도 아니고 매일 밤 이러니 노이로제 걸리겠다, 노이로제 ── 매
일 밤 하는 건 아니다. 밤중에 하는 굿은 이틀에 한 번꼴로 하는데
왜 그리 신경 곤두세우고 야단이야. 다른 사람들은 다 잠들 잘 자고
있잖아. 왜 너만 오밤중에 깨어서 잠을 못 자고 지랄이야 ── 다른
사람들도 안면방해죄로 파출소에 고발을 했다고 하더라. 그래도 너
희들이 계속하니 그저 꾹 참고 있는 거지. 편한 잠을 자고 있는 건
아니다 ── 너도 꾹 참아봐라, 이놈아 ── 다른 사람은 참아도 나는
못 참겠다. 굿을 멈추도록 해라 ── 못 멈추겠다. 지금 풍으로 쓰러
진 자가 막 일어나려는 참이다. 이 사람들도 얼마나 답답했으면 이
밤중에 이곳에 와서 굿을 하겠는가. 입장 바꿔놓고 생각해 봐라 ──
누가 이 굿소리를 참겠는가. 도저히 잠을 이룰 수 없다 ── 창문 꼭 처
닫고 자빠져 자기나 해라. 나, 이렇게 전화받고 있을 만큼 한가하기
않다 ── 누군 한가해서 이렇게 전화한 줄 아느냐. 굿을 멈춰라 ── 못
멈춘대도 이 자식이 떼를 쓰네. 굿소리를 자장가 삼아 자빠져 자라
니까. 영 잠이 안 오면 복채 가지고 굿당에 올라와! 잠이 잘 오도록
굿을 해줄 테니까 ── …… ── 여보세요, 아이구 이 새끼, 또 전화
질이네. 야, 너 D연립 살지? 왜 말이 없어? ── 여보세요, 계속 이럴
거야? 야, 이 새끼, 너, 확 죽여버릴라.


　　내가 신단에 모시고 있는 신들은 합해서 모두 열두 신이다. 한
분씩 당목 족자에 선명한 원색으로 그려 정성껏 모시고 있다. 어느
장소나 그 열두 족자 무신도를 벽에 걸어두기만 하면 나의 신단이
되는 셈이다. 좌측으로부터 시작하여 차례로 높은 신들을 모시는데
일광보살 · 월광보살 · 화덕벼락장군 · 관성제군 · 최영장군 · 용장

군·부군님·사명대사·칠성님·삼불제석·오방신방·천신대감 들이 걸리게 된다. 그중에서도 나의 몸주신은 뭐니 뭐니 해도 일광 보살 월광보살 들이다.

내가 무병에 걸려 않을 무렵, 밤에도 해를 보고 훤한 대낮에도 둥 근 보름달을 보았다. 해와 달은 늘 나를 따라다녀 방 안에까지 들어 와 벽에 박혀 있기도 하였다. 나는 그 해와 달을 보는 순간, 비명을 지르며 까무러치곤 하였다. 남편과 교접을 할 때도 해와 달이 내 사 타구니로 들어오는 것만 같아 남편을 밀쳐버리기가 일쑤였다. 여느 무당들이 그렇듯이 나도 결국 남편에게 버림을 받고 하동 친정집으 로 내려와서 계속 시름시름 앓는 중에 어머니가 무당을 데려와 병 굿을 하게 되었다. 무당은 굿을 얼마 하다가,

"이건 병굿감이 아니여. 내림굿으로 풀어야제."
하고는 부채를 접어버렸다. 내림굿이라는 것은 무당이 되는 굿인데 일생동안 무당으로 살 것을 생각하니 눈물이 앞을 가렸으나, 이왕 에 죽은 몸 무당으로나 살자 하고 내림굿을 받게 되었다.

나는 내림굿을 하기 삼 일 전부터 동네를 돌아다니며 쌀을 동냥 하였다. 내림굿을 하기 위해 계면돌고 있는 것을 아는 동네 사람들 은 초췌한 나의 모습을 보고는 혀를 끌끌 차면서 한 됫박씩 치맛자 락에 부어주었다. 스물한 집을 돌아 거둔 쌀을 가지고 어머니는 붉 은 팥을 고물로 층층이 깔아 시루떡을 쪄내었다. 굿을 하기 전날 정 오부터 우리 집 앞에는 황토 세 무더기가 쌓여 있었고 대문 위에는 금줄이 쳐졌다.

굿하는 날 아침 굿청에 즐비하게 차려진 굿상들. 장군상을 중심 으로 오른편에 불사상, 왼편에 조상상. 그 세 상 앞에도 여러 상들 이 한 줄로 놓였는데 오른편부터 부군상·댄주상·대신상·산대감 상·본향상 들이었다. 각 상에는 제물들이 비슷비슷하면서도 조금

씩 다르게 놓였다. 어느 상에나 다 들어가는 붉은팥 시루떡, 어떤 상에는 접시에 담아놓기도 하고 어떤 상에는 시루에서 쏟은 모양 그대로 덩그렇게 엎어서 엎어놓기도 하였다. 거기에 삼색실과·약과·다식·정과·막걸리잔 들이 놓이고 쌀이 소복이 담긴 밥그릇이 명실 감은 밥숟갈을 꽂은 채 차려지기도 하였다. 떡 위에 꽂혀 있는 길쭉한 붉은 종이꽃, 하얀 종이꽃들. 댄주상에는 삶은 돼지머리가 쟁반에 받쳐져 있었다. 그 앞에는 시루떡 열두 조각과 조금씩 열두 줌으로 모은 음식으로 열두 방기떡을 늘어놓았다. 제물들 한가운데에는 젓가락 열두 매가 꽂힌 국수 한 대접. 무엇보다 굿상 양쪽에는 촛불들이 너울거렸는데, 나는 상마다 세워진 그 두 개의 촛불들이 일광과 월광처럼 보여 미리부터 몸을 떨고 있었다.

나이가 듬직하게 든 무당은 평상복을 입은 그대로 대청마루 끝에다 장구를 놓더니 바깥쪽을 향해 앉아 덩더덩 장구를 치기 시작하고, 장구소리가 나기가 무섭게 대문 밖으로 도망을 치는 동네 사람들. 장구소리를 듣고 악귀가 집에서 쫓겨나가다가 사람 몸을 덮치면 급살을 당하기 때문이다. 그렇게 추당물림을 한 무당은 그다음 마루 끝에다 부정상을 차려놓고 장구를 여전히 치며 부정거리를 하였다. 부정거리 때는 도망갔던 동네 사람들이 하나둘 다시 돌아와 굿구경을 하고. 부정상에는 청수 세 사발, 막걸리 석 잔, 떡·나물·전 들을 조금씩 담은 접시 한 그릇. 무당은 얼마 동안 읊조리다가 청수 그릇을 들고 대문 밖으로 나가 집을 한 바퀴 돌면서 대산칼로 청수를 찍어 사방에 뿌렸다. 백지 한 장에 불을 붙여 소지를 올리는 무당의 상기된 얼굴. 부정상 위에 있던 음식들은 바가지에 쏟아서 왼손에 들고 오른손으로는 대신칼을 대문간에서 바깥으로 던졌다. 대신칼 끝이 집 쪽으로 향하지 않고 바깥으로 향할 때까지 계속해서. 드디어 바깥으로 향해지는 대신칼 끝. 무당은 대문에서 멀리 나가 바가지에 든 음식을 땅 위에 쏟고 빈 바가지는 그 옆에 두고 돌아왔다.

그러고 나서 신을 청하기 시작하는 가망거리, 죽은 무당의 혼을 대접하는 말명거리, 최영 장군 신을 모셔들이는 상신거리로 들어갔다. 각 거리 때마다 바뀌는 갖가지 무복과 무구들. 남색 장군치마를 입고 그 위에 구군복·전복·남천익을 껴입고 머리에 붉은빛 갓을 쓰고는 왼손에 삼지창, 오른손에 언월도를 든 상산거리에서의 무당 모습. 그야말로 최영 장군이 산을 타고 넘어오는 위용이었다.

상산거리에 이어 시작되는 내림굿. 무당은 제법 두툼한 무명필을 판자 울타리에 걸더니 그것을 두르르 펴서 그 한끝을 방 안 굿상 앞에까지 늘어놓고는 사과·배·떡 같은 것으로 간단하게 신상을 또 따로 차렸다. 나에게도 입혀지는 무복. 남색 쾌자 위에 하얀 장삼, 붉은 가사에 흰 고깔. 무당은 나를 굿상 앞에 세우더니 신장대를 쥐여주었다. 내 키만한 신장대 끝에는 무명끈으로 제금과 방울이 묶여 있고. 화랭이들이 내 양편에서 장구와 징을 요란하게 쳐대자 덜덜 떨리기 시작하는 내 두 손. 장구와 징, 북소리가 더욱 세차게 울리면서 그 모든 소리들이 내 몸속으로 들어와 나를 공중으로 붕 띄우는 것 같았다. 맹렬히 흔들리는 신장대, 신장대를 따라 경련하는 내 몸뚱어리. 울타리에서 방 안에까지 들어와 펴져 있는 신다리 무명베도 흔들리고 있었다. 정신이 몽롱해진 가운데 아련히 들려오는 신어머니의 목소리.

"신다리 건너, 신장대 타고, 몸주님 내렸다이."

신장대를 쥔 채 뜰로 나가 양팔을 하늘로 향해 벌려 신을 더욱 받아들이고 방 안에 들어와 굿상에 절한 후 다시 뜰로 나가 속에서 솟구치는 기이한 힘을 따라 펄쩍펄쩍 뛰는 춤, 춤, 춤. 어느새 나는 물동이 위에 곱표자로 포개놓은 두 개의 칼을 맨발로 밟으며 춤추고 있었다. 내 마음대로 온갖 무복들을 갈아입으며 얼마나 춤추었는지.

"좁은 길 가라이. 좁은 길 가라이."

축원인지 명령인지 되풀이 공수주는 신어머니.

한참 그렇게 춤을 춘 후 신어머니는 나에게 신명상에 놓여 있는 아홉 종지들 중에서 하나를 고르라고 하였다. 백지로 덮여 있는 그 종지에 비밀스럽게 들어 있는 팥·콩·쌀·참깨·물·여물·메밀·재·돈들. 내가 고른 종지에는 다행히도 참깨가 들어 있었다. 악한 신을 나타내는 여물·메밀·재 같은 것들이 들어 있다면 또 한참 부정치기를 당했을 텐데.

"신 먹거라."

나는 종지를 기울여 참깨를 입에 털어넣고 씹어먹었다. 그러자 신기하게 열리는 말문.

마침내 나는 신의 대리자가 되었다.

"자식이 나갔구먼. 자식이 나갔구먼. 동쪽으로 나갔구먼. 언제 이 자식이 돌아오나. 재수굿 좀 해야겠네."

내 앞에서 어떤 아주머니가 울먹이며 그대로 무릎을 꿇었다.


그것은 내림굿의 일종이었다. 내가 신입생으로 들어와 민속극회 회원으로 가입하였을 때 선배들은 신입회원들을 환영하는 행사를 벌였다. 먼저 '현장 문화운동으로서의 민속극'이라는 연구 발표가 있었다. 민속극회의 방향은, 사회변혁이 이루어질 때까지는 상부구조로서의 문화변혁은 불가능하다는 문화운동 포기론이나 사회변혁이 이루어지기까지 필요한 선전선동활동을 적절히 수행하기만 하면 된다는 문화도구주의들을 다같이 경계하며, 일상적인 생활과 놀이를 공유화하여 삶을 집합화하는 총체적인 예술운동 같은 단어들이 생소하긴 하였지만 무언지 모르게 가슴이 뜨거워지는 것을 느꼈다.

그다음 지금까지의 활동사항에 관한 보고와 반성 및 앞으로의
활동계획에 대한 소개들이 있었고, 환영회 마지막에는 사물놀이가
벌어졌다. 민속극회 사물놀이패라는 이름을 가진 그 네 사람의 선
배는 마치 신들린 것처럼 북·장구·꽹과리·징을 쳐댔다. 얼림굿
으로 분위기를 일단 잡고 나서 오채질굿·자진오채질굿·좌질굿·
굿거리·양산도·느진삼채·자진삼채·세산조시 들을 연주해 나
가는데 그 긴장과 이완의 묘가 기막혔다. 사람의 마음을 한없이 느
슨하고 편하게 만들었다가도 한순간 심장이 터질 듯이 조여들게 만
드는 마력. 세산조시에 와서는 숨도 제대로 쉴 수 없을 정도로 세찬
자진가락으로 들어가 사람의 마음을 최고도로 흥분시키며 희열에
젖게 하였다. 그것은 아마도 성교에서 맛보는 쾌감의 절정과도 흡
사할 것이었다. 절정으로 오르고 난 후의 갑작스러운 정적과 침묵.
어느새 사물놀이 연주는 끝나 있었다.

그것이 계기가 되어 나는 민속극회 활동을 하면서 사물놀이에
관심을 가지고 하나하나 배우게 되었다. 물론 나중에 와서야 사물
놀이의 가락 이름이나 성격들을 알게 되었지만 그 연주들을 들을
때마다 원초적인 어떤 소리에 접하는 기분이 되곤 하였다. 나무와
가죽과 쇠를 두드려 내는 소리, 그 소리들의 기막힌 화음, 불협화음
의 화음. 나는 그만 벌떡 일어나서 몸굿하는 무녀처럼 정신없이 춤
을 추고 싶은 충동을 느끼는 적이 많았다.

사실 그날 환영회 막판에서는 모두들 장구소리, 북소리, 징·꽹
과리 소리, 젓대소리 속에서 한데 어울려 춤추고 또 춤추었다.

그리고 곧 대학가는 반미운동의 일환으로 전방입소 반대 데모들
이 연일 이어졌다.

"반전 반핵, 양키 고 홈!"

"미제의 용병교육, 전방입소 결사반대!"

"엇샤 엇샤."

데모 때마다 민속극회 회원들은 장구·북·징 들을 동원하여 시위대의 사기를 돋워주었다.

드디어 사월 말, 신림동 사거리에서 나는 그 두 선배의 몸뚱어리를 사르는 검붉은 불길을 똑똑히 올려다보았다. 굿상의 소지처럼 타버리는 청춘들. 이재호, 김세진. 그 순간 나는 외마디 비명을 지르며 옆에 서 있는 친구의 품속으로 쓰러졌다.

꽃상여 타고 그대 잘 가라, 세상의 모진 꿈만 꾸고 가는 그대, 이 여름 불타는 버드나무숲 사이로, 그대 잘 가라 꽃상여 타고.

나는 그 빛나는 오월, 꽃상여를 따라 교정을 돌면서 하염없이 울었다. 한 번도 개인적으로 만나거나 이야기를 나누어본 적이 없는 선배들이었지만 내 친오빠의 죽음처럼 여겨지기만 하였다. 나는 학교버스를 타고 장지까지 따라가 마지막 보내는 노래들을 불렀다.

꽃도 없고 이름도 없고 종소리도 없이, 눈물도 없고 한숨도 없이 사나이답게. 너의 옛 동지들 너의 친척이 너를 흙에 묻었다. 수난자여 흙은 너의 영구대, 꽃도 십자가도 없는 무덤.

잭 폰타니에가 죽어가면서 장 베르몽을 위하여 써둔 오래된 혁명가. 참여작가 클로드 모르강이 쓴 소설. 「꽃도 십자가도 없는 무덤」. 폰타니에와 베르몽, 콜레르의 삼각관계. 폰타니에의 죽음을 통하여 변화되는 베르몽의 의식. 베르몽의 귓가에 늘 맴도는 폰타니에의 한마디 말, "자네가 세상의 중심이 아니야."

베르몽은 마침내 보다 충실하고 아름다운 삶에 대한 신념을 노래하며 시대의 문제에 도전하기 위해 일어선다.

"사람들이 매일 노래를 흥얼거리며 죽음과 형벌에 맞서 기관총과 탱크 앞에 몸을 내던지는 것은 오직 이 사랑 때문인 것이다. 그리고 자기 자신의 통일을 실현하고 자기 충실의 기쁨을 아는 사람들이 기꺼이 죽어가는 이유도 바로 이 사랑 때문인 것이다.”

나의 의식도 두 선배의 분신으로 인하여 베르몽처럼 변화되어 가고 있었다.

이제 나는 사학년 졸업반이다. 그동안 얼마간 갈등을 겪기도 하면서 교도소까지는 안 가도 유치장에는 몇 번 드나들었다. 요즈음은 학창생활에서는 마지막이 될 오월제 준비를 위해 밤낮으로 뛰고 있다. 이번 오월은 서울교육대 휴교령으로 시작되더니, 곧이어 경찰관 여섯 명이 불에 타 죽은 동의대 화염병 사건이 터지고, 조선대생 이철규 변사 사건이 발생하였다. 동의대 사건이 터졌을 때는 학생들이 한때 기가 죽어 이번 오월제는 별로 활기차게 진행될 것 같지가 않았다. 그러나 조선대생 변사 사건이 터지자 상황은 역전되었다. 의문투성이인 그 사건이 고문에 의한 살인으로 판명될 경우, 박종철 사건으로 제5공화국이 붕괴되었듯이 이철규 사건으로 제6공화국이 붕괴될지도 모른다는 기대감이 캠퍼스 분위기를 자못 활기차게 만들었다. 물론 이철규를 애도하기 위해 검은 리본을 달고 있는 학생들의 표정은 침통하기 그지없었지만, 그 침통함은 동의대 사건 때와는 사뭇 다른 성질의 것이었다. 그 검은 리본은 제6공화국 종말을 미리 애도하는 것 같기도 하였다. 그리하여 오월제 준비는 다시금 응집력을 가지고 이루어지게 되었다.

나는 민속극회 후배들을 지도하여 모임을 이끌어가면서 더욱 선배들에 대한 생각이 간절해졌다. 제대로 졸업을 한 선배들이 별로 없었다. 남자들은 군대에 끌려가기도 하고 감옥에 들어가 있기도 하였다. 여자들 중에도 감옥에 들어가 있는 선배가 있긴 하였지만, 대부분 유급을 당하여 학교를 더 다니다가 간신히 졸업을 하거나 아예 제적을 당한 후 노동운동가로 변신하기로 하였다. 물론 선배들 중에는 진로문제로 인하여 마음의 갈등을 일으키고 애초의 방향과는 다르게 현실타협 쪽으로 기울어진 자들도 있었다.

　내가 이번 일 년을 무사히 넘겨 정상적으로 졸업한다면 왠지 선배들 앞에 죄지은 기분을 떨쳐버리지 못할 것이다. 아무튼 나에게는 일 년 동안 민속극회의 기초를 더욱 다져놓고 나갈 의무가 있다. 그리고 나는 내 전공인 식물학과와는 관계없이 계속해서 문화운동으로 이 사회를 개혁하는 대열에 서게 될 것이다. 그러기 위해서는 무엇보다도 먼저 한국인의 원초적인 심성으로 돌아가 한국문화의 원형을 더듬어볼 필요가 있다. 물론 민속극회 활동을 통하여 그러한 작업을 해오지 않은 것은 아니지만 그동안 행사 중심으로 치우친 감이 적지 않다. 문화도구주의를 경계한다고 하였지만 지내놓고 보니 하나의 선전도구로 쓰인 면이 적지 않음을 부인할 수가 없다. 앞으로 민속극을 깊이있게 하기 위해서는, 무당에 의해 전래되어오는 굿에 대한 연구도 광범위하게 이루어지도록 해야겠다.

　그래서 이번 오월제에 공연할 작품을 정할 때도 그런 점들을 염두에 두었다. 처음에는 몇 년 전에 공연한 적이 있는 「나는 밥이다」라는 김지하의 작품을 민속극적인 요소를 좀 더 도입해서 해보자는 의견이 지배적이었으나, 내가 바리공주 이야기를 하면서 그것을 현대판으로 변형시킨 새로운 창작극을 만들어 하는 것이 어떻겠느냐는 의견을 제시하자 하나둘 고개들을 끄덕이기 시작했다. 마침 이철규 변사 사건이 터지고 하여 내 의견이 더욱 잘 받아들여졌는지도 몰랐다. 창작대본은 공동창작으로 하기로 하였지만 어디까지나 내가 책임집필자로서 초고작업을 해야만 하였다.

　내가 학교 도서관을 뒤져 바리공주 또는 바리데기, 베리데기, 칠공주 무가의 원본들을 찾아 잔뜩 복사를 해가지고 자취방으로 돌아와 잠시 쉬고 있을 때, 나는 그 소리를 들었다.

　채 채 챙강 챙 챙강챙강 두두웅 둥둥둥.

처음에 나는 학교 교정에서 듣고 또 들은 그 소리를 환청으로 듣고 있나 싶었다. 그래서 오른쪽 귀를 막아보기도 하고 왼쪽 귀를 막아보기도 하면서 환청의 여부를 가려보았다. 그것은 환청도 아니고 이명도 아니었다. 분명히 멀리 떨어지지 않은 외부에서 들려오고 있었다. 굿소리, 무당 굿소리였다. 나는 벌떡 일어났다. 반갑기 그지없었다. 대강 옷을 주워입고 바깥으로 나와 소리가 나는 곳을 더듬어 찾아갔다. 캄캄한 밤중이라 무섭기도 했지만, 어떤 예감에 끌려 나는 한적한 언덕길을 바삐 걸어올라갔다. 바리공주, 바리데기, 어쩌면 지금 무당이 바로 그 무가를 풀고 있을지도 모른다는 생각이 나를 잡아끌고 있었다.

나는 우성 굿당으로 올라가, 신단과 굿상이 차려진 방들이 한 건물에 그렇게 집단적으로 모여 있는 사실에 자못 놀랐다. 굿당도 모든 것이 대형화해 가는 요즈음 추세를 따른 것인가.

나는 굿에 관한 약간의 상식으로 각 방들을 둘러보았다. 어떤 방에서는 젊은 여자가 미역국 사발과 마른 미역 한 단, 밥그릇들을 얹은 상 앞에 앉아 무당 굿거리를 받고 있는 것으로 보아 아들 낳기를 기원하는 삼제왕굿을 하는 모양이었다. 무당이 전라도 출신인지 굿거리가 그쪽 사투리로 이어졌다.

칠성님 칠성님, 남도 다 불공을 디려서 자손을 두난디, 우리는 겔혼헌 제게 수십 년이 돌아가도 자손이 없어서 일구월심이 되게 하오니, 자손 하나 빌어봅시다. 송강 지등 같은 자손, 쇠작지 나무작지 같은 실허구 짱짱허구 실헌 자손으루 점지하옵시구, 얼굴은 관옥 같구 풍채는 두 목지로 어사는 제자량으 어사를 점지하시구…….

화랭이 하나가 앉아서 만수받이를 해가며 외장구를 두드리고 있었으므로 그 방은 그렇게 시끄럽지가 않았다. 그런데 바로 옆방은 징소리 제금소리로 떠나갈 듯하였다. 거기 손님들은 잘 차려입은 부인들로 그렇게 큰 걱정거리를 안고 온 것 같지는 않았다. 아마 축원굿 종류를 하는 모양이었다.

무당은 소매 없이 등솔만 길게 갈라놓은 남색 쾌자를 입고 왼손에는 방울을, 오른손에는 부채를 들고는 굿상 앞에서 무악 반주에 맞추어 서낭거리를 풀며 춤을 쫄레쫄레 추고 있었다.

그다음 방은 정신병자를 치료하는 광인굿을 하는 모양으로 방문 앞에는 허수아비 네 개가 세워져 있었다. 사람 얼굴을 종이에다 그려 갖다붙이고 흰 두루마기를 입히고 검정 갓을 씌워놓았다. 원래는 말뚝을 박고 선반을 높이 얹어 허수아비를 세워야 하지만 장소의 형편상 약식으로 하고 있었다.

그렇게 허수아비 네 개가 세워져 있는 사처낭으로 인하여, 정신병이 들게 하는 여처낭 귀신이 항복을 하게 된다.

병의 원인이 되는 귀신이 내쫓김을 받는 과정을 연극적으로 보여줌으로써 치료의 효과를 보는 굿이라 할 수 있었다. 요즈음 말로 하면 일종의 사이코드라마다. 그리고 정신병의 원인이 여자 귀신이라는 것은 여자의 변덕스러운 성질과 관련되어 재미있는 구상이지만, 여자인 나로서는 별로 기분이 좋지 않다. 그런 광인굿이 꽤 오래 계속될 모양이다. 정신병자는 멍하니 굿상 앞에 앉아서 히죽히죽 웃고 있었다. 머리를 박박 깎은 이십대 청년이었다. 어쩌다가 저 나이에 정신이 돌았을까. 지금 여러 귀신들을 풀어먹이는 도술풀이가 한창이었다.

챙챙 챙챙 징징징징 쟁강쟁강쟁.

굿당이 자리잡은 언덕이 송두리째 떠내려갈 만한 소리였다. 언덕 위에서 울려퍼지기 때문에 동네 주민들에게 소음공해를 주기 십상이었다. 하지만 근처에서 아파트공사가 준비되고 있는 것으로 보아 굿당의 수명도 얼마 남지 않았음에 틀림없었다. 수명이 얼마 남지 않았기 때문에 더욱 힘껏 굿들을 하는 것도 같다. 몇 달이 될지 모르지만 이곳에 굿당이 있는 동안 나는 수시로 드나들면서 굿을 구경해야겠다. 책에서 배운 굿이랑 실제로 시연하는 굿이 어떻게 다른가, 시대가 변함에 따라 굿 내용이 어떻게 변질되었는가 하는 것들을 살펴보아야겠다. 의외로 숨겨져 있던 보물을 찾아낼지도 모른다.

병자굿을 하는 또 하나의 방을 거쳐 기역자형 건물의 한 방에 이르니 마침내 내가 찾던 굿이 벌어지고 있는 게 아닌가. 바리공주가 구송될지도 모르는 진오귀굿이었다. 나는 설레는 가슴을 안고 슬그머니 굿주들이 앉은 방으로 들어가 목례를 보내며 앉았다. 나는 수첩과 볼펜을 꺼냄으로써 굿에 관심이 많은 민속학 전공 학생인 것처럼 보였다. 굿주들은 갑자기 들어온 불청객으로 인하여 의아한 표정들을 지었지만, 원래 진오귀굿이란 동네 사람들이 다 와서 구경해야 하는 굿이 아닌가.

열두 족자로 된 선명한 원색의 무신도가 삼면 벽에 걸려 있는 신방에는 망제상·선바위장군상·불사님상·터대감상·대감떡상들이 진설되어 있었다. 이 무당은 왜 이리도 많은 신들을 모시고 있는가. 이미 열한 거리를 다 끝내고 진오귀로 들어간 듯 뜬대왕에 관한 풀이가 시작되었다. 뜬대왕이란 망자가 죽어서 먼저 거쳐가야 하는 명부의 열 대왕들을 일컫는 말이다.

명부 제일전에는 진광대왕 있어 한빙지옥 극락세계 관장하구, 제이전에는 초광대왕 있어 금수지옥 연화세계 관장하구, 제삼전에는 송제대왕 있어 거해지옥 화장세계 관장하구…… 제오전에는 염라대왕이 있어 독사지옥 만월세계 관장하구…….

계속해서 열 개의 지옥과 극락이 대비되어 나왔다. 뜬대왕에 이어 중디청배·아린말명·사제삼성이 이어지고 드디어 말미에 이르렸다. 나이가 꽤 든 무당은 이제 바리공주를 구송할 채비를 차렸다. 순서가 어떻게 되는지 잘 모르는 굿손님들은 그저 눈물만 흘리고 있을 뿐이었다. 무당이 푸는 굿거리 내용으로 보아 집안의 가장이 죽었음이 분명하였다.

나는 무당의 몸짓 하나하나 소리 하나하나에 주의를 하며 지켜보았다. 무당의 시선과 나의 시선이 부딪치는 적이 있기도 했지만, 이미 무당은 저승을 바라보고 있어 나의 시선은 한도 끝도 없는 깊이로 빨려들어가는 느낌이었다. 나에게도 신이 내려 저 여자처럼 무당이 된다면. 그건 아무래도 꺼림칙하였다. 무당은 몽두리를 입고 가슴에 붉은 띠를 단 다음, 머리에 어여머리를 얹고 양 손목에는 오색으로 된 색동 한삼을 끼었다. 그러고는 장구를 비스듬히 세워놓고 왼손에 방울을 쥐고 흔들면서 오른손으로 장구를 동동 두드리며 바리공주를 구송하기 시작했다. 읊조리는 실력으로 보아 결코 선무당이 아니다. 신어머니에게 제대로 배운 가락이다.

한성부 오부장내 경덕궁 창의궁 종묘사직에 위툭을 받아왔으니 니씨주상금마마님 본으로께옵서는 함경도 함흥경성이 본으로 성인이라…….

바리공주의 부친이 이씨조선 왕으로 소개된다. 바리공주의 부친은 왕후를 간택하여 혼례를 치른다. 내년에 혼례를 치러야 왕자를 낳는다는 점괘가 나왔지만 그것을 믿지 않고 급히 혼례를 치른다. 그리하여 과연 점쟁이의 말대로 딸 여섯을 내리 낳는다. 일곱째까지 딸이 나오자 왕후는 그 아기를 갖다버린다. 들에 버리면 날짐승이 와서 품어주므로 황천강과 유사강 사이의 바다에 던지니 홀연히 금거북이 솟아올라 아기를 받아가지고 사라진다. 아기는 석가세존의 도움으로 비리공덕 할미와 비리공덕 할아비에게 맡겨져 양육된다.

한편 바리공주의 부모는 아기를 버린 죄로 병을 얻어 죽을 날만

꼴 기다린다. 점쟁이는 병이 나으려면 버린 아기를 찾아오고 무장
승의 약수를 길어와야 한다고 점괘를 알린다. 신하들이 왕의 명령
을 받들어 바리공주를 찾아 데려오려 하나, 바리공주는 왕이 아버
지라는 사실을 어떻게 증명할 수 있느냐고 따진다. 결국 신하가 금
쟁반에 정화수를 담고 거기에다 대왕마마의 무명지를 베어 피를 흘
리게 한 후 그것을 바리공주에게 들고 온다. 바리공주도 무명지를
베어 피를 흘려 그 정화수를 떨어뜨리자 두 피가 합해진다.

바리공주가 왕궁으로 돌아와 부모와 눈물의 해후를 한다. 부모
가 바리공주에게 약수를 구해 올 수 있느냐고 묻자, 바리공주는 여
섯 언니들이 의당 구해 와야 하지 않느냐고 반문한다. 여기서 여섯
언니들의 변명이 재미있게 이어진다.

첫째 딸은 마루알도 못 내려서 봤거늘 부모 소양 어찌 가오리까
하고, 둘째 딸은 대문간도 모르는데 부모 소양 어찌 가오리까 하고,
셋째 딸은 광화문도 모르는데 하고, 넷째는 뒷동산 꽃구경도 못 갔
는데 하고, 다섯째는 만조백관 다 못 가는데 하고, 여섯째는 다섯
형님 다 못 가는데 하는구나…….

결국 바리공주가 약수를 길어오는 책임을 맡고 남복으로 변장하
여 주령을 짚고는 길을 떠난다. 가는 길에 석가세존을 만나 열매 맺
지 않는 낭화꽃과 금주령을 얻고 지옥에 이르러 죄지은 갖가지 귀
신들을 천도하고, 도저히 건널 수 없는 커다란 바다에 이른다. 그러
나 바리공주가 금주령을 바다에 던지니 무지개가 다리를 이뤄주어
무사히 건너게 된다. 바다를 건너가 무장승을 만난 바리공주는 약
수를 얻기 위하여 물 삼 년 길어주고, 불 삼 년 때어주고, 나무 삼 년
하여주고, 그다음 결혼까지 한다. 그사이 일곱 아들이 생긴다.

마침내 바리공주가 약수와 환생초인 뼈살이·살살이·숨살이
꽃·일영주를 얻어 무장승과 일곱 아들들과 함께 고국으로 돌아간

다. 장안에 이르니 목동들이 이상한 노래를 부른다. 그 연유를 물으니 왕과 왕후가 죽었다고 한다. 바리공주는 상여로 달려가 약수와 환생초, 일영주로 부모를 살린다. 부모는 바리공주와 그 가족들을 축복한다. 무장승은 산신제 평토제를 받아먹게 점지하고, 비리공덕 할아비는 망자 나올 적에 노제를 받아먹고 살게 하고, 비리공덕 할미는 진오기 새남굿 할 때 영혼이 저승으로 들어가기 위해 거쳐가는 가시문·쇠문·시왕문에 지켜섰다가 별비를 받아먹고 살게 하고, 바리공주 일곱 아들들은 저승의 십대 왕이 되어 먹고살게 점지하였다. 그리고 바리공주는 인도왕국 보살이 되도록 하였다.

바리공주는 인동왕국 보살이 되어 절에 가면 수륙제 만발공양 받으시고, 들로 나리시면 큰머리 단장에, 은아 몽도리 넓은 홍띠, 입단 치마 수저고리, 찰난이 입은 후에, 언월도 삼지창과 화화복 쇠줄 쇠방울, 쉰살 부채 손에 쥐고 어어이샤…….

바리공주는 만신의 몸주, 즉 무신이 된 셈이다. 그러고 보니 무당이 입은 옷차림이 바리공주의 모습과 비슷하였다.

동도동 동오동 동동.

무당은 줄곧 장구를 두드리며 바리공주를 읊어나갔다. 무당은 대단한 암기력과 연기력을 지니고 있었다. 바리공주와 부모가 상봉하는 장면 같은 데서는 작중인물과 혼연일체가 되어 바리공주 역할을 하면서도 울고 부모 역할을 하면서도 울었다. 부모를 죽음 가운데서 살린 바리공주, 버린 자식이라 하여 바리라는 이름으로 불리기까지 하였지만 버린 자식이 가장 지극한 효성을 보였다. 바리공주 구송을 듣고 있으면 그 희생적인 효성 앞에 부끄러워지지 않을 사람이 하나도 없다.

고등학생쯤 되어 보이는 여학생이 소복을 입은 채 죽은 아버지 생각을 하는지 다른 가족들보다 더욱 많이 훌쩍였다. 나도 어느새 이 가족들 중의 한 사람이 된 기분으로 애도의 심정에 젖지 않을 수 없었다. 바로 이것이 굿의 효력이요 제의의 마력이다.

바리공주 구송이 끝나자 화랭이들이 망자상을 굿당 안마당으로 내놓고 그 뒤에 말굽형으로 만든 가시문을 세웠다. 저승으로 들어가는 입구의 상징. 그 가시문에는 누런 삼베와 무명베가 길다랗게 걸렸다. 저승길을 나타내는 시왕포. 마침 밤하늘에는 보름달이 구름 사이로 비어져나와 있어 아까보다는 훨씬 밝았다. 굿당을 둘러싸고 있는 산등성이의 윤곽도 뚜렷하게 드러났다. 산바램 노랫가락이라도 한자리 하면 금방 산신이 임할 것도 같았다.

무당은 망자상과 가시문을 중심으로 해서 좌측으로 천천히 큰 원을 그리며 도령을 돌기 시작했다. 유족들도 하얀 소복을 입고 양손에 촛불과 향을 든 채 무당을 따라 마당을 돌았다.

오르소서 오르소서, 넋이라도 오르시고 혼이라도 오르소서, 우리 김씨 망자님 정다운 내외간 땀내 맡고 오르소서, 시간도 갔고 밤도 야심하니 깊어가니, 오르소서 오르소서, 즐겁게 받으시고 술술이 오르소서, 흐뭇이 시왕길 가옵소서…….

넋보냄, 뒷전거리까지 마치자 새벽 세시 반이었다. 무당도 지치고 유족들도 지쳐 땀투성이 얼굴이 되었다. 아직도 다른 방에서는 여전히 징소리 제금소리가 세차게 울리고 있었다.

그때였다.

"순경이 올라와요!"

굿당 관리인으로 보이는 사내가 방들을 급히 돌아다니며 소리치자, 삽시간에 굿당 전체는 정적이 감돌았다. 그 정적 속에서 조금 전까지 들리지 않던 오토바이소리가 가까이 다가오고 있었다. 오토바이소리가 멎고 관리인과 순경이 주고받는 말소리가 들려왔다.

"주민들이 파출소로 전화를 하고 야단들이오. 우리도 하루이틀이지 귀찮아 죽겠소.”

“보시다시피 조용하지 않습니까. 이제 굿이 다 끝났습니다.”

“이거 참, 앞으로 주의하시오.”

“저 , 여기까지 오시느라 수고했는데 안으로 드셔서 막걸리나.”

“당직서는 사람이 무슨 막걸리는.”

“뭐, 한 잔 정도 하는 것은 어떻습니까. 사무실로 들어와서 잠시 쉬었다 가시죠.”

순경이 마지못해하면서 따라들어가는 기척이 들렸다. 나는 관리인이 순경에게 담뱃값 정도는 집어주겠지 하는 생각을 언뜻하였다. 그러면서 순경이 내려갈 때 오토바이 뒤에 태워달라고 할까 하는 장난스러운 생각도 해보았다. 어쩌면 그 순경은 그날 유치장에 나를 밀어넣었을 때 내 등을 사정없이 떼밀던 그 작자가 아닌지 모르겠다.


거기 파출소죠? 나는 교회 목사요. D연립 지하에 세를 얻어 개척교회를 하고 있는 신생교회 목사란 말이오. 거기서도 알고 있겠지만 여기 주차장 근방 말이오, 무당 굿소리 때문에 정신이 하나도 없어요. 교회는 차임벨 소리 조금만 내면 주민들이 금방 집단항의를 해서 내지 못하게 하는데 굿당은 무슨 특권을 가졌기에 밤새도록 굿을 해도 누구 하나 막지 않는 거요? 우리 교인들은 새벽기도 나와서 이웃 주민들에게 방해가 되지 않도록 조용조용 기도하는데, 글쎄 저 쨍강쨍강 울리는 사탄 굿소리 들어가며 기도할 판이오. 이러다가는 우리 교인들 다 떨어져나가겠소. 파출소가 데모하는 학생들은 그리 잘 찾아 잡아넣으면서 저리 공개적으로 안면방해를 하는 치들은 왜 그냥 내버려두고 있는 거요?──안녕하세요, 순경 아저씨. 일전에도 전화드렸던 학생인데요, 저는 지금 대학입시를 준비하고 있는 고3이거든요. 그런데 밤늦게 도서관에서 공부하다가 집에 와서 공부를 좀 더 하려 하면 말이죠, 귀를 왕왕 울리는 징소리 때문에 공부가 잘 안 되고 신경질만 막 나요. 고3 입시생이 우리 연립에 나 말고도 서너 명이 더 있어요. 잠도 제대로 푹 잘 수 없고 영 죽을 지경이에요. 아저씨 어떻게 좀 해주세요. 고마운 순경 아저씨 ──나는 택시기사인데요, 밤새도록 택시를 몰다가 새벽에 집에 와서 눈 좀 붙이려고 하면 잠이 쏟아지는 중에도 꽹과리 치는 소리가 들려 선잠을 잔단 말이에요. 택시기사가 잠을 푹 자지 못하면 어떻게 되는지 순경 아저씨가 더 잘 아시죠? ──아이구 밤늦게 전화를 걸어서 죄송하구먼유. 지는 여기 D연립 주민인데유, 국민학교 댕기는 애들 둘을 키우고 있어유. 헌데 그애들이 요즈음 홍콩할머니 귀신이다 해서 귀신 이야기를 하며 막 무서워한단 말이에유. 건데 바로 옆에서 징 치며 북 치며 굿하는 소리를 듣고는 더 무서워한단 말이에유. 날만 어두워지면 수세식변소에도 혼자 못 가고 덜덜 떠는디, 아무리 생각혀두 굿당이 주택가 근방에 있는 건 교육상 좋지가 않네유. 아저씨도 자식들 키워쌌는감유 ──이게 무슨 소린교. 왓다마 환장하겠네. 아저씨요, 좀 어찌 해보소. 나, 이번에 2차시험 봐야 된다 말이오. 이렇게 굿소리가 씨그러바 갖고 글짜 한 자나 눈까리에 들어오는 줄 아요. 나 행정고시 봐가지고 경찰공무원 될지도 모리는데 같이 잘해 보입시더. 내가 몇 번 굿당에 찾아가서 이건마, 민법 제217조에 규정된 안면방해에 해당하고, 법률 제203호로 공포된 공해방지법에 저촉된다고 아무리 따져도, 눈에 철심을 박았는지 눈 하나 깜짝하지 않는 기라예. 굿하러 오는 손님들 중에는 장군급도 있고 장관급도 있다는 둥 은그니 빽자랑을 하면서 아주 나 같은 거 무시해 버린다 아이요. 내 그런 것들 얄미버서라도 꼭 행정고시에 합격해야 되것소. 무당한테 점쳐 가지고 굿하고 부적 받고 해

서 국회의원 되고 장관 되고 별 다는 작자들, 제 정신이 바로 박혔것
소. 아이구마, 이리 자주 전화를 하께네, 곡 아저씨가 우리 성님같이
여겨져서 할 말 안 할 말 막하게 되네예. 언제 한번 요기 족발집에
가서 한잔하입시더. 암튼 신경 좀 써주이소예. 부탁합니더 ── 여보
세요, 또 싸움이 붙었어요. 반장 아줌마랑 굿당 주인이랑 앙숙인데,
글쎄 주민들이 굿당으로 항의하러 갔다가 두 사람이 서로 물고 뜯
고 할퀴고 한바탕 싸움이 벌어졌다니깐요. 서로 폭행죄로 고소하겠
다고 난리들인데 이러다가는 살인사건 안 날지 모르겠어요. 파출소
는 도대체 무얼 하고 있는 거예요. 미리미리 범죄예방을 해야 하는
거 아니에요? 그렇게 파출소가 힘이 없어요? 주민이야 어떻게 되든
자기는 돈만 벌면 된다는 파렴치한 인간은 이 동네에서 추방해야
돼요. 자기 식구들이 사는 집은 2동이니까 여기 9동하고는 상관이
없다 이거지만 두고 보세요, 우리가 저거 집 대문 앞에 몰려가서 밤
새도록 징 치고 북 치고 야단 피워볼 테니까 ── 아이구 여러분들,
파출소에 이리 전화를 건다고 해결될 문제가 아니여. 구청인가 시
청인가 행정위원회라는 것이 생겨 요런 문제 해결해 준다니께 걸로
해보시오이. 여러분이 생각허디끼 파출소가 고렇크롬 권력이 씬 곳
이 아니여.


　살기 위해 먹는가, 먹기 위해 사는가. 살기 위해 글을 쓰는가, 글
을 쓰기 위해 사는가. 나는 누가 뭐라 그래도 먹고살기 위해 글을
쓴다. 그러나 먹고살기 위해 수단 방법 가리지 않는 비열한 짓은 해
본 적이 별로 없듯이, 먹고살기 위해 아무 글이나 마구 쓰지는 않는
다. 하긴 어떤 글을 써야 되고 어떤 글을 쓰지 않아야 하는지 분간
이 잘되지 않을 때가 있긴 있다. 그래서 크고 작은 실수를 하고 나
서야 후회하곤 한다. 아무튼 나는 아내와 아이들을 먹여살리고 나

우리 시대의 무당　179

도 먹고살기 위해 글을 써야만 한다. 직장인들이 날마다 만원 지하
철이나 버스에 시달리면서도 출근을 하듯이 그렇게 꾸준히, 끊임없
이. 그리고 무엇보다 나의 글을 필요로 하는 데가 있고 내 노동의
대가가 지불되고 있는 사실이 늘 감사하다. 물가의 오름세에 비해
원고료의 인상률은 형편없이 뒤떨어지지만, 그래서 물가가 오를수
록 더 많이 글을 써야 하는 부담이 있긴 하지만.
　말하자면 나의 글 쓰는 행위는 옛날 선비놀음이 아니라 산업사
회의 무시무시한 생존경쟁에서 살아남으려는 개인사업인 셈이다.
글 쓰는 행위의 사회적인 책임이 있다면 개인사업가들이 자기 자본
과 수익금의 한도 내에서 져야 하는 그런 종류의 책임이 있을 뿐이
다. 이 말에는 여러 가지 오해를 자아낼 소지가 있지만, 우선 생존
경쟁에서 살아남아야 사회적인 봉사도 가능한 것이 아닌가 싶어서
하는 소리이다. 물론 어떤 사업이든지 그 자체가 사회적인 봉사가
될 정도로 웬만큼 도덕성을 갖추어야 하는 것은 당연한 이치이다.
포주 노릇을 하면서 벌고 있는 돈을 가지고 윤락녀들을 위한 부녀
갱생원 같은 복지시설을 세울 사람도 없겠지만, 만약 그런 자가 있
다면 차라리 포주 노릇을 해서 열심히 돈을 벌기나 하라고 충고해
야 할 것이다.
　어떤 사업이든지 그 사업을 일으키는 입지조건이 있듯이 나의
사업도 그런 입지조건이 반드시 필요하다. 그런데 그 입지조건이라
는 것이 나의 경우는 단순하기 그지없다. 정적만 있으면 된다. 주위
가 조용하기만 하면 그것으로 나의 사업은 충분히 시작될 수 있다.
그러니까 정적이 내 사업의 자본이기도 하다. 생산성 향상이니 하
는 말들이 유행하는데 나의 경우 좀 더 조용한 곳으로 찾아가는 것
보다 더 좋은 생산성 향상은 없다. 하지만 쉽게 얻어질 것 같은 정
적은 요즈음 도시에서는 엄청난 돈을 지불해야 겨우 얻을 수 있는

성질의 것이 되고 말았다. 가진 돈과 누릴 수 있는 정적은 바로 비례하게 되었다는 말이다. 적은 돈으로 좀 더 많은 정적을 구입하기 위하여 나는 부득이 이 도시의 변두리로 나올 수밖에 없었다. 이 동네에 와서 십 년 가까이 살면서 전세를 옮길 때마다 좀 더 많은 정적이 고일 수 있는 방을 얻으려고 노력해 왔다고 하여도 과언이 아니다.

그런 끝에 나는 식구들을 데리고 여기 산 밑으로까지 나왔다. 복덕방 아저씨와 함께 밤중에 와서 집을 보고 그 조용한 분위기가 마음에 들어 이 집으로 이사하기로 결정한 것이었는데, 나는 몇 가지 실수한 것을 한 달 후 이사를 오고 나서야 알게 되었다. 우선 전경들이 근무하는 기동대가 근방에 있는 사실을 그렇게 염두에 두지 않은 것이 중요한 실수였다. 기동대가 근방에 있어봤자, 아침점호 같은 때나 잠시 구령소리 함성소리가 우련하게 새어나올 뿐, 별 소음이 발생하겠나 하고 가볍게 생각했던 것이었다. 그러나 그게 아니었다. 전경들은 기동대 건물 안 운동장에서 수시로 고래고래 고함을 지르며 훈련을 받았는데 그것은 거리상 어느 정도 견딜 만하였으나, 아예 넓은 주차장으로 나와서 이리 달리고 저리 달리며 훈련을 받을 때는 악을 쓰며 내지르는 전경들의 고함소리, 핸드마이크로 터져나오는 훈련관의 구령소리들로 정신이 얼얼할 지경이었다. 그런 소리들이 잠잠해지면, 쿵쿵쿵쿵, 지축을 울리는 군화 소리가 심장을 쥐어박으며 들려오곤 하였다. 전경들이 방석대가 둘러쳐져 있는 장화를 신고 방패를 든 채, 주차장 시멘트바닥을 온 힘을 다해 보리밟기하듯이, 쿵쿵, 밟아대고 있는 것이었다. 아니, 밟고 있는 것이 아니라 시멘트바닥이 꺼져라 장화 바닥으로 내리치고 있었다.

쿵쿵쿵쿵 쿵쿵쿵쿵.

그 대학가 앞 자연공원 주차장에서 전경들은 중세의 로마병정들처럼 위협적인 발소리로 대학생들의 기를 꺾는 훈련을 하고 있었다. 그 제식화된 발소리가 계속됨에 따라, 나는 심장이 쥐어박히는 기분을 지나서 온몸이 머리부터 지끈지끈 짓밟히는 느낌으로 접어들었다. 어떤 때는 전경들이 막사 주변에서 연습하는 밴드 소리가 온 동네가 떠나갈 듯이 울려퍼지기도 하였다.

그 외 근방에 학교들이 위치해 있는 점을 소홀히 여긴 것도 불찰이라 할 수 있었다. 평일의 학교에서는 내가 예상했던 것처럼 그렇게 소음이 발생하진 않았지만, 이상하게도 학생들이 오지 않는 일요일에 학교 담장을 넘어오는 소음이 엄청날 때가 종종 있었다. 왜냐하면 비어 있는 일요일의 학교 운동장을 갖가지 단체에서 빌려 친목 체육대회 같은 것을 하기 때문이었다. 무슨 학교 동창회 체육대회, 무슨 교회 청년부 체육대회, 무슨 구락부 체육대회 등등. 그런 체육대회가 열릴 적마다 둥둥둥 울리는 응원단들의 큰북소리, 삼삼칠 박수소리, 꽹과리 피리소리, 째지는 함성소리 들로 인해 아예 연립 전체가 학교 운동장 한복판으로 나앉은 느낌이었다. 그러면 방 안에서도 도저히 안식을 취하거나 작업을 할 수 없는 사태가 발생하였음을 재빨리 인지하고 집을 빠져나오기가 일쑤였다. 거기다가 일요일이면 근처의 자연공원으로 놀러온 개미떼 같은 사람들을 향하여 산불조심을 홍보하는 마이크 소리가 저 하늘에서 울려퍼졌다.

툴툴툴툴 툴툴툴툴.

헬리콥터는 무슨 비상사태라도 발생한 듯 연신 삐라를 뿌리기도 하며, 기총소사를 하듯 마이크 소리를 토해 내었다. 그러나 프로펠러 돌아가는 그 웅장한 소리에 다른 소리들은 묻혀버려, 무슨 말을 쏘아대고 있는 건지 막연히 짐작만 할 뿐이었다.

툴툴툴 산불 툴툴툴 내툴툴툴 십시오 툴툴툴.

귀로 얼핏 주워들은 말들로만 조합하면, '산불 내십시오.'가 되었다.

헬리콥터는 근 한나절 동안이나 근력도 좋게 산 위를 빙빙 돌아다니곤 하였다. 불의 산이라는 별명을 가지고 있는 산이라 산불조심이 요망되는 모양이었다. 하도 헬리콥터가 오랫동안 선회를 하여, 나는 저러다가 헬리콥터가 곤두박질쳐 거대한 산불이 나면 어쩌나 하고 조마조마해지지 않을 수 없었다.

툴툴툴툴 툴툴툴툴.

내 오장육부가 툴툴툴 털리고 있었다.

이것들 이외에 내 작업의 생산성 향상을 저해하는 요인이 되는 소음들은 난데없는 행상트럭의 마이크 소리, 아이들의 고장난 자전거 소리, 여호와의 증인이나 외판사원들의 초인종 소리, 잘못 걸려오거나 잘 걸려온 전화 소리, 구역예배를 보는 아주머니들의 우렁차게 늘어지는 찬송가 소리, 위층 아이들이 마구 뛰어다니는 소리, 옆집 응접실에서 우렁우렁 들려오는 텔레비전 소리, 도로를 질주해 가는 덤프트럭이나 정비 불량의 오토바이 소리, 앞쪽 D연립에서 농성 주민들의 집합을 알리는 핸드마이크 소리 등등, 한두 가지가 아니지만, 대개 일반 서민들이 공통적으로 겪고 있는 종류의 것이라고 할 수 있다. 그런데 좀 특이한 것 한 가지만 더 말하면, 데모하는 학생들이 교문을 돌파하여 도로로 쏟아져나온 경우, 학생들이 외치는 구호소리·북소리·징소리 그리고 최루탄이나 지랄탄들이 지랄같이 터지는 소리를 듣게 되는 것이다. 그렇지만 학생들이 전경들의 저지선을 뚫고 교문을 돌파하는 경우는 드물어서 극히 예외적인 사항이라 할 수 있다. 그래서 그것보다는, 밤마다 연립 모퉁이나 창밑에까지 와서 우는 도둑고양이 소리를 예로 드는 것이 낫겠다.

아아앙 아아앙 애애앵 아앙아앙.

영락없는 갓난아이 울음소리였다. 자다가 갑자기 깬 아기처럼 그렇게 자지러지게 울어댔다. 처음에는 어느 집 아이가 저렇게 세게 우나 하다가, 도둑고양이 울음소리인 것을 알게 되면 기분이 으스스해지게 마련이다.

하루는 도둑고양이를 쫓기 위하여 손전등을 켜들고 그 울음소리를 좇아 연립건물 뒤 모퉁이로 돌아가 보았다. 그런데 갑자기 도둑고양이 울음소리가 멎어버렸다. 그러니 더 으스스해지는 기분이었다. 이놈들이 어디에 웅크리고 있나 하고 손전등을 담벼락에 비추어보다가 나는 그 자리에 경직된 듯 우뚝 서버렸다. 장독대가 있는 담벼락 밑에서 도둑고양이들이 열심히 흘레를 하고 있었다. 불빛이 자기들에게 비추어졌는데도 그 행위에 몰두하여 도망갈 생각을 하지 않았다. 관객이 없던 차에 잘되었다 싶었는지, 암놈을 올라탄 수놈이 엉덩이를 전후좌우로 움직이며 방아질을 해대었다. 암놈은 몸을 약간 구부린 채 누워 있다시피 하였다. 아무래도 아직까지는 수놈이 암놈의 구멍을 제대로 찾지 못한 듯싶었다. 나는 수놈이 암놈 구멍을 잘 찾을 수 있도록 손전등을 계속 비춰주고 있었다. 드디어 수놈이 구멍을 찾는 데 성공한 것 같았다. 수놈의 방아질이 한층 맹렬해졌다. 도둑 흘레짓이라 더욱 기분이 좋은가. 나는 그 흘레짓을 지켜보면서, 저것들이 새끼까지 까서 무당들처럼 집단적으로 몰려와서 울어대면 어쩌나 하는 염려가 불쑥 생겼지만, 손전등을 끄거나 고양이들을 내쫓지는 않았다. 그러다가 내 사타구니에서도 힘이 생겨 아내를 깨우기 위해 슬그머니 집으로 돌아왔다.

밤중의 소음은 굿당이 생기기 전까지는, 좀 더 정확하게 말하면 굿소리가 들려오기 전까지는 도둑고양이 울음소리 정도밖에 없었다. 그러나 이제 굿소리가 밤을 장악해 버리자, 헬리콥터 프로펠러

소리에 묻혀버리던 마이크 소리처럼 그 고양이 울음소리는 잘 들려오지 않았다. 더 큰 도둑고양이들이 몰려왔으므로 작은 도둑고양이들은 물러갔는지도 몰랐다.

어느 날 밤, 굿소리가 들려오지 않아 오늘 밤에는 굿이 없나 보다 하고 안심을 하며 글 쓰는 작업을 해나가는데, 갑자기 굿소리가 바로 창 밑에서 들려오는 것처럼 골을 때리며 온몸에 쏟아부어졌다. 이제 제금소리만 듣고 있어도 무당의 몸동작이 눈앞에 훤하게 펼쳐질 정도가 된 나는, 곧 머리가 어떻게 될 것만 같아 귀를 두 손으로 막으며 전자 벽시계를 올려보았다. 새벽 두시였다.

나는 반사적으로 전화기의 번호판을 눌렀다. 신호음이 한참 울리더니 누가 잠에 겨운 목소리로 전화를 받았다.

"아니, 지금 몇 신데 굿을 하고 있는 거요?"

그런 와중에서도 나는 내 목소리를 약간 변형시키고 있었다.

"굿이라니? 여기서는 지금 굿을 안 해요. 정 못 믿겠거든 올라와 보세요."

굿을 하고 있다면 전화기를 통해서라도 굿소리가 고막을 울릴 텐데 수화기 쪽에서는 굿소리가 들리는 것 같지 않았다.

"그럼 이 굿소리는 무어죠?"

"몰라요. 다른 데서 하는지."

나는 전화를 끊고 어리둥절한 가운데 맹렬하게 울리고 있는 굿소리의 방향을 대강 더듬어보았다. 그러고는 이전 도둑고양이를 찾듯이 손전등을 들고 밖으로 나왔다. 분명 굿당 쪽에서 울리고 있는 굿소리였다. 이번에는 다른 악기 소리는 들리지 않고, 제금소리만 깜깜한 밤의 어둠을 금가게 하여 무너뜨릴 듯이 세차게 울려왔다. 사람들이 귀를 찢는 이런 쇳소리를 듣고도 왜 뛰쳐나오지 않는지 참으로 이상했다.

나는 나 혼자 밖으로 나온 사실로 인하여 잠시 나 자신의 감각기관을 점검해 보았다. 저렇게 하늘을 울리고 땅을 울리는 제금소리가 환청일 수는 없지 않은가. 나는 내가 환청을 듣고 있지 않다는 것을 확인하기 위해서라도 그 굿소리의 출처를 찾아야만 하였다. 연립 입구를 빠져나와 D연립 앞으로 해서 굿당 쪽으로 올라가면서 손전등을 이리저리 비추어 사방을 살펴보았다. 그럴 때까지도 D연립에서건 S연립에서건 아무도 나오는 기척이 없었다.

이쪽은 보안등 불빛마저 없으니 그야말로 칠흑 같은 어둠이었다. 손전등 불빛으로 인하여 희미하게 보이는 아카시아 등걸 같은 사물들은 어둠이 소화시키다가 남긴 내용물인 양 여겨지기도 하였다. 손전등이라도 없다면 나 자신 역시 어둠의 내장 속에서 소화되어 버릴 것만 같았다. 거기다가 출처를 알 수 없는 제금소리까지 요란하게 나고 있으니 내가 현실이 아닌 꿈속에서 헤매고 있는지도 모른다는 생각이 들 정도였다. 마치 달리의 그림 같은 몽환상태에서. 도대체 저 소리는 어디서 나고 있담. 소리가 점점 더 크게 들릴수록 소리의 방향이나 출처가 애매해지기만 하였다. 소리 그 자체 속에 이미 들어와 있었으므로.

그러다가 나는 소스라치게 놀랐다. 나는, 소리 속에 들어와 있을 뿐 아니라 어떤 빛 속에 들어와 있었다. 머리끝이 곤두서는 것을 느끼며 홱 뒤돌아보았다. 누가 저 뒤쪽에서 나를 손전등으로 비추며 다가오고 있었다. 다음 순간, 나는 오히려 안심이 되었다. 나처럼 저 소리를 듣고 그 출처를 찾아보기 위해 밖으로 나온 주민이거나 방범대원일지도 모른다는 생각이 들었기 때문이었다. 나도 그쪽으로 손전등을 돌려 응답을 해주었다. 손전등 불빛이 서로 어긋나는 가운데 사람의 윤곽이 드러났다. 언뜻 보기에 청바지 차림의 아가씨 같았다. 어떤 여자일까. 과연 아가씨가 다가왔다.

"아, 선생님이시군요."

연립 지하방에 세들어 자취를 하고 있는 아가씨였다. 연립 지하는 대개 창고용으로 쓰기로 되어 있으나 주인들이 방으로 개조하여 세를 놓고 있었는데 주로 대학생들이 들어와 있었다. 그리고 해마다 전세금이 오르고 졸업도 하기 때문에 학생들이 자주 바뀌곤 하였다. 이 아가씨는, 내가 글을 쓰는 자임을 알아보고 연립 마당에서 마주칠 때마다 인사를 하던 그 여학생이었다. 한 번도 치마를 입은 모습을 본 적이 없어 혹시 운동권 학생이 아닌가 그 정도로 생각하고 지나칠 뿐, 대화의 시간을 가진 경우도 별로 없는 편이었다.

"아, 학생. 어쩐 일이에요?"

"선생님도 저 소리 때문에 나오셨죠?"

"그럼, 학생도 저 소리가 시끄러워서 잠을 자지 못해 나왔군."

"저희들은 저런 소리에 익숙해서 잠을 못 자거나 하지는 않아요. 학교에서 늘 듣게 되는 것이 저런 소리인걸요. 그런데 오늘 소리는 다른 날과 달리 유난히 요란하군요. 그렇지만 안면방해가 되어 나온 것은 아니고요, 어디서 나는 소리인가 알아보기 위해 나왔어요. 굿당보다 더 가까운 곳에서 나는 소리 같은데요."

어쨌거나 동료가 생긴 셈이어서 마음이 든든해졌다.

"여자 혼자서 나오다니 무섭지 않아요?"

"무섭긴요. 저는 굿소리를 듣고 있으면 오히려 마음이 편안해져요."

굿소리가 무섭지 않느냐고 물은 것이 아니었는데 그녀는 그렇게 대답했다. 나는 거의 감탄을 할 지경이 되었다. 굿소리가 전혀 마음에 거부반응을 일으키지 않는 사람도 있다니. 굿소리를 자장가 삼아 자빠져 자라고 소리치던 굿당 주인의 폭언이 전혀 근거없는 것은 아니었구나. 내가 주민들을 대표해서 진정서를 쓸 때 이런 종류의 사람들이 있으리라고는 상상도 못 하고 쓴 셈이었다. 이 여학생의 경우는 학교에서 청각이 훈련되어 그런 점도 있을 것이었다. 요즈음 대학가는 사실 매일 굿판이 벌어지고 있다고 하여도 과언이 아니지 않은가. 분노와 증오의 신, 복수의 신, 파괴와 창조의 신, 이념의 신, 사랑과 희생의 신, 죽음과 부활의 신들이 지피지 않고는 학생운동이 불가능한 것이 아닌가. 강신무인 경우 내림굿을 받지 않고는 무당이 되는 것이 불가능하듯이, 학생운동을 하다 죽어간 푸른 영혼들을 몸주로 삼아 시퍼런 작두 위에서 춤추고 있는 무당들. 개중에는 춤이 서툴러 발바닥이 쓰윽 베어지는 무당이나 화랭이들처럼, 날카로운 회의의 칼날에 가슴이 베어지는 학생들도 있을 것이었다.

"선생님, 저기예요."

여학생이 소리치며 손가락으로 가리키는 곳을 바라보니, 구덩이가 팬 여중학교 담벼락 밑이었다. 여학생과 나는 쓰러져 있는 나무 둥치들을 조심하며 그쪽으로 한 걸음 한 걸음 다가갔다.

챙챙챙챙 챙챙챙챙.

얼마만한 힘으로 치기에 저 큰 소리가 얇은 두 철판에서 나는 것일까. 그 구덩이에서 촛불 두 개를 밝혀 간이 신단을 차려놓고 하얀 소복을 입은 여자 하나가 혼자서 펄쩍펄쩍 뛰며 제금을 치고 있었다. 그 여자는 두 사람이 다가가도 그대로 정신없이 춤만 추고 있었다. 나는 심장이 마구 두근거리는 것을 어찌하지 못했다. 비슷한 상황을 예상하지 못한 바는 아니지만 나 혼자서 이런 광경을 접했더라면 어떻게 대처해야 할지 당황했을 것임이 틀림없었다. 굿당에서 하는 굿이라면 굿당 주인이나 관리인, 안 되면 손님에게라도 항의를 할 수가 있지만 칼처럼 양손에 제금을 들고 몰아지경으로 들어간 무녀에게 어떤 말을 건단 말인가. 말을 걸었다가는 금방이라도 제금으로 내 정수리를 내리칠지도 몰랐다. 촛불과 손전등에 언뜻언뜻 비치는 무녀의 얼굴은 비녀머리를 하고 있었지만 놀랍게도 여학생보다도 어리게 보이는 앳된 처녀였다. 얼굴은 상기될 대로 상기되어 어둠 속에서도 발갛게 홍조를 띠고 있는 것이 역력하게 보였다.

"손님도 없이 혼자서 춤을 추는데."

내가 약간 떨어진 곳에서 쪼그리고 앉으며 낮은 목소리로 여학생에게 속삭였다.

"저 춤은 굿손님을 위해서 추는 것이 아니라 자기 자신을 위하여 추는 것이에요. 몸주로 모시고 있는 신들과 은밀하게 교제하기 위하여 저런 춤들을 추어야 하지요."

여학생들도 내 곁에 쪼그리고 앉아 무녀를 바라보고 있었다. 여학생은 굿에 관하여 꽤 아는 것이 많은 듯하였다. 주워 읽고 들은 상식을 동원해서 여학생이 한 말을 풀어보면, 그 은밀한 교제라는 것은 마치 성교와도 같은 것이라 할 수 있었다. 몸주가 장군신일 경우는 장군이 갑옷을 백마를 타고 와 무당과 교접하고, 몸주가 죽은 아버지나 할아버지인 경우에도 교접을 하게 되는데 일종의 영적인 근친상간이라 할 만하였다. 나는 문득 얼마 전 밤중에 훔쳐본 도둑고양이들의 흘레짓을 떠올렸다. 무녀는 오르가슴에 오르듯이 몸을 떨며 제금을 무섭게 빠른 속도로 쳐나가다가 한 순간 스르르 까라져버렸다.

"몸주를 만나는 것인가?"

"아마 그럴 거예요."

"왜 하필 여기 와서 저 야단이지?"

"몸주신이 어디로 와서 자기를 불러 만나라는 지시를 내리기도 하고요, 무녀 스스로 장소를 찾아보니 굿당 근방이 좋은 것 같아 저러고 있는지도 모르죠. 아니면 굿당 방을 빌릴 만한 돈이 없어서 그 옆에서 실례를 하는지도."

"아무튼 굿당이 생긴 이래로 이 근방은 신들이 내리기에 좋은 터로 변했다는 말이군. 굿당이 섰던 자리는 터가 세서 아무도 집을 지으려고 하지 않는다는 말도 있잖아. 그런 굿당이 십여 년이 넘게 여기에 있었으니."

"알고 보니 십여 년이 아니에요. 그 건물이 세워진 것이 십오 년 전쯤 되고요, 굿당으로 변신을 한 것은 사 개월밖에 안 되었대요."

"뭐 사 개월? 그럼 굿당이 먼저 있었고 그다음 주택들이 들어선 것이 아니구먼. 이건 완전 불법허가인데. 주택에서 이리 가까운 거리에 굿당 허가를 내주는 작자들이 어디에 있느냐 말이야."

나는 속은 기분이 들면서 새삼 분노가 치밀었다.

"뭐 그리 신경을 쓰세요? 아 참, 글을 밤중에 주로 쓰실 테니까 신경쓸 만도 하겠네요. 그렇지만 굿당도 아파트공사에 결국 밀려날 거 아니에요? 길어봤자 두어 달이겠죠."

"내가 글 쓰는 일을 두어 달 폐업을 하면 몰라도 이건 고문보다 더한 것 같아. 그리고 아파트공사가 벌어지면 굿당은 없어지든가, 굿을 계속하더라도 굿소리는 아파트공사 소음에 묻혀 잘 들리지 않겠지만, 아파트가 지어지기까지 또 얼마나 소음에 시달려야 하겠어? 이번에는 거대한 아파트 무당굿이 벌어지겠지. 나로서는 더 큰 고문이 시작되는 거고."

"고문 받아보신 적 있어요?"

여학생이 얼굴을 내 쪽으로 바짝 돌리며 진지하게 물었다.

"아니, 말하자면 그렇다는 거지."

"고문하고는 비교하지 마세요."

여학생이 짧게 내뱉는 폼이 자신이 고문을 받아본 것 같기도 하였다. 아니면, 학교 동료들이 받은 고문들을 생각하는지도 몰랐다.

"저 무당은 언제 깨어날까. 혹시 저대로 두면 죽는 것은 아니겠지."

"죽긴요, 몸주신이 보호를 해줄 텐데요, 뭐. 때때로 고문을 하면서도 말이에요."

"몸주신이 고문을 하다니?"

"신이 내린 자가 굿을 하지 않으면 몸주신이 어떤 모양으로든지 혹독하게 고문을 가하죠. 무당들은 자기 스스로 굿이 좋아서 한다기보다 몸주신의 고문에 못 이겨 한다고 볼 수 있지요. 신에게 고문받는 자들이 무당들인 셈이죠. 저 무당도 그런 고문에 못 이겨 여기까지 왔을 거예요. 좀 비약인지 몰라도 학생운동도 그런 거 아닐까요? 시대에 순응하며 현실타협적으로 살려고 하면 끊임없이 짓누르는 양심의 고문, 그 고문에 못 이겨 해방춤을 추고 시위굿을 하는 거죠. 그 고문이 남영동이나 서빙고의 고문보다 더 가혹하니까 잡혀갔다 나와서도 계속 추는 거지요."

굿소리를, 내 사업을 방해하고 주민들의 안면을 방해하는 해악으로만 여기고 있는 나와는 사뭇 차원이 다르게 이해하고 있는 여학생이었다. 나는 무당을 나의 이해관계에 비추어 외부에서만 바라보고, 여학생은 내부에서 바라보고 있다고 할 수 있었다. 그런 인식의 차이는 방금 이야기한 학생운동을 바라보는 시각에까지 연장될 수도 있다 할 것이었다. 학생운동 내지는 노동운동을 국가의 안온을 방해하는 사이비 굿거리로 보느냐, 혹독한 양심의 고문에서 비롯된 해방춤, 그러니까 자기 자신을 해방하고 민중을 해방시키고자 하는 진실된 춤으로 보느냐 하는 시각의 차이 말이다.

"문제는, 무당들을 이용해서 주민들의 안온이야 어떻게 되든 사복을 채우는 굿당 주인 같은 작자들이 있다는 거 아닐까. 손님들을 속여 엄청난 복채를 뜯어내는 사이비 무당들은 별문제로 하고 말이야."

나는, 순수한 의미에서 벌어지고 있는 학생운동이나 노동운동을
자신들의 정치적인 입지를 위하여 이용해 먹고 있는 정치가들을 염
두에 두고 그런 말을 한 셈이었다. 여학생도 재빨리 내 말을 이해하
는 것 같았다.

"알아보니 굿당 주인에게 전속되어 한 달에 백오십만 원가량 월
급을 받으며 굿을 해주는 무당도 있다고 하던대요. 말하자면 사업
능력이 없는 무당이 주인의 사업수완에 빌붙어 손님들을 받으며 굿
을 해주면서 먹고사는 거지요. 그러면 나머지 복채는 고스란히 주
인에게로 들어가는 거지요."

여기에도 노동자와 자본가의 관계 같은 것이 존재하고 있었다.

"지금쯤 가서 살펴볼까?"

여학생과 나는 쪼그리고 앉아 있던 자리에서 몸을 일으키며 구
덩이에 쓰러져 있는 무녀에게로 다가갔다. 손전등을 얼굴에 비추니
무녀가 가늘게 눈을 뜨며 의식을 되찾아갔다.

"여보세요, 여기에 쓰러져 있으면 어떻게 해요?"

내가 염려스럽다는 투로 먼저 말을 걸었다. 그리고 곧이어 여학
생이 무녀를 부축해서 일으켜 앉혔다. 무녀는 머리를 두어 번 흔들
며 머리와 얼굴 매무새를 가다듬고 흙이 묻은 옷을 털었다. 아직 굵
직한 촛불이 흔들리고 있는 간이 신단에는 작은 신상이 촛대 사이
에 세워져 있었다. 무녀는 땅에 떨어져 있는 제금 한 짝을 신상 곁
에 조심스럽게 갖다놓았다.

"산신을 모시는 모양이죠? 어디에 사는데 여기까지 왔어요?"

여학생이 목소리를 한껏 부드럽게 하여서, 얼떨떨한 표정을 짓
고 있는 무녀에게 물었다. 그리하여 여학생과 무녀 사이에 대화가
이루어지고, 나는 가만히 그들의 대화를 엿듣게 되었다.

무녀는 지금 나이가 열아홉이라고 하였다. 열다섯 살 때 내림굿

을 받고 무녀가 되어 인천에서 단골들을 만들고 있는데 하루는 꿈속에 할아버지 산신이 나타나 이곳 산기슭을 보여주면서 거기 왼편으로 기울어져 있는 소나무 밑을 파보라고 지시하였다. 그리하여 이곳에 와 소나무 밑을 파보니 신주단자가 나왔다. 그 신주단자에는 쇠방울·불사부채·징·제금·초록 저고리·홍치마·남쾌자·홍띠·벙거지 같은 무구와 무복들이 나왔다. 어느 무당이 죽으면서 몰래 묻어둔 신주단자임에 틀림없었다. 그래서 해마다 세 번씩은 혼자 이곳에 와 산신을 불러 공양하는데, 그 일을 소홀히 하면 온몸의 관절들이 빠지는 것처럼 아프다고 하였다. 무녀가 말하는 공양은 소위 몸공양일 것이었다.

"그런데 말이에요. 이번에 와보니 신주단자가 나온 소나무는 온데간데 없고 이 근방 나무들이 다 베어져 어디가 어딘지 알 수가 있어야죠. 그래 대강 눈짐작으로 이 구덩이에다 신단을 차렸지요."

"바로 저기에 굿당이 생긴 것은 알고 있어요?"

여학생이 외등 하나가 입구를 밝히고 있는 우중충한 굿당 쪽을 가리켰다. 무녀는 그 방향으로 고개를 한 번 돌리더니 별 관심이 없다는 듯한 표정을 지었다.

"소문을 들어 알고 있어요. 하지만 저렇게 상업적으로 굿을 하는 거하고 나하고는 상관이 없어요."

무녀는 알 듯 모를 듯한 말을 하고 있었다.

"만신들이 굿할 곳은 제대로 없고 굿을 요구하는 손님들이 몰려오니 저런 곳이라도 마련하여 굿을 하는 것도 좋잖아요?"

여학생은 무녀의 마음을 떠볼 요량으로 그런 식으로 묻고 있을 것이었다.

"아무튼 나는 상관없어요. 나에게는 몸주신이 일생동안 알거지로 살라는 명령을 내렸어요. 돈을 조금이라도 만지면 나는 금방 신이 내리지 않아요. 아무리 발버둥치고 청배를 해도 소용이 없어요. 다시 거지로 돌아가야만 신이 내리게 되거든요. 그래, 저런 돈냄새 나는 굿당하고는 상관이 없어요."

"그럼 복채도 받지 않는다는 말이에요?"

"물론 굿주들이 정성을 들이도록 얼마만큼의 복채는 받지요. 그러나 복채를 받는 즉시로 나보다 가난한 자들에게 나눠주어야 내 속이 편해지고 다음에 굿할 때 신이 잘 내려요. 그리고 내가 복챗돈을 고아원이나 양로원에 바치고 오면 내 눈앞에서 산신님이 벙긋이 웃는 모습이 어른거려요."

"복채를 다 챙기고도 굿만 잘하는 무당들도 많이 있잖아요? 요즈음 도시 무당들은 다 알부자들이라서 여기저기 다른 사람 명의로 땅을 잔뜩 사두었다고들 하던데."

"그런 무당들도 있겠지요. 하지만 나는 내 길을 갈 수밖에 없어요. 안 그러면 산신님한테 혼이 나거든요."

그 무녀의 말이 사실이라면 그녀는 먹고살기 위해 굿을 하는 것이 아니라, 굿을 하기 위해 먹고산다고 할 수 있었다. 그래서 그런지 그녀의 표정은 해맑기까지 하였다.

"여기서 이럴 것이 아니라 내 방으로 가서 잠시 눈을 붙였다가 가죠."

여학생이 무녀와 더 이야기를 나누고 싶어서 자취방으로 데려가려 하였다.

"아니에요. 여기서 밤을 새우고 아침 일찍 인천으로 내려가야죠. 손님이 오기로 되어 있거든요. 내 염려는 마시고 내려가세요. 굿소리로 인해 소란을 피워 죄송해요. 이곳에 아파트가 세워지면 다시는 여기에 와 산신님을 만나지 못하겠지요."

산신도 나무들을 함부로 베고 산을 마구 깎아내려 아파트를 짓는 도시화의 물결 앞에서는 그저 속수무책인 모양이었다. 산신도 산속으로 자꾸만 쫓겨들어가 그 무슨 짐승들처럼 멸종되는 것은 아닌가. 신의 멸종.

여학생과 나는 일생동안 거지로 살기로 작정되어 있는 그 거지 무당처녀와 헤어져 밤길을 도로 내려오면서 묘한 감동에 젖었다. 넓은 길로 들어서서 고속질주하면서 신의 축복이라고 외치고 있는 대형교회와 무당들, 좁은 길로 가야만이 살아남을 수 있는 거지 무당과 거지 전도자.

"선생님, 거지로 살지 않으면 글을 한 줄도 쓸 수 없는 작가가 있다면 그는 위대한 작가이겠지요?"

여학생은 슬그머니 아픈 곳을 찌르고 있었다.

"글쎄, 그런 시인이 한국에 있다고 하더구먼. 그런데 마누라가 돈 버느라고 고생한대."

"하하하, 재밌네요."

여학생은 건강하게 웃어댔다. 여학생의 손전등과 나의 손전등 불빛이 저 앞쪽 황톳길 바닥에서 정답게 만나고 있었다.


내가 통장이라고 진정서 주민대표란에 내 이름을 적고 도장을 찍으라고 한다. 그렇게 되면 내가 주동을 하여 주민들 서명날인을 받은 셈이 되고 만다. 혹시 굿당 주인이 이 진정서를 보게 되면 얼마나 나를 미워할 것인가. 굿당 주인이 신력 있는 무당을 시켜 나를 방자 놓기라도 한다면 내 가게 장사가 영 되지 않을지 모르고, 아이가 불치의 병에 걸려 재산을 다 까먹을지도 모른다. 아니면 내가 중풍이나 암 같은 것으로 갑자기 쓰러질 수도 있겠고.

그래 진정서에 다른 주민들과 같이 내 이름을 적어넣긴 적어넣되 옛날 사발통문같이 주동자가 누군지 모르도록 해야 한다. 굳이 둥그런 원형으로 이름들을 쓸 필요는 없겠지만 연립 호수 번호대로 칸칸이 서명날인한 주민들 속에 끼어들어가, 마치 연립의 한 호에 사는 것처럼 이름을 적어넣으면 내 이름은 그렇게 눈에 띄지도 않을 것이다. 주민대표는 무슨 주민대표냐. 그 난은 진정서에서 지워 버리는 것이 낫겠다.

나는 진정서에 서명날인할 생각이 별로 없다. 아니 서명날인하고 싶지가 않다. D연립에 사는 주민도 아니고 굿소리가 그렇게 세게 들리지도 않는 S연립 한쪽 구석에 살고 있는데 무당 굿당과 싸우는 일에 내 이름을 끼워 넣는 것이 꺼림칙하기만 하다.

사실 내 남편은 지금 리비아 건설현장에 나가 있다. 정치적으로도 안정이 안 된 그 열대의 나라에서 남편이 언제 무슨 일을 당할지 알 수 없다. 그래서 내가 종종 찾아가는 점쟁이 무당집으로 가서 점을 쳐보았다. 그 무당은 점을 치기 전에 이상한 버릇 한 가지가 있다. 진동항아리에 담아두고 기르고 있는 업두꺼비를 꺼내어, 자기가 지은 것인지 어디서 구전되어 온 것인지, 두꺼비 타령을 구성진 목소리로 멋들어지게 부른다.

돈다 돈다 두꺼비 돈다, 하루 한나절 두꺼비 돈다, 우리 정든 님 어디로 갔나, 동쪽이냐 서쪽이냐, 돈다 돈다 두꺼비 돈다, 두 눈 껌벅이며 두꺼비 돈다, 에이샤 에 굿다…….

끝에 가서 야릇한 괴성을 지르면 두꺼비는 정말 슬그머니 몸의 방향을 틀기 시작한다. 두꺼비란 동물은 하루 한나절 그 자리에 그대로 앉아 있을 수도 있는 놈인데 무당의 주문 같은 타령에 이끌려 방향을 바꾸어보는 것이다. 그것도 보통 느린 게 아니다.

"서방님이 저 서방으로 갔군. 서방은 서방인데 뜨거운 서방이라."

남편으로서의 서방과 방향으로서의 서방이 혼동을 일으킨다. 하여튼 무당은 정확히 몇 가지 사항을 알아맞히고 남편에게 청계살이 낄 운이라면서 부적을 집에다가도 붙이고 남편에게도 보내 차고 다니도록 하라고 하였다.

이게 별이 세 개 연결된 솥별이고, 이게 해가 여섯 모여 있는 형용이라, 그 밑에 좌각평도성이 나란히 한 쌍 놓여 있으니, 사방팔방으로 운세가 뻗치리라. 그다음 우두머리 시신이요, 엄겁인데 그 밑에 악귀가 짓눌려 있으니, 엇샤, 모든 집안 재앙과 병마는 물러가라…….

무당은 부적의 붉은 글씨와 선들을 설명해 주며, 붙이고 간수할 요령을 가르쳐준다. 부적의 뜻을 알고 나니 더욱 믿음이 생긴다. 그 부적을 출입문 위에 붙이고 바라볼 적마다 부적의 의미를 새기면 마음이 평안해진다. 부적은 다름이 아니라 악귀가 꼼짝 못하게 묶여 있는 집합 상형문자가 아닌가.

그런데 예수쟁이들은 악귀를 미워하면서도 악귀를 저주한 형용을 하고 있는 부적은 죽어라고 싫어한다. 그것은 부적의 의미를 제대로 모르고 자기 내부에 있는 어떤 미신적인 두려움을 부적에다가 투사시키기 때문일 것이다. 예수가 이 부적을 알았다면 그렇게 귀신 나가라고 고래고래 고함을 지르지 않아도 되었을 것이다. 정신병자나 다른 병자들의 이마빡에 부적 한 장씩 딱딱 붙였더라면 훨씬 간편하게 일을 했을 것이고 젊은 나이에 요절하지도 않았을 것이다.

과연 부적이 효험이 있는지 남편은 늘 건강하게 지낸다는 소식과 함께 꼬박꼬박 생활비 칠십만 원을 보내주고 있다. 이래 뵈도 남편은 나와 마찬가지로 학사 출신이다. 그냥 노무자로 간 것이 아니라 토목 전문기술자로 가 있는데, 자기 혼자 똑똑한 척하지 않고 아내의 믿음을 따라주는 것이 여간 고맙지가 않다. 그런데 어떻게 무당을 내쫓는 일에 내 이름 석 자를 적어넣을 수가 있단 말인가. 내가 진정서에 서명날인을 하는 그 순간, 부적의 효험은 없어질지도 모른다. 부적 한 장에 값이 자그마치 오십만 원이다. 남편의 무사귀국을 위해서도 무당의 굿소리쯤 얼마든지 견뎌내야 한다.

나는 아들을 꼭 낳아야 할 집안에 시집와서 큰딸을 낳은 이후로 세 번이나 양수검사를 하여 아이를 지웠다. 물론 양수검사 결과가 딸이라는 판정이 내려졌기 때문이다. 아이를 둘만 낳아 기른다는 원칙과 아들은 꼭 보아야 한다는 원칙 때문에 몸에 무리가 갈 정도로 인공유산을 거듭한 것이다. 하도 몸을 가누지 못할 정도로 전신이 아파 병원에 가보니 아무런 이상이 없고 다만 허약할 뿐이라고만 하였다. 다만 허약할 뿐인데 이리도 심하게 뼈마디들이 쑤시고 어지럽단 말인가.

결국 무당을 찾아가 점을 쳐보니 수자공양굿을 해야 한다고 하였다. 수자란 물의 자식이란 뜻인데 유산한 아이의 영혼을 위해서도 굿을 해주어야 어미 몸에 붙은 그 귀신들이 떠나간다는 것이다. 일본에는 수자공양을 위한 신사까지 마련되어 있다고 한다. 어쩌면 일본에서 수입되어 들어온 굿인지도 모르지만, 하여튼 양심에 가책이 없는 것도 아니어서 수자공양굿을 받기로 했다. 그런데 그 무당도 굿할 곳이 마땅치 않아 굿당을 찾고 있다기에 나는 그만 우리 집 근방의 그 굿당을 무당에게 소개해 주고 말았다. 나는 편의를 위해서도 그렇게 하였지만, 막상 진정서들이 돌고 하는 것을 보니 사람들에게 미안한 생각이 들지 않는 바도 아니다.

아무튼 정해진 굿날이 되면 나는 동네 사람들 몰래 한밤중에 뒷길로 해서 굿당에 갈 참이다. 굿당에 차릴 제물들은 아예 굿당에서 준비해 주도록 복채, 수고비까지 합해 이백만 원을 주어 부탁해 놓았다. 굿을 해서 아기귀신들이 떠나가고 몸이 회복된다면 이백만 원이 하나 아까울 리 없다. 병원에 가서 종합진단 한 번 받는 데도 이십만 원이 넘지 않는가. 환자들의 불안한 심리를 이용해서 치부해 먹는 데는 병원이 무당들보다 훨씬 더 간교한지도 모른다. 현대 과학이란 이름으로 사람들 등쳐먹는 사이비 무당들이 의사라는 작자들이다. 말이 나왔으니 말이지, 나도 공범이긴 하지만 산부인과 의사들은 돈만 주면 살인도 서슴지 않는 살인 청부업자들이다.

이렇게 굿날을 기다리고 있는데 굿당을 성토하는 진정서에 이름을 적어넣을 수가 있는가. 부정 타지 않기 위해서라도 이 진정서를 옆집으로 빨리 건네주어야겠다.

나는 미신도 믿지 않고 다른 종교를 가지고 있지도 않지만, 그리고 굿소리가 과연 안면방해를 할 만큼 크게 들린다고 생각하고 있기도 하지만, 이상하게도 이런 진정서에 이름을 적기는 싫다. 6 · 29 전, 천만인 개헌 서명날인을 받는다고 무슨 민주회원들이 길거리에 쫙 깔려 서명을 받을 때도 나는 분명히 개헌을 해야 한다고 생각하고 있으면서도 서명만은 하지 않고 지나갔다.

살아가면서 니 이름이랑 도장 함부로 아무 데나 써먹지 마래이.

어릴 적부터 어머니가 신신당부한 탓도 있겠지만, 이런 일에 내 이름을 빌려주는 것은 아무래도 내키지 않는 일이다. 어쩌면 나는 앞으로 집단적으로 이름들을 빌리는 서명운동 같은 데는 결코 끼지 못할 것이다.

바리공주의 부모는 단군과 아사녀로 설정하였다. 단군은 자신이 무당이기도 하지만 여러 다른 무당들의 의견이나 점괘도 참작하면서 조선을 다스려나갔다. 그러나 자신이 황후를 간택하여 혼인하는

문제에서는, 일 년을 늦추어 하라는 다른 무당들의 간언이 있었지
만 자기 고집대로 서둘러 혼인식을 올렸다. 그리하여 아사녀를 황
후로 맞이하였는데 계속해서 딸만 여섯을 낳았다. 일곱째도 또 딸
이었다. 단군이 무당들을 불러 모아 이 문제를 의논하자 무당들은
일제히 일곱째 딸을 내다버려 음의 기운을 꺾고 양의 기운이 회복
되도록 해야 한다고 하였다.

과연 일곱째 딸을 버리니까 연이어 아들이 일곱 명이나 태어났
다. 그 일곱 명의 아들은 전태일·황정하·이재호·김세진·박종
철·이한열·조성만을 나타내는 이름으로 하려고 한다. 대개 우리
학교와 관련된 민주열사들의 이름이고 전태일·이한열 두 사람만
예외적이다. 황정하 선배는 1982년 11월 8일 도서관 육층에서 밧줄
을 몸에 묶고 시위를 하던 중 경찰들의 진압과정에서 추락하여 즉
사하였는데, 경찰은 시신을 탈취하여 여섯 시간 만에 화장터로 싣
고 가서 태워버렸다. 하도 전두환의 권력이 서슬 퍼렇던 기간이라
황정하 선배는 제대로 조명도 받지 못하고 꽃도 십자가도 없는 무
덤조차 없이 스러지고 말았다. 이런 선배들은 물론 우리 학교만을
대표하는 것이 아니라, 민주화를 위해 몸을 던진 모든 이들을 대표
한다고 할 수 있다.

이 일곱 명의 아들이 단군의 자식으로 자라는 동안, 버림을 받은
바리공주는 고아원에서 키워져 학교도 잘 다니지 못하고 공장 여공
으로 들어간다. 공장은 화살을 만드는 공장, 칼을 만드는 공장 등으
로 설정할 수도 있고 좀 더 현대적인 공장으로 설정할 수도 있겠는
데, 그것은 회원들과 의논하면서 결정하면 된다.

드디어 조선 땅에 반란이 일어난다. 단군 밑에 있던 장군들이 모
반을 하여서 단군과 아사녀를 추방하고 대권을 장악한다. 일곱 명
의 아들들은 궁전을 빠져나와 민가에 숨어서 장군들에 대항하여 끊

임없는 투쟁을 전개한다. 어떤 아들은 노동자들을 규합하여 싸우다가 정의의 횃불로 분신하는데, 바리공주는 그를 따르는 여공이지만 서로 혈육지간인 것은 모른다. 나머지 아들들도 각각 나름대로 농민·도시빈민·학생 등 민중들을 규합하여 싸우다가 고문을 당하여 죽기도 하고 분사하기도 한다. 그 과정들이 현실감 있게 연출되어야 한다. 한편 변절한 여섯 딸들은 장군들의 첩이 되어 호강하며 살아간다.

유배되어 있는 단군은 은밀히 이전 신하였던 무당들을 불러 이 사태를 극복할 방안을 의논한다. 무당들은 바리공주를 버린 죄로 이런 벌을 받는 것을 인정하고 바리공주를 찾아와야 한다고 간언한다.

이런 식으로 이야기를 전개시켜 바리공주를 통하여 단군과 아사녀, 일곱 아들들을 죽음에서 일어나도록 함으로써 민중의 궁극적인 승리를 나타내고, 마지막에는 관객들과 더불어 흐드러지게 해방춤을 추는 무감판을 벌이도록 해야 한다. 바리공주가 약수와 환생초를 얻어오기까지 당하는 고난들은, 민중운동이 현실적으로 당하고 있는 상황들을 연상하게끔 해학적으로 표출하는 것이 좋을 것이다. 그와 대조적으로 장군들의 첩이 되어 온갖 사치를 다하며 살고 있는 바리공주의 여섯 언니들은 군사정권과 매판자본에 기생하여 배를 채우고 있는 계층들을 나타내도록 하여 통렬히 풍자해 버려야 한다. 그 계층들은 재벌·장관·국회의원·검사·판사·사이비 예술인 등등이 될 것이다. 바리공주가 약수를 얻으러 가는 과정에서 만나는 지옥의 여러 귀신들은 쇠사슬에 묶이고 고문당하고 있는 형용으로, 자신들이 이승에서 민주인사들을 어떻게 악랄하게 고문하고 죽였는지, 그 죄악들을 동작을 섞어가며 낱낱이 고백한다. 지옥 이름도 남영지옥·서빙지옥·남산지옥 등으로 붙여 관객들이 쉽게 연상작용을 일으키도록 배려하는 것이 좋겠다.

그리고 전체적으로 연극은 탈춤 형식을 도입하고 무당의 굿거리들을 응용하여 해설을 붙임으로써 중간중간 극의 흐름을 자연스럽게 이어주는 것이 관객들을 끝까지 사로잡는 비결이 되겠다. 바리공주 원본 중에는 함경도 지방의 원본이 가장 해학적으로 되어 있으므로, 그 원본도 종종 인용하고 응용하는 것이 극의 재미를 더해줄 것이다. 점쟁이 할멈이 임산부의 배를 보면서 태점 치는 소리.

올리 걸어라 행장 보자, 내리 걸어라 맵시 보자, 홱 돌아서라 거드러 보자, 행장을 봐도 아들이요, 거드러 봐도 아들이요, 올려다봐도 아들이요, 내레다봐도 아들이로다.

이 태점 치는 소리를 구령 삼아 배가 잔뜩 부른 아사녀가 뒤뚱뒤뚱 올라갔다가 내려갔다가 하며 홱 돌아서기도 하면, 그대로 웃음판이 되고 말 것이다. 오월제 마지막 날 이 공연은 본관 건물 앞 잔디밭에서 마당굿 형식으로 벌어지게 되는데, 공연이 끝남과 동시에 이철규 변사사건 진상규명 시위로 이어질 가능성이 농후하다. 살아남은 자들은 언제나 죽은 자들의 혼을 살려내는 바리데기가 되어야 한다. 내가 하나의 바리데기로서 이 시대에 버림받고 죽으면 나를 이어 다른 바리데기들이 내 혼을 살려낼 것이다.

밝은 길은 시왕길이요, 넓고도 어두운 길은 칼산지옥이요…… 꽃가지 꺾지 말고, 시왕세계 극락세계 상상구품 연화대요, 지년으로 왕생극락하소서.


나는 자가용 소나타를 가지고 있지만 굿당으로 아침에 출근할 때는 D연립 주민들의 농성 때문에 차량통행을 할 수 없어 부득이 125cc 오토바이를 타고 간다. 오토바이를 타고 주민들이 평상으로 집합하기 전 D연립 앞을 지나 굿당에 도착한다. 몇몇 주민들을 만나기도 하지만 그들은 나를 그냥 못 본 체해 버린다. 나도 앞만 보고 달려나간다.

굿당 사무실에 들어가 어젯밤 굿거리 상황을 살펴보고 잠시 전화를 받는다. 전화는 대개 무당한테서 오는 전화로, 굿당에 방이 있는가 문의를 하고 월세계약을 하거나 예약을 하려고 하는 내용들이다. 굿당을 대강 둘러본 후 관리인에게 몇 가지 지시를 하고, 일하는 아줌마를 시켜 어제 굿을 하고 남은 음식들을 챙겨 모은다. 도저히 사람이 먹을 수 없게 된 대궁이나 제물들은 따로 모아 드럼통에 붓는다. 그리고 어느 정도 먹을 수 있다고 여겨지는 음식들은 라면상자 같은 데 쟁여 넣는다.

나는 곧 드럼통을 오토바이 뒤에 싣고 개사육장으로 달려간다. 시흥 근방에 상가를 지어 전세로 놓아먹으려고 땅을 한 삼백 평 사둔 것이 있는데, 아직 주택이 들어온 위치로 보아 상가는 시기상조라고 생각돼 그냥 공지로 두고 있는 거기에 임시 사육장을 만들어 잡종 진돗개 열두 마리하고 도사견 세 마리를 키우는, 말하자면 개 목장인 셈이다. 물론 여기에도 관리인을 두어 개를 기르게 하고 있다. 관리인은 군대에서 군견대에 근무한 경력이 있으므로 제법 개를 훈련시키기까지 하며 잘 기르는 편이다. 잡종 진돗개들은 그대로 여전히 팔각형 얼굴을 유지하고 있어 얼마든지 순종 진돗개로 둔갑시켜 팔아먹을 수가 있다. 굿당에서 남는 대궁밥들과 돼지고기, 재 묻은 떡 같은 것들을 어떻게 처치할 것인가 궁리를 하던 중에, 개장수를 한 경험이 있는 친구가, 땅을 놀리느니 거기에다 개집을 지어 재미를 보라고 권장했는데 역시 잘했다고 생각된다.

굿하고 남은 음식들을 먹으면 복이 온다고 대신거리할 때 무당이 일부러 사람들에게 음식을 나누어주지 않는가. 대신떡을 나누어줄 때는 대신떡 판다고 소리치면 사람들이 너도나도 달려들어 목판 위에 돈을 얹고 그 떡조각을 집어먹으려 한다. 이렇게 굿하고 남은

음식들을 개들이 먹으니, 개들은 틀림없이 복을 받아 비싼 값에 팔
릴 것이다.

그리고 오후에는 제법 쓸만한 음식들이 든 라면상자를 역시 오
토바이에 싣고 영등포 근방에 있는 양로원으로 가져간다. 그 오십
여 명의 양로원 할머니 할아버지들은 굿음식이라 하면 어설픈 예수
쟁이들을 제외하고는 다들 무척 감사해하며 받아먹는다. 양로원 할
머니 할아버지들 중에 연고자도 없이 외롭게 죽어 무주고혼이 된
자들을 위로해 주기 위해 내가 돈을 내어 오구굿을 해준 적도 있다.
그래서 양로원에서는 나를 큰 은인으로 여기며 반갑게 맞이한다.
그러면 나도 어느새 정말 성자라도 된 기분으로 불쌍한 그들과 여
러 가지 이야기를 나눈다. 이래 뵈도 양로원을 잘 돕고 있다고 시민
봉사상까지 받은 몸이다. 환경과장을 비롯한 구청 직원들이 주민들
의 진정에 못 이겨 굿당에 올라와 뭐라고 할 때는, 양로원 이야기를
해주면서 시민봉사상 상패를 보여주면 슬그머니 수그러진다. 그러
니까 양로원은 굿당의 방패 역할도 해주는 셈이다.

이렇게 양로원까지 돌볼 줄 아는 나를 굿당 주변의 사람들은 왜
못된 자로만 취급하는 것일까. 개를 먹이는 일이야 내 이익이 걸린
문제이기도 하지만, 노인네들을 먹이는 일은 상 이름 그대로 시민
봉사정신으로 하는 것이다. 여기 할머니 할아버지들 역시 굿음식을
먹음으로써 복을 받을 것이다. 아니 굿음식을 얻어먹는 것 자체가
복이다. 진작 굿음식을 많이 먹었으면 양로원에 오지 않아도 되었
겠지만 말이다. 모레는 정말 개들과 노인네들이 푸짐하게 먹을 수
있는 날이다. 왜냐하면 내일 엄청나게 큰 굿거리가 있기 때문이다.
이런 굿거리들이 자주 걸렸으면······.


"저, 혹시 내가 주민들 서명날인을 받아서 건네준 진정서를 방송

국에다가 제출했습니까?"

통장이 현관에 선 채 나를 어떻게 호칭할지 몰라 어색해하며 물었다. 현관이 열려 있으므로 굿소리는 더욱 세차게 들려오고 있었다.

"아니에요. 진정서는 지금 제가 가지고 있는걸요. 마땅한 데 제출하려고 말이에요."

"그래요? 그런데 어떻게 방송국 사람들이 여기까지 왔을까. 신문기자도 말이에요."

"그게 정말이에요? 그럼 잘됐네요. 주민들 중에 누가 직접 간접으로 연락을 했겠죠."

나는 슬그머니 흥분되는 자신을 느꼈다. 정 안 되면 방송국이나 신문사에 말하여 기사로 폭로하리라 마음먹고 있었는데, 그 일이 예상 외로 빨리 다가온 셈이었다.

"속히 나와보세요. 주민들이 모여 있어요. 방송기자가 그러는데 주민들이 많이 모여 농성을 해야 뉴스시간에 방영이 될 수 있대요. 그렇지 않으면 별문제가 안 되는 사건인가 보다 하고 뉴스시간에 빠진대요."

"그럼 나가야죠. 저렇게 굿을 크게 하고 있을 때 현장을 덮친 격이군요. 오늘 굿은 다른 날보다 더 요란하군요."

"굿돈이 자그마치 이천칠백만 원이나 드는 굿이래요. 어제 굿당 주인이 우리 가게에 와서 은근히 자랑을 하더구먼요. 삼재비가 딸리는 큰 굿이라고."

"삼재비라니요?"

"장구와 제금, 징에다가 피리 해금 젓대까지 딸리는 게 삼재비죠."

통장은 어떻게 보면 굿구경을 빨리 하고 싶은 사람 같기도 했다.

"어떤 사람들이 하는 굿이래요?"

"대령이 장군 되려고 하는 굿이라고 하더먼요. 그러니까 정년이 일 년밖에 안 남았는데 그 전에 별 한 자리를 따야 쓰것다 이거지요. 좌우지간 우리나라에서 별이라 하면…… 암튼, 가서 보면 알 테니까 빨리 나와보세요."

나는 별난 굿도 다 있다 싶어 서둘러 밖으로 나왔다. D연립 주민들과 S연립 주민들이 열댓 명 웅성거리며 통장네 가게 앞에 모여 있고 방송기자와 카메라맨들, 신문기자가 주민들과 이야기를 주고받고 있었다.

"아무래도 이 숫자로는 부족한데요. 좀 더 주민들을 불러모을 수 없어요?"

방송기자가 다소 난색을 표하자 굿당 주인과 몸싸움을 벌인 적이 있는 반장 아주머니가 다시 D연립과 S연립으로 달려가더니 사람들을 끌어모아 가지고 왔다. 한 스물댓 명 정도 되었다. 방송기자는 통장에게 카메라를 들이대도록 하며 주민들의 불편사항에 대해서 물으려 하였다. 그러자 통장은 손을 내저으며 도망을 가다시피 하였다.

"아유, 난 말을 못해요."

결국 반장 아주머니가 나서서 또렷또렷한 목소리로 주민들이 어떻게 안면방해를 당하고 있는지를 요점 있게 말하였다. 카메라맨들은 카메라를 여기저기 이동시키며 주변 사물들을 필름에 담았다.

"자, 그럼 굿당 앞으로 가서 농성하는 장면을 찍겠습니다. 될 수 있는 한 힘껏 외쳐야 합니다. 두 주먹을 위로 뻗으면서 말이죠. 요즈음 텔레비전 화면에서 학생이나 노조원들 이리이리 하는 거 많이 보았잖아요."

방송기자가 실제로 팔을 흔들어 보였다. 주민들 중에는 미리 연습을 하는 사람들도 있었다. 아파트공사 문제로 연일 농성을 한 적이 있는 주민들은 제법 자신이 있는 듯한 표정들을 짓고 있기도 하였다.

굿당에서는, 방송기자들과 주민들이 올라오는 것도 모르고 굿을 하기에 여념이 없었다. 비록 알았다 하더라도 중요한 굿거리를 중단할 수 없을 것이었다. 해는 둥그런 징같이 하늘에 걸려 게슴츠레한 모양으로 여름의 열기를 준비하고 있었다.

챙챙챙 지징지징지잉 삐리비리삐리.

방송기자가 이 굿소리를 들었으니 문제는 해결된 것이나 마찬가지였다. 관공서나 경찰에서 해결해 주지 못하고 있는 이 문제를 언론매체에서 해결해 주지 않으면 누가 해결해 줄 것인가. 뉴스 시간에 이 장면들이 방영되면 당장 서울시장은 구청장에게 호통을 칠 것이고, 구청장은 아무리 굿당 주인과 막역한 사이라 하더라도 할 수 없이 굿당을 철수하도록 조처를 취해야만 할 것이다. 세상이 무법천지로 돌아가고 있는 요즈음 세태지만 이런 비상식적인 일이 방치될 수는 결코 없는 법이었다. 이것은 일종의 시민운동이기도 하다. 나는 주로 아주머니들로 구성된 동네 주민들과 함께 언덕길을 걸어올라가다가 문득 뒤를 돌아보았다. 그런데 이상하게도 저 아래쪽 가게 앞에서 신문기자는 올라올 생각을 않고 수첩을 매만지며 그대로 서 있기만 하였다. 저 기자는 이미 취재를 끝낸 것인가. 아무래도 그런 것 같지는 않았다.

굿당으로 들어서자마자 방송기자는 카메라맨들을 지휘하여 재빠르게 각 방에서 벌어지고 있는 굿 장면들을 찍었다.

"아예, 무당촌이군, 무당촌."

방송기자도 새로운 사실을 목격하는 듯 기가 찬 모습이었다. 통장이 말한 그 큰 굿은 마당 차일 밑에서 벌어지고 있었다. 굿상 종류만 해도 열 손가락을 두 번 사용해도 모자랄 판이었다. 제상 복판에는 돼지머리가 아닌 소머리가 푹 삶긴 채 얹혀 있었다. 그 앞에서 대령으로 보이는 건장한 중년 남자가 사복을 입고 식구들과 함께 연신 비손을 하며 치성을 드리고 있고, 남색 장군치마에 엷은 하늘색 장군저고리를 입은 무당이 화랭이들의 무악반주에 맞추어 제금을 치며 굿풀이를 하고 있었다. 방송기자는 그 장면을 찍도록 하고는, 굿당 주인을 만나려 했으나 그는 어느새 피하고 없었다.

이번에는 굿당 입구에서 농성하는 주민들의 모습이 카메라에 담겨졌다.

"당집은 주택가에서 물러가라!"

"굿당은 학교촌에서 철수하라!"

"잠 좀 자자. 창문 좀 열고 살자!"

그때였다. 저 밑에서 오토바이를 탄 사내 둘이 달려올라오고 있는 것이 보였다. 축산물 협동조합 마크가 박혀 있는 오토바이였다. 그들은 주민들 쪽을 흘끗 한 번 쳐다보더니 굿당 저 뒤쪽으로 돌아갔다. 방송기자들과 주민들이 그들의 행동이 수상쩍어서 그들을 따라가 보았다.

"아!"

아주머니들이 비명에 가까운 소리를 질렀다. 파리떼들이 윙윙거리며 까맣게 날아다니고 있는 거기에 소를 도살하고 남은 찌꺼기들이 버려져 있었다. 무엇보다 피에 젖은 소의 길쭉한 창자들이 무슨 구렁이처럼 엉켜 있어 와락 속을 메스껍게 하였다. 쇠불알도 피투성이가 된 채 거기 덩그렇게 뒹굴고 있었다. 소의 밥통 속에 들어 있었을 것 같은 썩은 쇠죽이 구린내를 피우며 질펀하게 흘러나와 있기도 하였다. 피비린내가 진동하는 것으로 보아 소를 잡은 지 하루도 안 되는 듯싶었다.

위이잉 위이잉 위잉.

파리들이야말로 큰 굿판을 벌이고 있었다.

"이거 완전히 무법천지군."

축협 직원들은 이맛살을 찌푸리고 고개를 저으며 관계자를 찾으러 굿당 안으로 들어갔다.

"축협 직원들, 신고받고는 건수 생겼다 하고 돈을 뜯으러 왔겠지 뭐, 굿당 주인을 고발하러 왔겠어."

주민 중 한 사람이 투덜거렸다. 방송기자는 그 도살현장까지 카메라에 담았다. 이건 큰 뉴스감이 되고도 남을 것 같았다.

"오늘 저녁 일곱시 뉴스나 아홉시 뉴스에 방영될 것입니다."

방송기자는 제법 자신있게 주민들에게 말하고는, 기다리고 있던 신문기자와 함께 방송국 차를 타고 동네를 빠져나갔다.

주민들은 뉴스에 나가기만 하면 앓던 이가 빠지듯이 문제가 해결될 것으로 믿고, 저녁 일곱시에 집집마다 텔레비전 앞에 모였다. 그러나 아무리 기다려도 굿당의 모습은 보이지 않고 다른 뉴스 장면만 비치고 있었다.

"경제기획원 조사 결과에 의하면 일사분기 경제성장률이 지엔피 성장 둔화로 인하여 1984년 이래 가장 부진한 5.7퍼센트밖에 되지 않는다고 합니다…… 기업 특정인의 땅은 그대로 두고 주민들의 절대농지까지 수용하려고 하는 오백사십만 평 분당 개발계획은 처음부터 주민들의 반발에 부딪치고 있습니다…… 중국 사태는 이붕이 공식석상에 나타남으로써 강경파가 주도권을 잡지 않았나 관측됩니다…… 이번에 국회를 통과한 화염병 처벌법은 가해한 경우 삼년 이하의 징역이나 삼백만 원 이하의 벌금에 처하고 범죄예방을 위하여 미수범도 처벌키로 했습니다……."

"이거 안 하잖아."

주민들은 이번에는 아홉시 뉴스를 기다렸다. 하지만 자정 뉴스까지 기다려도 카메라 앞에서 고함을 지르며 주먹을 쥐고 흔든 노동의 대가는 지불되지 않았다. 주민들은 방송기자가 실컷 촬영을 해가지고 갔는데도 방영이 안 된 이유에 대하여 자기들 나름대로 추측해 보았다.

"굿당 주인이 높은 자들을 끼고 방송국에 압력을 넣었을 거야."

"치성을 들이던 그 대령이라는 자가 장군 친구들 빽을 쓴 거 아닐까. 굿당에서 손 비비고 있는 자기 모습이 뉴스 화면에 비치면 별자리는커녕 창피만 당할 테니까."

"요즘 방송국에도 노조가 결성되어 옛날 같지가 않아요. 함부로 그렇게 못 할걸요. 아마 종교적인 문제를 다루는 곤란한 사건이므로 방송국 자체에서 꺼렸을 겁니다."

"어디 이게 종교적인 문제와 관련된 사건입니까. 이건 단순히 소리의 문제, 소음공해 안면방해의 문제라구요. 왜 그걸 대담하게 방영하지 못합니까. 이보다 훨씬 사소하게 보이는 사건들도 대단한 것처럼 떠벌리며 말입니다."

"뉴스 담당자가 무당들로부터 집단 방자를 받을까봐 슬그머니 뺀 거 아닐까."

"허허허, 이거 참. 이젠 청와대 민원실로 가는 수밖에 없군."

"뭐, 그놈이 그놈들이지. 제대로 처리를 해줄까. 청와대에서는 시청에 가보라, 시청에서는 구청에 가보라, 구청에서는 파출소에 가보라, 파출소에서는 구청에 가보라, 구청에서는 시청에 가보라, 결국 뺑글뺑글 돌기만 하는 거지. 누구 한 놈 주민들을 위해 책임지고 해결해 주는 공무원이 없어. 정 그러면 우리가 폭력으로 굿당을 뒤집어엎는 수밖에 없지. 학생들이 왜 저렇게 데모를 하는지 알아? 정부에서는 법대로 하지 왜 폭력을 쓰느냐 화염병을 던지느냐 하지만, 이놈의 나라가 어디 법대로 되어가고 있는가?"

나는 주민들의 분통해하는 소리를 뒤로 하고 통장네 가게를 나오며서 그동안 품에 넣어가지고 다니던 진정서를 쭈욱 찢어버렸다. 진정서에 서명날인한 그 백 명도 넘는 주민들의 마지막 자존심을 위하여.

이번에 나는 국립 공업시험원과 한국 음향학회가 주최하는 '국제 소음진동 심포지엄 및 음향학회 학술발표회'에서 소음공해에 대하여 주제발표를 하게 되어 있다. 그래서 새삼 내가 사는 동네 주변의 소음공해에 대해 관심을 가지게 되었다. 같은 동이긴 하지만 내 집에서는 제법 멀리 떨어진 저쪽 자연공원 주차장 근방에서 주민들이 굿당의 굿소리로 소음공해에 시달리고 있다고 한다. 하지만 어디까지나 과학적으로 데시벨 측정을 하고 나서 공해 여부를 말해야 할 것이다. 소음공해의 환경기준치는 낮에는 55데시벨이고 밤에는 45데시벨이다. 이 데시벨을 초과하기 않는 한 소음공해라고 할 수 없다. 비록 주민들이 무속에 대한 이상한 두려움과 반발심을 가지고 굿소리에 대해 신경과민적인 반응을 보인다 하더라도, 그 심리적인 원인까지 데시벨 측정에 참작할 수는 없다. 굿소리를 대상으로 데시벨 측정을 해본 적은 없지만 보나마나 환경기준치를 초과하지는 않을 것이다. 기껏해야 30데시벨 될까 말까.

그건 그렇고 내가 교실에 갖다둔 소음공해의 전국적인 실태를 살펴보자. 이게 또 왜 이러나. 지난번 환경청이 발표한 자료를 보니 서울 등 육대 도시 거주지역 중에서 가장 소음이 심한 곳이 광주라고 되어 있다. 환경기준치를 훨씬 초과하는 낮 63데시벨, 밤 59데시벨이다. 광주 지역의 소음은 지난 1984년 첫 소음 정기측정이 시작되었을 때도 낮 68데시벨, 밤 59데시벨로 전국 도시들 중에서 최고치를 기록했다. 한때 도시가 광주사태로 인해 폐허화했다가 다시 복구된 탓도 있겠지만 무엇보다 녹지대가 부족한 것이 문제이다.

그리고 첫 측정 당시 환경기준치 이하였던 춘천 지역의 소음환경 역시 날로 악화되어 지금은 공업도시인 대구 지역보다도 더 높은 데시벨을 나타내고 있다.

소음환경으로 보면 이미 광주는 예향도시가 아니고 춘천은 전원도시가 아니다. 그런데 공업도시인 대구 지역은 꾸준히 데시벨이 낮아져 이제는 낮 53데시벨로 환경기준치 이하로 떨어졌다. 이런 것만 보더라도 정부의 시책이 어떤 지역으로만 편향되어 이루어지고 있는가 하는 것을 알 수 있다.

이제 국민들도 소음공해에 대한 관심들이 높아져 지난해 1988년도 환경관련 피해진정 중 소음진동으로 인한 진정이 무려 천삼십육 건이나 되는데 환경관련 진정의 38퍼센트를 차지한다. 도시 주민들을 상대로 한 설문조사 자료를 보면 주요 소음공해의 원인으로 교통 소음이 단연 으뜸이다. 그다음이 트럭 행상이나 리어카 행상들의 확성기 소리이다. 그리고 건설작업 소음, 공장 소음 기타 사업장 소음 순이다. 물론 사업장에는 교회니 굿당 같은 종교단체로 포함되어 있을 것이고 전파상 같은 시끄러운 상점들도 들어 있을 것이다.

지난 육십 년대만 해도 사람들의 신경이 둔해서 그랬는지, 먹고 살기에 바빠서 그랬는지, 아직 산업화가 덜 된 환경이어서 그랬는지, 사람들은 공장이나 기차 자동차들의 소음을 그저 당연한 것으로만 생각했다. 기찻길 옆 오막살이 아기 아기 잘도 잔다, 라는 노래가 있을 정도였다. 사람들은 소음 속에서도 소음을 의식하지 못한 채 잠을 자고 활동했다. 그러나 차츰 인권에 대한 관심, 공해에 대한 관심들이 높아지면서 사람들은 주변의 소리들을 새삼 의식하게 되었다. 들을 필요도 없고 듣고 싶지도 않고 듣지 않아야 하는 소리까지 듣고 있는 자신들을 발견하였다. 도시화 산업화의 속도가 빨라지면 빨라질수록 사람들은 잠시라도 쉴 수 있는 조용한 환경을 더욱 그리워하게 되고 정적을 사모하게 되었다.

그런데 이런 소음공해의 문제점들을 전문적으로 연구하는 곳이 별로 없고 모두 주먹구구식으로 하고 있다. 관료주의에 젖은 관리들은 문제의 심각성조차 제대로 인식하지 못하고 있다. 이 문제와 관련된 소음진동 연구는 기계공학, 건축공학, 전자공학 등 다양한 분야의 협조가 필요하다. 어쩌면 데시벨 측정과는 별개로 심리학적인 접근도 필요할지 모른다. 한 사람의 심리적인 상태에 따라 어떤 소리는 듣고 어떤 소리는 듣지 않는 경우가 많기 때문이다. 그러나 심리적인 차원까지 다루다가는 소음공해의 문제는 너무 복잡해질 것이므로 우선 공학적인 차원에서부터 접근해 들어가야 할 것이고, 여기에 관한 논문들도 속속 발표되어야 할 것이다.

여담이지만 소리에는 물질적 의미의 소리만 있는 것이 아니다. 양심의 소리도 있고 신의 소리도 있다. 무당은 무수한 신들의 소리, 망자들의 소리를 듣는다. 무당은 내적으로 소음공해에 시달린다고도 할 수 있다. 그래서 내적인 소음공해를 이기려고 징 치고 제금 치고 북 치며 외적으로 소음공해를 일으키는지도 모른다. 대학가나 공장가, 이 사회 구석구석이 온통 소란스러운 것은 모두들 내적인 소음공해에 시달리고 있다는 증거가 아닌가. 마치 무당처럼. 무수한 '나' 의 소리들. 무수한 '나' 로 이루어지거나 해체되는 우리요, 우리 시대이다. 우리는 무수한 '나' 로 이루어지거나 해체되는 무당들이다.


이제 나는 이 동네가 아닌 다른 장소에 가서도 굿소리를 듣게 되는 환청현상이 생겼다.

쟁쟁쟁쟁 쟁쟁재애앵.

그런데 희한하게도 고개를 왼쪽으로 사십오 도 각도쯤 돌리면 그 소리가 귓가에서 딱 멎었다. 그러나 고개를 바로하면 어김없이

굿하는 소리가 다시 쟁강쟁강 귓전을 맴돌았다. 집에 와서는 굿당
에서 굿을 하지 않고 있는데도 아내에게,
　"저기 굿소리 안 들려?"
하고 물어본 적이 많았다. 그러면 아내는,
　"당신 신경쇠약이에요."
하고 측은한 듯이 바라보았다.
　하루는 근처의 은행에 가서 돈을 찾을 일이 있어 소파에 앉아 기
다리고 있는데 또 굿하는 소리가, 쿵더궁 쿵더궁, 들려왔다. 나는 반
사적으로 고개를 왼편으로 사십오 도 각도쯤 돌렸다. 하지만 이번
에는 소리가 멎지 않고 계속 쿵더궁 쿵더궁, 들렸다. 환청에서 벗어
날 수 있는 유일한 길은 고개를 왼쪽으로 사십오 도 돌리는 것인데,
그것마저 이제 통하지 않는다면 정신상태가 어떻게 되어가고 있음
에 틀림없다. 정말 굿이라도 받아봐야 할 상황이 되었는지도 모른
다. 굿소리에서 벗어나기 위해 굿을 받는 모순. 무병 걸린 신딸들이
그런다고 하지 않는가. 그러나 이 자리에서 들리는 소리가 환청이
아니라 현실에서 나는 소리라면 나에게 소망은 아직 있다.
　쿵더궁 쿵더궁.
　이 소리의 출처를 현실에서 찾아야 한다. 나는 머리를 전후좌우
로 돌려 은행 안을 샅샅이 살펴보았다. 현금출납기 소리는 여기까
지 들리지 않을 것이고, 만약 들린다고 하더라도 찌익찌익으로 들
릴 것이다. 여자 은행원들이 돈을 세는 소리도 아니고 공중전화 거
는 소리도 아니고, 동전 바꾸는 소리도 아니고, 자판기에서 커피 빼
먹는 소리도 아니다. 은행 바깥에서 나는 소리인가. 나는 은행 출입
문을 밀고 잠시 바깥으로 나와보았다. 그러나 길가의 소음이 귓전
을 때렸기 때문에, 현재 그 소리가 들리고 있는 건지 어떤지 판별을
하기가 힘들었다. 다시 길가보다는 훨씬 조용한 은행 안으로 들어

오자 그 소리는 기다렸다는 듯이 내 귓전을 파고들었다.

쿵더궁 쿵더궁.

나는 정말 심각한 지경으로 빠져들고 있음을 부인할 수 없었다. 앞으로 조용한 공간 속으로 들어오면 이 소리를 늘 들어야 될지도 몰랐다. 그렇게 두려움이 밀려오는 바로 그 순간, 나는 중요한 사실을 홀연히 깨달았다. 우리 몸은 가만히 있는 한, 소리를 내지 않는다는 사실이었다. 뇌와 심장과 위장, 온갖 창자들이 활발히 움직이고 있지만 정상적인 기능을 하는 한, 그 어떤 것도 소리를 내면서 움직이지는 않는다. 모두 조용하고 은밀하게 몸주인 나를 위하여 봉사한다. 적어도 내 귀에서 들리지 않도록 정적 속에서 일해 준다. 얼마나 고마운 일인가. 그런데 이제 내 귀는 심심하면 소리를 내는 불량품이 되고 말았다. 굿당과 싸우다가 정신적으로 육체적으로 패배당한 자신이었다. 어떤 무당이 병신이 되라고 나를 대상으로 방자를 놓았을 수도 있다.

그러다가 나는,

"아!"

하며 소파에서 몸을 벌떡 일으켰다. 내 귀에 들리고 있는 소리는 환청이 아니었다. 저 은행 안쪽에서 무녀가 실제로 굿을 하고 있었다.

쿵더궁 쿵더궁.

그 무녀는 북채 같은 것을 손에 쥐고 책상을 일정한 간격으로 내리치고 있었다. 책상 위에는 은행장 직인이 찍히기를 기다리는 자기앞수표 용지들이 수북이 쌓여 있었다. 그것은 은행이라는 굿당에서 벌이는 돈굿이었다.

드디어 교문이 뚫렸다. 전경들이 밤낮으로 받은 로마 병정식 훈
련도 소용이 없었다. 그러나 전경들은 곧 전열을 가다듬고, 아스팔
트 도로로 쏟아져나온 학생들을 필사적으로 제지하였다. 돌과 화염
병, 최루탄 들이 난무하였다. 화염병 처벌법은 그 길거리에서는 휴
지조각에 불과하였다.

마침내 학생들은 도로에서 왼편으로 꺾인 길로 피해 도망쳐 올
라간다. 전경들은 단 한 사람이라도 더 잡아 포상휴가를 가려고 끝
까지 따라붙었다. 그 길은 굿당으로 향하는 길이었다. 학생들도 그
사실을 잘 모르고 전경들도 잘 몰랐다. 학생들은 엉겁결에 언덕에
서 있는 우중충한 건물로 뛰어들어가 피신하였다. 그제야 이곳이
굿당임을 알아차렸다. 그곳에서 어제에 이어 장군진급 굿이 여전히
벌어지고 있었다. 오늘은 대령이 군인 복장을 정식으로 하고 나와,
조상신들과 장군신들 앞에 서서 밥풀국화 셋 붙은 자리에 황금별
하나 붙여달라고 빌고 또 빌었다.

북두칠성님, 탐람성 문곡성 거문성 녹존성 염정성 무곡성 파군
성 거느리고 있는 북두칠성님, 탐람성 하나 떼어 이 아들 어깨에 붙
여주시든가, 문곡성 하나 떼어 이 떡벌어진 어깨에 붙여주시든가,
최영 장군 본받아 국태민안 힘쓰것으니 붙여주시구랴, 붙여주시구
랴, 이에 굿다아…….

학생들이 마당에 차려진 굿상들을 어지러이 정강이로 밀어대기
도 하고 발로 밟기도 하며 후닥닥 방으로 뛰어들었다. 삽시간에 굿
판들이 엉망이 되고 대령은,

"이놈들아!"

하고 한 번 외치고는 어깨에 힘이 쑥 빠져버렸다. 굿은 그만 부정이
타고 만 것이었다.

"저 새끼들 놓치지 마!"

전경들이 굿방에까지 들어와 학생들을 잡아채 가려고 하자 학생들은 방에 있는 물건 중에 손에 잡히는 것이면 무엇이든지 전경들을 향해 던지며 반항하였다. 촛대가 날아가고 놋그릇들이 날아가고, 징과 제금, 장구, 북 들이 날아갔다.

챙그랑 챙 찌이이잉.

"이 지벌받을 놈들아!"

무당은 신칼을 들고 학생들과 전경들을 향해 고함을 질러댔다. 학생들 중 더러는 무당의 저주가 임했는지 연신 두들겨맞으며 잡혀가고, 더러는 무구를 무기로 사용한 덕분으로 도망을 칠 수가 있었다.

그때였다.

창창창 차앙 차앙.

어디선가 제금소리가 우렁차게 들려왔다.

산등성이 너머로 도망갔던 학생 중 하나가 제금을 높이 올려 신들린 듯 치며 산길을 천천히 걸어내려오고 있었다. 청바지를 입은 여학생이었다. 전경이나 학생, 굿당에 있는 손님들도 다 얼어붙은 듯 그 여학생을 바라보고만 있었다. 마치 몸굿을 하는 신딸과도 같은 형용이었다.


여탕. 나는 닭장차에 실려 경찰서까지 끌려갔다가 훈방되어 지금 목욕탕 속에 들어 있다. 전에 한 번 새벽 일찍 목욕하러 탕 속으로 들어갔다가 거기 남자가 들어 있는 것을 보고 깜짝 놀라 뛰쳐나간 적이 있는 그 목욕탕이다. 사춘기가 지난 후 내 알몸을 남자에게 보인 적은 그때가 처음이다. 어쩌면 나는 그때 헛것을 보았는지도 모른다.

지금 뜨끈뜨끈한 물이 멍들고 지친 내 육신을 푹 녹여주고 있다. 물의 힘은 대단하다. 생명의 근원이요, 치료의 근원이다. 오늘 본관

잔디밭에서 공연한 바리공주 극에서도 바리공주 역시 물을 찾기 위해 물을 건넌다. 물로써 부모를 살리고 일곱 열사들을 살렸다. 남영지옥 귀신들은 물로써 단군과 아들들을 죽였지만.

잠시 후 신어머니와 신딸들로 보이는 무녀들이 너더댓 명 탕 속으로 들어왔다. 신어머니는 많이 본 듯한 얼굴이다. 신딸들은 대개 어린 처녀들로 피부빛이 보얗게 살아 있다.

"밤쥐야, 오늘 혼났제."

신어미가 신딸의 별명을 부르며 오늘 난장판이 된 굿당 이야기를 한다.

"하모요. 예수쟁이가 굿당 허문다는 소리는 들었어도 학생들이 굿당 허문다는 소리는 못 들었네예."

"그 굿당도 이제 신기가 떨어졌나 보다. 나도 서울물 들어 하도 돈만 밝히다 보이 신력이 형편없어졌는기라. 수당 삼천 원 받고 뛸 때가 더 힘이 있었제."

"그건 이십 년 전 이야기 아닙니꺼. 물가가 뛰어도 스무 배는 뛰었을 겁니더."

"스무 배로 뛰었다 캐도 육만 원 아이가. 요즈음은 백만 원 아래로 받고는 굿 안 하려고 하는 거 아이가."

"어미가 얼마나 유명한데예. 그만큼 받아야지예."

"그게 아이다. 난 다시 하동으로 내려갈란다. 거기 있다 가을단풍 들면 꽃맞이굿 해가지고 신력을 새로 다져야겠다."

"저도 따라갈랍니더."

"밤쥐야, 너는 이제 혼자 큰무당 해도 된다. 내 따라오지 말고, 부디 좁은 길 가거라이. 내 신어미가 허줏굿해 줄 때 내게 축원한 말 아이가. 좁은 길 가거라이."

# 위대한 창녀

나는 창녀다. 그런데 처녀다. 나는 손님들에게 말한다. "요새는 나았지만요, 전 성병에 걸렸더랬거든요. 손님에게 전염될 위험성이 지금도 있을 거예요. 콘돔을 사용하셔서도 안심을 못 하실걸요. 난 지독한 성병에 걸렸더랬거든요." 그러면 손님은 흠칫 몸을 도사리며 나를 함부로 덮치지는 못한다. 찝찔한 표정을 지으며 나를 어떻게 처리해야 할지 사뭇 당황스러워한다. 나는 또 속삭인다. "그렇게 실망하시지는 마세요. 가와바타 야스나리의 「잠자는 미녀」를 읽어 보셨나요. 거기에 보면 백발 노인들이 어둠 속에서 창녀의 몸만 만지고 나가면서 화대를 지불하고 가잖아요. 그 노인들은 정말 뛰어난 성감대를 가지고 있는 자들이에요. 성기능이 퇴화되면서 성감대는 최고도로 발달하나 봐요. 노인이 되면 항아리 수집이니 수석(水石) 수집이니 해서 그쪽 방면으로 전문가가 되는 경우가 많잖아요. 그것도 손가락 끝으로 모이는 성감대와 관련이 있을 거예요. 오늘 밤엔 손님도 손가락 끝으로 성감대를 모아보세요. 그리고 내 몸 구석구석을 만져보기만 하세요. 그래도 극도의 쾌감을 맛볼 거예요. 내 피부는 저 백자니 청자니 하는 항아리들보다 더 매끄럽거든요.”
물론 나의 제안을 따르는 손님들은 드물다. 왜냐하면 그들은 대개 손가락 끝으로 성감대를 모으기에는 너무도 젊은 나이의 사람들이기 때문이다. 그리하여 결국 십중팔구 나의 제안과는 반대로 내가 손님들의 몸을 만져주게 된다. 드디어 손님은 자신들의 자위행위를 내 손가락들을 빌려서 하기를 원하면서 몸을 뒤튼다. 그렇게 하여 나의 처녀성은 지금까지 보존되고 있는 것이다.

그런데 오늘 밤에는 사정이 다르다. 이제 얼마 있지 아니하여 갈청이나 대청같이 얇디얇은 나의 처녀막은 갈래갈래 찢겨, 저 영원한 노스텔지어에 젖은 깃발처럼 나부끼게 될 것이다.

오늘 선풍기를 켜놓고 저녁밥을 먹으면서 주인언니는 못내 아쉬운 표정을 지으며 중얼거렸다.

“돈 많은 쪽발이가 왔다는데 말이야, 고 친구가 처녀를 찾는다는구먼. 관계를 해보고 진짜 숫처녀면 이백만 원을 주겠대. 이백만 원 말이야. 그런데 우리 집에는 처녀가 있어야지. 어디 아다라시를 금방 구해 올 수도 없고 말이야.”

숟가락을 김치찌개에 푹푹 찔러대는 품이 영 아까운 거금을 놓친다는 기색이었다. 물론 내가 아직까지 처녀로 남아 있는 줄은 모르는 주인언니로서는 그럴 만도 하였다. 우리 여섯 명이 벌어들이는 수입 중에서 일부 떼어 주는 돈만으로는 집세 내기도 벅찬 형편이었다.

“이백만 원?”

모두들 밥을 입으로 퍼넣다 말고 이마의 땀을 손등으로 훔치며 그 거금의 액수를 뱉어내면서 서로 힐끔거렸다. 나도 그랬던 것 같은데 다른 언니들과는 사뭇 다른 느낌을 가지고 그리했을 것이었다. 다른 언니들은 손에 넣을 수 없는 그 돈을 그림의 떡인 양 부러워하며 불러보는 것이었고, 나의 경우는 손에 넣을 수도 있다는 가능성을 가지고 친밀하게 불러보는 것이었다. 내가 그동안 나의 처녀성을 보존해 온 것은 순결을 지켜야 한다는 무슨 철학이나 윤리관이 있어서 그런 것이 아니었다. 처녀로 남아 있다가 떳떳한 결혼을 하겠다는 사춘기적인 보랏빛 꿈이 있어서 그런 것은 더더구나 아니었다. 언젠가는 이 고장에서 나의 처녀막이 깃발처럼 나부끼게 되리라는 것을 늘 예감하고는 있었지만 왠지 보통 사람들이 자연스럽게 해대는 그 교합이란 게 귀찮고 무섭고 메스껍기만 한 것이었다. 그런데 이백만 원이라고 하는 어감이 교합에 대한 거부반응을 넌지시 덜어주면서 이제 확실한 창녀가 되고 싶은 묘한 충동을 불러일으키기도 하였다. 무엇보다도 나에게는 그 돈이란 것이 필요했다. 병원에 있는 남동생의 치료비만 해도 나로서는 엄청난 부담이었다.

남동생은 세례요한병 내지는 성 프란체스코병이라는 이름을 붙일 수밖에 없는 그런 병에 걸려 있었다. 의사 선생도 남동생의 병은 희귀한 종류의 병으로 광신자들 중에서 종종 발생하는 성인(聖人)병의 일종이라고 하였다. 남동생은 고등학교 일학년 때부터 교회에 나가기 시작하면서 새벽기도 철야기도에도 빠지지 않는 열성을 보였다. 그는 워치먼 니의 『영에 속한 사람』 같은 책을 끼고 다니면서 책꺼풀이 다 닳도록 읽고 또 읽었다. 그리고 자신의 수많은 죄들을 종이에 일일이 적어서 촛불에 태우며 흐느끼기도 하였다. 내가 볼 때는 교회에 다니느라고 죄지을 시간도 없을 것 같은데 죄란 것이 자기 속에서 온천처럼 끝없이 솟아나는지 늘 회개하기에 바빴다. 나는 그의 행동을 초신자들이 흔히 갖는 결벽증 정도로 생각했다. 그러다가 나는 그가 괴로워하고 있는 내용이 무엇인가를 알게 되었다. 그것은 보통 사람으로서는 전혀 문제가 되지 않는 바이었지만 그로서는 심각하기 그지없는 것이었다.

겨울날이었는데 하루는, 그가 신발도 신지 않고 팬츠만 입은 알 몸으로 퍼렇게 얼어서 돌아왔다. 옷과 신들을 어떻게 했느냐고 물으니 집으로 오는 도중에 떨고 있는 거지들에게 벗어 주고 왔다고 하였다. 거기서 나는 그가 무엇 때문에 괴로워하는가를 눈치챌 수 있었다. 그는 완전한 사랑을 실천하지 못하고 있다는 자책감에 시 달리고 있는 것이었다.

그렇게 벌거벗고 돌아온 이후로 그는 사랑의 완전한 실천을 위 해 아무것도 아끼지 않는 사람이 되어갔다. 정상적인 사람이 그렇 게 했다면 이십 세기의 성 프란체스코로 성자의 칭호를 받기에 부 족함이 없었을 터인데, 이기심의 찌꺼기조차 씻어내야 한다면서 더 러운 수챗물이 흐르는 개천에서 스스로 세례식을 베풀고 구정물투 성이가 되어 집으로 돌아왔을 때 그의 정신병은 그 윤곽을 확연히 드러내고 만 셈이었다. 어머니가 남강도 있는데 하필이면 구정물 속에 잠겼다가 오느냐고 눈시울을 붉히며 남동생의 몸을 씻어주자 남동생은, 남강요, 그건 너무 깨끗해요. 나 같은 건 너무 더러워서 남강에 들어갈 자격도 없어요. 구정물로 족하죠, 하며 얼어오는 몸 을 부르르 떨었다.

결국 남동생을 정신병원에 강제로 입원시켰지만 별 차도가 없고 입원비가 너무 많이 들어 정신병자들만 수용한다는 어느 산골의 외 진 기도원에다 맡길 수밖에 없었다. 그곳에서 집단 수용생활을 할 때도 남동생은 명실공히 사랑의 사도로 행세하였다. 기도원에서 배 급해 주는 밥을 자기보다 불쌍한 자들, 즉 가족들이 제대로 찾아오 지 않는 미연고자들에게 나눠주고는 며칠씩 굶기도 하였다. 구내 매 점에서 간식을 사와서도 다른 사람들에게 나눠주느라고 자기는 입에 대볼 겨를조차 없었다. 기도원 직원들이 그를 독방에 가두고 쇠사슬에 묶어 강제 급식을 시켜야 겨우 밥이 입에 들어갈 수 있었다.

기도원으로 내가 면회를 갔을 때 그는 꼬챙이같이 말라비틀어져 금방이라도 탁, 부러질 것만 같았다. 나는 그 모습을 보고 입원비가 훨씬 더 든다 하더라도 남동생을 정신병원으로 옮겨야겠다는 결심을 하게 되었다. 반신불수로 누워 있는 아버지와 품팔이로 입에 풀칠할 정도의 생활비밖에 벌어들이지 못하는 어머니로서는 그 입원비를 감당할 여력이 있을 리 없었다. 그래서 재수를 하고 있던 나는 대학진학도 포기하고 얻어걸리는 대로 공장에 들어가 일을 하게 되었다. 하지만 여직공의 월급으로는 동생 입원비의 절반도 감당해낼 수가 없었다.

나는 이것저것 다 팽개치는 심정으로 가출을 시도하였다. 새벽 남강물에 세수를 하고 시외버스 정류장으로 달려갔다. 서울에 이미 올라와 있는 여학교 친구들과 연락이 닿아 함께 생활하다가 그들이 수입을 꽤 올리고 있는 그 '일'에 이끌려들면서 희한하게도 동생의 병이 나에게도 전염된 사실을 알게 되었다. 하지만 나의 병은 동생처럼 세상 사람 전체로 향한 것이 아니라 동생에게로만 향한 것이었다. 내 인생과 내 몸뚱어리가 다 망가지는 한이 있더라도 동생에게만은 완전한 사랑을 실천하도록 하자고 나는 끊임없이 자신을 부추겼다. 그래서 수입이 들어오는 대로 집으로 송금하면서 동생을 계속 정신병원에 입원시켜 두도록 간곡히 당부하였다. 그러는 바람에 나는 변변한 네글리제 하나도 장만해 놓지 못하고 있는 형편이 되었다. 내 장사를 위해서 투자를 해야 하고 그 수입이 동생에 대한 사랑과 직결된다고 생각하는 나로서는 이번 이백만 원을 그냥 놓쳐버리기가 동생의 생명을 놓쳐버리는 만큼이나 서운하였다.

저녁 밥상을 물린 후, 나는 주인언니 방으로 은밀하게 건너가 내가 아직도 처녀임을 고백하고 나를 그 이백만 원의 공양제물로 바치도록 내놓았다. 의외의 사실에 주인언니는 반색하며 나에게서 몇 가지 사실을 확인한 후 어디엔가로 전화질을 하였다.

"강씨, 여기로 택시 대절해 와서 애를 데리고 가. 그럼, 확실하다구."

나는 지금 그 강씨라는 사람이 대절해서 타고 올 택시를 기다리고 있다. 주인언니는 장롱 속에 걸려 있는 자기의 여름옷들을 끄집어내어 입혀주기까지 하며 시집가는 동생을 돌보듯이 한다.

방 한구석에 놓여 있는 텔레비전에서는 개관을 십여 일 앞둔 목천(木川) 독립기념관의 웅장한 모습들이 아나운서의 낭랑한 목소리에 의해 하나하나 소개되고 있다. 나는 그 텔레비전 방송을 좀 자세히 여겨들으며 주인언니가 건네주는 옷가지들을 입어본다.

"독립기념관은 1982년 일본의 역사 교과서 왜곡사건을 계기로 설립 논의가 본격화되다가 그해 8월 28일 독립기념관 건립 준비위원회가 정식으로 발족되었습니다. 준비위원회는 오백억 원 모금을 목표로 범국민 모금운동을 벌이기 시작하였습니다. 범국민 모금운동은 코흘리개 어린이서부터 백발 노옹 독립운동가에 이르기까지 온 국민이 참여하는 큰 호응을 얻었습니다. 범국민 모금운동에서 모은 돈은 사백구십억 원에 이르렀습니다. 독립기념관 건립 추진위원회는 모금액과 모금액을 저축하여 얻게 될 이자 등을 합하여 칠백억 원 규모의 건립 예산을 짰습니다.

"칠백억 원? 야——."

감탄을 발하면서 내가,

"어때요? 이 노란 점박이 무늬 원피스가 어울리잖아요?"

하고 주인언니에게 묻는다.

"일본놈이니까 저 벚꽃색 원피스를 더 좋아할지도 모르지. 저걸 한번 입어봐."

내가 우윳빛을 배경으로 담홍색의 얼룩무늬가 촘촘히 박힌 엷은 원피스를 받아 입어본다.

"독립기념관은 총 백이십만 평 부지에 연건평 만 백칠십구 평의 웅장한 규모입니다. 본관 건물 외에 여섯 개의 전시관, 원형극장, 궤도전시관 등을 갖춘 독립기념관은 밤낮을 가리지 않은 공사 끝에 이제 바야흐로 8월 15일 개관을 눈앞에 두고 있습니다."

"어때요?"

"아주 어울려. 싱싱한 한 그루 벚나무 같애."

"정말요?"

내가 옷장 대형거울 앞에서 몸을 돌려본다. 싱싱한 벚나무이기는커녕 시들어가는 중나리꽃 같다.

"독립기념관 중앙 부분 입구에 자리잡은 웅장한 규모의 본관 기념당은 한식 전통의 맞배지붕으로 한껏 멋을 살린 세계 최대의 기와건축물로 꼽힙니다. 기념당은 높이 사십오 미터 길이 백이십육 미터 앞뒤 폭 육십칠 미터로 북경의 천안문보다 1.2배가 크며 지붕의 넓이만도 삼천 평이 넘습니다. 단층 건물이면서 십층 건물의 높이인 기념당 지붕은 사만 천삼백십육 장의 구리기와로 덮여 있으며 추녀 끝 곡선이 이루는 조화는 장관을 이루고 있습니다. 햇빛에 반사되어 빛나는 구리기와 지붕의 찬란한 광채는 십 리 밖에서도 훤히 볼 수 있다고 합니다. 장대한 기와지붕을 받치고 있는 돌기둥 한 개의 둘레가 이 미터 이십 센티나 되고 연면적은 삼천삼백오십 평으로 보통 축구장의 두 배 크기입니다."

"구리기와라? 한식 전통의 맞배지붕으로 한다 해놓고는 기와는 영 한국식이 아닌데."

주인언니가 중얼거리다가 갑자기 목소리를 낮추며,

"일전에 일본놈한테 들었는데 말이야, 일본에 있는 으리으리한 신사(神社)들이 번쩍번쩍 빛나는 구리기와들을 지붕에 얹고 있대."

무슨 비밀이라도 알려주는 듯이 어깨까지 움츠린다.

"설마? 아유 끔찍해."

내가 얼핏 진저리를 친다.

"나도 그 일본놈이 거짓말을 한 것이었으면 하는데 말이야. 아무튼 구리기완 한국식이 아니잖아. 건데 강씨는 어떻게 된 거야, 아유 날이 찌는구먼."

주인언니가 방바닥에 주저앉으며 선풍기 방향을 돌린다.

"너도 그만 이제 앉거라."

나는 좀 머뭇거리다가,

"나도 한국식으로 입을게요. 난 저 노란 점박이 무늬가 개나리꽃 같아서 좋아요."

주인언니가 눈치를 살핀다.

"마음대로 하려무나. 누가 니 옷 보고 사가는 거 아니니까. 니 냄비가 신품이라서 사가는 거잖아 히히."

내가 벚꽃빛 원피스를 벗고 개나릿빛 원피스로 갈아입는다. 내가 옷을 다 입고 주인언니 곁에 얌전히 앉아 있는데 방바닥에 널려진 신문지가 눈에 들어온다. 가만히 신문지를 끌어당겨 몇 군데 기사를 읽어본다. 며칠 지난 신문으로 일전에 읽은 기억이 나기도 한다. 거기에는 목천(木川)이 아니라 부천(富川)이라는 지명이 자주 등장한다. 성(性)이 어떻고 고문이 어떻고 한다. 나는 처음에 성고문이라고 하기에 어떻게 효과적으로 할 것인가에 대해 상담을 해주는 그런 고문(顧問)으로 생각했다. 하지만 진행되는 이야기를 보면 그게 아니다. 한편에서는 성이 고문의 수단으로 사용되었다고 항의하고 있고 또 다른 한편에서는 성이 의식화의 수단으로 악용되고 있다고 맞받아친다. 그런데 사람들은 수천 년 두고 성이 자본의 수단으로 투자되고 있는 사실에 대해서는 일언반구의 언급도 하지 않는다. 웃기는 사람들이다. 성으로 인해 썩어들어가는 부분은 따로 있는데 그것은 그냥 기정사실로 받아들이는 모양이다. 성을 자본의 수단으로 투자할 수밖에 없는 우리를 위해서는 왜 아무도 항변해 주지 않는가.

"뛰뛰."

드디어 대문간에서 자동차 경적 울리는 소리가 들린다. 주인언니가 내 손을 잡아끌며 대문간으로 급히 다가간다. 주인언니가 대문을 여는 것과 동시에 강씨가 택시 문을 연다. 그리하여 나는 택시 안으로 인수되고 만다. 택시가 다시 엔진 소리를 높이며 골목을 빠져나가 신작로로 들어선다. 거리에는 네온사인들이 미친 뱀처럼 꿈틀거리며 휘돌고 있다. 뒷좌석에 나란히 앉은 강씨가 담배 연기를 휘 내뿜으며 흘금흘금 나를 곁눈질해 본다.

"게다니야, 그 친구. 일본에서 완구사업 해가지고 꽤 돈을 번 모양이야. 게다니, 알았지?"

나는 그 일본 사람의 이름이 무척 귀에 익다고 생각한다. '게다'라는 말 때문에 그런가. 꼭 그렇지만은 않은 것 같다.

"게다니."

가만히 이름을 한 번 외어본다.

"미스 장이라고? 왜놈말 좀 할 줄 아나? 게다니 상 도모 아리가 또 고자이마스, 이 정도 할 줄 몰라?"

"저는 잘⋯⋯."

못한다는 말인지 한다는 말인지 얼버무리고 만다. 사실 그 정도는 언니들이 일본놈들을 물게 될 경우를 대비해서 일본어 회화책을 갖다놓고 시부렁거리며 외는 것을 옆에서 주워들었던 터라 할 수 있을 것도 같다.

택시가 한강 다리를 지나간다. 어둠이 색료처럼 풀린 강물이 다리 밑으로 흐르고 있다. 모든 자동차들이 멈춰선 가운데 가만히 귀를 기울이면 한강물 흐르는 소리가 들릴 것이다. 하지만 자동차소리뿐 강물 흐르는 소리는 전혀 들리지 않는다. 그런데도 나는 한순간, 자동차 굴러가는 소리들을 강물 흐르는 소리 내지는 강물 뒤치는 소리로 착각한다. 남강 뒤치는 소리가 귓가에 들린다. 소녀 시절부터 줄곧 들어왔던 그 소리다. 그렇다. 그 소리다. 그 소리 때문에 아까 그 일본인의 이름이 귀에 익었던 것이다. 게다가…….

택시는 한강변의 도로로 꺾어들어가 어느 호텔 문 앞에 정거한다.

택시에서 내리기 전에 강씨가 나에게 주민등록증을 달라 하여 자기 손에 거머쥔다.

호텔 프런트로 다가간 강씨가 일본말로 뭐라고 지껄이면서 내 주민등록증을 제시한다. 아마 강씨는 지금 일본인이나 재일교포 행세를 하고 있음에 틀림없다.

엘리베이터가 내려오기를 기다린다. 표시판에 1이라는 숫자가 작은 요정의 입상처럼 빨갛게 밝혀진다. 엘리베이터 출입문이 스르르 열린다. 강씨와 내가 안으로 들어선다. 마침 둘밖에 없다. 강씨가 11이라는 숫자판을 누르자 문이 다시 닫힌다. 엘리베이터가 오른다. 이승에서 저승으로 떠올라 가듯이 그렇게 부웅 오른다. 내 몸이 저 높은 곳으로 헌물(獻物)되어 올라간다.

문이 열린다. 강씨와 내가 엘리베이터를 나와서 휑한 복도로 꺾어들어간다. 발밑에는 양탄자가 밟힌다. 복도 한쪽 끝에서 불이 붙으면 그대로 양탄자를 따라, 온 복도로 후루룩 불이 번질 것만 같다. 나는 언뜻 비상구가 어디 있는가 하고 비상구 표시를 확인한다. 강씨는 방 번호를 확인한 후 노크한다. 방문이 열린다. 땅딸막한 체구의 남자가 민머리를 하고 문 안쪽에 서 있다. 민머리에는 개기름이 번지르르 흐른다. 게다니 상 곰방와, 어쩌고 하면서 강씨가 나를 소개하는 듯 일본말로 해댄다. 게다니가 강씨와 나를 소파로 인도한다. 나는 소파 한쪽 귀퉁이에 엉덩이를 걸치고 앉아 등을 조금 돌린다. 강씨와 게다니는 계속 알아들을 수 없는 혀 짧은 말들을 주고받으며 히히덕거린다.

한참 만에 강씨가 일어서면서,

"내일 아침 아홉시에 다시 올 테니까 기다리라구."

해놓고는 얼른 방을 빠져나간다. 이제 게다니와 나만이 남아 있다. 게다니는 손짓으로 욕실 쪽을 가리키며 두 팔로 몸을 씻는 흉내를 낸다. 나는 가만히 고개를 젖는다. 게다니는 이상하다는 듯 고개를 갸우뚱거리며 자기가 먼저 욕실로 들어간다.

"싸아 싸아."

또 남강물이 강변을 때리는 소리가 들린다.

아이들이 진주산성으로 들어간다. '진주촉성정충단비' 가 보인다. 임진왜란 때 진주성에서 순국한 세 명의 장사와 여러 장졸들을 기념하는 비석이다. 김시민 장군 전공비도 돌아보고 영남 포정사를 들러 용교다리를 지나 북장의, 포루 들을 구경한다. 우국 충신 39인의 신위(神位)가 모셔져 있는 창렬사(彰烈祠)에서 머리 숙여보고 승병들의 넋을 달래는 호국사 마당에서 향내음도 맡아보고 오백 년 된 느티나무의 우람한 등치도 만져본다. 서장대를 끼고 축축한 길을 걸어나오면 다시 진주성 입구에 이른다. 아이들은 이번에는 촉석루로 들어선다. 촉석루 약사(略史)가 적힌 안내판을 유심히 들여다본다. 전에도 읽어본 것이지만 국어책을 읽듯이 또 읽어본다. 자기가 얼마큼 글자를 익히고 있나 더듬더듬 소리내어 읽기도 한다.

"진주의 상징 촉석루는 옛날 진양성의 남장대이다. 전쟁이 일어났을 때는 이곳에서 주장이 군대를 지휘하고 평화시에는 성민이 모여 놀고 즐기던 다락이다. 고려 공민왕 14년(을사, 1365년) 이전에 창건한 것으로서 고려 말 병화로 우왕 5년에 목사 김중관이 재건한 후 그동안 일곱 차례의 중건 중수를 거듭하여 보존되어 온 것이며 국보 제276호로 지정된 이 귀중한 문화재가 6·25사변으로 축대만 남은 채 불타 버렸다. 향토문화재를 되찾으려는 각계각층의 재건 의욕으로 진주 고적보존회를 조직하고 서기 1956년 4월에 착공하여 만 사 년 만인 1960년 5월에 7,200만 환(구화)의 공비와 연 9,700명의 기술공을 투입하여 옛 모습 그대로 되찾게 된 것이다." 아이들은 근 만 명이 들러붙어 새로 지었다는 촉석루로 조심조심 오른다. 약간 구부러져 운치를 더해 주는 난간에 걸터앉아 시원한 강바람을 맞으며 남강을 내려다본다. 아이들은 촉석루에서 내려와 안쪽 뜨락으로 들어간다. 거기 의랑 논개의 비가 있고 의기 사당이 있다. 비석에는 '조국의 금잔디밭으로 물옷 벗어들고 거닐어 오실 당신을 위하여 여기 돌 하나를 세운다.'는 내용의 비명이 새겨져 있다. 아이들은 사당 앞으로 가 논개의 영정을 응시한다. 정말 금방이라도 물옷 벗어들고 사뿐사뿐 걸어나올 것만 같은 아리따운 자태다.

아이들은 이제 돌문을 지나 바위 벼랑을 타고 강가로 내려간다. 강가에 조금 떨어진 저쪽에 평평한 바위 하나가 오뚝 물 위에 떠 있는 듯 비어져나와 있다. 자세히 보면 그 바위는 노파의 얼굴처럼 굵은 금 자잘한 금들로 주름져 있는데 그 모습을 이끼로 살짝 감추고 있다. 아이들은 강가 암벽 끝을 발판으로 삼아 그 평평한 바위 한모퉁이에 옴폭 패어 있는 부분으로 폴짝 건너뛰기도 하고 아예 옷들을 벗어젖히고 강물 속으로 뛰어들어 그 바위 주위를 맴돌며 헤엄을 치기도 한다.

"이 바우 밑에 큰 굴이 뚫려 있대."

"정말? 한번 물 밑으로 들어가 굴을 찾아보까."

"우리 성님은 물속에서 그 굴을 싹 지나 다시 올라왔다 카더라."

"우리도 그래 보자이."

"안 된다. 굴이 있어서 마 물이 뺑그르르 돈다 안 카나, 참 우움하대이. 그래서 임진왜란 전에는 우움하다고 해서 위암(危巖)이라고 했다 안 카나."

"지금은 위암이 아니라 의암(義巖) 아이가. 논개 언니가 우릴 지켜줄 끼다."

"안 된다 카이."

아이들은 옥신각신 물장구를 치며 계속해서 바위 주위를 맴돌기만 한다. 아무도 바위에서 멀리 떨어져나가거나 물 밑으로 내려가지 않는다. 아직 그 바위로 건너뛰거나 강물에 뛰어들지 않은 아이들은 강가에서 서성거리며 의암에 관한 안내판을 읽어본다. "이 바위는 평평한 윗면 크기가 3.65×3.3m로 강물 속에 솟아서 오랜 시일을 두고 눈에 띄지 않을 정도로 조금씩 움직여서 때로는 육지의 암벽 쪽으로 다가서고 때로는 강 속으로 들어가서 암벽에서 건너뛰기가 힘들 정도로 떨어지는 까닭에 그 뿌리는 어디에 닿았는지 알 길이 없다."

"우리 아버지가 그러는데 옛날에는 요 사이로 보트가 지나갔다 카더라. 지금은 요렇게 좁아졌지만 말이야."

"의암 바위가 이쪽 바위에 닿으면 큰 난리가 난다 카더라. 임진왜란 때랑 6·25 때도 붙어버렸다 안 카나."

"지금도 조금 있으면 곧 붙어버리것다."

"그라모 전쟁나는 기지."

"전쟁나모 무섭다. 의암 바위가 저 강 복판으로 뚝 떨어져나갔으면 좋컷다."

"그라모 우리가 건너뛰지 못한다 아이가."

남강 물은 의암 바위를 쉴 새 없이 철벅철벅 씻어대면서 흘러간다. 바위가 음각된 "義嵒"이라는 큰 글자까지도 지워버릴 듯이 뒤치지만 어쩌면 강물은 그 음각의 깊이를 더해 주고 있는지도 모른다.

게다니가 욕실에서 나온다. 큰 타월로 아랫도리만 두르고 있다. 일본 민속씨름 선수 같은 모양새다. 그는 소파에 앉아 룸서비스를 전화로 부른다. 잠시 후 호텔 보이가 얼음과 안주를 들고 온다. 게다니는 냉장고 문을 열어 술병을 꺼내며,

"꼬냑, 나포르네온."

어쩌고 한다. 그는 얼음을 넣은 술잔에 술을 따라 나에게 먼저 권한다. 나는 무심한 표정으로 술잔을 입으로 가져가 기울인다. 술 줄기가 뱀 대가리처럼 홧홧 열기를 뿜어대며 식도를 따라 내려간다. 그도 안주를 뜨으며 술을 천천히 들이켠다. 말이 잘 통하지 않는 것이 답답한 듯 간혹 한숨을 쉬기도 한다.

제법 얼큰해진 게다니가 나보고 옷을 벗으라는 시늉을 해 보인다. 나는 고개를 끄덕이고 서서히 일어선다. 뇌수가 아래로 쏟아지는 듯 피그르르 어지럼증을 느낀다. 옷을 벗는 것쯤이야 문제가 아니다. 문제는 처녀성을 확인시켜 주고 돈을 받아내기까지 내 몸뚱어리가 치러야 할 고통인 것이다.

게다니는 침대 스탠드의 붉은 불빛만 남기고 모든 불은 끈다. 복도 끝에 위치한 방이라서 그런지 양 벽에 붙은 창문 너머에서 도시의 희붐한 잔광들이 흘러들어와 방의 언저리를 어루만진다. 순간, 나는 어느 굴속으로 들어와 버린 것 같은 밀폐감을 느낀다. 아, 게다니에게도 다른 손님들에게 쓰던 수법을 사용해야겠다. "사실 전 처녀가 아니에요. 직업적인 콜걸이에요. 그래서 지독한 성병에 걸려 고생을 한 적도 있어요. 이제 증상은 사라졌지만 여전히 전염성

을 가지고 있을 거예요. 콘돔을 사용해도 안심이 안 될걸요." 하지만 일본말을 하지 못한다. 손짓 발짓으로 이러한 표현을 할 수도 없다. 게다니는 타월을 허물처럼 벗어내리고 침대에 오른다. 꼭 털을 밀어놓은 원숭이 새끼 같다. 그는 정말 원숭이 울음을 꽥꽥 울며 침대 한복판에 엉덩이를 치켜들고 엎드린다. 그러고는 원숭이 울음과 꼭 닮은 일본말을 해대며 손짓을 하는데 아무래도 자기와 같은 자세를 취해 보라는 듯싶다. 일 년 가까이 손님을 받았는데 저런 짓을 하도록 요구하는 손님은 없었다. 하지만 못 해줄 것도 없다. 나는 알몸으로 침대에 올라 그가 요구하는 자세를 취한다. 그는 원숭이 아니 개새끼처럼 내 등에 올라탄다. 그리고 자기 나름대로 용을 쓰는 것 같은데 그의 물건은 영 일어설 줄을 모른다. 나는 문득 이런 개 같은 자세로 나의 처녀성을 빼앗길 수는 없다는 생각이 든다. 그의 물건이 꼬부라진 채 일어서지 않기를 간절히 바라며 그의 동작에 어떤 반응도 보이지 않는다. 과연 나의 소원대로 그의 노력은 허사로 돌아간다.

그는 흘레가 끝난 개처럼 기어 침대를 내려가더니 다탁 위에 놓여 있는 얼음 조각들을 집어서 자기 사타구니에 문지른다. 저러면 더 오그라들 텐데, 하는 속말이 목젖 근처에 맴돌면서 쿡쿡, 웃음이 나오려 한다.

이번에는 그가 침대에 오르려 하지 않고 소파에 앉은 채 손짓으로 나를 불러내린다. 그리고 두 다리를 벌린 그 앞에 무릎을 꿇고 앉도록 한다. 그가 무엇을 요구하는지 손님들을 치러본 경험상 넉넉히 짐작할 수 있다. 그러나 어느 미친년이 성병으로 푹푹 썩어 들어가고 있을지도 모를 그 물건에 타액을 묻힌단 말인가. 나는 세차게 머리를 흔든다. 그가 다시 일본말로 원숭이 울음을 울며 벌떡 일어선다. 나는 그가 화가 나 있음을 직감한다. 그는 소파 등받이에 걸쳐둔 옷가지에서 가죽혁대를 뽑아든다.

"씨익 씨익."

가죽 혁대가 허공을 가르며 내 몸뚱어리로 떨어진다. 예리한 통증이 어깨, 등, 가슴을 파고든다. 나는 무의식적으로 두 손을 뻗어 혁대를 움켜쥐고 홱 끌어당긴다. 그의 몸이 혁대를 쥔 채 앞으로 나뒹굴어진다.

"빠가야로."

그의 입에서 튀어나온 말들 중에서 그 단어만은 분명하게 들린다.

"돼지 같은 새끼."

나도 한국말로 욕을 해댄다. 그런데 이상하게도 그는 내가 뱉은 욕을 어떻게 간절한 애원으로 이해했는지 숨을 크게 들이쉬었다 내쉬며 소파에 털썩 주저앉는다. 그러고는 부드럽게 나를 손짓하여 자기 옆에 앉도록 한다. 내가 다가가 앉자 그는 내 어깨를 한 팔로 감싸며 혁대 줄이 그어진 부위에다 입을 맞춘다. 나는 다탁 위에 세워져 있는 술병을 집어들고 병째 술을 목구멍으로 들이붓는다. 일체의 의지와 자의식을 죽이고 온전한 제물이 되기 위해서이다. 그러나 좀체로 '내'가 사라지지 않는다. 그가 내 손에서 술병을 빼앗아 든다. 그는 다시 나를 안아올려 침대로 데리고 간다. 나는 어렴풋이 그의 물건이 일어서 있는 것을 느낀다. 그때 희한하게도 남동생 얼굴이 눈앞에 떠오른다. 동생을 향하여 내가 시부렁거린다.

"넌 너무 순진해서 돌아버린 거야. 야, 임마, 세상에는 사랑할 필요가 전혀 없는 짐승같은 놈들도 있단 말이야. 그렇게 아무나 마구 사랑하려고 하지 마. 임마, 짐승같은 놈들은 정신이 멀쩡해서 돌아다니는데 너는 왜 병신같이 돌아자빠진 거야? 응? 이 바보야. 빠가야로 새끼야."

게다니가 나를 침대로 홱 집어던지면서 뭐라고 또 지껄인다. 내 몸은 침대에서 붕 떠올랐다가 떨어져 출렁거린다. 물결에 실려 있는 것 같다.

남강에서 내가 멱을 감고 있다. 그러다가 의암 바위 모서리를 두 손으로 짚으며 바위 위로 오른다. 거기에 논개가 일본 장수 한 사람과 함께 푸른 달빛 아래서 술잔을 주고받고 있다. 관솔 불빛에 요염하게 그 단청을 드러낸 촉석루 쪽에서는 왜군의 승전을 축하하는 북소리, 징소리, 꽹과리소리, 장구소리 들이 덩더꿍 덩더꿍 어지럽게 들려온다. 논개가 왜장(倭將)을 슬그머니 바위 언저리로 유인한다. 왜장은 논개가 장난을 치는 줄 알고 킬킬거리며 그쪽으로 기어가 논개를 덥석 껴안는다. 논개도 왜장을 끌어안으며 깍지를 단단히 낀다. 논개는 몸을 번듯이 누이는 척하다가 그대로 몸을 틀면서 왜장과 함께 강물 속으로 곤두박질친다. 둘은 한 덩어리가 되어 물밑으로 가라앉는다. 바위 밑 굴속으로 빨려 들어간다. 왜장의 머리가 바위굴에 부딪친다.

"쿵."

"아."

게다니가 고함을 지른다. 나는 퍼뜩 눈을 뜬다. 침대에서 굴러떨어지면서 위치가 바뀐 모양이다. 내가 감투거리 자세로 게다니를 깔고앉아 있다. 게다니는 뒤통수를 방바닥에 세게 짓찧었는지 거의 의식을 잃은 듯하다. 사정을 하고 난 후의 곤비증까지 겹친 그는 그대로 뻗어 있다. 나는 가만히 일어서면서 그의 몸에서 벗어난다. 그제야 아랫도리에서 생살이 찢어진 파열감이 전해져 온다. 가래침 같은 끈끈한 액체가 허벅지를 타고 흘러내리는 것도 느껴진다. 나는 다리를 끌다시피 걸음을 옮겨 욕실 안으로 들어간다. 꼭지를 틀자 샤워물이 쏟아진다. 그 물은 적당한 온기로 몸의 아래위를 감싸면서 씻어준다. 남자의 몸의 감촉보다 이런 물의 감촉이 더욱 나를

포근하게 해주고 어떤 때는 고즈넉이 쾌감에 잠기게도 해준다. 이
번에는 통증까지도 덜어주는 것 같다. 나는 아랫도리에서 씻겨 내
려가는 붉은 물을 내려다본다.

　아이들이 여선생에게 질문을 던진다.

　"선생님 선생님, 논개 언니는 성이 뭐예요?"

　"성이 논이고 이름이 개지."

　"에이, 선생님도 거짓말을 다 하시네. 세상에 논가가 어디 있어
요, 논가가. 그리고 개란 이름이 또 어디 있어요."

　"그럼 너희들이 한번 맞춰봐."

　"김가요."

　"아니."

　"진주니까 진가요."

　"아니."

　"에이, 선생님이 말씀해 주세요."

　"논개 언니는 주달문의 딸이니까 성이 주(朱)가란다. 붉을 주."

　붉은 물이 계속 타일바닥으로 흘러내린다. 나는 붉은 물이 좀더
많이 흘러내려 찢긴 처녀막 갈래까지 말끔히 씻겨내리기를 원한다.

　"선생님, 논개 언니는 정말 기생이었나요?"

　"다른 사람들이 논개 언니를 다 기생이라고 해도 우리 진주 어린
이들은 절대로 기생이라고 해서는 안 돼요. 최경회 장군의 부인이었
는데 남편이 진주성을 지키다 전사하자, 기생으로 변장을 해서 게다
니 로쿠스케 왜장을 끌어안고 벽류로 뛰어든 거예요. 게다짝을 끌고
다니는 그 게다니 왜장을 말이에요. 남편의 원수, 아니 나라의 원수
를 갚기 위해 기생으로 변장한 부인을 기생으로 말해서 되겠어요?"

　"안 돼요."

　"안 되죠? 누가 기생이라고 그러면 꼭 그렇게 설명해 줘요."

236

“네.”

한 아이가 일어선다.

“선생님, 우리 아버지는 논개 언니가 부인이 아니라 최 장군이 그냥 귀여워해 준 예쁜 기생이라 카던대요.”

“그런 말 하면 못써요. 어릴 때부터 고생고생하다가 열아홉 나이에 나라를 위해 몸을 던진 언니를 나쁘게 말하면 안 돼요.”

“기생이라 카면 왜 나빠요? 기생이 뭐하는 거예요?”

“킥킥킥.”

아이들이 여기저기서 속웃음을 터뜨린다.

나는 욕실에 걸려 있는 타월로 몸의 물기를 훔치고 욕실을 나온다. 게다니는 여전히 벌거벗은 몸을 스탠드 불빛에 드러낸 채 방바닥에 널브러져 있다. 붉은 불빛의 조명을 받은 그의 몸뚱어리는 정육점에 거꾸로 걸려 있는 통돼지의 살덩어리를 연상시킨다. 어쩌다가 저 살덩어리가 현해탄을 건너와 여기에 나뒹굴어져 있는 것인가. 저 살덩어리에 딸린 처자식들은 어떻게 생겨먹었을까. 문득 나는 그의 면상에다 대고 오줌을 내갈기고 싶은 방뇨욕을 느낀다. 하지만 방바닥의 카펫이 젖을 것을 생각하고 꾹 참으며 소파 쪽으로 다가간다. 소파에 널려 있는 내 옷가지를 주워들고는 하나하나 껴입기 시작한다. 얼마 후에 성장(盛裝)을 한 옷차림이 된다. 그렇게 나는 우아한 옷차림으로 핸드백까지 팔에 걸고 침대에 오른다. 침대 위에 반가부좌로 앉아 방바닥의 게다니를 내려다본다. 또 방뇨욕을 느낀다. 하지만 침을 그의 면상에 뱉는 것으로 방뇨욕을 억제한다. 분명 가래도 섞여 있을 침이 한 무더기 그의 인중 근처에 떨어진다. 그는 뭔가 감각을 느끼는지 입맛을 오물오물 다시면서 정액과도 같이 끈끈한 가래침을 빨아 먹는다.

“너는 개다. 내 처녀막을 씹어먹은 개다. 너는.”

게다니를 향해 나는 부르짖다시피 소리를 지른다. 내 소리에 게다니가 깨어난다 하더라도 염려할 것은 없다. 그는 어차피 나의 말을 알아듣지 못할 테니까.

나는 옷이 심하게 구겨지지 않도록 조심하며 반듯이 침대 위에 눕는다. 나는 그야말로 이 방 안에서 주인이 된 기분이다. 나의 개는 침대 밑에서 나의 침을 빨아먹고 있다. 나는 정말 오랜만에 편안한 자세로 눈을 붙일 수 있다. 아니다. 한 가지 일이 남아 있다. 나는 머리맡에 놓아둔 백을 연다. 주인언니가 준 미제 마이신 두 알을 꺼내어 입에 털어넣고 그냥 침으로 삼켜버린다. 현해탄을 건너온 어떤 균이라도 미제 마이신이 박살을 내줄 것이다. 나는 일본놈이 찢어놓은 내 처녀막을 통하여 병균이 침입하지 않도록, 미국놈이 만든 마이신을 먹고 있는 사실이 어떤 역사적인 의미를 띠고 있는 것 같기도 하여 잠시 숙연해진다. 하지만 숙연이고 무엇이고 내 의식은 가물가물 잠 속으로 빠져들어가기에 바쁘다.

나는 자꾸만 남강 벽류 밑으로 들어간다. 의암 바위 밑에 뚫려 있다는 굴을 캄캄한 물속으로 더듬어 찾는다. 아무리 더듬어도 딱딱한 암벽뿐 내 몸을 끌어들일 만한 굴의 입구는 만져지지 않는다. 그 굴을 만나면 이쪽 굴 끝에서 저쪽 굴 끝까지 사마귀 헤엄으로 신나게 빠져나가 볼 텐데. 내가 들어갈 굴이 없다. 내가 들어갈 굴이…….

허우적거리다 나는 눈을 뜬다. 창 너머로 하늘이 희끄무레 밝아오는 것이 보인다. 이제 나는 처녀가 아닌 몸으로서 새날을 맞이하게 된 것이다. 앞으론 훨씬 자유롭게 동생을 위해 돈을 벌 수 있을 것이다. 손님들에게 일일이 거짓말을 하지 않아도 될 것이다.

나는 다시 고개를 빼들어 방바닥을 내려다본다. 게다니의 몸뚱어리가 새벽빛에 더욱 하얗게 드러나 보인다. 나를 자유롭게 만들어 준 그의 물건은 오히려 자유를 잃은 듯 오그라붙어 있다. 정말 갑자기 그가 몹시 불쌍해 보인다. 침대 아래쪽에 뭉쳐져 있는 홑이불이라도 펴서 그를 덮어주고 싶다. 하지만 다시 마음을 다잡아먹으며 고개를 돌려버린다. 그에게 신경을 쓸 시간에 잠이라도 더 자두자.

나는 눈을 감고 새벽빛이 내 눈꺼풀을 어루만지는 것을 감촉한다. 아까까지는 물 밑으로만 가라앉던 내가 이제는 홀연히 하늘로 치솟는다. 내 아래에는 광활한 정경이 펼쳐진다. 의암 같은 것은 온데간데 없고 일본열도와 한반도가 통째로 보인다. 풀죽은 게다니의 물건같이 꼬부라져 있던 일본열도가 서서히 똑바로 펴지면서 발기한다. 한반도는 여성의 그것과 같은 형태로 보인다. 일본열도가 방향을 틀더니 한반도 깊숙이 파고들어온다. 한반도가 몸을 뒤튼다. 희열로 뒤트는 것이 아니라 생살 찢어지는 고통으로 뒤튼다. 38선 금방에 있던 한반도의 처녀막이 팍 터지면서 피가 솟는다. 그 피가 얼마나 높이 솟는지 내 얼굴에까지 튀어오른다.

나는 얼른 두 손으로 얼굴을 감싸려다 말고 눈을 뜬다. 훤한 아침이다. 손목시계를 들여다본다. 거의 강씨가 올 시간이다. 나는 그대로 일어나 방문을 밀고 나간다. 게다니는 강씨가 와서 처리를 할 것이다. 흔들어 깨우든지 상태가 심하면 병원으로 운반해 갈 것이다. 나는 집에 돌아가서 주인언니와 함께 강씨가 받아가지고 올 돈만 기다리면 된다.

나는 프런트 앞을 지나 커피숍의 사람들을 흘끗 쳐다보곤 회전유리문을 밀면서 바깥 거리로 나간다. 이미 거리에는 자동차와 사람들이 쏟아져나와 북적거린다. 사람들은 어젯밤의 나처럼, 돈을 벌려고 열심히 아침 거리를 가고 있음에 틀림없다. 조금 시원한 바람이 불고 있는 거리 저쪽에서 한 아이가 신문뭉치를 들고 와서 와락 공중에 흩뿌리며 소리친다.

"호외요, 호외! 독립기념관 본관에 대화재요! 폭발음 들린 후에 불길 치솟다!"

길을 총총 가던 사람들이 길바닥에 떨어진 호외들을 줍기에 여념이 없다. 아, 내 처녀막이 터져 붉은 물을 흘릴 즈음 목천 하늘에서는 붉은 불이 치솟고 있었구나. 나는 바람에 날리려는 호외를 하이힐로 꼭 누르고 선 채 발 쪽을 내려다보며 기사의 큰 글씨들을 읽어나간다. 나는 나와 독립기념관만 무너진 것이 아니라 뭔가 또 중요한 것이 무너진 것만 같은 예감에 부르르 몸을 떨기까지 한다.

택시를 잡아타고 급히 집으로 돌아와 대문을 밀치고 들어선다.

"언니, 소식 없었어요?"

내가 소리친다.

"소식 있다."

주인언니가 슈미즈 차림으로 내 원피스 색깔과 같은 노란 종이쪽지를 들고 마당을 내려선다. 그 종이를 받아쥔 내 손이 후들후들 떨린다.

'민구위독급래바람엄마.'

어머니는 전보문을 열 자로 채우기 위해 애를 썼음이 분명하다. 그리고 내가 진주로 내려갔을 때는 이미 민구가 죽어 있을 것도 확실하다.

"얘, 민자야. 강씨가 이백만 원 받아 오면 강씨 삼십 프로, 나 이십 프로, 민자 너 오십 프로 하는 거다."

주인언니가 껌을 씹으며 다짐을 해두고 있다. 나는 노란 종이쪽지를 옐로카드인 양 언니를 향해 치켜들고 버럭 고함을 지른다.

"강씨 삼십 프로, 언니 칠십 프로 하세요!"

# 공습경보
—어둠 속의 여자

왜애애앵…….

사이렌이 길게 울었다. 사이렌은 1819년 프랑스의 물리학자 C. C. 드라투르가 고안한 이래 신호·경보·시보 등에 줄곧 사용되어 온 유서깊은 음향 장치의 하나이다. 드라투르는 그것을 고안할 당시 인류가 이렇게 오래도록 그 장치를 활용할 줄은 미처 몰랐을 것이다. 원시시대부터 전쟁을 알리는 데 사용되어 온 북소리 나팔소리 봉홧불 같은 것들을 제쳐버리고 사이렌이 그 자리를 차지한 지는 꽤 오래된 셈이다. 그리고 앞으로도 긴 세월 동안 사이렌은 그 위치를 고수하게 될 것이다.

왜애애앵…….

일 분 동안 평탄하게 울려야 하는 경계경보였다. 나는 그 경계경보가 울리고 있을 때 사당동 대로의 인도를 걸어가고 있었다.

사이렌은 아마 오디세이아의 항해에 나오는 그 세이렌(Seiren)에서 따온 말일 것이다. 오디세이아는 태양의 소들이 살고 있는 섬으로 가는 도중에 사이렌의 섬을 지나가게 되었다. 사이렌은 상반신은 여자요 하반신은 새의 모습을 한 바다의 인어들이었다. 그 인어들은 이루 말할 수 없는 아름다운 목소리로 노래를 불렀기 때문에, 그 노래를 듣는 사람은 누구나 정신이 홀려 바다로 뛰어들고 마는 것이었다. 바다로 뛰어든 자들은 모두 익사하고 말았고 사이렌들은 그 시체의 해골로 둑을 쌓아나갔다.

오디세이아는 거기에 대해 주의를 받고 있었기에 선원들에게 밀랍으로 귀를 막도록 하였다. 그런데 자기는 귀를 막지 않은 채, 자신의 몸뚱이를 돛대에 단단히 묶어달라고 부하들에게 부탁하였다. 오디세이아는 왜 다른 선원들처럼 밀랍으로 귀를 막지 않았을까. 사이렌의 유혹에 얼마만큼 견딜 수 있나 스스로를 시험해 보고 싶어서 그랬을까. 그랬다면 왜 자신의 몸을 돛대에 묶도록 했을까. 밧줄로 자기 몸을 묶지 않고 의지의 힘으로 묶었어야 하지 않는가. 결국 오디세이아는 유혹을 이길 힘은 없지만 사이렌의 목소리는 듣고 싶은 호기심 때문에, 밀랍으로 귓구멍을 채우는 대신 좀 억지스러운 방법을 썼던 것이다. 그 결과 그는 바다에 뛰어들려고 몸부림을 치느라 밧줄에 긁힌 흔적을 온몸 가득히 지니게 되었다. 그가 얻은 것이란 사이렌의 목소리가 어떠한가를 사람들에게 말해 줄 수 있는 자격뿐이었다. 그런데 그가 사이렌의 노랫소리가 어떠한가를 사람들에게 증거하면 증거할수록 사람들을 더욱 유혹에 끌리게 하여 위험에 빠뜨리는 셈이 되었다.

사이렌은 죽음에의 유혹이다. 공중을 나는 비행기 조종사는 사이렌의 목소리를 듣고 정신이 홀려 사이렌소리가 나는 곳으로 비행기와 함께 뛰어들려고 한다. 지상의 인간들도 사이렌소리에 홀려 비행기가 퍼붓는 폭탄 속으로 정신없이 뛰어들어간다. 사이렌은 거대한 죽음의 축제가 곧 벌어질 것이라는 예고이다.

왜애애애앵…….

사이렌은 '왜' 자를 길게 빼고 있었으므로 그것은 온 지상과 하늘을 뒤덮는 의문부호이다. 왜 우리 민족은 같은 동족이면서도 이토록 서로 증오해야 하나, 왜 남한과 북한의 정권 담당자들은 백성들을 계속 속이기만 하는가. 왜 7·4공동성명은 역사상 그 유례를 찾아보기 힘든 사기극이 되고 말았는가. 왜 공습경보 훈련을 이런 시간에 실시해야만 하나. 왜 전두환은 하필 이런 시기에 온 백성을 어둠의 공포 속으로 몰아넣는가. 왜왜왜 학생들은 전두환을 저주하며 직선제 개헌을 부르짖고 있는가. 왜왜왜 많은 백성들은 그저 침묵만 하고 있는가. 왜왜왜애애애앵…….

거리에는 야간공습 경보에 대한 홍보가 미리 있었기 때문인지 사람들이 드물었다. 나는 온 거리에 불이 꺼지기 전에 어디 피할 곳이라도 찾아놓고자 걸음을 빨리하여 걸어갔다. 조금 전까지 대로상을 질주하던 차량들도 모두 인도 가까이로 물러서 멈춰선 채 헤드라이트를 꺼놓고 있었다. 시내버스를 타고 있던 승객들은 다들 어디로 가서 숨었는지 신기할 정도로 한 사람도 보이지 않았다. 아예 운전사까지 사라지고 말았다. 그저 텅 비어 있는 버스들, 택시들, 승용차들, 봉고, 트럭들…… 그 순간에는 아무도 그것들에 대해 소유권을 주장하지 않고 있었다. 완전한 공산사회가 대로를 따라 과천 쪽으로 강남 쪽으로 쭉 뻗어 있었다. 모든 소유를 포기하는 순간의 자유로움이여, 공포여.

인도 주변의 상점들과 집들도 하나 둘 불을 끄고 있었다. 시야가 갈수록 어두워졌다. 내가 걸어가고 있는 거리에는 나 이외에는 사람들이 거의 눈에 띄지 않는 것 같았다. 문득 나 혼자 이 거대한 어둠을 감당해야만 할 것처럼 으스스한 기분을 느꼈다. 그러다가 오십여 미터 앞쪽에 또 한 사람이 총총히 걸어가고 있는 것을 발견하였을 때의 반가움은 이루 말할 수 없는 것이었다. 더군다나 그 사람은 여자였다. 젊은 여자.

사실 나는 야간공습 경보가 있을 것이라는 예고를 듣고 그 시간에 집을 나섰다고 하는 편이 정확할 것이었다. 다른 사람들은 직장에서 일찍 퇴근하여 서둘러 집으로 들어오고 있는 그 시각에 나는 도리어 집을 나섰으니, 야간공습에 맞아죽으려고 환장을 하였다고 누가 비난을 하여도 아무 할 말이 없는 입장이긴 했다. 정말 나는 다른 일이 있어서 그 시각에 집을 나선 것이 아니었다. 내가 집을 나선 유일한 이유는, 야간공습 훈련이 있고 등화관제가 실시될 거라는 예고가 있었기 때문이었다. 나는 등화관제로 서울과 한국 전역에 온통 드리워지는 어둠을 집 안에서가 아니라 길거리에 선 채로 맞고 싶었던 것이었다. 그 깜깜한 어둠에 머리카락을 젖게 하고 온몸을 잠기게 하고 싶었다. 그리고 무엇보다도 바로 이런 상황, 어둠 속에 어느 여자와 단둘이 갇히게 되는 이런 상황이 연출되기를 내심 바라고 있었다.

여자는 아마 직장에서 조금 늦게 퇴근한 듯 직장여성의 분위기를 어깻죽지 너머로 풍기며 걸음을 재촉해 나가고 있었다. 나는 저 여자와 거리가 너무 떨어져서는 안 된다고 생각하며 걸음을 배로 빨리하였다.

"거기 삼층 불 끄시오."

"촛불도 끄란 말이오. 커튼을 쳐도 불빛이 새어나온다구."

어느 골목에서인가 핸드마이크를 통해 울려 퍼지는 민방위 요원들의 소리가 무슨 공산당원들의 소리처럼 들려왔다.

"말 안 들어. 올라갈 거야, 빨리 꺼."

"야, 폭격에 맞아죽으려고 환장했어? 꺼, 끄란 말이야."

민방위 요원들의 소리가 점점 더 거칠어졌다. 이제 거리는 완연히 빛의 흔적을 찾아보기 힘들게 되었다. 민방위훈련을 지휘하며 이리저리 왔다갔다하는 차량에서 희미하게 새어나오는 불빛과 민방위 요원들이 손에 쥐고 있는 흐릿한 손전등 이외에는 모든 것이 빛을 잃고 말았다.

여자는 이제 멈춰설 때가 다 되었다는 것을 느끼는지 걸음을 더욱 빨리하여 왼편 길로 꺾어들어갔다. 그쪽 방향은 총신대로 들어가는 입구라는 것을 어둠 속에서도 알 수가 있었다. 총신대는 무슨 낙성대처럼 유적지가 있는 곳이 아니라 총회신학대학을 줄인 말이었다. 나도 곧 총신대 방향으로 길을 꺾었다. 그쪽은 대로 쪽보다 더욱 깜깜하였다.

"건물 밑으로 피하시오."

민방위 요원이 간혹 길을 지나가고 있는 사람들을 향하여 손전등을 흔들어대며 소리를 지르는 바람에, 여자는 앞으로 나아가는 것을 포기하고 길가의 어느 건물 처마 밑으로 가서 섰다. 나도 민방위 요원의 소리에 쫓기는 척하며 자연스럽게 그녀 곁에 가서 섰다. 그녀는 자기 옆에 와 서는 나에게 전혀 관심이 없다는 듯 밤하늘을 올려다보고만 있었다. 어쩌면 그런 동작은 나를 철저히 의식하며 자기를 보호하려는 몸짓인지도 몰랐다.

왜앵 왜앵 왜앵…….

이제 삼 분간 파상적으로 울려야 하는 공습경보가 울리기 시작했다. 거리의 집들은 정말이지 한 줌의 빛도 새어나오지 않고 있었다. 밤하늘에도 등화관제가 실시되었는지 별들마저 모두 불을 끄고 있었다. 하늘에서 먹물이 쏟아져내린 듯한 완전한 어둠이었다. 그 어둠은 나의 내부로까지 순식간에 밀려들어와 창자를 채우고 밥통을 채우고 심장을 채우고, 심지어 방광과 요도를 채우기까지 하였다. 어디 그뿐인가 나의 불알 두 쪽도 칠흑 어둠으로 채워졌다. 모

든 세포가 어둠에 삼투당하고 있었다. 나는 여자가 내 옆에 서 있다
는 사실조차 한순간 잊을 정도로 어둠에 압도당해 버렸다.

나는 아프리카를 생각했다. 빅토리아 호숫가의 밀림이 떠오르고
우간다가 떠올랐다. 우간다는 여러 종족으로 구성되어 있다. 이테
소·카라모·랑고·아초리·마디·바간다·바냥콜레·바기스,
이런 검은 족속들이 주로 검은 커피를 생산하며 살아가고들 있다.
검은 쿠데타의 연속, 이디 아민은 무슨 종족에서 나온 인물일까. 이
디 아민이 캄팔라 네거리에 쪼그리고 앉아 지나다니는 차량들을 하
나하나 뜯어보고 있다. 저 버스 내 거. 저 지프차 내 거. 이디 아민
이 손가락으로 가리키는 차량마다 그 즉시로 아민의 것이 되고 만
다. 탐욕으로 불어터진 볼때기. 벗겨진 이마. 이디 아민은 누구를
닮았다.

우우웅위이잉부우웅.

까만 밤하늘 어디에선가 비행기들이 날고 있다. 가상 적기의 출
현인 모양이다. 비행기의 동체는 보이지 않고 하늘을 뒤흔드는 엔
진 소리만 들려왔다. 이런 야간공습 훈련 때 정말 적기가 밤하늘을
날아 공격해 온다면 더욱 큰 혼란이 있게 될 것이다. 민방위 본부에
서는 훈련경보를 실제경보로 바꾼다고 다급한 목소리로 반복해서
외치겠지만, 사람들은 일단 훈련이 시작되면 라디오 같은 데 귀를
기울이지 않는 습관이 있으므로 그저 민방위훈련이 계속되는 줄 알
것이다. 적기가 기총소사를 해대며 폭탄을 떨어뜨려도 좀 강도 높
은 훈련을 하기 위해 실제와 흡사한 상황을 연출하는 것으로 여기
고 말 것이다. 기총소사 소리나 폭탄이 터지는 소리들도 직접 피해
를 당하는 사람들 이외에는 훈련용 공포탄이 터지는 소리 정도로
여기게 될 것이다. 건물을 태우며 숫구치는 불길도 흔히 소방훈련
에서 피우는 그런 인조 불길로 여길지도 모른다. 그렇다면 지금 저

하늘을 날아오고 있는 비행기는 가상 적기인가 진짜 적기인가. 금방이라도 바로 여기에 폭탄이 떨어질 것 같다. 나는 점점 몸이 졸아드는 것을 느꼈다.

"어머!"

어둠 속 가까운 곳에서 여자의 부드러운 외마디 소리가 흘러나왔다. 그래서 그 소리는 비명이 아니라 일종의 경탄과 같은 것임을 금방 알 수 있었다. 참으로 강렬한 빛줄기들이었다. 하늘 꼭대기까지 뚫을 듯이 그 빛줄기들은 공중으로 치솟아 어둠의 내장을 마구 휘젓고 있었다. 그럴 적마다 비행기의 모습은 잡히지 않고 어둠이 처먹은 허연 구름 조각들이 얼핏얼핏 내비치곤 하였다. 동서남북 양 사방에서 빛줄기들은 비스듬히 솟구쳐 한 점으로 모였다가 서로 엇갈리며 흩어지곤 하였다. 장관이었다. 나는 내가 왜 이 시각에 집을 나왔는가 하는 것이 더욱 분명해졌다. 바로 이 어둠을 휘젓는 빛줄기들을 구경하고 싶었던 것이 주된 이유가 아니었을까.

"아!"

나도 여자처럼 가만히 외마디 감탄을 뱉어내었다. 그러고는 불꽃놀이, 아니 빛놀이를 함께 구경하고 있는 여자를 온몸으로 의식하기 시작했다. 이때야말로 여자에게 말을 걸 수 있는 절호의 기회가 아닌가. 그러나 내 입에서는 한마디도 여자 쪽으로 흘러나가지 않았다. 이제 거리는 민방위 요원들의 기척도 느껴지지 않았다. 이 구역에서는 여자와 나만이 어둠에 갇혀 있다는 생각이 들었다. 여자를 잔뜩 의식하다 보니 여자 쪽에서 어떤 냄새가 건너오는 것을 감지할 수 있었다. 그것은 화장품 냄새도 아니고 살내음도 아닌 묘한 냄새였다. 그 냄새는 짙은 어둠을 지나 나에게로 건너와야 했으므로 어둠의 냄새까지 합해지는 바람에, 종잡을 수 없는 그런 종류로 변했는지도 몰랐다.

나는 그 냄새에 이끌리듯이 조금씩 여자 쪽으로 발을 옮겨나갔
다. 너무나 깜깜한 어둠이었기에 여자는 내가 자기 쪽으로 옮겨오
고 있다는 사실을 눈치채지 못하고 있는 듯하였다. 하늘로만 치솟
는 빛줄기들은 여기의 어둠과는 아무 상관이 없는 것이었다. 어느
새 사이렌소리도 멎어 있고 괴기스러운 정적만이 감도는 거리의 한
모퉁이 어둠 속에서, 그녀와 나의 간격은 점점 좁아지고 있었다. 그
순간에는 그녀와 나만이 이 세상에 존재하는 듯 여겨지기도 하였
다. 아니, 그녀와 나만이 존재했으면 하고 간절히 바랐다고 할 수
있다. 그리고 이 어둠의 시간이 될 수 있는 한 길게 이어지기를 바
라고 있었다.

나에게는 어둠 속에 있는 여자를 가만두지 못하는 이상한 버릇
이 있었다. 어둠 속에 있는 여자를 그대로 둔다는 것은 나 자신을
배신하는 일처럼 여겨졌다. 나는 나 자신에게 충실하기 위하여 어
둠 속에 있는 여자면 꼭꼭 건드리고야 말았다. 깜깜한 극장 안에서
나 밤길을 달리는 불 꺼진 고속버스 안에서 옆에 있는 여자를 건드
리는 것은 이미 너무도 상습적인 일이 되었지만, 불이 훤히 켜져 있
는 밤 기차 안에서도, 바깥이 어둠에 묻혀 있고 다른 승객들이 다들
눈을 감고 내부적인 어둠 속으로 침잠해 들어가 있는 점을 한껏 이
용하여, 옆에 앉은 여자를 건드리는 경우도 자주 있었다. 어떤 때는
훤한 대낮에 좌석버스를 타고 가면서도 옆에 앉은 여자를 건드린
적이 있기도 하였는데, 그럴 적에는 나 스스로 눈을 감고 나의 시야
를 온통 어둠으로 채움으로써 나의 행위가 어둠 속에서 이루어지는
것이 되게 하곤 하였다. 그 버릇은 밤바다를 지나는 여객선의 선실
로까지 이어지기도 하였는데, 전혀 낯선 여자의 몸을 접촉하고 만
진다는 것은 이미 알고 있는 여자의 몸을 애무하는 것보다 수십 배
짜릿한 쾌감을 안겨주는 것이었다.

　무엇보다 상대방 여자가 나의 몸짓을 거부하지 않고 받아주고 있다는 사실은, 정말이지 나로 하여금 감격에 넘치게 하기에 충분하였다. 그럴 때면 나는 여기에 모든 이해관계를 초월한 사랑이 있다고 외치고 싶은 충동을 느끼곤 하였다. 여자는 자기 몸을 나에게 맡기는 데 대하여 아무런 요구도 해오지 않고, 나 역시 여자를 애무해 주는 대가를 요구하지도 않았다. 시간과 공간이 허락해 주는 한, 서로의 몸을 비비거나 만지다가 조금 아쉬움을 지닌 채 아무 말 없이 헤어지면 그뿐이었다. 나중에 길거리에서 우연히 마주친다고 하여도 서로 얼굴을 알아볼 수가 없을 것이다. 이토록 순수한 사랑이 또 어디에 있는가. 서로를 속이는 복잡한 절차도 필요없고 그럴듯하게 갖추어야 할 형식도 필요 없다. 더구나 금전의 수수 같은 것은 아예 염두에 둘 필요도 없다.

　나는 바로 이 순수한 사랑을 갈망하기 때문에 그런 버릇을 지니게 된 것인지도 모른다. 그리고 얼마나 건강한 원시적인 사랑인가. 밀림을 헤치며 나가다 낯선 암컷을 만나 사랑을 나눈 후 미련없이 헤어지는 짐승들처럼 그렇게 사랑하는 것이 얼마나 자연스러운가. 짐승들의 사회에는 돈을 주고 사랑을 구걸하는 그런 결혼제도나 사창가는 없다. 나는 내 정신이 이 현대문명에 찌들리면 찌들릴수록 원시를 찾아나설 것이고 어둠 속에 있는 여자를 계속 건드릴 것이다.

　나는 갑자기 내가 발톱을 숨긴 한 마리 하이에나라도 된 기분이 되어 한 발 더 여자 쪽으로 슬그머니 몸을 옮겼다. 드디어 어깨 근방에 그 여자의 옷이 닿는 감촉을 느낄 수 있게 되었다. 그러자 아까 그 냄새가 그녀의 머리카락에서 나는 냄새라는 것이 확인되기도 하였다. 오디세이아를 유혹한 사이렌의 노랫소리보다도 그 머리카락 냄새가 더욱 유혹적일 것이었다. 그 냄새를 맡고도 가만있을 남자가 어디에 있단 말인가. 나는 밀랍으로 콧구멍을 막지 않은 것을 다행으로 생각했다. 또한 돛대에 매인 몸도 아니므로 유혹에 나 자신을 던질 신체적인 자유를 보유하고 있기도 하였다.

다시금 아프리카가 떠올랐다. 이번에는 이디 아민은 보이지 않고 루웬조리 산이 보이고 그 밀림 속의 짐승들이 보이고 이 미터도 넘는 거대한 개미집들이 보였다. 카발레가 폭포가 쏟아지는 근방에 하마들이 멱을 감고 있고, 얼굴에 온갖 분장을 한 도도스족들이 머리에 타조털을 꽂고 우이우이 춤을 추고 있었다. 그리고 『슬픈 열대』가 떠올라왔다. 브라질 원시림 속에서 남비콰라족, 보로로족, 문데족 들은 아예 옷 하나 걸치지 않은 벌거숭이들로 서로 껴안고 뒹굴고 있었다. 레비스트로스가 ‘슬픈’이라는 표현을 쓴 것은, 그 열대의 건강한 원시성을 아끼는 마음에서 그러하였음에 틀림없다.

여자가 조금 저쪽으로 물러났다. 나도 이쪽으로 몸을 기울이는 척하며 얼른 한 발 뒤로 물러섰다. 여자가 무척 나를 경계하고 있는 것 같기도 하여, 나는 내가 얼마나 선한 동물인가를 말해 주고 싶어 조바심이 났다. 그래서 나는 나직하게 노래를 부르기 시작했다.


긴 밤 지새우고 풀잎마다 맺힌
진주보다 더 고운 아침 이슬처럼
내 맘에 설움이 알알이 맺힐 때


나는 김민기의 노래를 흥얼거림으로써 짐짓 의식있는 인텔리라는 것을 은연중에 드러내고 있었다. 그리고 그 노래의 맑은 분위기야말로 내가 선한 동물이라는 것을 증명하는 데 안성맞춤이었다. 여자는 과연 나의 노래에 주의를 기울이고 있는 듯하였다. 나는 슬그머니 노래를 목구멍 속에 말아넣고 다시금 그녀와의 간격을 좁히는 일에 열중하였다. 여전히 깜깜한 어둠이었다. 빛줄기들이 밤하

늘을 훑고는 있었지만, 그것은 장엄한 어둠을 장식해 주는 가느다
란 은빛 문양에 불과하였다.

전쟁은 어둠이요 어둠은 낭만이요 낭만은 사랑이요 사랑은 순수
한 욕정이었다. 가장 원시적인 전쟁 중에 인간들은 원시로 돌아가
더욱 순수해질 수도 있었다. 소유를 포기한 인간들은 이웃들에게
더 많은 관심을 기울일 수도 있었다. 여자를 악착같이 소유하려는
욕망을 버리고 하룻밤 아니면 한두 시간의 사랑으로 만족할 수도
있었다. 물론 난폭한 짐승들의 추잡한 행동들도 있겠지만 말이다.

나는 될 수 있는 한 부드럽게 여자에게로 접근해 갔다. 내 속으
로 밀려들어온 어둠이 바깥에 있는 어둠과 합세하여 나에게서 부끄
러움 같은 것을 거두어갔다. 내 왼쪽 어깨의 앞부분이 여자의 오른
쪽 어깨 뒷부분에 접촉되었다. 그런데 놀랍게도 이번에는 여자가
미동도 하지 않은 채 나를 받아들여 주고 있었다. 아마 방금 전에
부른 노래가 주효했던 모양이었다. 나는 미처 부르지 않은 그 노래
를 마저 부르고 싶은 심정이 되었다. 그만큼 나는 환희에 차고 감사
하는 마음으로 넘치게 된 것이었다.

나는 언젠가는 여자의 모든 것에 대하여 방대한 책을 쓸 것이다.
먼저 여자의 몸에 관하여 섬세하면서도 유려한 필치로 흥미진진하
게 써나갈 것이다. 여자의 머리카락에서부터 시작하여 이마, 눈썹,
눈동자, 코, 뺨, 인중, 입술, 이빨, 목, 어깨, 젖가슴, 배, 배꼽, 그리
고 더 아래로 내려가서 발바닥에 이르기까지 모든 것을 세세하게
묘사해 나갈 것이다. 무엇보다 그 부분들의 매력과 감촉들을 생생
하게 살려나갈 것이다. 머리카락이 좋았던 여자, 이마가 좋았던 여
자, 눈썹이 고왔던 여자, 배꼽에 매력이 고여 있던 여자, 내가 경험
한 모든 여자들이 그 책에서 언급될 것이다. 나와 어떤 모양으로든
지 관계했던 여자들은 아연 긴장하면서 그 책의 페이지를 넘기게

될 것이다. 서로 익명의 상태에서 접촉했던 여자들도 자기 신체의 일부분이 묘사되어 있는 것을 보고 놀랄 것이다. 무수한 손님들을 받아 나 같은 것을 까맣게 잊어버렸을 창녀들도 우연히 그 책을 펼쳤다가 자기의 은밀한 부분이 묘사되어 있는 것을 보고, 씨팔 자식하고 욕을 해댈 것이다. 아니, 그건 결코 욕이 될 수 없다. 창녀들은 원래 애정의 표시를 욕으로 하니까.

여자와 접촉되는 부분이 점점 많아졌다. 여자의 엉덩이 부분이 나의 허벅지에 닿기도 하고 더 안쪽을 자극하기도 하였다. 나는 이런 경우 섣불리 손을 내밀어 여자의 젖가슴을 더듬는다든지 하는 추태를 부리지 않는다. 어디까지나 여자의 반응을 존중해 주면서 지극히 부드럽게 온몸의 거죽으로 애무해 주는 것이다. 이 여자가 조금이나마 미학적인 분별력이 있다면, 이 장엄한 어둠 속에서 온 정성을 다해 자기를 애무해 주는 남자를 중심으로 한 풍경들이 자못 그로테스크하게 여겨졌을 것이다. 뭉크가 이 장면을 포착하여 그림을 그린다면 어떻게 그렸을까. 「입맞춤」과 같은 목판화처럼 남녀를 아예 한 덩어리로 어둠 속에 구겨넣어 버렸을 것이 틀림없다. 뭉크의 인물들은 거의가 다 뭉그러져 있다. 그리고 검은 옷들을 입고 있다. 뭉크라는 이름만 들어도 저 속에서 죽음의 어두운 공포가 뭉클뭉클 솟아올라온다. 정말 뭉크를 데려다가 이 한반도의 반쪽에서 실시되는 야간공습 훈련을 참관하도록 해야 한다. 이미 무덤 속에서 까맣게 썩어버렸을 뭉크. 우간다의 부족들은 떠오르는 태양을 자신들의 '뭉구'로 숭배한다. 뭉구는 우간다어로 신(神)이라는 뜻이다. 우간다 부족들은 태양이 떠오를 때 일제히 집 밖으로 뛰어나가서, 입 앞으로 두 손을 가져가서는 침을 탁 뱉고 훅 불면서 태양을 향해 손바닥을 벌린 채 두 팔을 치켜올린다. 아도히스타, 아도히스타. 떠오르는 순간의 태양이라는 의미인 아도히스타를 외치며 아도히스타를 뭉구로 숭배한다. 그러나 태양은 그 일출의 순간만 지나면 뭉구로서의 숭배를 받지 못하는 평범한 해에 불과하게 된다. 그러니까 우간다 부족들은 신에게 뭉구가 되는 일정한 시간을 부여하고 있는 셈이다.

뭉크의 뭉구는 우간다말로 '아이쿠'였다. 아이쿠는 공포의 창조자이며, 밤의 나그네를 기다리는 차가운 바람의 창조자이다. 아이쿠는 일몰과 더불어 이 세계를 찾아와 아도히스타가 나타나기까지 사람들을 공포에 떨게 한다. 아이쿠를 만나면 정말 아이쿠 하며 비명을 지르지 않을 수 없다. 뭉크의 「절규」는 아이쿠를 만난 자의 표정에 다름 아니다. 지금은 아이쿠가 뭉구로서 이 세계를 지배하는 시간이다. 그러나 아이쿠는 나에게 이런 달콤한 순간을 주기도 하였다. 아니, 달콤하면서도 무척 긴장되는 순간이다. 여자가 갑자기 어떤 변칙적인 반응을 보일지 알 수 없기 때문이다. 여자는 천차만별이라, 처음에는 나의 몸짓을 받아들였다가도 어느 순간 차갑게 거부해 버리는 묘한 여자가 있기도 하다. 그런 여자는 처음에는 아도히스타와도 같다가 나중에는 아이쿠로 변신해 버린다.

나는 그런 여자를 알고 있다. 여기서 '알고 있다'고 하는 것은 보통 내가 접촉하는 낯선 여자들과 달리 그 이름과 인적사항들을 알고 있다는 말이다. 그러니까 꽤 친숙한 편에 속하는 여자였다. 그녀를 편의상 S라고 하자. S와 나는 그날 「신의 아그네스」라는 연극을 함께 보러 갔다. 비원 앞쪽에 있는 어느 극장에서 그 연극을 보았는데, 그때에도 어둠 속에 있는 여자를 가만 놔두지 않는 나의 버릇 때문에 나 스스로 좀이 쑤셔 견딜 수 없게 되었다. S가 전혀 낯선 여자라면 좀 더 쉽게 건드릴 수 있겠으나, 그동안 친밀한 관계를 맺어오던 S인지라 나의 몸놀림과 손놀림이 조심스러워지기만 하였다. 그러나 S가 나의 몸짓을 오히려 기다리고 있었다는 것을 알고 나서는 훨씬 편안한 마음으로 애무해 줄 수 있었다. 나는 일단 여자의 몸의 일부와 접촉되고 있으면 영화든 연극이든 그 스토리가 어떻게 전개되는지 알지 못한다. 두 눈 멀쩡히 뜨고 있기는 하지만 그 영화와 연극들은 나의 망막을 스치고 지나갈 뿐이다. 그래서 그런 날 나에게 기억되는 것은 단편적인 몇 개의 영상과 나의 몸짓에 반응하던 여자의 몸놀림이나 숨소리 같은 것뿐이다. S는 앞쪽 의자에 앉은 사람이 뒤돌아볼 정도로 자꾸만 길게 한숨을 내쉬고 있었다.

「신의 아그네스」는 아그네스의 아름다운 노래와 함께 막을 내렸다. 그 노랫소리는 너무도 매혹적이어서 사이렌의 노래를 연상시켜 주었다. 수녀들은 이 시대에 검은 옷을 입은 사이렌들이다. 상반신은 여자인데 하반신은 이미 여자가 아니다. 수녀들은 다만 남자들의 해골을 구하기 위해 노래할 뿐이다. 그래서 아그네스는 아도히 스타의 아그네스인지, 아이쿠의 아그네스인지 분간할 수가 없었다. 아무튼 분명한 것은 '신의 아그네스'라는 점이었다.

나는 신의 아그네스로 변한 S를 데리고 어느 레스토랑으로 들어가 저녁식사를 일단 하였다. 그 레스토랑 역시 극장만큼이나 어두운 조명으로 침침하기 그지없었다. S와 나는 나란히 앉아 식사를 하고 맥주까지 시켜마셨으므로, 식사가 끝난 후 극장에서 못다 나눈 애무로 곧장 들어갈 수가 있었다. 그때 나는 이미 결혼을 하고 있었으나 S는 아직 결혼을 하지 않고 있어서, S의 몸은 방금 꺼내온 아이스크림처럼 싱싱하고 달콤하고 순결하였다. 나는 레스토랑 칸막이를 엄폐물로 삼아 극장 안에서보다 훨씬 진한 애무로 S의 몸을 더듬어나갔다. 물론 나는 레스토랑의 희미한 불빛마저도 거부하기 위하여 눈을 감음으로써 나 나름대로 어둠을 창출하고 있었는데, S 역시 눈을 감은 채 나의 애무를 받으면서 내 입술을 찾는 듯 검지 손가락으로 내 얼굴을 더듬다가 인중 근방을 어루만졌다. S는 입맞춤을 요구하고 있었으나 나는 거기까지는 미처 생각이 미치지 못하고 그저 S의 젖가슴만 찾고 있었다. 한 시간이 지나고 두 시간이 지나도 나의 애무가 그치지 않자, S는 당황해하며 나를 밀쳐내려 하였다. 그러면 그럴수록 나는 더욱 S를 끌어안았다. 결국 S는 울음을 터뜨리고 말았다. 신의 아그네스처럼.

나는 S를 레스토랑 밖으로 데리고 나왔으나 집으로 돌려보내 줄 생각은 추호도 없었다. 붙잡고 늘어지는 나의 완강한 태도에 질린 S는 지나가는 택시를 불러세우고 거기에 냉큼 올라탔다. S가 운전석 바로 옆자리에 앉기에 나는 뒷문을 열고 뒷좌석에 앉았다. 운전사가 나를 흘끗 뒤돌아보며,

"동행이십니까?"

하고 물었다.

"아뇨."

S가 차갑고 단호하게 대답했다. 나는 내 귀를 의심했다. 나는 지금껏 S에게서 그런 금속성의 목소리를 들어본 적이 없었다. 조금 전까지 나의 애무를 따뜻하게 받아들이던 여자라고는 도저히 생각할 수 없었다.

"어디 가십니까?"

운전사가 S에게 행선지를 묻자, S는 또렷하게 자신의 행선지를 밝혔다.

"손님은 어디로 가십니까?"

운전사의 고개가 나에게로 돌려졌다.

"이 여자 가는 데까지 갑니다."

나는 마음에 반발을 느끼며 무뚝뚝하게 대답했다. 동행은 아닌데 행선지는 같은 사실에 운전사는 의아한 표정을 지었다.

"미친놈!"

　S의 입에서 나온 말이었다. 나는 온몸이 굳어지는 느낌이었다. 운전사도 S와 나의 관계를 눈치챈 듯 어색한 기색을 띠며 차를 몰았다. 이미 시간은 자정이 넘어 있었다. 나는 통금이 없다는 사실이 분통스러웠다. S는 목적지에 와서 요금을 계산해 운전사에게 건네주고는 황급히 택시에서 내린 후 차 문을 쾅 닫아버렸다. 나는 엉겁결에 S가 지불한 똑같은 요금을 운전사에게 건네주고 택시에서 내렸다. S는 한없이 싸늘한 자세로 저쪽 모퉁이로 꺾어들어가고 있었다. 나는 그 자리에 우뚝 선 채 한참 동안 S가 풍겨놓고 간 냉기 속에서 몸을 떨고 있었다. 그때 나는 깨달았다. 아도히스타가 수평선이나 지평선에서 떠오르는 순간만 뭉구이듯, 이 여자도 어느 시간에만 나의 여자가 될 수 있다는 사실을 깨달았다. 나는 어리석게도 그 시간을 연장하려 하였고, 그러자 여자는 아이쿠로 돌변하고 만 것이었다.

　지금 이 여자도 그때의 S처럼 돌변해 버리지는 않나 하고 나는 침까지 삼키며 긴장하기도 하였지만, 이 여자는 무척 착해 보였다. 나의 몸짓에 반응하는 자세가 그렇게 성실할 수 없었다. 나는 참으로 이 여자를 사랑하게 되었다. 우리 사이에 아무런 대화가 없었다 하여 우리의 사랑이 음란하다느니 정욕적이라느니 하고 매도할 자가 누구란 말인가. 사랑은 말로써의 언어가 아니라 몸짓으로써의 언어가 더 효과적이지 않은가. 나는 몸짓으로 이 여자에게 나 자신을 소개하였고 많은 대화를 나누고 있는 셈이었다. 그리하여 우리는 남미 콰라 족속들처럼 브라질의 원시림 한가운데 있었고, 케비론드족처럼 우간다의 밀림 속에 있었다.

　우간다에 관한 지식은 주로 칼 융의 저서들을 통하여 알게 되었는데, 칼 융은 우간다에 관한 지식 못지않게 여자에 관한 지식을 나에게 전달해 주었다. 융은 자신의 무의식이 하나의 인격으로 형성되어 자기에게 말을 걸어오는 것을 느꼈다. 그 인격은 여자의 인격이었다. 융은 그것을 자신의 내부에 있는 여성이라고 불렀다. 융은 자기 속에 있는 여성과 논쟁을 벌이기 시작하였으나 그 여성은 언어중추를 가지고 있지 않아 말을 잘하지 못했다. 그래서 융은 그 여성에게 자신의 언어중추를 빌려주었다. 그러자 그 여성은 한없이 장광설을 늘어놓기 시작했다. 융은 그 장광설을 깨어 있는 의식으로 하나하나 노트에 기록해 나갔다. 융은 예술적인 성향으로 가득 찬 그 여성을 '아니마'라고 불렀다. 아니마란 남성의 무의식 가운데 있는 여성상의 총체라고 하였다. 남성이 어머니를 시작으로 하여 그동안 경험해 온 모든 여성들의 흔적이 아니마의 내용을 이루는 셈이었다. 아니마의 부정적인 영향력으로 남성이 파멸되기도 하고 긍정적인 영향력으로 하여 남성의 정신이 안정을 얻고 치료된다고 하였다. 그러니까 여성은 남자의 바깥에 존재한다기보다 그 내부에 존재한다고 할 수 있었다.

융이 나를 본다면 나는 아직도 컴컴한 아니마의 숲을 헤매고 다니는 자로 판정될 것이 확실하다. 그런데 나는 이렇게 아니마의 숲을 헤매는 그 자체가 내 생존의 의미처럼 생각되고 삶의 보람처럼 여겨지니, 융도 어쩌면 나 같은 자는 치료하기를 포기하고 말지도 모른다. 아니, 나는 아니마의 영향력에 압도당하지 않는 비결을 S와의 사건을 통하여 체득하였다고도 볼 수 있다. 여자는 아도히스타처럼 일정한 시간만 나의 뭉구가 된다는 사실을 나는 깊이 인정하고 있으며, 상황에 따라 지켜야 할 한계를 뚜렷이 인식하고 있으니 말이다. 지금도 나는 마 논 트로포의 악상 부호를 지키려고 무척 나자신을 절제하고 있는 셈이다. 결코 이 여자에게 손을 대지는 않으리라. 몸만 대리라.

왜애애앵……

갑자기 사이렌 소리가 울렸다가 맥없이 스러졌다. 경보해제 사이렌인 모양이었다. 나는 그때 불현듯 한 사실을 알게 되었다. 그것은 사이렌의 노랫소리는 오디세이아의 아니마로부터 울려온 소리라는 것이었다. 그리고 그 노래는 공습경보 소리보다도 더 무서운 것이었다. 그러므로 우리 내부에는 늘 공습경보가 울리고 있다 할 것이다. 공습경보가 울렸기에 깜깜한 어둠이 드리워졌는지, 깜깜한 어둠이 몰려오기에 공습경보가 울렸는지는 아무도 모른다. 다만 우리의 내부를 훑는 탐조등이 저 깊은 곳에서 빛줄기를 쏘아올려야 한다는 것만은 분명하다.

제일 먼저 대로가에 정차해 있던 차량들의 헤드라이트들이 빛을 발하기 시작했다. 부릉부릉, 여기저기서 엔진 소리들이 들려왔다. 상점들과 집들의 창들도 밝아지기 시작했다. 여자와 내가 의지하고 서 있던 건물도 어둠 속에서는 쥐죽은 듯이 있다가 갑자기 활기를 찾으며 불들을 밝혔다. 우렁우렁, 사람들의 소리도 들려왔다. 잘 알아들을 수 없는 민방위 요원들의 핸드마이크 소리가 골목에서 커렁커렁 새어나오기도 하였다. 하늘을 훑던 탐조등의 빛줄기들도 사라지고 다시 거리는 훤해졌다. 이제 여자로 향하던 나의 몸짓도 탐조등의 빛줄기처럼 딱 중단되고 말았다. 그리고 나는 여자가 아무 일이 없었다는 양 무심한 표정을 지으며 자기 길을 가기를 기다렸다. 그러나 여자는 내가 먼저 자리를 뜨기를 기다리는지 붙박이인 듯 그대로 서 있었다. 그래서 나는 그녀와 멀찌감치 떨어지면 거리로 나설 채비를 하였다.

그때였다.

"함께 가시죠."

여자가 이렇게 내뱉다시피 말하며 앞장서서 거리로 한 발 내디디었다. 나는 머리를 되게 얻어맞은 기분이 되었다. 이런 경우 여자가 이런 식으로 나온 적은 한 번도 경험해 보지 못한 것이었다.

"네?"

나는 반문을 하며 얼떨떨한 표정으로 그녀의 얼굴을 처음으로 바라보았다. 무수한 몸짓언어를 서로 나누었던 사이였지만, 시선을 보내려고 하니 어색하기만 하였다. 그러나 그녀의 시선은 조금도 흐트러지지 않고 있었다. 그녀의 얼굴은 균형이 제대로 잡히지 않은 구도였지만 어딘지 모르게 사람을 끄는 매력이 있기도 하였다. 그런데 놀랍게도 그녀는 등 쪽이 부풀어 있는 곱사등이였다. 내가 왜 그것을 진작 알아차리지 못했을까. 어둠 속에서의 몸짓도 주로 하반신에 신경을 쓰면서 하였기 때문에 등의 상태는 잘 알 수 없었던 것이 당연한지도 몰랐다. 곱사등이는 대개 난쟁이에 가까운데 그녀는 그렇게 심한 곱사는 아닌 듯 어느 정도 키는 유지하고 있었다. 그런데 이 여자는 나를 보고 어디로 가자고 하는 것인가.

"어, 어디를?"

내가 다시 더듬거리며 묻자 그녀는 환하게 웃으며 대답했다.

"왜 그렇게 놀라세요? 나를 원하셨잖아요?"

"원, 원하다니요?"

그러자 여자는 순간적으로 표정이 일그러졌다.

"그럼 공습경보 내내 나에게 한 짓은 무슨 의미예요?"

나는 정말 할 말이 없게 되었다. 그러나 나는 간신히 할 말을 찾아내어 여전히 더듬거리며 말했다.

"고, 공습경보가 무서워서 공습경보를 이기려고……."

사실, 나는 민방위본부가 야간공습 훈련을 실시한 그 의도에 휘말려들지 않으려고 그런 짓을 했다는 식으로 좀 어려운 말을 하려고 하였으나 슬그머니 입을 다물고 말았다. 그러면서 나는 욕정이라는 것은 다른 것이 아니라 죽음의 공포를 이기기 위한 에너지인

지도 모른다는 사실을 어렴풋이 깨닫기 시작했다. 또한 나는 남자들로부터 늘 외면당하고 있을 이 여자를 위해 오늘 밤 몸보시를 해주어야 한다는 의무감 같은 것을 깊이 느끼고 있었다.

"호호호."

곱사등이 여자의 웃음소리가 사이렌의 노래처럼, 공습경보처럼 귓전을 때렸다.

# 한 문장이 채 되지 않는 이야기

그는 나무 밑에서 울고 있었는데 나무는 사백 년 묵은 회화나무이어서 거대한 검은 구렁이가 몸을 비틀며 하늘로 올라가고 있는 형용이었고 저쪽에서 오백 년 묵은 백송이 허옇게 몸을 젖히고 이쪽을 넌지시 바라다보고 있는 중에 내가 그의 곁으로 다가가 가만히 서 있으니 그가 얼마간 울다 말고 정견 정어 정업 정명 정념 등 팔정도를 적어놓은 법륜을 향해 어기적어기적 기어가 그 화강암 법륜을 돌릴 듯이 껴안았으며 실제로 법륜이 돌아가는가 싶었을 때 그가 흙바닥으로 미끄러져내렸고 내가 달려가 그의 몸을 살피니 온통 넋이 녹아버린 상태로 넋 녹은 냄새가 진동하여 일단은 손으로 코를 막을 수밖에 없었으나 그의 몸을 일으켜세워 내가 타고 온 승용차에 싣기 위해서는 부득이 코를 쥐고 있는 손을 풀어야만 하였으니 그의 넋 녹은 냄새에 나의 넋마저 녹을 판이었는데 모여든 사람들이 웅성거리는 와중에 곧장 차를 몰고 어디 가까운 병원이 없나 하고 두리번거리며 찾은 결과 민생병원이라는 간판이 막 네온을 밝히기 시작하는 것을 놓치지 않고 그 간판 밑으로 그를 껴안다시피 하여 들어가 응급실에 누이자 의사와 간호원이 뛰어와 과음으로 인한 인사불성이니 그렇게 염려할 바는 아니라고 진단한 후 진정제 종류의 주사를 놓아주기에 나는 그가 누운 침대 옆에 쪼그리고 앉아 그가 깨어나기를 기다리는데 간호원이 가족 되느냐 아내가 되느냐 물어 아니다 모르는 사람인데 길에 쓰러져 있는 것을 데리고 왔다 대답하고 또 한참을 그냥 쪼그리고 앉아 있으니 마침내 그가 부스스 눈을 뜨고 둘러보다가 나를 발견하고는 약간은 알은체를 하는 듯하여 내가 오히려 당황할 지경이었으나 그가 곧 다시 눈을 감았으므로 나도 모르게 한숨을 가만히 쉰 후 진료비와 약값을 간호원에게 치르고 병원을 슬그머니 빠져나와 차의 시동을 다시 걸었는데 나는 이상하게도 아까 회화나무 밑의 그 사람처럼 울고 있는 자신을 발견하였고 나의 망막에 남아 있는 그의 영상이 허연 백송인 양 구부정한 자세로 저만큼에서 나를 바라다보고 있는 듯하여 핸들 잡은 손이 가볍게 떨려오면서 머지않아 그를 또 만나게 될 것이라는 예감이 손끝에서부터 삽시간에 뇌 속으로 파고들어 왔으니 너울가지 없는 나로서는 긴장될 수밖에 없었으나 한편 막연한 기대가 일어나는 것을 어찌하지 못하여 그런 마음을 발로 밟듯 악셀을 밟았지만 한 일주일 후인가 과연 예감대로 그를 십우도가 그려져 있는 대웅전 뒤란에서 만나게 되었는데 그는 심우 견적 견우 득우 목우 등등의 그림들을 차례대로 하나하나 유심히 들여다보면서 자기는 심우의 단계인가 견적의 단계인가 견우의 단계인가 가늠해 보는 듯한 표정을 짓고 있었고 나는 아마 그는 견적 정도의 단계가 아닐까 순간적으로 짐작해 보고는 그를 피해 대웅전으로 다시 돌아나오려 하다가 그만 그의 시선에 잡히고 말았으니 그는 마치 견우의 순간이라도 맞이한 듯 두 눈이 달마의 눈처럼 부리부리 빛났고 내 마음

에도 확 후림불이 당겨졌으나 후림불이 당겨지는 속도만큼 어깨의
방향을 틀어 대웅전 측면 벽을 따라 걷다가 계단쯤에 와서는 아예
뜀박질을 하니 또각또각 또도또똑 하이힐 굽이 화강암을 때리는 소
리가 목탁소리보다 더 예리하게 경내에 울려퍼져 그만 내 얼굴이
뜨뜻해지려 하는 찰나 나라연 같은 그의 목소리가 내 목덜미를 콱
붙잡았고 나는 코끼리 발굽에 짓눌리듯 계단 중간에 주저앉고 말았
는데 어느새 그가 부드럽게 다가와 내 옆에 앉았으므로 내가 그를
기다리기 위해 계단에 앉은 꼴이 되었으니 그로서는 훨씬 말을 걸
기에 편한 마음이 되었을 것이며 근처 마당에 사찰 공사를 위해 쌓
아놓은 원목더미가 마침 석양판으로 변하고 있었기에 분위기도 그
만하면 은은한 인조 조명의 레스토랑보다 낫다고 할 수 있었지만
나는 자꾸만 돌부처인 양 굳어지기만 하였고 그는 웅얼웅얼 말을
배설하기 시작했는데 그 내용인즉 자기를 돌보아주어서 감사하다
이전에도 자기는 이곳에 와서 종종 나를 본 적이 있다 사실은 이곳
에 올 적마다 나를 보기를 기대한다 부처를 보기보다 나를 보기를
더 원하는지도 모르겠다 대강 이런 얼개였으니 어느 처녀인들 가슴
설레지 않겠는가만은 내가 그가 찾는 소가 된 것만 같아 이상하게
도 울적한 기분이 되기도 하다가 차츰 그의 신상에 대하여 관심이
싹터 이것저것 물어보기 시작했으니 그와 나의 대화는 석양판이 어
스름판으로 바뀌기까지 이어져 다른 사람들이 보면 다정한 연인들
처럼 여겨졌을지도 모르는데 또 그의 목소리가 축축히 젖어갔고 나
는 그가 하도 놀라운 말을 하기에 혹시 그의 몸에서 넋 녹은 냄새가
나나 하고 코를 몰래 훙훙거려 보았지만 이번에는 그 흔적조차 느
껴지지 않아 의아하게 생각될 정도였으며 그의 말의 진실성에 대하
여 은근히 알심이 생기기도 하였으니 그는 십오 년 전 어느 날 밤하
늘과 바다에서 쏟아지는 물줄기 세계를 받으며 칠십 톤 급 배를 타

고 흑산도 근해로 접근해 오고 있었음이 틀림없겠고 이윽고 줄사다리를 타고 삼인승 고무보트로 옮겨 칠흑같은 어둠과 비와 파도 속을 헤쳐나가는데 단파수신기를 어깨에 메고 리시버를 왼쪽 귀에 꽂은 보트수는 연신 모선과 교신을 하면서 노를 저었고 자동소총과 총으로 이중 무장을 한 안내원은 어둠에 양각된 조각처럼 앞쪽만을 응시하고 있었으며 그는 우비 속에 잔뜩 몸을 웅크리고 보트수와 안내원을 처리할 기회를 엿보고 있다가 고무보트가 백사장에 닿아 두 사람이 모래 바닥에 납작 엎드려 전방과 주변을 정찰하는 동안 안내원을 덮쳐 자동소총을 빼앗고 드그르르 갈겨버렸으니 둘은 그 자리에서 즉사하였고 그는 냅다 백사장과 맞닿아 있는 산기슭으로 뛰어들어가 바위틈에 몸을 숨겼는데 한참 만에야 산 너머에 있는 해안 경비초소에서 군인 둘이 조심조심 다가와 수하 요령대로 암호를 유도하기도 하며 수선을 피운 끝에 두 구의 시체를 확인한 후 다시 어디론가로 헐레벌떡 달려갔을 때 그는 잽싸게 마을을 향해 뛰어가 파출소부터 찾았으나 보이지 않아 결국 해안초소의 군인들에게 자수를 아니 귀순을 하게 되었던바 그 이후로 그는 자수간첩이라기보다 귀순 무장공비로 취급되어 국가의 특별 배려 속에 남한 생활을 시작하게 되었으니 제2의 인생이 열린 것이라 할 수 있었지만 어디서부터 어떻게 적응을 해야 할지 막막하기만 할 뿐이었다고 그가 한숨을 쉬며 말하기에 내가 좀 급하게 질문을 던졌는데 그것은 보트수와 안내원을 왜 죽였느냐 그들은 그를 목표 지점에 내려주고 되돌아갈 사람들이 아니냐 하는 것으로 그의 아픈 마음을 찌른 셈이었으니 그는 표정을 일그러뜨리며 불안정한 음성으로 대답하여 내 마음까지 무너뜨렸던바 그의 말인즉 자기는 보트수와 안내원과 함께 백사장에서 국군에 의해 사살된 것으로 하여 북한 측에서도 자기를 죽은 사람으로 여기기를 바랐으나 끝내 언론은 세 사람의 무장공비가 흑산도 해안을 침투 중 국군에 의해 두 명이 사살되고 한 명은 항복해서 생포하여 귀순하도록 했다는 보도를 대대적으로 하였으므로 보트수와 안내원을 죽인 자신의 죄는 숨겨졌다 하더라도 어디까지나 항복 귀순한 혐의는 북한 측으로부터 받고 있음이 틀림없다고 하면서 자기로 인하여 북한에 있는 가족들이 말할 수 없는 고초를 겪고 있을 것이라고 울먹였을 뿐 아니라 그는 이제는 보트수와 안내원을 죽인 사실까지 깊이 후회하고 있다는 투로 웅얼거렸고 나는 그의 이야기를 듣고 있는 것이 무척 괴로워 계단에서 일어서고 말았는데 이미 하늘은 까매지고 있었고 그의 표정도 흑산도 그 밤의 백사장에서처럼 까맣게 되어가 가만 내버려두면 또 꺼억꺼억 소리내어 울 것만 같아 그를 조용히 일으켜세워 경내 주차장에 대기시켜 놓은 내 차에 태우고 나도 모르게 북악 스카이웨이 쪽으로 차를 몰았으니 팔각정 근방에서 내려다본 세검정의 야경은 그야말로 일품이었는데 그는 아직 자기 이야기에서 깨어나지 않은 듯 저 불빛은 말이죠 흑산도 그 산꼭대기에 올라가 내려다본 예리마을의 불빛은 말이죠 흑산도 그 산꼭대기에 올라가 내려다본 예리마을의 불빛들에 비하면 아무것도 아니죠 어쩌고 중얼거려 그 불빛들이 어떠했기에 그러느냐고 물으니 아 너무너무 아름다웠어요 인간들이 거기 살고 있다는 표시인 그 불빛이 그렇게 아름다운 줄은 처음 알았어요 하면서 좀 추상적인 대답을 늘어놓아 도대체 사람을 둘이나 죽이고 귀순을 하러 달려가는 판국에 마을 불빛을 구경할 겨를은 있었는가 짓궂게 물고 늘어지려 하다가 그가 팔각정에서 커피 한 잔이라도 하고 싶다고 하여서 차를 거기 주차장에 세우고 팔각정 이층으로 올라간 것인데 그는 커피를 팔지 않는다는 여종업원의 말에 힘입어 아예 맥주를 주문하여 벌컥벌컥 들이켜며 오징어와 땅콩 안주를 질겅질겅 오물오물 씹었고 나도 덩달아 맥주

서너 잔을 비웠으니 내 머릿속에도 은은한 밤불빛들이 켜지기 시작
했기 때문에 자연 말문이 더욱 부드럽게 열려 그의 존재에 대한 일
말의 거리낌까지도 그 순간은 몽땅 떨쳐버리고 소위 그의 실존적
자리로 내려가 보려 하였으니 이번에는 그 사람 쪽에서 나를 꺼리
는지 아니면 보다 깊숙한 비밀을 털어놓으려는지 한참을 침묵 속에
잠겨 있어서 내가 당황할 지경에 이르렀고 그가 입을 열기 시작했
을 때는 내가 다소 지친 가운데 있었는데 아무튼 다시 대화가 재개
되어 스르르 평온해지는 기분이 되어갔으니 그는 정부당국의 알선
으로 정부의 지원을 받는 어느 중소기업의 직원으로 들어가게 되었
다는 말을 서두로 그 회사에서의 일들을 이야기해 나갔고 나는 그
가 자본주의사회의 속성을 잘 파악하지 못한 채 이용을 당하고 사
기를 당하는 과정을 약간은 고소를 머금으며 듣고 있던 중 서서히
부아가 기어올라오다가 급기야 분통이 터져 당신은 자본주의사회
로 귀순해 와서 얻은 게 무엇이오 하는 당돌한 질문을 내놓았으나
그는 자본주의사회로 귀순해 온 것이 아니라 남한으로 귀순해 왔다
는 애매한 말을 함으로써 은연중 남한은 자본주의사회도 아니라는
것을 비추었는데 그의 미간은 찌푸려질 대로 찌푸려져 차마 쳐다보
기가 민망할 지경이었으므로 내가 더 이상 따져묻지 않고 그의 이
야기를 그냥 들어주기로 하자 그는 훨씬 자연스럽게 말을 이어나갔
으니 그는 결국 그 회사에서 쫓겨나다시피 하여 정부당국을 찾아갔
지만 당국자도 어쩔 수 없다면서 이 사회는 자기 능력을 발휘하여
인정을 받지 않으면 안 된다는 식의 설교를 하다가 기껏 소개를 해
준다는 것이 어느 공단의 수위 자리였다고 하니 북한에서 그래도
제법 교육을 받은 그로서는 자존심이 상하지 않을 수가 없었을 것
이고 이래저래 부앗김에 술을 마시기 시작한 것이 이제는 술을 마
시지 않으면 손이 떨릴 정도까지 되었다고 하므로 나는 다시금 그

의 손을 주목해 보았으나 지금 술을 마시고 있어서 그런지 아무런 증상도 나타나 보이지 않았으며 저 손으로 두 사람을 쏘아죽였다는 사실이 거짓말 같기만 하여 도로 시선을 그의 얼굴로 비껴올렸는데 어느새 그의 눈가에는 물기가 배어들고 있었고 팔각정 창 너머로 까만 밤이 북한 쪽으로 펑 뚫려 있어 아득하였기에 나는 그가 지금 분명히 북한의 가족들을 생각하고 있겠거니 하고 그 방향으로 말머리를 돌려볼까 하다가 느닷없이 높아진 그의 음성에 멈칫하였으니 수위가 말이죠 이건 순전히 경찰 끄나풀밖에 안 돼요 공단에 입주해 있는 기업들 중에 어디어디서 노사분규가 일어났는가를 일일이 체크해서 보고해야지 주동자가 누구라는 것까지 파악해야지 운동권 학생들이 공단을 들락거리는가 감시해야지 신문기자들 출입에 신경써야지 아 내가 이 짓 하러 가족들에게 무거운 멍에를 지우면서까지 남한으로 귀순해 왔겠어요 이럴 줄 알았으면 난 귀순하지 않았어요 그는 주위를 의식하지 않고 있는 듯했으므로 내가 그 사람 대신 주위를 둘러보아 주었는데 다행히 그 시각 팔각정에는 손님들이 거의 없었으므로 그의 목소리를 제어하지 않았으나 나는 내심 긴장되고 있었기에 맥주잔을 자주 입으로 가져갔고 그는 조금 목소리를 낮추어 속판을 털어놓았으니 나 사실 공단 수위로 있으면서 노동자들 고생하는 것 보니 자가용을 타고다니는 당신 같은 사람들은 이해하기 힘들겠지만 솔직히 말해 노동자들 편에서는 북한 사회가 낫다는 것을 알겠더란 말이오 무엇보다 북한은 노동자들에게 삶의 의미를 심어주고 자부심을 심어준단 말이오 사람에게 있어 이 삶의 의미와 자부심보다 더 중요한 게 무엇이겠소 하면서 그는 삶의 의미와 자부심을 빼앗긴 사람처럼 말을 하고 있었으므로 나는 그의 말의 허점을 파고들려는 시도를 포기하고 동조해 주는 척하여 그가 더 많은 속말을 풀어놓도록 유도하는 데 비교적 성공하였으니

그는 일단 숨을 돌리며 나에게 묻기를 북한 헌법을 읽어보았어요
하기에 내가 고개를 젓자 아직까지도 북한 헌법을 읽어보지 않았다
니 남한 사람들은 뭘 하는 거요 정말 통일을 하고 싶은 마음이 있으
면 북한에서 가장 중요하게 여기는 헌법을 한 번쯤은 읽어보아야
하지 않겠소 하며 나무라듯이 언성을 높였으므로 나는 남한 헌법도
읽어본 적이 없소 하며 대꾸해 주려다가 입을 다물었고 그는 계속
말을 쏟아내놓았는데 아마 그는 일찍이 이렇게 말을 많이 한 적이
없었을 것이 확실하여 스스로 자기 말을 감당치 못하고 자기 말에
떼밀리고 있는 꼴이었으니 북한 신헌법은 이렇게 시작되고 있지요
제1조 북한은 전체 조선인민의 이익을 대표하는 자주적 사회주의
국가이다 제2조 북한은 노동계급이 영도하는 노동동맹에 기초한
전체 인민의 정치사상적 통일과 사회주의적 생산관계와 자립적 민
족경제의 토대에 의거한다 이렇게 그는 북한 헌법의 중요한 조문들
을 술술 외어나가다가 제27조에 와서는 목소리를 더욱 진지하게 모
아 근로대중의 창조적 노동에 의해 건설된다고 한 후에 제33조로
넘어가 국가는 낡은 사회의 유물인 세금제도를 완전히 없앤다고 하
고는 공민은 무상으로 치료받을 권리를 가지며 나이가 많거나 병
또는 불구로 노동력을 잃은 사람들 돌볼 사람이 없는 늙은이들과
어린이들은 물질적 방조를 받을 권리를 가진다고 제58조의 조문을
읊조렸으니 내 마음은 슬그머니 흥분되기 시작했고 드디어 북한 헌
법에 여성에 관한 조문은 없는가 물었는데 그는 두 주먹을 쥐어 흔
들기까지 하며 여성에 관한 조문이 없을 리가 있습니까 여성차별을
철폐하는 것이 사회주의 혁명의 주요 과제 중의 하나가 아닙니까
제법 사회주의 혁명가같이 반문을 하고는 제62조를 들고 나오니 여
자는 남자와 똑같은 사회적 지위와 권리를 가진다 국가는 산전 산
후 휴가의 보장 여러 어린이들을 가진 어머니들을 위한 노동시간의

단축 산원 탁아소 및 유아원 망의 확장 그 밖의 시책을 통하여 어머
니들과 어린이들을 특별히 보호한다 국가는 여성들을 가정일의 무
거운 부담에서 해방하며 그들이 사회에 진출할 온갖 조건을 보장한
다고 그가 한 구절 한 구절 강조해서 말하므로 나는 아 여성에 관한
이런 조항들을 헌법에 규정한 나라가 있었나 그것도 북한이 말이야
하는 감탄 같은 것이 속에서 터져나오다가 그런 건 어디까지나 이
상적인 규정에 불과하겠지 얼마큼 그대로 실현되고 있느냐가 중요
한 거지 하는 의구심이 머리를 들고 일어나는 것은 그동안 받은 반
공교육이 효과가 전혀 없지는 않았다는 반증이기도 하여서 기분이
찝질하다 못해 울적해졌는데 그도 북한 헌법대로 실현된다면 그곳
이 지상천국이 아니겠느냐 하지만 지상 어디에 그런 곳이 있겠느냐
그래도 그런 법이라도 있다는 것이 어쩌고 하면서 아주 애매모호한
말을 흘리기도 하므로 나는 그가 정말 귀순한 것을 후회하고 있는
지도 모른다는 생각을 하지 않을 수 없었으나 일단 그 문제는 접어
두고 그가 그토록 북한 헌법을 잘 외는 것이 의아하게 여겨져 언제
그 조문들을 외었느냐 물으니 자기는 통일대학에서 마르크스 철학
정치경제학 당투쟁사 등을 배울 때 북한 헌법을 읽으며 하도 감격
하여 엉엉 운 적도 있다는 말을 하므로 거의 종교적인 열정 같은 것
으로 외었다고 여겨져 그도 한때는 철저한 사회주의자요 공산주의
자였다는 사실이 분명해지는 느낌이었으며 과연 지금 그는 어떤 마
음인가 하는 것이 궁금해지는 것을 어찌하지 못했으나 나는 대화가
추상적이 되는 것이 싫어 그런 질문들은 하지 않기로 하면서 그의
말에 귀를 기울였는데 그는 마침내 자기도 억압받는 노동자임을 인
식하고 노동자들의 대열에 서기로 작정하고는 경찰이나 회사 간부
들이 요구하는 사항을 소홀히하기 시작한 어느 날 그의 신상에 대
하여 훤히 알고 있는 경찰 간부 하나가 그의 면상을 손바닥으로 후

러치며 배은망덕한 놈 빨갱이 놈은 살려주어도 역시 빨갱이 짓을
한단 말이야 고함을 지르는 바람에 귀순한 지 십여 년간 조심조심
쌓아온 자신의 인생이 한꺼번에 무너지더라고 그가 한숨을 토하며
말했기 때문에 나도 그만 한숨을 같이 쉬고 말았으니 문득 이 팔각
정이 무너져 내려앉는 것은 아닌가 하는 건혼이 일기도 하여서 내
가 일어날 채비를 차리자 그도 엉거주춤 따라일어나 바깥으로 나왔
고 그와 나의 대화는 차 속에서도 계속 이어져 나는 어느 정도 그의
인생의 윤곽을 그려볼 수 있게 되었는데 그가 왜 절간 경내를 찾아
와서 보리수도 아닌 회화나무 아래에서 자주 우는지 그가 왜 십우
도를 유심히 짚어보는지 그 이유를 알 것도 같아 이제는 내 이야기
를 할 차례가 아닌가 싶어 그에게로 고개를 돌리니 술기운이 과했
던지 그는 어느새 꾸벅꾸벅 졸고 있었고 차는 자하문 방면으로 빠
져나와 세검정 골짜기로 접어들고 있었으니 아닌 게 아니라 운전하
는 나마저도 술기운에 몽롱해지려 하는 판에 차가 북악터널 근처
어느 호텔 주차장으로 비틀거리며 들어가자 제복을 입은 종업원들
이 달려나와 깍듯이 그와 나를 삼층 객실로 인도해 올리고 그는 옷
을 입은 채로 그대로 침대에 엎어져 코를 골기 시작하는 꼴이 이미
색욕은 술기운에 짓눌린 모양이어서 나도 싱겁게 그의 옆에 누워
눈을 얼마간 붙였다가 몸을 씻으러 욕실로 들어가 샤워를 틀자 잔
구멍이 가득 뚫린 샤워기가 또 남자의 음경을 연상시켜 주어 기분
이 좋아지는데 가는 물줄기들이 뿜어져나오는 샤워기를 그대로 음
부 속에 집어넣고 싶은 충동을 받고 보니 남자의 그것이 영 그리워
져서 온몸이 마냥 달아올랐으나 욕실을 나와 만져본 그의 음경은
푹 삶은 가지처럼 회생 불가능의 상태에 처해 있었고 밤은 깊어갔
으므로 나는 약간의 자위행위를 한 후 잠 속으로 말려들어갔으니
그가 나를 흔들어 깨운 새벽녘까지 꿈도 제대로 꾸지 않고 잠을 잤

으며 새벽녘에야 비로소 그의 음경이 되살아나 내 몸속으로 들어올
수 있었는데 그가 절정으로 올라가면서 넌 누구냐 넌 누구냐 외치
기에 나는 간첩이다 너와 접선하기 위해 이북에서 내려왔다고 놀려
주자 그도 장난치는 줄 알고 비씩 웃으며 포스트가 어디 있고 지령
문이 어디 있느냐 물어서 너가 지금 살꼬챙이를 집어넣은 그곳에
있지 어디 있겠느냐고 하니까 키들키들 웃다 말고 그만 아으 아으
사정을 해버려 포스트와 지령문이 칙칙하게 젖어버렸으나 나는 절
정의 언저리에 이르지도 못하고 주르르르 미끄러져내리고 말아 앵
한 마음으로 애꿎은 침대 시트만 부욱부욱 찢었으니 그는 아마 내
가 오르가슴의 순간을 그런 몸지랄로 견디어내고 있는 줄 착각하였
을지도 모르고 아무튼 그와 나는 그래도 살을 섞은 관계가 된지라
좀 더 친밀한 대화를 할 수 있게 되었다 여겨져 아까 넌 누구냐 넌
누구냐 그가 물은 것을 꼬투리로 내가 나의 신상에 대하여 이야기
를 들려주고 싶었으나 그는 다시 맥을 놓고 잠 속으로 빠져들어가
나도 시들해져 잠이나 자자 그렇게 되었는데 아침녘에 눈을 떠보니
옆에서 그가 식은땀을 흘리며 두 손으로 허공을 휘젓고 있어 부랴
부랴 이번에는 내가 그를 흔들어 깨우자 겁에 질린 퀭한 눈을 뜨고
그가 몸을 일으켜 세워 두 손으로 허공을 휘저은 이유를 말하기 시
작하였으니 그가 꿈속에서 본 처음 장면은 6·25 휴전협정이 체결
된 지 얼마 되지 않은 때 그가 어린 나이로 야전병원 식당에서 심부
름을 해주며 보았던 정황과 거의 같은 것으로 아침식사 시간이 되
어 머리에 흰 띠를 두른 군인들이 사오십 명 식당 안으로 들어서서
배급을 받다 말고 갑자기 식기들을 내던지며 식탁으로 뛰어오르고
식탁들을 뒤집어엎고 식당 바닥에서 뒹굴며 고래고래 고함을 지르
기도 하고 눈동자가 돌아가는 중에 침을 질질 흘리기도 하고 그렇
게 한 사람도 빠짐없이 발광을 하자 총을 멘 군인들이 달려와 한 사

람씩 잡아채 갔는데 그가 하도 놀라 식당 취사병에게 물으니 흰 띠 두른 군인들은 전쟁 중에 미쳐버린 환자들로 하루에 한두 번씩 집단 발작을 일으킨다는 것이었고 흰 띠까지 둘러주고 그들을 조심스럽게 다룬다고 하여도 별 소용이 없다는 말을 듣고는 그도 마구 고함을 질러대고 싶은 이상한 충동을 받아 안절부절못하고 있는 중에 취사병이 소리 높여 미제국주의자들이 우리 꽃다운 젊은이들을 미치게 만들었다고 외쳐서 그는 미국놈들이 사람 미치게 하는 독가스를 뿌렸는가 보다 생각하였으니 그 회천 산골짜기 컴컴한 토굴 병동에서의 일들이 그의 뇌리에 토굴처럼 박혀 있을 법도 한데 그가 꿈속에서 그다음에 본 장면은 자기 식구들이 머리에 흰 띠를 두르고 그 토굴 병동에 수용되어 있는 모습이었다고 하여 나는 그가 더 이상 말하지 말도록 그의 몸을 껴안으려 입술로 그의 입을 막았으나 그가 약간 벌어진 틈으로 말을 흘려보냈으니 우리는 그 병원을 윙그리야 병원이라 불렀지 헝가리가 지원해서 지어준 병원이고 헝가리 의사들이 열댓 명 와 있어서 그렇게 부른 것이지 약들도 헝가리 이름을 가진 것들이 많았지 우로도라삥 같은 이름은 지금도 기억나 윙그리야 윙윙 나는 드디어 그의 입을 완전히 막는 데 성공하였으므로 그는 이제는 말을 흘려보내지 못했고 그의 몸과 나의 몸은 다시 엉켜갔는데 점심 무렵 그와 나는 호텔을 빠져나와 북악터널을 지나 정릉 쪽으로 차를 몰면서 몇 마디 이야기들을 더 주고받았지만 별 내용은 아니었고 그가 미아리 근방에서 내려달라기에 대지극장 조금 못 미처 고가도로로 진입할 즈음에 그를 차에서 내려주었기 때문에 그가 어디로 갔는지 그 행선지는 알지 못한 채 나는 차를 계속 몰아 도봉산으로 와 주차장에 차를 세워두고 하루종일 산에서 놈팽이들과 히히덕거리며 놀다가 오후 여섯시쯤 되어 다시 차를 몰고 시내로 들어와 그 절간으로 가보았는데 그의 모습은 회

화나무 아래에도 백송 근처에도 십우도가 그려진 뒤란에도 보이지
않았으나 경내 가득히 그의 넋 녹은 냄새가 퍼져 있는 것만 같아 코
를 흥흥거리며 돌아다니면서 작은 돌멩이로 범종도 때애앵 울려보
고 달마의 눈깔도 검지손가락으로 후벼파 보고 십우도 기우귀가 장
면의 소 잔등에 올라탄 소년을 밀뜨려보기도 하고 백송 허연 껍데
기를 슬쩍 벗겨보기도 하고 탑돌이하는 아주머니 할머니 사이에 끼
어 탑을 돌고 있으려니 탑처럼 나를 떡 막아서는 그의 모습이 나로
하여금 가만히 환호성을 울리게 하였으나 이미 그는 넋이 녹을 대
로 녹아 미아리 니나노집에서 끌고 온 듯싶은 술냄새를 그대로 풍
기고 있었으니 나는 그가 또 경내가 떠나가도록 통곡을 할지 모른
다고 염려하여 핸드백에서 하얀 손수건을 꺼내 그의 이마를 둘러주
었고 그는 지난 꿈속에서 본 흰 띠 두른 군인들과 가족들을 떠올리
는지 쓸쓸하게 미소를 짓다가 나를 확 낚아채어 차 있는 데로 끌고
가더니 네 차 어디 있어 하고 묻기에 내가 도봉산 주차장에서 타고
온 차를 가리키자 그는 갑자기 껄껄거리며 그럼 그렇지 너 도둑년
이구먼 이건 아침에 나를 태워준 차가 아니잖아 하여서 나는 그의
팔을 뿌리치면서 소리치기를 우리 집에 차가 하나밖에 없는 줄 아
세요 적어도 세 대가 있다구요 이 차는요 하다가 그만 그를 따라 낄
낄거리며 웃고 말았으니 내 배 위에서 개헤엄을 허덕허덕 치며 넌
누구냐 넌 누구냐 물은 그의 질문에 한 가지 대답을 한 셈이었고 그
와 내가 더욱 친해질 수 있는 길이 열린 것이었는데 일단은 사람들
의 눈총을 피하는 것이 급선무여서 그를 데리고 십우도 쪽으로 돌
아들어가 거기 대웅전 뒷문으로 통하는 계단 위에 나란히 앉고 보
니 이내빛 묻은 어둠이 그득히 고여 있어 그가 풍기는 술냄새에도
불구하고 고즈넉한 분위기가 형성됨에 따라 나도 나의 신상에 대하
여 비교적 대담하게 털어놓을 수가 있었는데 어쩌면 그를 나와 한

패로 만들고 싶은 당길심이 생겨 그렇게 한 것인지도 몰랐고 그도
자기가 워낙 나를 놀라게 해서 그런지 별로 놀란 기색도 없이 내 이
야기를 들어주었으므로 나는 정말 오랜만에 나의 모든 것을 받아줄
수 있는 어떤 존재를 만난 기분이었으니 어디 부처가 따로있나 싶
을 정도였으며 둘 사이에는 은근히 다시 몸을 합하고 싶은 욕망이
일어나고 법당 안에서는 똑또도독또 똑똑똑 목탁소리가 합체의 욕
망을 부추겨주고 날은 더욱 어두워져 그와 나는 따뜻하고 밝은 공
간을 찾아 일어섰지만 그가 이마에 둘러진 흰 손수건을 풀어 나를
향해 흔들어주며 어둠 속으로 사라지는 바람에 나는 그를 삼킨 어
둠을 노려보며 한참을 원망하고 있었으니 그를 사랑하게 된 나머지
내가 이런다고 여겨져 스스로 쑥스러워지는 것이었고 그 순간 그가
귀순을 가장한 간첩은 아닌가 하는 의심이 와락 몰려오면서 과연
그를 사랑해도 되는지 망설여지는 것을 어찌하지 못하였는데 한편
그를 113에 신고하여 포상금이라도 탈까 하는 엉뚱한 발상이 꾸물
거리기도 하여서 잠시 혼돈된 가운데 있다가 심호흡을 하며 대웅전
을 돌아나오니 그는 멀리 간 것이 아니라 불교 정화기념관 입구에
정화되지 않은 모습으로 쪼그리고 앉아 있어 정화고 나발이고 일단
그가 반갑기 그지없었으니 내가 시내로 차를 몰고 나와 백화점 근
방에서 주로 잘 차려입은 여자들 핸드백을 상대로 호텔비 얼마와
유흥비 얼마를 마련하는 동안 그는 바람잽이 역할을 제법 잘해 줌
으로써 차츰 나의 세계로 들어오기 시작하였고 그의 직업에 대한
전망 또한 새로워졌으나 남산 중턱의 무궁화 네 개짜리 최고급 호
텔 방을 얻어 들어서자 그의 표정은 처참하기까지 하였으므로 내가
좀 명랑하게 몸을 놀리며 남한이 역시 좋은 곳이죠 차도 마음대로
골라가질 수 있고 돈도 원하는 대로 챙길 수 있으니 말이에요 나는
이래 뵈도 남한에서 공산주의를 아니 공산주의가 아니지 공소주의

274

지 공소주의를 실현하고 있는 선구적인 사상가라구요 어쩌구 하면
서 떠들어대니 그는 듣는 둥 마는 둥 하다가 문득 공소주의가 뭐야
하고 반문을 하기에 공동으로 생산을 못 해도 공동으로 소비하는
주의죠라고 약간 빈정거리는 투로 내뱉자 그가 그제야 처참한 표정
을 풀고 히히히 웃고 만 것을 보면 분위기를 바꾸어보려는 나의 시
도가 성공을 한 셈이었고 그는 욕실을 들락거리고 난 후에 냉장고
에서 버드와이저 병을 꺼내 오프너로 뚜껑을 똑 따고서 두 개의 컵
에다가 보리가 이국적으로 그러니까 이그조틱하게 썩은 노오란 애
기오줌 같은 액체를 콸콸콸 부어주는 친절까지 보였으니 그와 나도
그 호텔에 들어온 세계 각국의 투숙객들 못지 않은 품위를 지니고
있다 할 것이었는데 다시 술기운이 들어간 그의 얼굴은 이그조틱하
게 보이기까지는 되지 않았다 하더라도 적어도 조틱하게는 보였기
에 이번에는 내가 욕실을 다녀온 후 그를 슬그머니 침대로 끌어올
렸으나 그가 갑자기 술병을 탁자에 내리치며 고함을 지르기를 내가
도둑년이 마련해 준 잠자리에서 도둑년과 함께 자다니 하여서 나도
홧김에 여긴 도둑의 나라야 우두머리로부터 시작하여 저 아랫것들
까지 몽땅 도둑이야 이 호텔 지은 놈도 도둑이고 이 호텔에 들어온
놈들도 다 도둑이야 이 나라에서 살아가려면 도둑이 되어야 한다는
사실을 깨닫기 위해 난 이래 뵈도 십육 년간 교육을 받으며 도를 닦
았어 따지고 보면 너도 지금껏 도둑들이 흘려주는 부스러기를 먹고
살아온 거야 알것냐 이 도둑 똘마니야라고 그만 술주정을 해버리고
는 내 성질을 못 이겨 엉엉 울음을 울자 뜻밖에도 그는 나를 꼬옥
껴안아 주며 그래그래 나는 귀순 도둑이야 아니아니 도둑이 되려고
귀순한 놈이야 그것도 아니야 원래 난 도둑이었어 넌 차도둑 돈도
둑이지만 난 생명 도둑이야라고 잘 알아들을 수 없는 말들을 지껄
였으므로 오히려 내가 당황하여 잘못했어요 잘못했어요 용서를 빌

면서 그의 앙상한 가슴을 껴안으니 그는 한결 낮아진 목소리로 이
북에 있는 내 딸년이 죽지 않고 자랐으면 지금 너만한 나이가 되었
겠다 하며 한숨을 푹 쉬었기 때문에 나는 비로소 그가 오십대의 독
신자라는 사실을 인정하지 않을 수 없었고 바로 그 점이 좀 억울했
는데 워낙 남자 나이를 상관하지 않는 나인지라 아버지를 따먹고
싶었던 그 원초적 욕망으로 그의 몸을 더듬어나가다가 그가 혹시
공단 수위 자리를 박차고 나와 먹을 것이 떨어지자 결국 강도 짓을
했는지도 모르겠다는 생각이 들어 생명 도둑 운운한 그의 말을 꼬
투리로 슬쩍 따져물으니 그가 불잉걸에 덴 듯이 나를 자기 품에서
밀쳐내며 너 내가 강도짓이라도 한 줄 아는 모양인데 너처럼 그렇
게 남 등쳐먹고 사는 놈 아니야 하고 버럭 언성을 높이기에 아 뭐가
있구나 하는 예감이 들긴 했지만 구체적으로 그것이 무언지는 가리
사니가 잘 잡히지 않아 공단 수위 생활 이야기나 좀 더 들어볼까 하
고 화제를 그쪽으로 돌리니 그는 다소 진정된 모습으로 자기가 오
륙 년 간 수위로 근무했던 염색가공 공단 노동자들의 실태에 대하
여 비교적 자세하게 들려주면서 자본주의의 모순을 지적하기도 하
는데 마치 노동운동에 관한 전문적인 지식이 있기라도 한 것처럼
통계수치까지 밝히며 이야기를 풀어가는 품이 그가 공단 수위로 있
었던 것이 아니라 사실은 노동운동가로 잠입해 들어가 있었던 것이
아닌가 하는 착각을 불러일으킬 정도라 다시금 그의 존재에 대하여
혼돈이 일어나려 하였으나 공단 수위로서 일상적으로 듣고 본 것을
기초로 하여도 이 정도의 이야기는 할 수도 있겠거니 하고 지나친
생각의 비약을 스스로 억제하며 그의 말에 귀를 기울였으니 한국
생산성 본부에서 한 달 최저 생계비를 십만 칠천구백사십사 원으로
계산해 내어놓았을 때 노총에서 그래도 낯짝이 있는지 십삼만 칠천
오백십이 원으로 한 삼만 원 차이나게 높여서 계산해 발표했단 말

이야 그런데 말이지 웃기게도 그 공단 아이들 월급이 대부분 삼만 원도 안 되었단 말이야 그러니까 노총은 한국 생산성 본부에서 최저 생계비로 정한 액수에다가 근로자 평균 월급을 보태어 최저 생계비라 한 셈이지 최저라는 말이 뭐야 더 이상 내려갈 수 없는 맨 밑바닥을 말하는 거 아냐 맨 밑바닥 최저가 십만 원이고 십삼만 원일 때 삼만 원은 뭐라 표현해야 되지 그 무렵 노동운동이란 최저로 올라가겠다는 꿈틀거림이었는데 그것마저 정부와 기업주 노총이 합세해서 찍어눌러 버린 거지 그런 실정을 눈앞에 빤히 보면서 그들의 앞잡이 노릇 첩자 노릇을 한다는 것은 여간 괴로운 일이 아니었지 어떤 때는 이럴 바에야 차라리 원래대로 이북 첩자 노릇을 하는 것이 더 떳떳하고 명분이 있지 않은가 하는 생각까지 들 정도였지 이런 식으로 계속 이어지는 그의 이야기를 들으며 그가 수위를 박차고 나온 후 무슨 일을 해서 먹고살았는지 궁금해지는 마음 금할 길이 없어 그쪽으로 화제를 돌려볼까 하는데 그가 먼저 거기에 대해 입을 열었으니 경찰 간부가 빨갱이는 살려주어도 여전히 빨갱이 짓을 한다고 나를 모욕했을 때 나는 그 자리서 수위 모자를 벗어 찢어버렸지 그 길로 다시는 수위 모자를 쓰지 않았지 그 대신 허름한 작업모를 눌러쓰고 차닦이 수건을 흔들었지 하면서 아까 그의 이마를 둘러주었던 흰 손수건을 바지주머니에서 꺼내더니 그것을 휘이휘이 흔들어 차닦이 수건 흔드는 흉내를 내었는데 나도 종종 기사식당 앞에서 몇몇 아저씨 들이 온갖 허리짓과 몸짓으로 바셀린이 잔뜩 묻은 긴 수건을 내흔들며 차를 유혹하는 바람에 그들에게 차를 내맡긴 적도 있었기에 그의 동작이 무엇을 의미하는지를 알 수 있었지만 나는 짐짓 모르는 척 그 손수건을 슬그머니 빼앗아 일단 핸드백에 챙겨넣고 다시 침대 모서리에 걸터앉았고 그는 자신의 전락 과정을 더 이상 이야기할 필요를 느끼지 않는지 컵 밑바닥에 남은 술을 마저 들이켜고는 나를 덥석 껴안았으나 내가 몸을 빼면서 정말 궁금하게 여기고 있었던 사항을 물었으니 그것은 다른 것이 아니라 그의 귀순동기였는데 그는 윗이빨로 아랫입술을 깨물며 고개를 푹 떨어뜨림으로써 나의 궁금증을 더욱 유발시켰지만 의외로 빨리 열린 그의 입은 체념상태를 여실히 드러내고 있는 듯하여 내 마음을 아리게 하였던바 그의 입에서 흘러나온 말을 그대로 옮기면 귀순동기라고 정부에서는 내가 공비로 침투되기 전부터 모순으로 가득찬 북한 사회에 대하여 회의를 느끼고 남한 사회에 대한 동경을 지니고 있었던 것처럼 발표를 하고 기자회견 석상에서도 나 자신 그렇게 말하였지만 그건 실제와는 달라 사실은 말이야 귀순할 사람은 따로 있었어 내가 쏘아죽인 그 보트수와 안내원이 나를 쏘아죽이고 자기들 둘이 귀순할 음모를 꾸미는 것을 엿듣고 말았거든 그러니까 다른 이유 아무것도 없고 난 다만 살기 위하여 귀순을 가장한 것이지 다만 살기 위하여 북한 공산주의를 버리고 남한을 택한 척하였을 뿐이지 나 혼자 살기 위하여 가족들을 아 가족들을 그는 어젯밤의 꿈과 관련하여 다시금 가족들의 처지가 떠오르는지 두 손으로 머리를 쥐어뜯다 말고 머리를 들어 벌겋게 충혈된 눈으로 나를 똑바로 쳐다보며 가족을 버린 놈이 어느 사회에 간들 잘될 리 만무하지 하고 동의를 구하는 투로 중얼거리기에 나는 어린아이 감싸듯 그를 끌어안으면서 당신 경우는 달라요 멀쩡하게 가족들을 버려두고 넘어온 다른 귀순자들과는 달라요 당신은 어쩔 수 없는 상황이었잖아요 하며 그의 죄책감을 어루만져 주려 하였으나 어쩔 수 없지 않았지 그 보트수와 안내원이 나를 쏘아죽이도록 했어야 했어 그는 정말 어린아이처럼 흐윽흐윽 내 품에서 흐느꼈으므로 핸드백에 넣어두었던 그 흰 손수건을 다시 꺼내야 했는데 그 손수건은 이미 차닦이 수건처럼 더럽혀져 있어 따뜻한 입에서 부드러운 혀를 꺼내어 축축히 젖은 그의 헤드라이트 근방을 닦아주었고 그 순간 나는 희한하게도 십우도에서 소를 기르는 목우의 단계에 와 있는 것만 같은 기분과 함께 이제부터 내가 이 북한과 남한에서 아울러 버림받은 외로운 부처를 길러야 한다는 다짐이 일어나서 원력을 주십사 하고 가피를 구하자 어디선가 똑또독도 목탁소리 같은 것이 들려오는 듯도 싶어 주위를 살피니 그가 바짝 긴장된 표정으로 한 손을 들어 도어를 가리킴과 동시에 문이 와락 열리면서 비상키를 든 종업원과 경찰이 방으로 뛰어들다시피 들어와서 소리치기를 당신네 차 번호가 도난신고가 들어온 차량 번호와 같으니 함께 갑시다 하므로 내가 급히 맞고함을 쳐 그건 내 차요 이 사람은 아무 상관이 없으니 나만 데려가시오 하였으나 경찰은 그 사람을 더 지목하는 듯 그의 팔을 잡아채 끌고나가려 했기 때문에 나도 모르게 그 사람은 귀순용사요 하고 부르짖었고 경찰은 잠시 멈칫하는 것 같더니 흥 귀순용사라구 귀순용사가 도둑년이랑 같이 자고 있어 하며 빈정거리는 순간 그는 어느새 그 흑산도 예리해변의 백사장에서처럼 잽싸게 경찰을 덮쳐 허리춤의 권총을 빼앗아 두 사람을 겨누니 권총 약실에 정말 탄환이 장전되어 있는지 둘은 번쩍 손을 들어 귀순까지는 못해도 일단 항복의 표시를 하므로 내가 침대 위에 떨어져 있는 손수건을 집어들고는 먼저 경찰을 엎어지게 하여 두 손을 뒤로 돌려 묶는 동안 그는 경찰 허리춤에서 또 수갑을 찾아내어 침대 기둥과 함께 종업원의 한쪽 손을 채우고 침대 시트를 찢어 경찰의 두 발을 친친 감아 묶어버린 후 권총을 쓰레기통 속에 던져넣고 내 손을 잡아채서 객실을 뛰쳐나와 호텔 팽이문을 힘차게 팽그르르 돌려 남산 순환도로를 타고 질주해 내려가는데 서울 밤 야경이 흑산도 예리마을의 야경보다는 덜 아름답게 빛난다고 느껴져 내가 마치 그 흑산도 백사장에서 모래를 뒤집어쓰고 뒹굴기라도 한 것 같

은 착각에 빠졌고 그와 내가 피할 곳은 십우도가 그려져 있는 그 절
간 뒤란밖에 없었으므로 거기로 헐레벌떡 달려가니 거대한 구렁이
가 하늘로 꿈틀거리며 올라가는 듯한 회화나무가 은황색 상현 달빛
속에서 허물을 벗고 있었으며 저쪽에서 오백 년 묵은 백송이 백여
우처럼 허옇게 허리를 구부리고 절간 뒤란길을 넌지시 가리키고 있
기에 그쪽으로 해서 뒤란으로 돌아가 한차례 숨을 돌린 후 반가사
유상처럼 쪼그리고 앉자 북녘의 밤하늘이 보이는지라 그는 다만 고
향이 그리워 훌쩍이고 나 역시 다만 남한에서 살아갈 일이 점점 막
막해짐으로 인하여 그의 고향을 함께 그리워하며 훌쩍이다가 남한
도 북한도 잊고 공산주의도 자본주의도 잊고 저 십우도의 인우구망
의 상태로 들어가 살 수 있는 나라 있었으면 하는데 그가 여전히 물
기 젖은 목소리로 서산대사의 게송이라며 웅얼웅얼 읊조리는 구절
들이 내 귀를 때렸으니 심장에까지 닿으려면 얼마만한 세월이 걸릴
지 모르지만 아무튼 내 귀를 때렸으니 가소롭다 소를 탄 자여 소를
타고 소를 찾다니.

<h1 style="text-align:center">홍소령기</h1>

그는 다시 시도하기로 했다. 소설을 쓰기로 말이다. 하지만 그가 소설을 쓰겠다고 마음을 먹기 시작하는 순간 도지게 마련인 그 어지럼증이랄까 의식분산증이라고 할까 하는 괴이한 증세를 감당해낼 자신은 서지 않았다. 전에는 그런 증세가 무서워서 지레 소설 쓰는 것을 포기해 버리곤 하였는데 이번에는 그 증세를 소설 쓰는 데 이용해 보면 어떨까 제법 그럴듯한 궁리를 하게 되었다. 우선 그는 머리가 흐리멍덩해지는 대로 내버려두기로 하였다. 어느 정도까지 흐리멍덩해지나 아예 실험을 해볼 요량으로 흩어지는 의식을 이전처럼 모아보려고 바둥거리지도 않았다. 물론 그에게는 쓰고 싶은 제재들이 있었다. 그 제대들을 유식한 말로 해서 어떻게 형상화하는가 하는 것이 문제라는 것은 수많은 평론들을 주워읽은 그로서는 상식에 속하는 바이었다. 사실 그놈의 '어떻게' 가 사람 정신을 혼돈스럽게 한다고 할 수 있었다.

그는 일어섰다. 그리고 방을 나왔다. 날씨는 흐려 있어 흐리멍덩

한 의식이 그냥 대기 중으로 퍼져나간 듯싶었다. 다시 말하면 날씨가 기류의 현상으로 그런 꼴을 하고 있는 게 아니라 그의 의식이 날씨를 그렇게 만든 것만 같았다. 그는 무작정 계속 걸었다. 아무것도 그의 주의를 끄는 것은 없었다. 그를 부르는 사람도 그의 어깨를 치는 동무도 없었다. 그는 고개를 숙이고 걸었으므로 주로 보도블록이 그의 망막에 들어왔다. 그는 자신이 소위 팔십년대 작가라는 사실을 그 흐린 의식 속에서도 비교적 명료하게 떠올렸다. 그리고 팔십년대 작가는 팔십년대의 총체적인 현실을 작품 속에 담아야 한다는 책임 같은 것도 느꼈다. 그런데 그 총체적인 현실이라는 것이 어디에 있는가. 그는 그걸 찾기라도 하듯이 갑자기 고개를 번쩍 들어 사방을 둘러보다가 다시 고개를 숙였다. 그는 지금 다리를 건너고 있었다. 난간 근방에 배수를 위한 듯 구멍 하나가 뻥 뚫려 있어 그 동그란 구멍을 통하여 흘러내려가는 물살이랑 물거품 들을 볼 수 있었다. 그래서 마치 많고 많은 개천의 물 중에서 동그란 물 표본을 채취하여 현미경으로 들여다보고 있는 기분이 되었다. 이 총체적인 현실의 속성을 이해할 수 있는 가장 적합한 표본은 어디서 떼어내야 하는가. 그 표본을 수십 수백 배로 확대해서 들여다보면 이 현실을 파먹어들어 가고 있는 병균의 실체도 파악할 수 있을 텐데. 아니, 수천 수만 배로 확대해야 겨우 보일지도 모르지. 이런 생각의 파편들은 그의 두 눈을 더욱 부릅뜨도록 만들었다. 이제 그는 자신이 지나치게 고개를 숙이고 걷고 있는 것을 알아차리고 조금 눈높이를 높였다. 가로수의 거뭇거뭇한 보굿들이 보이고 버스의 차창들이 눈에 들어왔다. 무엇보다 자신이 길을 건너고 있는 좀 위험스러운 행동을 하고 있다는 것을 확인했다. 그는 길을 건널 때면 늘 자동차와 자신의 몸이 끼이익, 소리와 함께 사정없이 부딪치는 장면을 떠올리며 죽음의 실존적 의미를 되새기곤 하였다. 죽음이란 사는 방법을 달리하는 것일 뿐이다. 이것이 오랜 명상 끝에 그가 깨달았다고 여기고 있는 죽음의 의미였다. 그래서 그는 길을 건널 때는 어김없이, 죽음이란 사는 방법을 달리할 뿐이다, 하는 말을 속으로 중얼거렸다. 그런 중에 자신은 언젠가 길을 건너다가 죽음을 맞이하고야 말 것이라는 예감을 키워나갔다. 죽음을 떠올리면 그의 철학적인 중얼거림에도 불구하고 그는 말할 수 없이 초라해졌다. 한없이 살고 싶은 욕망 때문에 그런 것이 아니고 작가로서 쓸만한 작품 하나 남겨놓지 못했다는 자괴감 때문에 그러하였다. 그리하여 그는 길을 건널 때마다 순간적으로 작품 구상에 들어가곤 하였다.

그는 길을 다 건넜다. 버스를 탔다. 자리가 없어 앉지를 못하고 손잡이를 잡은 채 서 있었다. 몸이 가볍게 흔들렸다. 그는 자신의 몸이 어떤 방향으로 어떤 각도로 흔들리는가를 느껴보았다. 그러면서 지금 자기가 손잡이를 잡고 있지 않다면 자신의 몸이 그만 나둥그러지고 말 것이라는 것을 새삼 인식하였다. 그러나 무언가 붙잡고 있다는 것의 의미가 비중있게 다가왔다. 붙잡고 있는 것과 붙잡고 있지 않은 것의 차이는 엄청난 것이었다. 그는 소설의 제재들을 붙잡고 있다는 것의 의미가 비중있게 다가왔다. 붙잡고 있는 것과 붙잡고 있는 사실이 다행스럽게 여겨졌다. 그의 의식은 깜박거리는 반딧불들처럼 그 제재들을 중심으로 맴돌았다. 바로 앞쪽에 앉은 여자의 머리채가 내려다보였다. 아랫부분에만 파마 기운이 있는 머리채였다. 그 여자는 집을 나올 때 머리를 감고 나오지 않았음이 틀림없었다. 기름기가 그대로 내비치고 있었다. 그 머리채에 코를 갖다대면 비린내가 풍겨올 것도 같았다. 어쩌면 이가 몇 마리 그의 콧구멍 속으로 기어들지도 몰랐다. 그 여자 전체가 갑자기 불결하게 여겨졌다. 더 나아가 이 세상의 여자 전부가 추하게 생각되었다. 한 여자에 대한 순간적인 인상이 세상 여자 전체에게로 확대되어 버리는 현상을 그는 속수무책으로 내버려둘 수밖에 없었다. 그러다가 그는 여자의 목덜미에 까만 점 하나가 박혀 있는 것을 발견하고 한숨을 푹 쉬었다. 그 점은 그녀를 등 뒤에서 본다면 왼편에 해당하는 부위에 박혀 있었는데 그 모양이 하도 앙증스러워 그것을 중심한 목덜미가 제법 청아하게 느껴졌다. 머리채로 인한 불결한 인상과 그 점으로 인한 청결한 인상이 서로 중화작용을 일으키면서 다소나마 그의 심기를 편하게 해주었다. 그는 또 새로운 발견을 하였는데 그것은 그녀의 목덜미에 복숭아 잔털 같은 보얗고 자잘한 털들이 나 있는 것이었다. 그는 그녀의 목덜미가 잘 익은 복숭아라도 되는 양 식욕이 당겨 그 목덜미를 한 입 베어먹고만 싶었다. 그는 그녀를 계속 관찰하면서 자기에게 이전에 없던 새로운 눈 하나가 생기고 있는 것을 느꼈다. 그 새 눈이 미간을 비집고 나오고 있는지 관자놀이를 뚫고 나오고 있는지 그런 것은 그가 관여할 바가 아니었다. 아무튼 그 새 눈이 기능을 발휘하기 시작했다는 것이 중요했다. 흐리멍덩해질 대로 흐리멍덩해지도록 내버려둔 의식이 엉뚱하게도 기이한 눈 하나를 형성하고 있다는 사실이 기특하게 생각될 정도였다.

그는 새 눈을 들어 차창에 비치는 풍경들을 살펴보았다. 전에는 눈여겨본 적이 없는 가로수들의 모양새에 대해 관심을 쏟고 있는 자신을 발견하였다. 가지들이 뻗어나간 형태라든지 잎사귀들이 흔들리는 모습들이 한 번도 본 적이 없는 사물들처럼 비쳐왔다. 무엇보다 그의 관심을 끈 것은 흐릿한 햇살로 인해 드리워지고 있는 가로수들의 그림자였다. 그 그림자들은 햇살이 구름을 통과해 들어오는 분량에 따라 그 농도가 진해졌다 흐려졌다 하였다. 그리고 그림자들은 잎사귀의 흔들림을 기묘하게 표출해 내고 있었다. 그 부분들은 그림자의 전체 덩어리에서 자꾸만 찢겨 달아날 듯한 몸짓들을 하고 있었다. 그다음 그는 길거리의 건물들의 색깔에 유의하였다.

그 갖가지 색깔들로 인해 현기증이 몰려왔다. 유의를 하는 것과 유의를 하지 않는 것의 차이가 금방 신체의 변화로 나타나는 것을 느끼면서 그는 자기에게 생긴 새 눈이 자기를 파멸시킬지도 모른다는 우려를 품게 되었다. 하지만 한번 활동하기 시작한 새 눈은 그 활동을 멈출 줄 몰랐다. 날씨는 점점 거리의 그림자들을 지울 정도로 침침해졌다. 고층건물들은 방마다 길고 허연 형광등들을 밝히기 시작했다. 아까부터 불을 켜고 있었는데 날이 침침해지자 그 불들이 비로소 드러나 보이는지도 몰랐다. 그는 고층건물의 방마다 거대한 누에 한 마리가 천장에 드러누워 있다고 생각되었다. 길고 허연 누에들. 도시 한복판에 웅장한 잠종장들이 들어서 있는 셈이었다. 그 안에서 일하는 인간들의 모습은 아예 보이지도 않았지만 설혹 보였다 하더라도 누에가 슬어놓은 까만 알 정도로 보였을 것이었다. 촘촘히 유리창으로 둘러쳐져 있는 잠종장들. 금방이라도 길고 허연 누에들이 구물럭구물럭 기어나와 길거리로 쏟아져내릴 것만 같았다. 그 누에들이 갉아먹는 뽕잎들은 시퍼런 지폐들일 것이다. 근처의 은행들은 뽕밭들이었다. 국민 뽕밭, 상업 뽕밭, 중소기업 뽕밭…… 누에들이 뽕잎 갉아먹는 소리, 그의 귀에는 거리의 소음들이 그렇게 들렸다.

시외버스 정류장에서 내려 그는 매표소에서 표를 사서 한 버스에 올랐다. 의자들이 뒤로 넘어지는 그런 의자들이 아니었다. 좀 불편한 대로 그는 등을 의자등받이에 기댔다. 그의 옆자리는 비어 있었다. 승객들이 차장에게 표를 내보이며 계속 버스에 올라탔다. 버스에 오른 승객들은 어느 빈자리에 앉을까 하고 두리번거리며 안쪽으로 걸어들어왔다. 그는 그 승객들의 감정을 받고 있는 기분이 되었다. 승객들은 그의 모습을 훑어본 연후에 그의 옆자리를 피해 다른 좌석에 가 앉았다. 남자들이 그렇게 할 때는 다행스럽게 생각했지만 여자들이 그럴 때는 서운한 마음 금할 길이 없었다. 결국 그의 옆자리는 빈 채로 버스는 출발하였다. 그는 왜 이 버스를 탔는지 그 이유를 알고는 있었다. 버스는 서울을 벗어나 안양, 수원, 오산, 송탄, 평택, 성환을 지나 천안에 도착하더니 그가 오줌을 누고 오자 다시 곧 출발하였다. 그가 두 시간 가까이 버스를 타고 오면서 자기에게 생긴 새 눈으로 바라본 과거와 현재와 미래의 사물들은 그야말로 새로운 것들이었다. 과거의 사물들까지 참신하게 만드는 마력이 그 새 눈의 세포들 속에는 있는 모양이었다. 그는 과거의 자신도 하나의 객관적인 사물로 바라보았는데 그 과거의 자신에게 현재 자기의 이름을 붙인다는 것이 어쩐지 어색하게만 생각되었다. 그리하여 그는 현재의 자기는 이름이 없는 사람으로 치고 과거의 자신에게 그 이름을 부여해 보았다. 길명우. 그는 소설의 구성에 필요한 범위 안에서만 명우가 등장하도록 과거의 문을 열어놓았다. 물론 그 명우의 말과 행위까지도 형상화의 과정에서는 변형될 것이었다.

　명우는 박정희 시대의 중반기에 어느 문학잡지사의 추천으로 문단이라는 데에 머리를 디밀었다. 그러나 그 디민 머리를 주체할 길이 없어 슬그머니 머리를 도로 말아넣었는데 십 년이라는 세월이 후딱 지나가 버렸다. 박정희가 죽고 새 시대가 열리네 어쩌네 할 무렵에 명우는 한 시대를 정리하는 의미에서도 붓을 다시 들지 않으면 안 되었다. 명우는 일 년 정도 걸려 가까스로 장편 하나를 완성하여 자기를 추천해 준 잡지사를 찾아갔다. 명우가 이 잡지사 출신 작가라고 자기를 소개하자 편집부장은 오래전에 죽은 자의 유령을 보는 듯 당황스러운 기색을 떠올렸다. 하물며 장편 원고까지 들고 왔으니 기가 찰 노릇인 모양이었다. 연재의 기회 어쩌고 하는 명우의 입을 편집부장은 몇 번의 긴 하품으로 막아버렸다. 일단 놓고 가보시오, 차후 연락 드리리다, 편집부장은 그 말을 수많은 사람들에게 했음에 틀림없었다. 왜냐하면 그 말을 할 때 편집부장은 전혀 그 말을 한다는 의식이 없이 거의 무의식적으로 아니면 기계적으로 입을 놀리고 있었기 때문이었다. 아무튼 명우는 그 장편 원고를 잡지사 책상 위에다 놓고 집으로 돌아왔다. 명우는 그 당시 어느 출판사 외판원으로서 근근이 살아가고 있는 형편이었다. 편집부장의 태도로 보아 거의 절망적이라고 결론을 내리면서도 혹시나 하는 기대를 떨쳐버릴 수가 없었다. 편집부장이 다만 몇 페이지라도 장편 원고를 뒤적여 본다면 호감을 가질지도 모르는 일이었다. 적어도 한 시대를 정리한다는 의식을 가지고 쓴 소설인데 말이다. 그러나 아무리 기다려도 편집부장한테서 가타부타 연락이 없었다. 명우가 다시 잡지사로 가서 원고를 도로 찾아가지고 와야 하나 어쩌나 하고 있는 차에 편집부장에게서 연락이 왔다. 명우에게는 전화가 없었기 때문에 그 연락은 우편엽서를 통해서 왔다. 의논할 일이 있으니 들르시기 바랍니다. 엽서의 내용은 마치 전보 문구와도 같았다. 그래서 명우는 전보를 받은 사람처럼 부리나케 잡지사로 달려갔다.

"앞부분을 읽어보았는데 말이죠, 대단히 재미있게 읽히더군요. 그래 사장님께 말씀드렸더니 요즈음 신선한 장편 얻기가 힘든 판에 잘되었다면서 연재의 기회를 줘보라고 그러지 않겠어요. 이건 획기적인 배려예요. 내로라하는 기성작가들도 장편 연재 얻어걸리기가 얼마나 힘든데요."

편집부장의 말에 명우는 그저 감격할 따름이었다.

"감사합니다. 무명작가에게 이런 기회를 주시다니, 이 은혜는 두고두고 잊지 않겠습니다."

머리를 연신 수그리며 행운의 여신이 자기를 외면하고만 있는 것은 아니라는 사실을 깨달았다.

"그런데 말이지요."

편집부장은 조금 뜸을 들이더니 조심스럽게 입을 열었다. 명우는 그다음 말을 기다렸다.

"원고료에 대한 문제인데요, 저……."

그제야 장편을 연재하면 원고료를 지급받는다는 지극히 당연한 이치를 떠올렸다. 사실 명우는 원고료 문제는 생각도 하지 않고 있었는데 편집부장이 말을 꺼내는 바람에 약간은 가슴이 설레기도 하였다. 원고료가 얼마큼 되는지는 모르지만 가계에 약간은 도움이 될 가능성이 전혀 없는 것은 아닐 것이었다. 지금 편집부장이 원고료에 대해 이야기하고자 하는 것은 원고료를 기성작가들 수준으로 지급해 줄 수는 없고 좀 깎아서 지급해 주려고 한다는 취지일 것이었다. 아무럼 어떤가. 연재되는 것만 해도 감지덕지할 일인데.

"원고료는 말이죠, 책이 나오면 인세로 대치하기로 하죠."

이러한 편집부장의 말에 명우는,

"아, 네, 그렇게 하시죠."

얼른 대답을 하였다. 그러나 그다음 순간 방금 편집부장이 장편 연재 원고료는 지불하지 않겠다는 말을 했다는 것을 알아차렸다.

드디어 제1회분이 게재되었다. 명우는 세상을 다 얻는 기분이었다. 명우는 작품이 실린 잡지책을 들고 산속 깊숙이 들어가 나무 그늘에 앉아 자기 글을 읽고 또 읽었다. 어린 날의 향수가 짙게 깔려 있는 그 1회분의 글은 명우 자신이 느끼기에도 감미롭기 그지없었다. 명우는 나르시스의 샘을 자꾸만 들여다보았다.

제2회분이 게재되었다. 육칠십년대의 정치적인 상황들이 그 편린들을 드러내기 시작했다. 작품이 무언지 모르게 무게를 지니게 되는 듯 싶었다.

"명우 씨, 잡지사로 오늘 좀 와주십시오."

일전에 명우가 조심스럽게 가르쳐준 주인집 전화번호를 이용하여 편집부장이 연락을 취해 왔다. 명우는 편집부장이 왜 오라고 하는지 그 이유에 대해 잠시 생각하다가 회심의 미소를 지었다. 그러면 그렇지. 명우는 잡지사 사장이 자기 작품을 읽고 감동을 받았음에 틀림없다고 생각했다. 그리고 사장이 원고료에 대한 생각을 바꾸어 이번 호부터 고료를 지급해 주기로 결정을 하였을 것이라고여겨졌다. 이토록 정성들여 쓴 작품에 대한 원고료를 지급하지 않는다는 것은 출판 양심상 스스로 용납할 수 없다고 하면서 말이다. 원고료가 반만 지급된다고 하더라도 명우가 한 달 내내 버는 수입보다 많은 셈이었다. 명우는 이런저런 기대를 안고 잡지사로 달려갔다. 입구로 들어설 때 건물을 관리하는 수위가 어떻게 오셨느냐고 물었다.

"이 건물 삼층에 있는 잡지사의 책에 연재를 하고 있는 작가요."

명우가 당당하게 대꾸하자 수위는 허리를 굽신거리기까지 하였다. 명우는 이렇게 이 잡지사에 떳떳이 출입을 할 수 있게 된 것만해도 스스로 대견스럽게 느껴졌다. 외판원으로서 지금 이 건물을들어선다면 수위에게 얼마나 수모를 당하게 될 것인가 말이다.

편집부장은 2회분이 게재된 잡지책을 들고 응접 소파에 앉아 있는 명우에게로 다가왔다. 원고료 지급을 기대했던 명우는 잡지사로들어서자마자 몸에 와닿는 이상한 분위기로 인하여 모종의 다른 일이 벌어졌음을 눈치챌 수 있었다.

"위에서 말이죠, 이 부분들이 걸렸어요."

명우는 편집부장의 말을 얼른 이해하지 못했다. '이 부분들'이라는 것은 잡지책에 붉은 사인펜으로 둘레가 쳐져 있는 문장들을가리키는 것이 확실하겠지만 '위'라는 말은 무엇을 가리키는지 잘알 수 없었다. 사장이 그 부분을 읽다가 불쾌감이라도 느꼈단 말인가. 편집부장과 대화를 나누는 가운데 그 '위'라는 것이 정부기관의 어느 부서를 가리킨다는 것을 깨달을 수 있었다. 명우는 그 부서의 사람들이 한국에서 발간되고 있는 잡지책들까지 샅샅이 읽고 있다는 사실에 어안이 벙벙해질 지경이었다. 자기 작품까지 꼼꼼히 읽고 친절하게도 붉은 사인펜으로 표시를 해주다니. 명우는 짐짓 느긋하게 생각을 하려고 그곳 사람들을 친절한 사람들로 여기려 하였다. 명우는 편집부장에게서 책을 받아들고 붉게 테두리가 쳐져 있는 부분을 찬찬히 살펴보았다.

우리가 대학에서 맨 처음 경험하는 시위 데모였다. 법대생들은 주로 뒤쪽 구름다리를 이용하여 문리대로 넘어가 문리대생들과 합류하였다. 그 연건동 길거리는 교문을 박차고 나온 학생들과 제지하는 경찰들 사이에, 공방전이 벌어졌다. 학생들은 돌멩이를 던지고 경찰들은 최루탄을 쏘아댔다. 길거리와 교정은 뽀얀 최루탄 연기로 뒤덮였다. 그 속에서 학생들은 울었다. 이 민족을 위해 울고 눈이 따가워서 울었다. 나는 돌팔매질까지는 하지 않았지만 늘 데모하는 학생들 주위에서 그 모든 것을 목격하였다. 최루탄이 날아올 때는 함께 피했다. 구호를 소리 높여 내지르지는 아니하였지만 마음속은 무언지 모르는 분노로 들끓고 있었다. 그것은 대통령에 대한 분노도 아니요, 정부와 경찰에 대한 분노도 아니었다. 대상도 없이 속에서 터져나오는 분노였다. 데모하는 학생들까지 포함해서, 그리고 나까지 포함해서 이 모든 연기 자욱한 현실 자체에 대한 분노라고 할 수 있었다. 그렇게 돌팔매질하고 소리지르고 최루탄 연기 속에서 눈물을 흘리는 것이 바로 우리의 수업이었다. 수강신청도 학점도 없는 이상한 수업이었다. 그 수업을 열심히 감당한 학생들은 어느새 우리 눈에서 보이지 않게 되었다. 그러면 어디에선가 그 수업에 대해 열심을 내는 자들이 새롭게 일어나곤 하였다.

명우는 이 부분이 왜 붉은 테두리로 쳐져 있는지 이해할 수가 없었다.

"아니 이건 칠십년대 초의 상황이 아닙니까. 지금 팔십년 중반이 가까운 시점인데 십 년 전의 상황을 묘사한 것 가지고 이럽니까."

명우는 편집부장이 그 부서의 대변이라도 되는 양 그에게 항의하는 투로 말했다.

"십 년 전의 상황이지만 별수 있나. 지금도 꼭 같은 상황이 되풀이되고 있는 판국이니, 아무튼 요즈음은 데모의 '데' 자도 안 쓰는 게 좋아. 데모를 해선 안 된다고 해도 데모라는 단어가 들어가니 안 된다는 식이야. 빌어먹을 세상이지."

편집부장은 명우의 작품으로 인하여 귀찮게 되었다는 듯 약간 짜증스러운 표정을 지었다. 그렇지만 그 짜증스러운 표정은 꼭 명우에게로 향한 것만은 아니었다. '위' 사람들의 작태에 대한 불만도 묻어 있다고 할 수 있었다.

"그치들도 일류대 국문과를 나와서 그 짓들을 하고 있다니까."

편집부장이 노골적으로 공격의 화살을 그쪽으로 돌리자 명우는 편집부장에 대해서는 훨씬 마음이 편안해졌다. 같은 피해자라는 동류의식을 느끼기도 하면서 말이다. 명우는 책장을 한 장 더 넘겼다. 거기에도 붉은 테두리가 쳐져 있었다. 그 부분은 아까 것보다 더 많은 분량이었다. 명우는 자신의 몸뚱어리가 피에로처럼 마구 붉은 칠이 되고 있는, 그러니까 놀림감이 되고 있는 그런 기분이었다. 개자식들. 평소에 욕설을 잘 모르는 명우였지만 속에서 메아리치는 욕설은 어찌하지 못했다.


아버지가 이 세상 어디에 존재하는지는 도대체 알 수가 없게 되었다. 형사 같은 사람이 아버지를 교실에서 데리고 나갔다는 소문을

들고 어머니는 부산 시내에 있는 경찰서, 파출소 들을 다 찾아다녔
으나 아버지는 보이지 않았다. 무서운 공포가 우리 집안을 엄습하였
다. 나는 신문에 가득한 그 장군의 검은 안경이 두려웠다. 그 검은
안경은 모든 것을 잔인하게 삼켜버리고 말 것만 같았다. 아버지는
그 검은 안경 속으로 빨려들어가고 만 것이었다. 드디어 어머니는
아버지가 육군형무소에 있다는 것을 알게 되었다. 그래서 어머니와
나는 단식투쟁을 하고 있는 아버지를 찾아갔듯이 서면 쪽에 있는 그
형무소를 찾아갔다. 그 당시 면회는 생각도 할 수 없었다. 그곳에는
같은 처지가 된 가족들이 제법 몰려와 있었다. 그들은 우리에게 면
회할 수 있는 방법을 알려주었다. 그것은 오후 다섯시쯤 형무소 뒤
쪽에 있는 변소로 아버지와 같은 사람들이 줄을 지어 인솔되어 오는
데 그 뒤쪽 철조망 가에 붙어서 있다가 얼굴을 볼 수 있다는 것이었
다. 어머니와 나는 그들과 어울려 형무소 담을 끼고 돌아 뒤쪽 철조
망 있는 데로 갔다. 과연 철조망 바로 너머에 판자로 엉성하게 지어
놓은 변소가 있었다. 네 칸이 연결되어 있는 간이변소였다. 그 철조
망 가에는 시커먼 물이 괴어 썩어가고 있었다. 쓰레기들이 지저분하
게 흩어져 온갖 악취가 다 나고 있었다. 그 악취 속에 사람들은 서
있었다. 일 분 일 분이 초조하게 지나갔다. 철조망 너머 운동장에는
머리를 깎은 죄수들이 작업을 하고 있었다. 이윽고 저 멀리 운동장
안쪽에서 이쪽으로 다가오는 행렬이 보였다. 사람들이 술렁거렸다.
그 행렬은 머리를 깎고 있지 않았다. 아버지 같은 사람들의 행렬임
에 틀림없었다. 나는 철조망 쪽으로 바싹 다가가 그 행렬을 지켜보
았다. 키가 작은 아버지가 맨 앞에 있었다. 열흘 가까이 보지 못한
아버지의 모습이었다. 이상한 군복 같은 것을 입고 있었다. 그 행렬
은 운동장을 가로질러 다가와 차례로 변소에 들어갔다. 변소에 들어
간 사람들은 각각 변소 창문을 통해 이쪽을 내다보았다. 그 유리도

없는 창문은 얼굴 하나만 들어가면 꽉 차는 크기였다. 그래서 그 얼굴들은 무슨 액자 속에 들어가 있는 초상화들 같았다. 아버지는 어머니와 나를 발견하고는 웃음을 보내었다. 그런데 어머니와 나는 울고 있었다. 아버지는 변소 창문 너머로 손을 올려 가보라는 표시를 해 보였다. 그러고는 변소를 나가 행렬의 줄 속으로 다시 들어갔다. 이번에는 행렬 뒤쪽으로 갔기 때문에 잘 보이지 않았다. 어머니는 내 손을 살며시 잡아끌었다. 어머니와 나는 쓰레기와 악취 속을 빠져나와 논둑길로 올라섰다. 행렬은 뒷모습만 보이면서 저쪽으로 자그맣게 사라져가고 있었다. 그것이 형무소에 있는 아버지와의 최초의 면회였다.

이건 이건, 명우의 목소리가 떨리려 하였다.

"이건 육십년대의 상황이 아닙니까. 5·16 직후의 일도 쓸 수 없다면 우리 또래의 작가들은 도대체 무얼 쓸 수 있단 말입니까."

명우는 아득한 절망감에 젖어들었다.

"낸들 압니까. 그러니까 유능한 작가들이 연애소설들이나 쓰는 거겠지요. 이런 분위기 속에서 한국에 명작이 나오기를 기대한다는 것은……."

편집부장도 허탈한 목소리로 중얼거렸다.

"5·16을 전후한 상황들은 《신동아》니 《월간조선》이니 하는 월간지들에서 이미 샅샅이 파헤쳐지고 다큐멘터리 형식으로 기사화되기도 했지 않습니까. 그런데 유독 문학 쪽만 틀어막고 있는 이유가 무엇입니까. 월간지 기사들에 비하면 별 내용도 아닌 것을 가지고 말입니다."

명우는 이렇게 말하면서 혹시 '위' 사람들이 자기를 무명작가라고 해서 깔보는 마음으로 다른 작가들에게 허용된 사항을 자기에게

만 허락지 않고 있지나 않나 하는 생각을 하였다. 그러자 더욱 억울한 마음이 고개를 쳐들었다.

"만만한 게 작가들이니까 그렇겠죠. 작가들은 어디 끌려가서 얻어터지고 와도 어디 하소연할 데나 있습니까. 얼마 전에 어느 작가가 부정제대를 시켜주는 군의관 이야기를 작품으로 썼다가 어디 가서 두들겨맞고 왔는데 동료들이 어떻게 되었느냐고 물으니 옆에 있는 원고지 한 장을 한 손으로 와락 구겨 책상 위에 던지면서 이런 꼴이 됐수다, 길게 한숨을 쉬더라지 않소. 다른 정치가들이나 언론인들 심지어 교사들까지도 그런 일을 당하면 자기들끼리 힘을 합쳐 항의도 하고 성토대회도 하고 하는데 말이죠. 문인들은 워낙 개인주의자들이라 서로 힘을 합하기가 힘든 모양이오. 작가들끼리 힘을 합치자고 모임들을 만들기도 했지만 전체 문인들의 호응은 못 얻고 있는 실정이고, 문학인을 대변한다는 공식단체가 있긴 하지만 정부 쪽에 밀착돼 가지고 바른소리 한 번 내뱉지 못하고, 죽어나는 것은 쥐도 새도 모르게 끌려가는 작가 개인뿐이지요. 한 번 당한 작가는 어떻게 된 판인지 자초지종을 이야기하질 않아요. 모종의 압력을 받고 나왔는지 자존심상 그러는지 당한 입장에서 떳떳하게 항의도 하지 않는단 말이에요."

편집부장은 주위에 그런 일을 당한 작가들이 많이 있는 것을 잘 알고 있다는 투로 길게 말을 이었다. 편집부장의 그 말은 명우에게 무슨 협박처럼 들렸다. 당신도 그런 일을 당할지 모르니 말썽을 피우지 말라는 의미 같기도 했다. 명우의 눈앞에 방금 읽은 부분에 나오는 육군형무소의 정경이 떠올랐다. 그 형무소는 붉은 철조망으로 테두리가 쳐져 있었다. 명우는 그 붉은 철조망 속에 갇혀 있는 자신을 상상하며 옷 밑으로 조금 몸을 떨었다.

"문제는 말이지요, '위'에서 다음 연재분부터는 미리 원고 검토를 하겠다는 거예요. 자기들이 먼저 읽어보고 문제가 없으면 연재를 하도록 허락해 주겠다 이거지요. 그러니가 명우 씨가 먼저 원고를 들고 가서 문제될 만한 것들을 미리 고쳐서 검토를 받는 게 좋지 않겠어요. 괜히 ‘위’ 사람들 신경 건드릴 필요 없이.”

편집부장은 아예 주섬주섬 장편 원고를 끄집어내고 있었다.

“한 회분 원고만 고쳐오면 되겠어요.”

편집부장은 명우가 이미 동의를 한 줄로 생각하는 모양이었다. 명우는 모르긴 해도 작가로서 이 짓이야말로 가장 치욕적인 일일 거라고 여겨졌다. 하지만 명우는 엉거주춤한 자세로 장편 원고를 받아들었다. 연재가 중단되는 불상사가 일어난다 하더라도 이 원고만은 자신이 가지고 있어야 한다는 의식이 그 순간 명우의 내부에 자리잡았다.

원고를 들고 집으로 돌아온 명우는 심한 갈등 가운데 빠졌다. 이 치욕적인 일을 감수하느냐 작가로서의 자존심을 세워 당당하게 거부하느냐, 이런 고민 속에 명우는 다음 연재분의 원고를 읽어나갔다. 원고를 읽어나가자 혼란은 더욱 가중되었다. 어느 정도까지가 검열을 통과할 수 있는 것인지 십여 년 만에 작품을 쓴 명우로서는 어림짐작을 하기도 힘들었다. 2회분에 붉은 테두리가 쳐져 있는 부분을 판단기준으로 삼을 수밖에 없었는데 그걸 기준으로 삼는다면 거의 모든 내용이 걸린다고 할 수 있었다. 그런데 또 다르게 생각하면 문제될 것이 별로 없을 것도 같았다. 왜냐하면 ‘위’에서 신경을 곤두세우고 있는 부분들은 사실 명우 작품에서 중심 내용을 차지한다기보다 배경을 이룬다고 해야 될 것이기 때문이었다. 그러자 명우는 한층 억울한 생각이 들지 않을 수 없었다. 위에서 신경을 쓰고 있는 내용을 중심 주제로 다루고 있지도 않으면서도 그것이 문제가 되어 연재가 중단된다든지 하는 불이익을 당한다면 차라리 그 내용을 중심 주제로 다루다가 된서리를 맞는 편이 훨씬 덜 억울할 것이었다. 생각이 여기까지 미치자 명우는 '위' 사람들의 눈을 교묘하게 가리는 작업으로 들어갔다. 똑같은 내용을 좀 더 암시적이고 함축적인 표현으로 대체해 놓았다. 그건 어떤 객관적인 기준을 따라 하는 작업이 아니라 순전히 생존본능 같은 직관력으로 처리하는 작업이 되었다. 그때 문득 명우는 시퍼런 작두를 타는 무당을 떠올렸고, 줄타기를 하는 남사당패의 어름산이를 떠올렸다. 작업이 진행될수록 어릴 때 본 적이 있는 어름산이의 동작들이 자꾸만 어른거렸다. 앞으로 가기, 장단줄, 거미줄 늘이기, 뒤로 훑기, 콩심기, 녹두장군 행차, 어름산이는 매호씨의 재담과 재비의 장단에 맞춰 앞으로 갔다 뒤로 갔다 오르락내리락 둥실둥실 춤추며, 떨어지는 데 대한 공포를 내쫓듯 창(唱)을 목청껏 길게 뽑아내기도 했다. 어느 문장에 이르러서는 명우의 눈앞에 교도소의 담이 보이고 그 좁은 두께의 담 위를 아슬아슬하게 비뚝비뚝 걸어가고 있는 자신의 모습이 어른거렸다.

  작업을 끝낸 차기 연재분의 원고를 잡지사에 넘겼다. 그 원고를 편집부장은 거기로 가지고 갔다가 며칠 뒤에 도로 가지고 와서 명우에게 건네주었다. '위' 사람들은 명우의 교묘한 솜씨까지도 꿰뚫어보는 눈을 가지고 있는 모양이었다. 거기에다가 명우가 이 정도는, 하고 안심하고 지나쳤던 부분들도 붉은 사인펜의 덫에 걸린 채 무참하게 명우 앞에 내던져졌다.

  "아니 이건 지난번보다 더 심하지 않습니까. 이런 것까지 쓸 수 없다면 한국의 작가들은 붓을 꺾으라는 말이 아니고 무엇입니까."

  명우는 하도 기가 차서 일일이 따지는 것도 우스워질 지경이 되었다.

  "한번 찍히면 모든 내용을 다 그런 눈으로 보니까 그냥 넘어갈 수 있는 것까지 걸고넘어진다니까."

편집부장도 붉은 사인펜의 횡포를 어떻게 이성적으로 이해해야 좋을지 곤혹스러운 표정을 지었다.

"이건 연재를 자체적으로 중단시키라는 압력이야."

편집부장은 의미심장하게 혼잣말을 하였다.

"연재는 중단될 수 없습니다. 내가 요령껏 다시 고쳐오겠습니다."

명우는 붉은 사인펜으로 인하여 피를 뚝뚝 흘리고 있는 것 같은 원고뭉치를 싸안아들고 집으로 돌아와 밤을 새웠다. 마치 심하게 부상당한 자식을 치료하듯이, 아니 찢기고 상한 자기 몸을 치료하듯이 원고뭉치의 상처들을 혀로 핥아주었다. 넌 죽어선 안 돼. 어떡해서든지 살아나야 해. 손목 하나 발목 하나 잘리는 한이 있더라도 넌 살아나야 해. 어찌해서든지 살아서 복수해야 돼. 명우에게는 자기가 작품을 다듬고 있는 것이 아니라 숫돌에다 비수를 갈고 있는 것처럼 여겨지기도 했다. 그런데 과연 복수의 대상은 누구인가. 명우의 원고를 검열하고 있는 그 부서의 직원인가. 그 친구도 자기 주관에 의하여 검열하고 있지는 않을 것이 아닌가. 그 친구의 검열을 검열하는 또 다른 눈을 의식하면서 그 친구도 검열행위를 하고 있는 것이 아닌가. 편집부장이 명우에게 이야기하는 식으로 그 친구도 편집부장에게 이야기할 것이 아닌가. 이쪽을 동정해 주는 척하면서 아주 지성적으로 신사적으로 검열의 불가피성을 주지시킬 것이 아닌가. 그렇다면 맨 위에 있는 가장 큰 눈은 무엇인가. 그러자 명우의 뇌리에는 잠자리 눈을 수천 수만 배로 확대해 놓은 것 같은 거대한 겹눈 하나가 떠올라왔다. 그것은 거대한 공포이기도 하였다. 아니야 아니야, 아무리 생각해도 과잉충성일 거야. 그렇지 않다면 이런 단어 하나 문장 하나에까지 붉은 사인펜으로 횡포를 부릴 리는 없어. 명우는 복수의 대상을 얼치기 직원 한 사람 정도로 국한

시키려고 노력해 보았지만 거대한 겹눈의 환상은 끝내 사라지지 않
았다. 명우는 3·15 부정선거에 대한 묘사, 4·19 데모 상황에 관
한 묘사까지 붉은 철조망에 갇혀 있는 것을 보고는 거의 소름이 끼
칠 지경이 되었다. 이 사람들이 이러한 역사를 되풀이하겠다는 말
인가 싶어서 말이다. 그러고는 명우는 4·19와 5·16, 삼선개헌,
유신헌법, 10·26, 5·17 들을 거쳐온 자기 또래의 작가들은 과연
무엇을 쓸 수 있을 것인가 또 한 번 깊은 좌절감을 느꼈다. 거대한
겹눈은 이렇게 말하고 있는 것 같았다. 너희들은 너희가 살아온 시
대는 일체 말하지 마라. 그리하여야 이 땅에서 작가로서 활동할 자
유를 주겠다. 고귀한 자유 말이다. 밤을 새워 피투성이 원고를 살리
는 작업을 하던 명우는 드디어 새벽녘에 이르러 그 모든 노력을 포
기하고 말았다. 너는 차라리 죽는 게 낫겠다. 이런 시대에선 살아
있는 게 부끄럽다. 내가 죽지 못하는 대신 너라도 죽어라. 명우는
숨이 끊어진 원고뭉치를 들고 마당으로 나갔다. 개밥바라기가 계명
성으로 바뀌어 동녘 하늘에 근조등처럼 걸려 있었다. 명우는 그 근
조등 아래서 다비식을 거행하였다. 원고는 사리 한 알 남김없이 까
만 재로 흩어져 부등깃인 양 날아올랐다. 명우는 작가로서의 자존
심을 다 버린 그 지점에서 자존심을 세운 셈이었다. 그러면서 이 시
대에서는 진정한 작가는 작가이기를 포기해야 한다는 엄숙한 사실
을 스스로에게 공표하였다. 이제 또다시 오랜 기간 동안 작품을 쓰
지 못하리라는 예감이 엄습하였다. 이전에는 작품을 쓰지 못하는
뚜렷한 이유가 없었지만 이제는 그 이유가 분명해진 것이 그나마
다행스럽게 여겨졌다.

　그는 과거의 문을 열고 들여다본 명우의 말과 행위들이 아직 형
상화의 단계를 거치기 전인데도 벌써 변형되고 있는 사실에 섬뜩
놀랐다. 그는 자기 자신을 자기 속에서 이미 검열하고 있는 것을 인

정하지 않을 수 없었다. 자기 자신의 검열과 '위' 사람들의 검열 사이에 뭐라 딱 꼬집어 말할 수 없는 공통점이 있는 것을 발견하고 한동안 어안이 벙벙해졌다. 하지만 하나는 작품구성이고 하나는 현실이다, 하는 반발이 그의 마음 가운데 일었다. 그러나 그다음 순간 이 시대의 거대한 겹눈도 자기 나름대로 작품구성을 하고 있다는 인식이 그의 뒤통수를 때렸다. 작품구성과 작품구성이 서로 싸우고 있는 셈이었다. 그렇다면 더욱더, 거대한 겹눈의 작품구성을 막아야 할 것이었다.

버스는 온양에 도착하였다. 그는 버스를 다시 갈아타기 전에 시외버스 근방을 휘둘러보았다. 한쪽으로 돌아가니 허름한 극장이 하나 있고 그 극장 앞 공지에 무슨 제각 같은 것이 서 있었다. 그가 다가가서 보니 이 충무공 기념각이었다. 그 기념각의 현판 글씨는 대한민국 초대 부통령 이시형 옹이 근서한 것으로 되어 있었다. 기념각 안에는 기념비가 세워져 있었는데 동래에서 정인보 선생이 쓴 글을 안동에서 김충현 선생이 새긴 것으로 되어 있었다. "이 충무공은 서울서 나고 시골서도 지냈으니 저기 보이는 방화산 밑 아산 뱀밧에 공의 고택이 전하여……"로 시작해서 "……이 앞으로 전라도를 간 것이 장차 닥쳐올 대란을 막아내일 그 걸음이었다."로 끝나는 비문으로 보아 이 충무공이 수군통제사로 부임하기 위해 지나간 길에 기념각을 세운 듯하였다. 명우는 이 앞으로 충무공이 지나갔다는 그 길가에 우두커니 서서 잠시 사백 년 전의 그 광경을 떠올려보았다.

보라 우리 눈앞에 나타나는 그의 모습, 거북선 거느리고 호령하던 그의 위풍, 일생을 오직 한길 정의에 살던 그이시다, 나라를 구하려고 피를 흘리신 그이시다.

그의 귓가에서는 명우가 부르던 노랫소리가 쟁쟁하게 들려왔다.

명우는 군대에서 공병대 작업대대에 배속되어 막노동처럼 일을 하였다. 그때 문선대가 조직된다는 행정실의 광고를 듣고 대학 시절 연극을 조금 해본 경험을 내세워 거기에 지원하였다. 정훈장교의 테스트를 거친 후 명우는 정식 문선대 요원이 되었다. 문선대는 군단 직할로 들어갔다가 여단 직할로 들어갔는데 그 요원들은 여러 가지 면에서 특혜를 받고 있었다. 연습을 핑계 삼아 내무생활에서 열외가 되었고 그 홍역과도 같은 유격훈련도 면제되었다. 문선대원들은 워카를 윤이 빤질빤질 나게 닦고 옷 주름이 빳빳하게 서도록 하면서 노래 부르고 기타나 드럼을 치고 색소폰을 불고 웅변연습 연극연습을 하면 되었다. 연습장이 마땅치 않아 승공관 같은 데서 하기도 하였는데 연습을 대강 마친 후에는 승공관에 진열되어 있는 북한 어린이들의 교과서들을 만화책 보듯이 뒤적거려 보기도 하고 남파 간첩이 메고 왔다는 갖가지 장비들 틈바구니에서 낮잠을 자기도 하였다. 다른 사병들은 뙤약볕에서 땀을 뻘뻘 흘리며 삽질을 하고 있는 그 시간에 말이다. 그러한 특혜를 누리는 대가로 문선대원들은 부대들을 돌아다니며 부대들을 돌아다니며 충무공 정신을 고취 선양해야만 하였다.

충무공 오 충무공 민족의 태양이여, 충무공 오 충무공 역사의 면류관이여.

그 충무공 노래의 후렴을 얼마나 부르고 불렀던가. 앞으로 착착 뒤로 착착, 무용까지 곁들여가면서.

그런데 문선대의 궁극적인 목표는 충무공 정신의 선양에 있는 것이 아니라 유신과업 성취를 위한 독려에 있었던 것이었다. 웅변을 맡은 대원은 유신헌법 반대 데모를 하다가 군대로 끌려왔다면서도 우렁찬 목소리로 충무공 정신과 유신정신이 어떻게 일치하는가에 대하여 열변을 토하였다. 하긴 순신과 유신이 형제처럼 끝 자가 같긴 하였다. 연극을 맡은 명우와 같은 대원들도 유신시대에 새마을운동을 통하여서 우리가 두고 온 고향마을이 얼마나 발전했는가를 선전해야만 하였다.

그날 땅과 하늘을 울리시던 그의 맹세, 저 언덕 저 바다에 배고 스민 그의 정신, 외치는 저 목소리 그가 우리를 부르신다, 겨레의 길잡이로 그가 우리를 부르신다.

이런 노래를 계속 부르는 명우의 귓가에는, 유신의 앞잡이로 그가 우리를 부르신다, 하는 새로운 가사가 자꾸만 맴돌았다. 순신을 빙자하여 유신을 선전해 주는 대가로 무사안일을 누리면서 명우는 군대 버러지로 살고 있는 기분이었다. 그러면서 언젠가는 이 죄를 속죄해야 한다는 것을 알고 있었다. 사실 문선대원 대부분은 성병을 앓고 있었는데 그 성병의 고통이 속죄를 치르는 통과의례인 셈이었다.

그는 시외버스 정류장을 벗어나 시내버스로 갈아탔다. 한적한 국도를 지나 청산 사슴목장이 보이는 넓은 주차장에 버스가 당도하자 사람들이 우르르 내렸다. 명우는 우선 그 사슴목장으로 다가갔다. 작고 큰 사슴들이 울안에 갇힌 몸이면서도 멋모르고 뛰놀고 있는 게 눈에 들어왔다. 팻말에는 사슴의 일반명과 학명들이 영어로 적혀 있었다. 초식성에다 수명은 십오 년에서 이십 년, 여름철에 한 마리 분만, 임신 기간 이백이십오 일 등과 같은 내용들이 적혀 있었다. 왜 이런 곳에 사슴목장이 있는지 그 연관성을 생각해 보려 해도 얼른 떠오르는 게 없었다. 그는 드디어 경내로 들어섰다. 충무문을 지나 백일홍이 만발하게 핀 뜰을 거쳐 정려, 충무정, 옛집, 활터, 이면공 묘소, 연못 들을 돌아본 뒤 유물관으로 들어섰다. 임진장초도 보이고 난중일기도 보였다. 비격진천뢰를 비롯한 각종 무기들이 호기심을 자극하였다. 특히 배 위에서 배에 기어오르는 적의 목을 베기 위해 만들어진 긴 낫 모양의 장병검 같은 것은 섬뜩하기까지 하였다. 십경도에 요약된 생애는 노량해전으로 끝나고 있었다. 그는 유물관을 나와 마침내 본전으로 들어가 영정 앞에 섰다. 인간문화재인 조윤제 씨가 칠천여 개의 나뭇조각으로 못을 전혀 사용치 않고 완전조립식으로 조립했다는 다집 안에 영정은 안치되어 있었다. 그는 그 영정의 두 눈이 자기를 쏘아보고 있다고 느껴져 마주 바라볼 수가 없었다. 고개를 숙인 자세로 그는 한동안 눈을 감고 있었다. 그는 군인을 생각했다. 군인에 의해 신성화된 군인, 군인에 의해 이용당한 군인을 생각했다. 하지만 영정은 이미 군인이 아니었다. 그는 자기가 왜 여기까지 왔는가를 생각했다. 소설을 다시 쓰기 위해서 여기까지 온 것이었다. 진정 자기 자리로 돌아간 진실한 한 군인을 만나기 위하여 예까지 온 것이었다. 그의 망막에는 조금 전 유물관에서 본 영기(令旗)들, 신하들에게 명령을 하달할 때 사용하는 그 깃발들이 어른거렸다. 붉은 홍소령기는 문관들이 들어야 하는 것이고 푸른 남소령기는 무관이 들어야 하는 것이었다. 그런데 무관들이 홍소령기를 들고 문관들이 남소령기를 들고 있다니. 그는 무관과 문관이 서로 영기를 바꾸어 드는 날이 반드시 와야만 한다는 것을, 더 나아가 반드시 오고야 말 것이라는 것을 영정 앞에서 외치고 싶었다. 그는 조심스럽게 눈을 뜬 후 고개를 들어 다시금 영정을 바라보았다. 그런데 영정을 둘러싸고 있는 다집의 기둥들이 모두 붉은 칠을 하고 있는 게 아닌가. 그는 그 영정마저 붉은 사인펜으로 굵게 테두리가 쳐져 있는 것만 같아 어쩔 현기증이 일었다.

# 만화경(萬華鏡)

　우리들은 두 손을 바지주머니에 찔러 넣은 채, 허리를 구부리고 턱을 앞으로 내밀어 도랑물 소리가 간간이 들려오는 짙은 어둠 속에다 코를 처박았다. 그러고는 늦가을 밤의 어둠의 냄새를 맡으려는 듯 코를 흥흥거리며 서쪽으로 뻗은 한길을 걸어나갔다. 겨드랑이에는 대나무 꼬챙이가 하나씩 끼여 있었다.

　"춥지?"

　"그래."

　우리들은 춥지 않기 위해서 두 손을 여전히 바지 호주머니에 찔러넣은 채 한길을 달려보기도 하였다. 아무리 달려도 주위는 냉기(冷氣)를 잔뜩 품은 어둠뿐이었다. 입과 코와 눈과 귓속으로 어둠이 꾸역꾸역 기어들어오는 것 같았다. 온 사방은 정말 칠흑같이 어두웠다. 별도 보이지 않았다. 저 멀리 앞쪽 허공의 송곳 구멍만한 예닐곱 개의 붉고 노란 점들만이 어둠에 파묻히지 않고 있었다. 그 붉고 노란 점들 때문에 우리들이 어둠에 질식되지 않는 것만 같았다.

낮게 하나 둘 구령을 붙이기 시작했다.

한순간 어둠 속에서 퍼드득 하는 소리가 들려왔다. 그 소리는 어둠에 금이 가는 소리 같았다. 또 퍼드득 하는 소리가 들려왔다. 우리들은 어둠이 산산이 쪼개져 무너지는지도 모른다고 생각했다. 그런데 자세히 보니 왼편 쪽으로 큰 돌멩이 같은 것들이 수십 개 날아가고 있었다. 논바닥에 앉아 있던 새들인 모양이었다. 퍼드득파드득 하는 소리에 이상한 두려움을 느끼며 계속해서 한길을 달렸다. 모래알이 섞인 바람이 무슨 짐승처럼 갑자기 옆쪽에서 와락 몰려와 볼과 귓바퀴를 때리고 지나갔다. 숨을 몰아쉬며 천천히 걸음을 늦추었다. 주위에는 다시 도랑물 소리만이 나직이 들려오고 있었다. 반장집 천막이 오른편 저쪽 공지(空地) 가운데 가만히 웅크리고 있을 것이었다. 우리들은 그 초여름 오후를 기억하고 있었다.

사람들이 한길 가득히 흙먼지를 일으키며 긴 그림자들을 뒤에 끌고 초여름 오후의 햇빛 속을 마구 치달려 갔었다. 그때 우리들은 벼포기 우거진 논을 바라보기도 하며 한길가 도랑에 발목을 잠그고 서 있었는데 그 소란은 어떤 불길한 예감을 안겨주었다. 다시 발목으로 시선을 떨구었다. 우리들의 그림자가 발목 근처의 수면 위에서 불그레한 햇빛에 섞여 찰랑거리고 있었다. 참으로 심심했다.

얼마 후, 큰 개 한 마리가 사람들이 사라져간 방향에서 입에 거품을 물고 헉헉대면서 달려왔다. 우리들은 짙게 그늘진 그 개의 표정을 똑똑히 바라볼 수 있었다. 반장집 개였다. 조금 있으니, 아까의 그 사람들이 웅성거리며 나타났다.

"개가 미쳤어!"

"미쳤어!"

사람들은 고래고래 고함치고 있었다.

잠시 후, 들것을 든 두 청년이 땀을 뻘뻘 흘리며 흙먼지가 아직

가라앉지 않고 있는 한길을 달려왔다. 들것 위에는 온통 피투성이
가 된 반장집 노인이 뉘어 있었다. 그래도 우리들은 여전히 도랑에
발목을 잠그고 서서 반장집 쪽에서 갓 피어오르기 시작한 저녁놀을
보고 있었다. 벼포기 우거진 논에서인 듯 어둠이 서서히 깔려오더
니 우리들의 발목을 건드렸다.

댕 댕 댕 댕 댕 댕…….

초저녁 바람을 타고 예배당 종소리가 들려오기 시작했다. 우리
들은 도랑에서 한길로 걸어나왔다. 한길 이쪽 초가집들 낮은 굴뚝
에서 저녁밥 짓는 청회색 연기가 구수한 냄새를 풍기며 솟아나와
한길을 따라 퍼지고 있었다. 물이 들어찬 하얀 고무신은 질컥질컥
소리를 내었다. 사람들은 한길 가득히 깔린 청회색 연기를 비집고
유령들처럼 돌아오고 있었다.

"뒷산으로 도망간 모양이야."

"반장 노인은 읍내 병원에 있대요."

사람들은 우리들과 마주쳤으나 어둠 때문인지 자기들 이야기에
만 열중한 때문인지 아무도 알은체하지 않았다. 우리들은 예배당에
서 볼 환등기 그림 생각을 하였다. 이때껏 몇 번 본 적이 있는 '탕
자의 비유', '거라사인의 미친 사람', '간음하다 잡힌 여자', '십자
가 상의 예수'…… 이런 것들 중의 하나를 따분하게 또 볼 것임에
틀림없었다.

어둠은 점점 더 짙게 깔려왔다.

"부르자!"

울적한 기분을 풀 겸 주일학교에서 배운 노래를 불렀다.


쿠카불라 숲 속의 자랑거리
쿠카불라 숲 속의 자랑거리

오 쿠카불라

오 쿠카볼라

오 참 아름다워


　제주도 무당집을 지나 오른쪽으로 난 길로 접어들면서 우리들의 노랫소리는 그만 그치고 말았다. 북망 장의사가 보였기 때문이었다. '謹弔' 라고 쓰인 육각 종이문이 미닫이 유리문 위에 매달려 음산하게 흔들거리고 있었고, 미닫이 안쪽에는 꺼먼 관들이 호롱불빛을 받으며 겹겹이 두 줄로 쌓여 있었다. 한쪽 구석 선반 위에는 상장(喪杖)과 짚신과 새끼와 조화들이 주인 잃은 물건들처럼 아무렇게나 놓여 있었다. 매일 보는 장의사였지만 그때는 어쩐지 그 장의사가 우리들의 기분을 더욱 울적하게 하였다.

　"오늘은 예배당에 가지 말자."

　우리들은 질컥거리는 고무신을 반대 방향으로 돌려 은하수가 점점이 하늘에 깔리는 것을 지켜보며 걸어왔던 길을 다시 되돌아오고 말았다.

　저쪽 공지(空地) 가운데 웅크리고 있는 반장집 천막을 어둠 속에서 드디어 찾아내고 몇 걸음 더 걸어갔다.

　"저기가 반장집 천막이니깐 바로 이 나무 밑이야."

　우리들은 겨드랑이에 끼워 가져온 꼬챙이로 나무 밑 땅을 파헤치기 시작했다. 땅 위에는 넓적한 잎들이 여기저기 흩어져 있는 모양으로 꼬챙이에 닿아 바스락거렸다. 그 나무 이름이 무언지는 알지 못했다.

　"됐다."

　아버지 형들이 집에 없는 틈을 타 낮에 몰래 갖다둔 톱들이 흙 냄새를 풍기면서 토해져 나왔다. 우리들은 꼬챙이를 버리고 제가끔 톱을 하나씩 집어들었다. 가벼운 흥분과 새로운 분노가 톱자루에서 온 전신으로 퍼져들어왔다.

"가자."

한길가 도랑을 건너뛰어, 남쪽 제방에까지 뻗어 있어 논두렁길로 접어들었다. 어둠을 써는 듯이 톱을 높이 치켜들고 좁고 위험한 논두렁길을 말없이 걸어나가면서 우리들은 지난여름을 생각했다.

우리들은 참으로 심심했기 때문에 거울 조각으로 세모기둥 모양의 만화경(萬華鏡)을 만들었었다. 그 속으로 색종이 조각들을 집어넣고 그것을 돌리면서 입구에 눈을 대고 있으면 희한한 세계가 시야에 전개되었다. 그것을 들고 나가 도랑에 발목을 잠그고 서서 제가끔 자기 만화경에 열중하였다. 여름 햇살은 목덜미로 사정없이 쏟아져내렸지만, 그 햇살이 기운을 잃을 때까지 꼼짝하지 않았다. 만화경의 세계의 모양은 돌릴 때마다 매번 달라졌지만, 그 구성 분자는 그 모양 빛깔이 항상 같았다. 지루해진 우리들은 만화경을 뒤집어엎어 색종이 조각들을 도랑물 위에 쏟아버리고 말았다. 색종이 조각들이 이루는 따분한 세계와는 전혀 다른 세계를 찾고 싶었다. 그래서 궁리 끝에 뒷산 마루로 올라가 산 중턱의 사정(射亭)과 동네와 논을 내려다보면서 잠자리와 나비를 잡았다.

그러고는 그 날개들을 갈기갈기 찢어 만화경 속에 집어넣었다. 가지가지 빛깔로 채색되어 있는 갖가지 종류의 날개 조각들의 무늬는, 색종이 조각들이 이룬 세계와는 전혀 다른 더 생동적이고 황홀한 세계를 이루어주었다. 잠자리와 나비를 찾아 산등성이를 넘어 허물어진 숯가마들이 있는 곳을 지나 매미소리 요란한 산속으로 깊숙이 들어갔다. 우리들의 뒤에는 양편 네 개의 날개가 몽땅 잘려진 잠자리와 나비의 몸뚱이들이 풀숲에서 징그럽게 꿈틀거리며 죽어 갔다. 우리들은 가끔 만화경 속의 날개 조각들을 다 비워버리고 새

로운 날개 조각들을 집어넣어 그 구성 분자를 완전히 갈아치우기도
하였다.

　동네에서 제법 멀리 떨어진 산속에 서서 문득 우리들 주위의 고
요를 깨달았을 때 이미 나무와 풀들의 자태가 어둠에 가려지고 있
었다.

　바다 속 같은 냄새가 주위에 맴돌았다. 우리들은 신비한 새 세계
에 서 있는 듯한 착각에 빠졌다. 이때껏 보아온 세계와는 참으로 전
혀 다른 세계였다. 소나무, 참나무, 떡갈나무, 졸참나무……. 이런
보통 보는 나무들도 전혀 다른 세계의 나무들같이 여겨졌다. 그러
나 그런 느낌은 잠깐뿐이었다. 한순간 끼잉끼잉 하는 이상한 소리
가 들려왔는데, 그 소리가 우리들의 환상을 여지없이 깨뜨려버린
것이었다. 우리들의 시선이 서로 급하게 부딪쳤다. 양편 날개를 잃
은 잠자리와 나비의 몸뚱이들이 날개를 찾으려고 몸부림하는 소리
인지도 모른다고 생각했다.

　우리들은 만화경을 뒤 포켓에 찔러넣고 어둠 속을 달려나갔다.
발목을 건드리고 무릎을 건드리는 잡풀들이 마귀할멈의 머리카락
처럼 여겨져 온몸에 소름이 좍좍 돋았다. 달리면서 하늘을 올려다
보았는데, 나뭇가지들 사이로 보이는 하늘에는 시커먼 먹구름들이
곤두박질하며 모여들고 있었다.

　푸드득 하며 머루다람쥐 한 마리가 급하게 비껴 가로질러 갔다.
우뚝 멈춰섰다. 바로 앞 수풀 틈에 어느 물체가 가로누워 있었다.

　그것이 끼잉끼잉 하고 있었다. 주위의 돌멩이를 집어 정신없이
그것을 향해 던지기 시작했다. 그것의 등에서 무럭무럭 김이 올라
왔다. 우리들은 그것이 허공으로 증발된다고 생각했다. 그러나 그
김은 자세히 보니 날벌레들이었다. 그 날벌레들 속에서 그것은 꿈
틀거리며 일어서려고 애쓰고 있었다. 당황해진 우리들은 굵은 나뭇

가지를 꺾어와 그 나뭇가지로 그것을 치기 시작했다.

거의 미친 듯이 나뭇가지를 휘둘렀다. 한참 만에 끼잉끼잉 하는 소리는 그쳐버렸다. 나뭇가지를 버려두고 다시 어둠을 뚫고 달려나갔다. 우리들은 어떤 공포에 쫓기고 있었다. 허물어진 숯가마들이 있는 곳을 지나 사정(射亭)과 동네와 논이 내려다보이는 산마루에 이르러, 다같이 긴 한숨을 내쉬었다.

"그 미친 개였어!"

"미친 개!"

"미친……."

바로 그때, 희부연 어둠을 비집고 빗방울이 하늘에서 하나둘 떨어져내렸다. 내려다보이는 동네에서는 호롱불이 하나둘 켜지기 시작했다.

우리들의 톱은 계속 어둠을 썰고 있었다. 바람은 뒤쪽에서 불어와 목덜미와 귓등을 때리고 지나가곤 하였다.

"조심해!"

여름비로 엉망이 되어 있는 논귀 부분을 건너뛰면서 서로 주의를 주었다. 그 순간 읍내 군청 쪽에서 사이렌소리가 침묵을 참다못해 내뱉는 듯이 우 하고 비밀스럽게 울려왔다. 통행금지 예고 사이렌이었다. 그 소리가 우리들을 초점으로 하고 울려오는 것만 같아 더욱 단단히 톱을 움켜쥐고 목을 움츠렸다. 왼쪽 가슴을 칼날처럼 파고들어와 심장을 고스란히 들어내 가는 듯한 무서운 소리였다. 또 어찌 들으면 분노를 잃지 않으려고 애쓰는 우리들의 심장에서 들려오는 소리 같기도 했다. 그 소리로 인하여 어둠은 더욱 짙어지는 것 같았고 저쪽 제방까지의 거리는 더욱 멀어지는 것 같았다.

우 ─ .

우리들은 또 지난여름을 생각하지 않으면 안 되었다.

우리들이 개를 무참히 죽인 날 밤, 밤새도록 비가 왔고 그 빗소리에 섞여 사이렌소리가 끊임없이 들려왔었다.

우——.

우——.

새벽녘이 되자 사람들은 웅성거리며 한길로 뛰쳐나갔다. 어떤 공포가 동네를 이미 뒤덮었음에 틀림없었다.

"윗둑이 터졌다!"

사람들은 미친 개를 쫓아가던 때보다 더 크고 불안해하는 소리로 소리쳤다. 곧이어 비옷을 입은 순경들이 몰려와 메가폰을 입에 대고 고함을 질렀다.

"동민 여러분, 뒷산으로 당분간 피신하시기 바랍니다. 뒷산으로……."

모두들 도롱이 같은 것을 뒤집어쓰고 짐 보따리들을 든 채 한길로 나와 줄을 섰다. 소를 몰고 나온 사람들도 있었다. 우리들은 제가끔 자기 식구들 틈에 끼어서 비실비실 웃음을 주고받았다. 간혹 번개가 치고 천둥이 울기도 했다. 사이렌소리는 계속되고 있었다. 어디선가 새벽닭 울음소리가 구성지게 들려왔으나 사람들은 모두 깨어 있는 것이었다. 한길은 점점 얕은 강처럼 되어갔다. 흙탕물이 종아리에 지푸라기들을 잔뜩 걸쳐주며 지나갔다. 그 물에는 거름냄새가 물씬 녹아 있었다. 비는 계속 노를 드리우고 있었다.

"읍내 사람들은 어떻게 됐습니까?"

"읍내는 별 피해가 없는 것 같습니다."

폭포수처럼 쏟아져내리는 누런 흙탕물을 용케 피해 가면서 사람들은 뒷산 마루로 올라갔다. 산 중턱에 있는 단심정(丹心亭) 뒤뜰은 뒤 언덕이 무너지면서 토해 낸 흙더미에 반쯤 묻혀 있었다. 비옷을 입은 사두(射頭) 노인과 사원(射員)들이 뒤뜰을 치우다 말고 산마루

를 향해 올라가는 사람들의 행렬을 지켜보며, 자기네들끼리 서로
이야기를 주고받았다.

산마루까지 올라간 사람들은 순경들의 지시를 받으며 나무 아래
나 바위 틈으로 비를 피하였다. 소들이 길게 울어댔다. 흙탕물은 계
속 산마루에서 동네 쪽으로 흘러내려갔다.

동네와 논이 물속에 잠겨들기 시작했다. 진초록빛 벼포기들이
물속에 잠겨들어 거의 보이지 않게 되었다. 누런 흙탕물에 뒤덮인
논은 오히려 추수할 가을을 맞은 것 같았다. 비는 아까보다 훨씬 적
게 오고 있었는데, 어디서 그렇게 많은 물이 밀려오는지 알 수 없었
다. 나룻배 하나가 뒤엎어진 채 동쪽 수리조합 있는 데서 떠내려오
고 있는 것이 내려다보였다. 어느 제재소에서 쏟아져나온 듯한 아
름드리 긴 통나무들이 바다뱀처럼 굼실거리며 물살을 따라 흘러가
는 것도 내려다보였다. 원두막과 바구니 같은 것들도 떠내려가고
있었다. 잠시 후에는 돼지 몇 마리가 무더기로 곤두박질하며 떠내
려가는 것이 보였다. 모든 것이 떠내려가고 있었다. 아무것도 그것
을 막지는 못했다. 그런데도 사람들의 안타까워하는 시선은 그것을
막으려고 애쓰고 있었다.

"우리 집이 무너진다."

사람들은 산마루에 서서 동네를 내려다보며 고래고래 고함을 질
러댔다. 우리들의 집들도 한쪽으로 기울어지더니 물속에 잠겨들고
말았다. 무너지지 않고 있는 집들은 기와집 몇 채와 다리 건너 예배
당과 국민학교 건물뿐이었다. 우리들은 물속에 거의 잠겨 있는 예
배당 꼭대기에 외롭게 우뚝 서 있는 잠자리 한 마리를, 빗줄기들 너
머로 보았다. 날개를 접을 줄 모르는 그 곤충은 모든 것은 다 떠내
려가도 자기만은 떠내려가지 않을 것이라는 오만한 자세로 언제까
지나 양편의 날개를 펴고 있었다. 우리들은 문득 만화경을 생각했

다. 우리들의 만화경은 무너진 집과 함께 어디론가로 떠내려가고 말았을 것임에 틀림없었다.

"저 관들 보시오!"

어떤 사람이 동네를 향하여 손가락질을 하며 떨리는 목소리로 소리쳤다. 검은 칠을 한 관, 채 칠을 하지 못한 관, 천개(天蓋)가 있는 관, 천개가 없는 관, 큰 관, 작은 관…… 이런 스무 개가량의 침관(寢棺)들이 황토빛 바다 위에서 긴 행렬을 이루어 예배당 십자가 곁을 지나 서서히 서쪽으로 떼밀려가고 있었다. 그것들은 북망 장의사가 무너지면서 토해 낸 것임에 틀림없었다. 그 관들을 줄지어 떠내려 보내기 위해서 그렇게 많은 물이 밀려들었고, 또 그렇게 많은 것들이 먼저 떠내려간 것만 같았다. 집단 장례식이 수장(水葬)으로 거행되고 있는 듯한 그 어둡고 슬픈 행렬을 내려다보며 사람들은 빗속에 서서 드디어 흐느끼기 시작했다. 그때까지도 사이렌소리는 여전히 들려오고 있었다.

우리들의 톱들이 어둠 속에서 챙강챙강 부딪쳤다. 사이렌소리는 그쳐 있었다. 하늘을 올려다보았다. 별 하나 보이지 않는 하늘이었다. 그때 어떤 소리가 하늘의 어둠 속에서 울려왔다. 걸음을 멈추지 않으면서 계속 하늘을 주시해 보았다. 북쪽 하늘 한 모퉁이에서 붉고 노란 세 개의 별이 깜박거리며 무리져 날아오고 있었다. 그러나 곧 그 별들이 낮게 뜬 비행기 불빛이라는 것을 알았다. 하늘과 땅의 어둠 속에서 움직이고 있는 건 그 비행기뿐인 것만 같았다. 비행기 불빛은 어느새 남쪽으로 사라지고 말았다. 아무것도 보이지 않는 하늘 한 모퉁이에서 비행기 소음만이 끊겼다 이어졌다 하며 들려왔다. 그런데 그것도 곧 사라지고 말았다. 다시 우리들만이 남게 되었다. 너른 벌판을 지쳐 달려온 바람이 난데없이 또 우리들을 휘감았다. 바싹 마른 논바닥을 긁으며 앞쪽을 계속 지쳐 달려가는 바람 소리에 끌려 우리들의 걸음도 빨라졌다.

"춥지?"

"그래."

춥지 않기 위해서 톱자루를 단단히 움켜쥐고 논두렁길을 달려보기로 하였다. 우리들은 톱날이 흔들거리며 내는 슬픈 음향을 들었다. 사실 그 너른 벌판에서 벼이삭 하나 추수하지 못했다는 것은 슬픈 일이었다.

우리들은 지난 여름방학을 순경들이 지어준 천막집에서 지냈었다. 아침마다 수제비국을 후루룩 마시고는 그 숨이 막히는 천막을 빠져나와 한길가 도랑을 건너 벼포기 하나 보이지 않는 황량한 황토빛 벌판을 지나 예배당으로 달려갔다. 거기서 우유가루를 얻어먹고는 입 가장자리에 허연 우유가루를 묻히고 입천장에 우유 덩어리를 붙인 채 목구멍이 째져라 찬송가를 불러주었다.

주의 친절한 팔에 안기세……
영원하신 팔에 안기세…….

우리들과 우리들 또래의 어린 아이들이 부르는 카랑카랑한 찬송가소리는 분도기 같은 창들이 이어져 있는 그 예배당 단층 건물을 뒤흔들고도 남았다. 주일학교 선생은 양팔을 벌렸다 오므렸다 하며 찬송을 지휘하였는데 그 모습이 꼭 신 지핀 사람과 같아 여간 우스운 것이 아니었다.

그리고 낮이 되면 우리들은 한길가 도랑에 발목을 잠그고 수제비 조각 같은 구름들이 둥실둥실 떠다니는 아래에 서 있었다. 도랑 양쪽 두덩에는 여름 잡초가 빨강 열매 노랑 열매들을 띄엄띄엄 얹은 채 무성히 우거져 있었다.

우리들은 참으로 심심했기 때문에 만화경을 다시 만들지 않으면 안 되었다. 이번에는 도랑 두덩의 잡초들 위에 내려앉는 잠자리와 나비를 잡아 날개를 갈기갈기 찢었다. 얼마 지나서는 잠자리와 나비뿐만 아니라 풍뎅이 종류와 여치 종류들도 마구 잡아 그 날개를 찢었다. 끝내 우리들은 날개를 가진 곤충이면 닥치는 대로 잡아 그 날개를 찢기로 하였다. 날개를 잃은 징그러운 몸뚱이들이 한길로 던져지기도 하고 도랑물 속으로 들어가기도 하고 잡초들 틈에 버려지기도 하였다.

어느 날 잡초 틈에서 굵은 갈색 뱀 한 마리를 발견하였다. 그 뱀은 참개구리의 뒷다리 하나를 물고 있었다. 우리들은 만화경을 뒤 포켓에 찔러넣고 소리를 죽여 도랑 밑바닥으로 손을 내려 돌멩이를 집어올렸다. 일제히 세 돌멩이가 뱀을 향해 날았다. 뱀의 척추를 명중시킨 돌멩이가 하나 있었다. 뱀은 개구리를 입에 문 채 비실비실 달아나려 하였다. 개구리는 세 다리를 마구 버둥거렸다. 여름 햇살은 사정없이 우리들의 목덜미로 내리꽂혔다. 우리들은 또 도랑 밑바닥에서 돌멩이를 집어올렸다. 이번에는 뱀에게로 좀 더 접근하여 던졌기 때문에 세 돌멩이는 모두 뱀의 척추와 목 근처에 명중하였다. 뱀은 꼬리를 파르르 떨며 개구리를 놓아주었다. 개구리는 절뚝거리며 잡초를 헤쳐갔다. 또 도랑 밑바닥에서 돌멩이를 집어올렸다. 그러고는 진한 분노를 돌멩이에 묻혀 개구리를 향해 던졌다.

개구리는 그 얼룩무늬가 박힌 배 바닥을 하늘로 향하면서 네 다리를 아까의 뱀꼬리처럼 파르르 떨었다. 완전히 죽어 있는 듯한 개구리는 잡초 틈에 버려두고 조금 살아 있는 듯한 뱀은 꼬챙이로 집어 도랑물에 흘려보냈다. 뱀은 곤두박질하며 외롭게 떠내려갔다. 그 뱀을 양편 날개를 잃어버린 지독히 큰 잠자리의 몸뚱이라고 생각해 보며 고개를 들었다. 그때 시야에 벼포기 하나 보이지 않는 황토빛 벌판이 무슨 짐승의 등어리처럼 비쳐왔던 것이었다.

벌판을 다 지난 후, 군데군데 헐려 있는 제방을 기어올라갔다. 제방 위에 올라서서 입때껏 걸어온 벌판을 뒤돌아보았다. 어둠만 가득 괴어 있는 벌판 너머 인가(人家)에는 호롱불빛 하나 보이지 않았다. 새삼스럽게 우리들 주위의 너무도 광막한 어둠과 숨 막힐 듯한 고요와 살을 에는 듯한 냉기를 깨달았다. 벌판을 다시 가로질러 집으로 되돌아가고만 싶었다. 우리들이 벌판을 지나오면서 잃지 않으려고 애썼던 분노마저도 슬그머니 사라지려 하고 있었다.

"날개를 가진 놈이면 기어이 잡고 말았지."

우리들이 굴욕을 받았던 그날을 생각하며 서로 용기를 불러일으켜 주었다.

가을로 접어들면서 동네에는 천막이 줄어들고 그 대신 판자로 엉성하게 엮어만든 집들이 하나둘 생겨나기 시작했었다. 아버지 형들도 판잣집을 지었는데, 우리들은 판잣집이 완성되는 동안 주로 예배당에 가서 지냈다. 배가 고프고 추웠다.

하루 저녁은 주일학교 선생이 우리들과 우리들 또래의 어린아이들에게 새로운 환등기 그림을 보여주며 창세기 이야기를 해주었다. 창마다 검은 커튼이 드리워진 어두운 예배당 안이었다. 마룻바닥에 퍼질러앉아 있는 우리들 또래의 어린아이들은, 잡담 하나 없이, 강대상 쪽의 영사막에 비쳐진 환등기 그림에만 열중하고 있었다.

여자가 나무 실과를 따서 자기와 함께 한 남자에게 주는 장면이 나타났다. 다음에는 무화과 나뭇잎으로 치마를 엮어입은 여자와 남자가 서로 등을 대고 돌아서 있는 장면이 나타났다. 주일학교 선생은 왜 그들이 부끄러워하는지 그 이유를 설명해 주었다. 우리들은 뒤쪽 창가에 앉아 있었는데, 커튼을 약간 들치고 바깥을 내다보았다. 분도기 같은 창 너머에서는 어둠이 퍼져가고 있었다. 엄청나게 넓은 낙엽 하나가 공중에 떠 있는 것을 보았다. 저녁놀에 붉게 물든 구름 덩어리였다. 울타리도 없는 예배당 마당에는 붉고 흰 코스모스들이 가득 들어차, 내려앉는 어둠을 살그머니 떠받들고 있었다. 고장난 달구지 하나가 버려져 있는 저쪽 국민학교 뒤 탱자나무 근처에서 참새들이 재잘거리며 이파리처럼 내려앉았다 올라갔다 하고 있었다. 우리들은 더욱 시장기를 느끼고 한기를 느꼈다.

"여호와 하나님이 아담을 부르시며 그에게 이르시되 네가 어디 있느냐 했습니다. 그때 아담은 이렇게 나무 뒤에 숨어 있었지요. 이와 같이 죄를 짓고 하나님 앞에서 숨는 인간은……."

커튼을 내리고 환등기 그림을 다시 쳐다보았다. 아담과 이브가 야릇한 몰골을 하고 나무 뒤에 숨어 있었다. 우리들은 숨어 있는 아담과 이브의 꼴이 우스워서 킥킥대고 웃고 말았다. 주일학교 선생은 그림을 갈아끼우려다 말고 고개를 들어 우리들을 노려보았다.

"수길이 경필이 을규 웃지 말고 조용히 해욧!"

어린아이들이 일제히 우리들 쪽으로 고개를 돌려 쳐다보았다. 우리들은 심한 굴욕을 당하고 있는 것 같았다. 그리고 배가 너무 고프고 추웠으므로 우리들 중의 한 사람이 벌떡 일어났다.

"선생님, 만약 하나님 아버지가 있다면, 우리를 이렇게 배고프고 춥게 하지는 않으실 게 아닙니까?"

주일학교 선생은 아연해지고 말았다. 자기가 항상 품어오고 있는 의문 ── 하나님은 정말 있는가 하는 질문을 받았음에 틀림없었다. 주일학교 선생은 잠시 아무 대꾸도 하지 않다가,

"수길이 경필이 을규는 지금 당장 나가욧! 떠들어서 환등기 그림을 볼 자격이 없어요."

하였다.

우리들은 모두 일어났다. 어린아이들이 놀란 눈을 하고 쳐다보

았다. 그 아이들에게는 하나님 아버지가 있는지 없는지 하는 문제
가 그리 중요하지 않았다. 환등기 그림을 보는 것만이 중요한 것이
었다. 그러나 우리들은 그 아이들과는 다르다고 생각했다. 신장으
로 가 고무신을 찾아들고 조용히 예배당을 나왔다. 코스모스밭을
지나가려 할 때, 등 뒤에서 카랑진 찬송가소리가 갑자기 소나기같
이 몰려왔는데, 등골이 서늘해짐을 느끼지 않을 수 없었다.

    주의 친절한 팔에 안기세……
    영원하신 팔에 안기세…….


    우리들은 그 몰려오는 찬송가에 대항이라도 하듯 홱 뒤돌아섰
다. 그런데 희부연 어둠 속에서 시야에 맨 처음 비쳐온 것은 예배당
건물 꼭대기의 십자가였다. 그 십자가는 참나무를 깎고 다듬어 사
개를 잘 맞춘 것이었다. 우리들은 바지 앞 포켓에 들어 있는 만화경
을 만지작거려 보았다.
    돌다리를 지나서 제방으로 나와 벌판을 가로질러 논두렁길을 걸
어가다가 또 뒤돌아보았다. 십자가 주위에는 갓 나온 별들이, 우리
들에게서 십자가를 보호해 주려는 듯, 송이송이 무리져 있었다. 아
까 주일학교 선생에게 대든 우리들 중의 한 사람이 손뼉을 탁 치며
말했다.
    "날개를 가진 놈이면 기어이 잡고 말았지."
    그 말이 무엇을 의미하는지 잘 알 수 있었다. 그 무렵 만화경 속
에 집어넣을 곤충의 날개를 구하기가 무척 힘들게 되어 있었던 것
이었다. 우리들은 제주도 무당이 큰굿을 할 때 추는 신 지핀 춤을
흉내내어 날뛰면서 논두렁길을 달려나갔다. 제주도 무당은 며칠 전
반장집 노인이 읍내 병원에서 돌아왔을 때도, 반장집 천막 앞에서

신단(神壇)을 만들고, 폐물(幣物)을 올리며 새신기도(賽神祈禱)를
하고 신딸들이 울리는 장구, 북, 징, 방울, 제금, 피리 소리 속에서
칼춤을 추었던 것이었다. 그 낭랑하고 고운 일반분풀이는 우리들의
배고픔과 추위를 몰아내는 주문도 되었던 것이었다.

　　　홍 허물 궂인 허물을
　　　주엉 괴로움을 줍네다
　　　응한 때 바당에 강
　　　보멀 구젱기 생복 같은
　　　물천을 잡아당
　　　이 할망신 디 풀민
　　　궂인 허물 고통징이
　　　다 풀려집네다.

　한길로 나온 우리들은 만화경을 포켓에서 빼내어, 제주도 무당
이 칼을 던질 때의 자세를 흉내내며, 한길 바닥에 힘껏 내동댕이쳐
버렸다.
　다시 용기를 얻은 우리들은 톱을 움켜쥔 채 또 한 번 사방을 두리
번거려 보았다. 아무도 없음을 확인한 후 조심스럽게 돌다리 쪽으
로 다가갔다. 돌다리를 건너면서 톱으로 다리 난간을 가만히 두드
려보았다. 챙강챙강 하는 금속음이 개울물 속으로 떨어져내려갔다.
　돌다리를 다 지나자 양철지붕으로 되어 있는 단층 건물이 어둠
속에서 그 자태를 나타내었다. 톱을 움켜쥔 우리들의 손이 가볍게
떨려왔다. 그 단층 건물의 창틀을 딛고 지붕 위로 올라갔다. 지붕이
삐걱삐걱 기분 나쁜 소리를 내었다. 저 앞쪽에 서 있는 물체를 노려
보며 그쪽으로 다가갔다. 그 물체에 바싹 다가선 우리들은 제가끔

자기의 톱으로 번갈아가며 톱질을 하기 시작했다. 바람이 또 한차례 불고 지나갔다. 어둠은 드디어 진한 참나무냄새를 풍겨주었다. 우지직 하는 소리와 함께 한쪽 날개가 잘라졌다. 우리들의 분노의 한모퉁이도 시원스럽게 허물어져갔다. 한쪽 날개를 조심스럽게 발 근처에 놓아두고는 자리를 옮겨 또 번갈아 가며 톱질을 하였다. 마지막 남아 있는 나머지 분노가 톱날에 묻혀 나무 속으로 스며들어가고 있었다. 또 한 번 우지직 하는 소리가 들려왔다. 그때 벌판 너머 저쪽 공지(空地)에서 난데없이 불길이 피어올랐다. 너무 멀어서 잘 알 수 없었지만 모닥불 종류인 듯했다. 발 근처에 두 개의 날개를 놓아두고는 허리를 펴 그 불길을 지켜보았다. 그것은 광막한 어둠에 깔려 질식할 듯 할 듯하면서도 꺼지지 않았다.

불길 주위로 그림자들이 움직이고 있음에 틀림없었다. 우리들은 그 불길을 보고 조금 긴장되었다. 급히 우리들 중의 한 사람은 톱들을 안았고 두 사람은 날개 한 짝씩을 안았다. 지붕에서 막바로 아래로 뛰어내려 돌다리를 지나 제방을 구르다시피 달려내려가 벌판을 미친 듯이 치달려갔다. 어둠이 칙칙하게 우리들을 휘감아 뜀박질을 방해하는 것 같았다. 분노가 자리잡고 있었던 우리들의 내부에는 어떤 두려움이 슬그머니 대신 자리잡기 시작했다. 저 앞쪽 공지에서는 불길이 여전히 치솟고 있었다.

벌판 중간쯤 달려왔을 때였다. 바로 등 뒤에서 우리들을 부르는 큰 소리가 있었다. 자지러질 듯이 놀라며 우뚝 멈춰섰다. 예고 사이렌이 있은 지 삼십 분 만에 울리는 통행금지 사이렌소리라는 것을 알았으나 우리들은 이미 날개와 톱 들을 논바닥에 떨어뜨려놓고 있었다.

그것을 벌판에 버려둔 채 한길로 향해 달려나갔다. 한길로 나가서서 반장집 천막 쪽을 바라보았다. 천막 앞쪽에 큰 모닥불이 피어

오르고 있었다. 단심정 사두(射頭) 노인과 제주도 무당과 북망 장의사 주인이 모닥불 곁에 서서 이쪽을 멀거니 응시하고 있었다. 우리들은 어둠 속에서 허리를 잔뜩 구부리고는 기다시피 한길을 걸어나갔다. 몇 발 걸어가다가 반장집 식구들의 통곡소리를 들었다.

"어이고 어이고 어이고 어이고……."

"반장집 노인이 죽은 게로군."

우리들은 나직이 서로 말을 주고받았다. 반장집 식구들의 통곡소리를 들으면서, 우리들 때문에 그들이 우는지도 모른다는 이상한 생각을 하였다.

우리들은 곡소리가 들려오지 않는 지점쯤에 와서야 허리를 펴고 뛰기 시작했다. 등 뒤에는 송곳 구멍만한 예닐곱 개의 붉고 노란 점들이 여전히 그 자리에 박혀 있었다. 어둠 저편에 있는 어느 존재가 그 점들을 통하여 우리들의 질주를 내려다보고 있는 듯했다. 참으로 마음이 괴로웠다.

"모두 우리 집에 가서 같이 자자."

어느 집 앞에서 우리들 중의 한 사람이 말했다. 모두 그러기로 하였다. 판자로 아무렇게나 지어져 있는 대문을 밀고 들어가 마당을 살금살금 지나갔다. 뒷마루에 올라서 맨 구석방 방문을 열고 얼음같이 차가운 방 한쪽에 개켜져 있는 이불을 찾았다. 이불은 하나뿐이었다. 우리들은 요도 없이 그 이불 하나만을 뒤집어쓰고 꼭 들러붙어 누웠다.

방바닥에서 올라온 냉기는 사타구니를 사정없이 비집고 들어와 우리들의 그것을 꽁꽁 얼게 하였다. 바람이 가끔 판자벽을 세차게 때리고 지나갔다. 냉기와 막연한 죄책감 때문에 쉬 잠을 잘 수가 없었다. 또 반장집 노인의 죽음이 자꾸만 생각났다. 꽃구름 같은 상여, 앙장(仰帳), 하얀 종이꽃들, 명정(銘旌)들, 상인(喪人) 복인(服

人)들, 요령(搖鈴)잡이, 상도꾼들, 만가(輓歌)…… 이런 것들이 머릿속에 자꾸만 떠올라왔다.

> 황천 만 리 가는 길에
> 어화 낭천 어화로다
> 북망산도 많을씨고
> 어화 낭천 어화로다.

그러다가 슬며시 잠이 든 모양이었다.

나는 거대한 판유리 세 개로 넓고 높은 만화경을 새로 하나 만들었다. 거기에다 이 세상의 모든 날개를 다 집어넣었다. 그리고 벌판으로 달려가 톱들과 함께 버려져 있는 신(神)의 두 날개도 주워와 만화경 입구를 향해 던져올렸다. 만화경 입구로 기어올라가 입구에 머리를 처넣고 만화경 속을 들여다보았다. 만화경이 펼쳐주는 너무도 무질서한 불길 같은 세계는 내 이마에다 현기증을 확확 뿜어대었다. 그 세계에는 바싹 마른 신의 두 날개만 있을 뿐, 신은 보이지 않았다. 그 무질서한 불길 같은 세계 속으로 내려가 나 자신이 스스로 신이 되고 싶었다.

눈을 떴다. 방문 창호지에서는 어둠과 빛의 은밀한 싸움이 일어나고 있었다. 어둠이 점점 밀려나고 있었는데, 나는 이상하게도 어둠이 밀려나는 소리를 똑똑히 들을 수 있었다. 얼마가 지나고 난 후에야 비로소, 그 소리가 은은히 울려오는 예배당 종소리라는 것을 알아차렸다. 냉기 속에서 부스스 일어나 앉으면서, 방금 내가 꿈을 꾸었다는 것과 그 꿈속에서 불길 같은 걸 보았다는 것을 기억해 내었다. 내 이마에는 꿈속에서 받은 현기증이 그대로 깔려 있었다.

댕 댕 댕 댕 댕 댕…….

종소리는 계속 돌다리와 제방을 타고 넘어 새벽 벌판을 지쳐 달려와 내 눈꺼풀 위에 눕고 있었다. 눈꺼풀의 무게로 스스로 다시 눈을 감았다. 새벽예배를 보려고 양편 날개가 잘려버린 십자가 밑으로 모여들고 있는 사람들의 행렬이 눈꺼풀 안에서 어른거렸다. 다시 눈을 뜨고 방문 창호지를 바라보았다. 어둠이 한 모퉁이로 파르스름한 빛을 띠고 조그맣게 웅크리고 있었다.

내 주위가 말할 수 없이 고요해져 있는 것을 깨달았다. 종소리가 멎은 것이었다. 갑자기 이 세상에 나 혼자만 있는 것 같은 생각이 들었다. 그 생각은 전류처럼 온 전신으로 순식간에 퍼져나갔다. 내가 누구며 내가 무엇이며 내가 어디에 있는지 알 수 없게 되었다. 그런데 빨아들일 듯이 나직이 들려오는 소리가 있었다. 내 양편 이불 속에서 새우등을 하고 곤히 잠들어 있는 경필과 수길의 숨소리였다.

나는 그들이 내 곁에 있다는 것을 잠시 동안 잊고 있었던 것이었다. 왼편의 경필을 가만히 내려다보고 또 오른편의 수길을 내려다보았다. 그러나 그렇게 해보아도 여전히 이 세상에 나 혼자만 있는 것 같았다. 나는 알았다. 이번에는 나의 두 날개가 잘려져버렸음을 알았다. 경필과 수길을 다시 한 번 번갈아 가며 내려다보고 나직이 중얼거렸다.

"나의 두 날개도……."

나는 이미 우리들 중의 한 사람이 아니라 바로 나 자신이 되어 있었다.

조용히 이불 속에서 빠져나와 방문을 열고 뒷마루로 나가 쪼그리고 앉았다. 이제 맑게 갠 동편 하늘에는 아침놀이 벚꽃처럼 깔려 있었다. 그 아침놀 속에서 병아리 깃털 같은 새벽별들이 초롱초롱 빛나고 있었다. 아침놀 속에서 빛나는 별들을 보기는 그때가 처음이었다.

참새들이 두서너 마리 짹짹거리며 판자 울타리 위에 내려앉았
다. 텅 빈 외양간과 장독대 근처에서는 꽃을 잃은 코스모스 줄기들
이 청회색 어둠 속에 서서 흔들거리고 있었다.

혼자가 되어버린 나는 말할 수 없는 외로움과 현기증과 새벽 냉
기 속에서 무릎을 더욱 세게 끌어안으며 옆집 수길이네 닭이 우는
소리를 들었다.

# 하얀 가시관

“수술해야 되겠습니다.”

의사가 내 목구멍을 들여다본 후 아무렇지도 않은 듯이 이렇게 내뱉자 외할머니는 나의 얼굴을 흘끗 쳐다보며 눈치를 살폈다. 나는 너무도 심한 두통 가운데 있었으므로 아무런 표정도 지을 수 없어 가만히 고개만 끄덕여주었다.

“간호원, 여기.”

의사가 턱으로 나를 가리키며 등을 보이고 있는 창가의 간호원을 불렀는데, 의사는 거의 일방적으로 일을 처리해 나갈 자세였다. 외할머니는 조금 당황해하며 의사 쪽으로 한 걸음 다가갔다.

“저, 수술을 하게 되면 수술비는……?”

외할머니는 전혀 예상치도 않았던 숫자가 의사의 입에서 흘러나올까 싶어 주름살을 굳히며 대답을 기다렸으나, 의사가 무어라 말하자 곧 표정을 풀었다. 나는 너무도 심한 두통 가운데 있었으므로 정확하게 알아들을 수가 없었다.

외할머니는 저쪽 구석 잘 닦인 탁자 곁의 긴 소파에 걸터앉았다. 나는 간호원의 손짓을 따라 하얀 커튼이 처져 있는 구석으로 다가가다가 문득 외할머니 쪽을 돌아보았는데 오늘따라 외할머니의 머리카락이 유난히 하얗다고 생각되었다. 하얀 커튼 안에서 궁둥이에 주사를 한 대 맞았다. 그러고는 간호원에게서 하얗고 노란 알약을 받아 조심스레 입속에 밀어넣고 물을 마셨다. 알약이 목구멍을 비집고 넘어갈 때 면도칼에 베이는 듯한 아픔이 있었다.

"됐어요. 여기 누워서 조금만 기다리세요."

간호원이 좀 더 자세히 설명해 주기를 바랐으나 간호원은 곧 하얀 커튼을 열고 아까 등을 보이고 있던 창가로 다가갔다. 나는 하얀 커튼 안의 갈색 나무침대 위에 가만히 누워 창 쪽에서 끊임없이 들려오는 차소리와 하얀 커튼 쪽에서 간간이 들려오는 의사와 외할머니의 대화를 듣고 있었다.

그러나 곧 모든 소리가 뒤범벅이 되어 머릿속에서 우 하고 울릴 뿐이었다. 간혹 어느 순간 온 사방이 조용해지기도 하였는데 그럴 때마다 나의 통증과 외로움은 더욱 분명히 확인되는 것이었다.

나는 어떻게 수술을 받는 것일까. 이대로 가만히 잠들었다가 깨어나면 내 목구멍은 이미 수술이 되어 있고 나는 다행히도 여운과 같은 통증만을 느끼게 되는 것일까.

아닌 게 아니라 나는 아까의 그 주사와 알약으로 인하여 서서히 마취당하여 가는 기분이었다. 온몸이 나른해지기 시작했다. 이제 잠만 들면 되는구나 하고 생각하고 있는데 간호원이 하얀 커튼을 열었다.

"이제 나오세요."

나는 한마디 소리도 못 하고 나무침대에서 일어나 밖으로 나왔다. 어디서 왔는지 조수 한 명이 더 와 있었다. 입구 쪽의 치과용 의자와 같은 철제의자 앞에 말끔한 갖가지 기구들이 준비되어 있었다. 금방 그 기구들을 소독했는지 온 실내가 소독 냄새로 가득 차 있었다. 그 냄새는 사방의 하얀 벽에서 풍겨나오는 것 같기도 했다. 간호원이 어린아이에게 옷을 입혀주듯 나에게 하얀 가운을 입혀주었다. 의사는 오른손에 권총 비슷하게 생긴 굵직한 기구를 쥐고 있다가 나를 보자 그 기구로 철제의자의 앉을깨를 가리켰다.

그 기구 끝에는 섬뜩할 정도로 가늘고 긴 바늘이 꽂혀 있었다. 나는 이미 정신이 몽롱해져 있었으므로 수술에 대한 두려움 같은 것은 미처 생각할 여유가 없었다. 하얀 가운을 입은 채 그저 묵묵히 다가가서 철제의자의 앉을깨에 걸터앉았다. 의사의 오른편에 간호원이 서고 왼편에 조수가 섰다. 셋 다 하얀 마스크를 하고 있어서 나는 압도당하는 기분이었다. 입때까지 부드러웠던 의사의 눈빛이 약간 딱딱해지는 것을 눈치챘다.

"아 —."

의사는 여전히 권총과 같은 주사기를 오른손에 쥔 채 입을 벌리라고 이렇게 암시하였다. 나는 이제 앞으로 닥쳐올 모든 것을 각오해야만 하였다. 의사는 퉁퉁 부어 있는 내 입속을 이마의 반사경으로 들여다보고 나서 오른손의 그 주사기를 내 입속으로 슬그머니 밀어넣었다. 의사가 가만히 방아쇠를 당기자 푹 하고 입천장에 주삿바늘이 꽂히는 소리가 들려왔다. 의사는 입천장과 편도선 근처 몇 군데에 사정없이 그 가늘고 긴 주삿바늘을 쏘아댔다. 그럴 때마다 헉헉하며 헐떡거리지 않을 수 없었다. 신경이 예민한 그 부분들은 순간순간 엄청난 아픔을 받았으나, 그 주사는 입 안의 신경을 마비시키는 마취제 주사였기에 나는 곧 모든 아픔을 잊을 수가 있었다.

수술 준비 단계를 끝낸 의사는 살색 고무장갑을 단단히 끼고 나서 간호원에게서 날카로운 날을 가진 가위를 받아들었다. 메스 두

개가 가위 형식으로 조립되어 있다고 생각되었다. 그 가위가 내 입 속에서 얼마만큼한 살점을 오려내 올지 알 수 없었다. 나는 한순간 심한 공포에 사로잡혔는데 의사는 그 기구를 놓아두고 다른 기구로 바꾸어들었다. 한 손에는 집게같이 생긴 무딘 금속제 기구를 들었고 다른 한 손에는 긴 자루가 달린 메스 같은 기구를 들었다. 집게 같은 것으로 살점을 고정시키고는 메스 같은 것으로 살점을 도려낼 모양이었다.

"아아."

의사는 공포로 인하여 다물어지려는 내 입을 벌리려고 자꾸 암시를 해주었다. 나는 어떤 최면에 걸린 사람처럼 차마 입을 다물 수는 없었지만 그 대신 턱이 떨리는 것은 어쩔 수가 없었다. 걷잡을 수 없이 턱이 덜덜거렸다. 그런 가운데서도 의사는 침착하게 기구를 입속에 밀어넣고 오른쪽 편도선을 먼저 도려내기 시작했다. 의사가 손에 힘을 줄 때마다 목구멍 근처의 여린 살점 속으로 예리한 칼날이 슥슥 비집고 들어와 큰 아픔을 주었다. 어떤 순간 자지러질 정도로 통증을 느끼고 나도 모르게 입을 다물어버리려 한 적도 있었다. 마취가 완전히 되어 있지 않은 것 같았다.

"아아."

의사는 이 짧은 암시로써 내 입이 다물어지려는 것을 계속 막을 수 있었다. 나는 이상하게도 의사의 암시에 잘 따랐고 모든 통증을 그대로 받아들이고 있었다. 눈을 떴다가 감았다가 하였는데 내 눈 앞에는 인도의 더러운 거리에서 혼자 외롭게 요가를 하고 있는 요기의 모습이 어른거렸다. 나도 그 요기의 의지를 발휘할 수 있다고 생각했고, 온 힘을 다하여서 의사와 그리고 통증과 대항하고 있었다. 그러나 참기 힘든 것은 목구멍에 침과 피가 괴어드는 것이었다. 그럴 때마나 나는 억억 하며 토해 내는 시늉을 했다. 그러면 의사는

수술을 잠시 중단하였고 조수는 알루미늄 타구 접시를 내 입 앞에
들이밀어 주었다. 나는 그렇게 많지도 않은 침과 피를 억지로 뱉는
듯 퉤퉤 뱉어내고 다시 수술을 받을 자세를 취하였다. 공포심 때문
에 침이 자주 괴어드는 모양이었다. 피는 적게 흘렸는데 그것은 아
까 받아먹은 노란 알약들 덕분임에 틀림없었다.

　턱을 덜덜 떨다가 멈추고 입을 다물려 그러다가 참고, 침과 피를
자주 토해 내고 아픔 때문에 마구 고함을 내지르고 싶은 충동을 느
끼고…… 그러면서 계속 수술을 받아나갔다. 의사는 내가 끝까지
모든 고통을 감수해 낼 것이라고 확신하고 있는 모양으로 조금도
쉬려 하지 않고 잔인하게 그리고 여유만만하게 수술을 해나갔다.
내가 입고 있는 하얀 가운의 가슴 근처에는 핏방울들이 여기저기
흩어져 있었다.

　'의사 선생님 오늘은 이 정도로 하고 내일 다시 와서 하면 안 됩
니까?'
하는 탄식이 마음속에서 들끓었지만 눈앞에 어른거리는 인도의 요
기는 꿈쩍도 하지 않았다. 패배감 같은 것을 느끼며 나는 끝까지 버
텨나가리라 결심하였다. 이번에는,
　'그러면 빨리 끝내 주시오. 빨리 끝내 주시오.'
하는 탄식이 일어났다. 그것은 더욱 나를 초조하게 만들었다. 만약
의사가 메스를 잘못 놀리는 날이면 내 입 안은 엉망이 될 것이었다.
입천장이 갈기갈기 찢어지고 혀까지 찢어지고 목구멍의 성대까지
찢어질 것이었다. 그러다가 밤새도록 수술만 받게 된다면 나는 고
스란히 그대로 앉은 채 통증으로 인하여 미쳐버릴 것이었다. 그러
나 의사는 정확하게 메스를 사용하고 있었다. 아까의 그 가위를 비
롯한 여러 가지 기구들도 바쁘게 입 안을 드나들었다. 병실 안은 바
깥에서 들려오는 차소리 이외에 아무 소리도 들려오지 않았다. 이

세상에서 나 혼자 고통을 당하고 있다는 생각이 들었다. 드디어 오른편 편도선이 끊기어 나온 모양이었다. 의사는 가만히 한숨을 쉬었다. 집게 같은 기구에 집혀 나온 시뻘건 살점은 알루미늄 타구 접시 위에 놓여졌다. 그 살점은 여기저기 하얀 막으로 싸여 있었다. 그것은 침과 피가 뒤범벅이 되어 있는 타구 복판에 놓여졌는데 나에게는 그것이 모로 누워 있는 금붕어로만 여겨졌다. 금방이라도 침과 피 가운데서 퍼덕거리며 몸부림칠 것만 같았다. 그렇게 큰 것이 아무 필요도 없이 목구멍을 가로막고 있었다는 것은 두 번 다시 생각하기 싫은 것이었다. 의사는 길쭉하게 생긴 기구에 힘줄 같은 가는 살색 실을 끼우더니 그것으로 살점이 떨어져나온 부분을 단번에 기워버렸다.

그러자 정말 견디기 힘든 통증이 몰려왔다. 입 안 전체가 갈기갈기 균열되는 듯하였다. 그동안 어느 정도 막혀 있던 통증이 이제사 왈칵왈칵 터져 흐르는 듯하였다. 그 통증은 나로 하여금 곧장 거리로 달려나가 펄펄 뛰기라도 했으면 싶도록 만들었다. 무심결에 고개가 창문 쪽으로 돌아갔다. 아까 간호원이 등을 보이고 있던 그 창에서부터 시작하여 서편에 있는 모든 창들이 온통 피바다였다. 그리하여 하얀 벽의 병실 전체가 피바다 속에 가라앉은 것만 같았다. 오래간만에 보게 되는 고운 저녁놀이었다. 나는 그 저녁놀이 내뿜는 이상한 마취 기운에 취하여 하얀 가운 속에서 스르르 혼수상태로 접어들어가는 기분을 느꼈다. 저녁놀에서인 듯 어떤 소리가 꿈결같이 들려오다가 곧 잦아들어갔다. 저녁예배를 알리는 어느 교회의 차임벨 소리였다. 통증은 훨씬 가라앉았다. 나는 아직 왼쪽 편도선 수술이 남아 있다는 것을 알고 있었다. 마치 기계같이 움직이는 무표정한 세 사람들 속에서 나 혼자 무척 외로워지는 것을 느끼지 않을 수 없었다.

왼쪽 편도선도 오른쪽 편도선이 잘리어 나온 방법대로 잘리어지
기 시작했다. 조금 전에 받았던 모든 아픔을 이번에도 받아야 한다
는 생각은 나를 거의 절망 가운데로 몰아넣었다. 왼쪽 편도선은 오
른쪽의 것보다 더욱 단단한 모양이었다. 의사는 좀 힘들어졌다는
듯 난처한 표정을 지으며 손에 힘을 잔뜩 넣어갔다. 나는 살점 깊숙
이 칼날이 박혀들어올 때마다 왼쪽 턱뼈가 무너져 내리는 듯한 통
증으로 어어 하며 낮은 신음소리를 내었다. 이번에는 더욱 많은 침
과 피가 목구멍에 맺혀들었다. 그것도 자주 맺혀드는 것이었다.

그리고 침과 피를 뱉어낼 때 혀뿌리 근처가 타는 듯한 아픔을 느
꼈다. 눈에서는 어느새 굵은 눈물방울이 맺혀 있었다. 간호원이 화
장품냄새가 묻어 있는 자기 손수건으로 내 눈물을 닦아주었는데 나
는 아까 간호원이 하얀 가운을 입혀주었을 때처럼 간호원에게서 어
머니를 느꼈다. 그래서 어머니의 얼굴을 눈앞에 떠올려보려 하였으
나 인도의 요기가 다시 떠올랐다. 이번에는 칼끝으로 자기 가슴을
찌르고 있는 요기였다. 그 요기는 피 한 방울 흘리지 않고 가슴에
그대로 칼을 꽂고 있었다.

'모든 고통을 초월할 수 있는 인간의 의지여.'

나는 가만히 이렇게 중얼거려보았다. 그러나 더욱 턱은 떨렸고
칼끝이 살점을 헤집을 적마다 온 천지가 무너져내리는 것 같았다.

'이렇게 심한 아픔을 주는 수술도 있는가?

하고 현대 의학을 원망해 보기도 하였다. 그때 퍼뜩 삼베끈에 매인
어머니와 하얀 목덜미가 눈앞을 스치고 지나갔다.

"전신마취를 하고 편도선 수술을 할 수도 있는데 그렇게 하면 돈
이 많이 들어요."

이 말은 아까 하얀 커튼 안에서 들은 의사의 말이었다.

왼쪽 편도선의 살점은 오른쪽 것보다는 조금 작은 뭉치였다. 의

사는 다시 길쭉한 기구에 살색 실을 끼워 살점이 떨어져나온 부분을 이번에도 단번에 기워버렸다. 그러고는 분무기 같은 걸로 입 안에다가 어떤 액체 분말을 뿜어주었다. 그러자 목구멍 근처가 싸하니 시원해졌다. 그렇다고 통증마저 사라진 것은 아니었다.

"이렇게 잘 견디며 수술받는 학생 처음 봤네."

의사는 천천히 마스크를 벗으며 간호원이 건네주는 손수건으로 이마의 땀을 닦았다. 나는 내 눈물이 묻어 있는 손수건이었으므로 의사를 은근히 질투하였다. 조수는 침과 피와 덩어리의 살점이 들어 있는 타구를 치우고 피 묻은 갖가지 기구들을 부지런히 치웠다.

간호원이 나의 하얀 가운을 벗기고는 나를 부축하여 의자에서 내려오도록 하였다. 나의 팔로 전해져 오는 간호원의 팔의 감촉으로 인하여 나는 자지러질 것만 같았다.

바닥에 두 팔을 디디고 섰으나 나는 아무 말도 할 수 없었다. 머리는 도끼로 꼭 두 쪽으로 쪼개어진 것만 같았다. 두 다리는 앙상한 나무막대기의 감촉을 상반신에 전달해 주었다. 그러나 나는 두 주먹을 쥔 채 버티고 서 있었다. 다시 차소리를 들었다. 그것은 수술을 하고 있을 때 들은 차소리와는 전혀 다른 것이었다. 목이 말랐다.

그리고 너무도 외로웠으므로 어딘가에 좀 주저앉고 싶었다. 그러다가 놀라버렸다. 그것은 참으로 이상한 일이었다. 내 앞으로 누가 슬금슬금 다가오고 있었는데 그 사람의 머리카락은 온통 하얗게 물들어 있었다. 그 사람의 머리카락이 사방으로 퍼져나와 사막만큼 해지는 것을 보았다. 나는 혼미해지려는 정신을 간신히 바로잡았다. 잠시 후 외할머니와 나는 병원 문을 나섰다. 외할머니는 내 팔을 부축하려 하였다. 그러나 나는 고개를 흔들어 거절의 표시를 해주고는 조심조심 걸음을 내디뎠다.

"의사가 그러는데 몇 시간 있으면 마취 기운이 떨어져 더 심하게 아플 거래."

이렇게 말하는 외할머니의 얼굴은 무척 파리해져 있었다. 얼굴까지 하얗게 물들어가고 있다고 생각되었다.

"한 주일 정도 죽과 우유를 먹으라 하더라."

외할머니는 조금 앞쪽으로 웅크린 자세로 나의 옆모습을 조심스럽게 살피고 있었다.

거리는 하늘에서 내려오는 어둠에 깔려 침침해져갔다. 건강한 아이들이 왁자지껄하게 골목길에서 달려나와 차도로 내려갔다가 인도로 올라왔다가 하며 치달려갔다. 그 아이들은 길가의 어떤 철문으로 우르르 몰려들어갔는데, 하얀 페인트칠을 한 조그마한 교회 건물이 그 철문 너머로 보였다. 그 교회의 건물은 어둠을 배경으로 하여 선명하게 떠올라 있었다. 아까 차임벨 소리가 흘러나온 교회인 듯싶었다. 자꾸만 가로수의 낙엽들이 어둠의 파편처럼 외할머니의 물색 치마와 하얀 고무신을 건드리며 날아다녔다. 외할머니는 머리를 자주 들어 교회 첨탑의 십자가를 올려다보곤 하였다. 나는 외할머니의 하얀 머리카락들이 사방으로 퍼져나와 사막만큼해지던 그 이상한 순간을 생각하기 시작했다.

집에 돌아오자마자 외할머니는 방 아랫목에 이불을 폈고 나는 조심스럽게 그 이부자리에 반듯이 등을 대고 드러누웠다. 재봉틀이 발 쪽으로 있었고 백 촉짜리 백열등이 바로 얼굴 위에 있었다. 그래서 눈을 감아도 눈앞이 훤했다. 목구멍에서는 예리한 통증이 서서히 일어나기 시작했다. 침을 삼켜야 할 때는 입 안 전체가 조여드는 듯한 아픔이 있었다. 외할머니는 밥맛이 없는 모양으로 점심때 먹다남은 밥을 몇 술 뜨다가 말았다. 그러고는 품삯 바느질거리를 재봉틀로 조금 박아내려가다가 내 옆자리에 와서 가만히 쓰러지듯이 누워버렸다. 나는 외할머니 쪽을 한번 바라보고는 바삭 마른 오른손을 들어 얼굴 위의 백열등을 가리켰다. 외할머니는 금방 알아차리고 불을 꺼주었다. 방 안은 갑자기 캄캄해졌는데, 잠시 후 바깥에서 흘러들어오는 달빛으로 인하여 가장자리가 약간 희끄무레해졌다.

달빛이 비치고 있는 부분은 얼음장이 깔린 것처럼 차가운 느낌을 주었다. 어릴 때의 갖가지 일들이 달빛에서인 듯 순서도 없이 마구 떠올라왔다. 망막에 어른거리는 어릴 때의 나는 거의 혼자이기가 일쑤였다. 그렇지만 이렇게 눈물겹도록 외로운 밤은 처음 맞게 된다고 생각하였다. 밤은 점점 깊어갔다. 나는 많은 추억들의 바다 위에서도 조그만 배를 타고 넘실거리며 돌아다녔다. 그러나 그 어느 바다 구석에서도 아버지와 어머니의 모습은 제대로 찾아볼 수 없었다. 목구멍의 통증은 점점 더 심해져 갔다. 나는 어느덧 파선을 만나 추억들의 바다 속으로 침몰해 들어갔다.

바다 밑바닥에는 얼룩무늬를 하고 있는 뱀 한 마리가 살고 있었는데 곧 나에게로 다가와 목을 감고 똬리를 틀기 시작했다. 어찌나 세게 조르는지 내 목덜미에서, 삼베끈에 매인 어머니의 목에서처럼 피가 줄줄 흘러내렸다.

나는 뱀의 대가리와 꼬리를 두 손에 움켜쥐고 그 똬리를 풀어버리려고 애썼다. 그러나 뱀은 조금도 요동하지 않고 더욱 내 목을 조르기만 했다. 목이 말라 견딜 수가 없었다. 주위에는 아무도 없었다. 그 넓은 바다 밑바닥에서 나 혼자 외롭게 뱀과 싸우며 뒹굴고 있는 것이었다. 고함을 지르려 하였으나 한마디도 지를 수 없었다. 그때 어디선가 귀에 익은 곡조가 들려왔고 뱀은 그 소리에는 견디지 못하겠다는 듯 스스로 똬리를 풀고 달아났다. 그러나 여전히 목이 마르고 아팠다.

눈을 떴다. 내 머리맡 희부연 어둠 가운데 누가 앉아 있었고 그 사람 어깨 너머에서 꿈속에서 듣던 차임벨 소리가 들려오고 있었

다. 차임벨 소리는 지난 저녁 병원에서 들은 것과 곡조는 달랐지만
그 음질은 같았다. 아마 이번에도 같은 교회에서 흘러나오는 모양
이었다. 오래전에 배운 적이 있는 그 곡조는 어떤 때는 지심에서 들
려오는 듯 아득히 멀리 느껴졌다가 또 어떤 때는 창가에서 들려오
는 듯 가까이 느껴졌다가 하였다. 그것은 탁한 나의 의식을 깨끗하
고 맑게 해주었다.


　　오 거룩한 머리에 가시관 쓰셨네
　　조롱과 멸시받아 머리 숙이셨네


　어둠 속에 앉아 있는 사람은 외할머니였다. 외할머니의 상반신
은 들창에서 흘러들어오는 달빛으로 명암져 있었다. 외할머니의 하
얀 머리카락 위에서 달빛이 가만히 떨리었다. 나는 다시 눈을 감고
목의 통증이 가라앉기를 기다리며 귀를 기울였다. 바깥마당의 바람
소리, 낙엽 휘몰려 가는 소리, 차임벨 소리 이외에 아무런 소리도
들려오지 않았다. 그러다가 내가 어떤 다른 소리를 들은 것은 차임
벨 소리가 끝나고 나서였다.
　“주님, 우리의 모든 죄와 상처와 아픔을 우리 대신 친히 십자가
에서 담당하신 주님…….”
　외할머니의 음성은 착 가라앉았으나 조금 떨려 나오고 있었다.
　창밖에선 여전히 바람소리와 낙엽 휘몰려 가는 소리가 들려왔
다. 간간이 벌레 울음소리도 섞이어 들려왔다. 나는 외할머니가 기
도하는 소리를 오랜만에 듣게 되는 셈이었다. 외할머니는 항상 소
리는 내지 않고 간절한 표정으로만 기도했는데 그 새벽에는 조용한
음성으로 기도하고 있었다. 물론 내가 잠을 깬 줄은 모르고 있음이
확실했다. 나는 좀 계면쩍어졌다.

"주님, 나의 남편이……."

나는 이따금 외할머니에게 주워들은 적이 있는 지난날들의 시꺼 먼 그림자에 휩싸여 들어가고 있었다. 내가 태어나기 칠 년 전의 일 이었다니까, 그건 벌써 이십오 년 전의 일이었다. 외할아버지는 일 제 말엽에 목사로서 끝까지 신사참배를 반대하다가 평양 옥중에서 비참하게 순교했던 것이었다. 시체를 찾아왔을 때 그의 온 몸뚱어 리는 채찍과 인두찜 자국으로 형편없이 무늬져 있었고 손가락과 발 가락에는 손톱 하나, 발톱 하나 남겨져 있지 않았다고 하였다. 바깥 마당의 바람소리는 더욱 거세어졌다.

"내 무남독녀 딸년이, 빨갱이 사위가 국군에서 총살당하고 난 후 에 기식이와 함께 나에게로 쫓겨온 그 9·28 수복 때에……."

방문 창호지에 후드득 하고 소나기지듯 상수리나무 낙엽들이 부 딪치고 있었다. 나는 여전히 눈을 감은 채로 있었는데 그 낙엽 부딪 치는 소리가 먼 폭탄소리로 느껴졌다.

"내 딸년이 기식이와 나만을 남겨두고 혼자 토굴 안에서 목매어 죽었을 때에도 나는 당신의 십자가만을 바라보았습니다."

나는 외할머니가 무엇 때문에 그렇게 옛날 일까지 들먹이며 기 도하는지 알 수가 없었다. 목매어 죽었다는 어머니의 영상이 눈꺼 풀 앞에서 어른거리는 듯하여 얼른 눈을 떴다. 밧줄에 매인 것 같은 목의 통증이 더욱 분명히 느껴졌다. 이제 달빛은 외할머니의 머리 부분에만 비치고 있었다. 하얀 머리카락 한 올 한 올이 달빛의 무게 를 느끼고 있는 듯하였다. 하얀 머리카락들이 사방으로 퍼져나와 사막만큼해지던 순간이 다시금 생각났다. 그리고 오늘 병원에서 본 하얀 것들이 차례차례로 떠올라왔다. 하얀 벽, 하얀 커튼, 하얀 가 운, 하얀 마스크, 하얀 소독 접시…… 그러고 보니 병원 안은 온통 하얀 것으로 가득 차 있는 셈이었다. 또 하나 하얀 것이 생각났는데 그것은 병원 안에 있던 것이 아니었다. 그것은 어둠을 배경으로 하여 떠올라 있는 하얀 교회건물이었다.

"주님, 주님…….."

외로움이 오랜 세월 동안 쌓이고 쌓이다가 하얗게 바래버린 듯한 머리카락들이 달빛 속에서 가만히 흔들거렸다. 나는 목이 계속 타는 듯하였고 아직 물을 마실 수도 없으면서 물을 몇 모금이라도 마시고 싶어 안달하였다. 바깥마당으로 달려나가 밤하늘을 향해 입을 벌려 카시오페이아 별빛이라도 받아먹고만 싶었다. 외할머니의 어깨가 조금씩 출렁거리기 시작했다.

"나 대신 모든 아픔을 감당하시려고 가시관을 쓰신 당신을 엊저녁에는 내가 잊고 있었습니다."

외할머니는 드디어 조그맣게 소리내어 흐느끼었다. 나는 저토록 간절한 외할머니의 중얼거림을 들어주는 분이 과연 있는 것인가 하고 잠시 생각해 보았다. 창백한 달빛밖에는 외할머니의 주위에 아무것도 없는 것이었다. 혼자 외롭게 자기의 모든 아픔을 자기 스스로 견디는 인도의 요기들이 생각났다.

"기식이가 수술을 받으면서 억억 할 때마다 내 온 전신이 바르르 떨려 견딜 수가 없었습니다. 나는 당신을 잊고 있었습니다."

나는 무안을 당한 사람처럼 목구멍이야 어떻게 되든 꿀꺽 침을 삼키고 말았다. 나도 잊고 있었던 것이다. 수술을 받는 동안 저쪽 소파에 앉아 있는 외할머니를 까맣게 잊고 있었던 것이었다. 수술이 끝나고 철제의자에서 내려와 바닥에 두 발을 디디고 섰을 때야 비로소 외할머니가 곁에 있다는 사실을 알게 되었고 나는 아찔한 현기증과 아울러 어떤 이상스러운 기분에 빠져들면서, 하얀 머리카락이 사방으로 퍼져나와 사막만해지는 것을 보았던 것이었다. 나는 다시 눈을 감았다. 낙엽 휘몰려가는 소리가 계속 들려왔다.

"나의 모든 것이 되시는 주님, 기식이가 수술을 받는 동안은 나의 모든 것이 당신이 아니라 기식이었습니다."

나는 다시 눈을 떴다. 이상한 일이었다. 방 안은 외할머니와 나만이 있을 때 흔히 느끼는 을씨년스럽고 쓸쓸한 분위기가 아닌 전혀 다른 분위기로 바뀌어 있었다. 방 안에 나 이외에 다른 누군가가 들어와 있는 것만 같았다.

외할머니는 이제 엎드려 어깨를 들썩이며 울기 시작했다. 달빛이 외할머니의 하얀 머리카락 근처에서 함께 울고 있었다. 외할머니가 그렇게 슬피 우는 것은 일찍이 한 번도 본 일이 없었다. 나의 모든 추억과 지난 시간들이 외할머니 안에서 함께 흐느끼고 있었다. 나의 타는 듯한 목구멍은 외할머니가 떨어뜨리는 눈물방울을 받아먹었으면 하였다. 그러면 모든 통증과 갈증이 깨끗이 사라질 것만 같았다. 아니, 이미 내 목의 통증과 갈증과 모든 외로움은 들창에서 흘러오는 달빛을 타고 외할머니의 하얀 머리카락 위에 살며시 얹히고 있었다. 외할머니의 머리카락은 하얀 가시로 만든 가시관이었다.

# 커튼 속

주조반장은 처음으로 나에게 경유를 가지고 오라는 심부름을 시켰다. 나 외에 또 한 사람의 반원도 심부름을 가게 되었다. 물론 계호하는 교도관이 동행하였다. 그 반원과 나는 양손에 플라스틱으로 된 빈 경유통을 들고 갔다. 경유는 주조반에서 활자를 만들기 위해 납을 녹일 때 연료로 쓰는 것이었다. 드럼에 있는 경유를 통에다 받아내어 들고 와서 사용하였는데, 지금 그 드럼들이 있는 곳으로 가고 있는 중이었다. 나는 사뭇 긴장되는 것을 느끼며 항문에다 힘을 넣었다. 초여름 햇살이 길바닥에 부딪쳐 흩어지고 있었다. 흙 부스러기들이 햇살 부스러기들과 버무려져 눈알을 시리게 하였다. 미결감 쪽으로 가까이 갈수록 매미 소리가 더욱 요란스럽게 들려왔다.

피투성이가 된 나는 결국 먹방에 처넣어졌다. 먹방의 고통이 어떠한가를 잘 알고 있는 나는, 등 뒤로 돌리어져 수갑에 차인 두 손을 흔들어대며 고래고래 고함을 질렀다. 그때, 나의 시야에 회색빛

시멘트벽이 어른거렸다. 그렇다. 저렇게 머리를 있는 힘껏 짓찧으면 내 의식은 곧 소멸될 수 있다. 이렇게 간편한 방법이 있는 걸 왜 미처 몰랐을까. 나는 투우처럼 머리를 앞으로 쑥 내밀고 그 벽을 향해 돌진했다. 두 평도 채 안 되는 공간에서 돌진이라는 표현을 쓰는 것은 어울리지 않지만 아무튼 나는 그런 기분으로 벽을 들이받았다. 머리를 뒤로 젖혔다가 앞으로 꺾었다가 하며 몇 번이고 이마를 벽에다 내리찧었다. 과연 내 의식은 곧 소멸되었다.

　그러나 얼마나 지났을까, 눈을 떴을 때 나는 앉은 자세로 있는 자신을 발견하였다. 핏방울들이 머리에서 어깨에서 떨어지고 있었다. 그런데 그것은 핏방울이 아니었다. 물방울들이었다. 핏빛 물방울들이었다. 누가 내 온몸에 물을 끼얹었음이 틀림없었다. 이마에는 붕대가 둘러져 있는 모양이었다. 나는 내 의식을 영원히 소멸시키는 일에 실패했음을 깨달았다. 갑자기 처연한 심정이 되었다. 또 시도해 보리라고 몸을 일으키려 했으나 머리가 어찔해지는 것을 느끼며 주저앉지 않을 수 없었다. 하지만 그냥 힘없이 주저앉게 되지는 않았다. 몸뚱어리를 받쳐주는 이물질이 있는 것을 감촉했다. 눈을 좀 크게 뜨고 살펴보았다.

　그 방의 전구는 보통 사방(舍房)보다 배나 어두웠다. 거기다가 그 방은 아예 공기창조차 없어 햇살 한 줄기 들어오지 않았다. 그야말로 컴컴한 굴속이었다. 내 몸은 염(殮)을 당한 듯 포승줄로 꽁꽁 묶여 있었다. 그뿐 아니라 사면 벽과 철창에 연결된 밧줄들이 뱀인 양 동서남북에서 뻗어와 내 몸을 사정없이 동여매고 있었다. 그리하여 나는 먹방 한복판에 고정된 채 어느 벽으로도 접근할 수 없게 되었다. 나는 다만 벌레처럼 꿈틀거릴 뿐이었다. 차라리 벌레가 되었으면 싶었다. 인간의 형태로 묶여 있기보다 벌레, 또는 갑충류의 짐승의 형태로 묶여 있는 것이 훨씬 나을 것 같았다. 나는 카프카의 그

「변신」에서처럼 내 등가죽에 각질의 비늘이 돋아나기를 기다렸다.

그러나 아무리 기다려도 새벽녘이 다 되어도 등가죽에는 지느러미 한 조각 돋아나지 않았다. 결국 나는 목소리로써 나를 변형시킬 수밖에 없었다. 중생대의 쥐라기와 백악기에 살았다는 공룡의 울음소리를 내어보았다. 그 긴 목을 타고 올라와 성대를 울리며 터져나왔을 울음소리가 어떠했을까를 상상하며 그 울음을 울어보았다.

"우 끄, 우 끄, 우 우 끄."

나는 목을 한껏 빼면서 울었다. 그리고 시조조(始祖鳥)의 울음소리도 흉내내 보았다.

"그르륵 꺼, 끄끄르르 꺼."

그 이후 난 밤마다 그 지루하고 지겨운 시간을 떠내려 보내기 위해 지금은 화석으로만 남아 있는 고대 짐승들의 울음을 하나하나 재생시켜 나갔다. 핸콕 공원의 '죽음의 늪', 그 거대한 석유 콜타르 구덩이 속에서 발굴된 무수한 고대 짐승의 뼈들을 생각하며 그 뼈대에 맞는 울음을 창출해 내었다. 사만 년 전에 살았다는 사 미터 높이의 맘모스는 참으로 거대한 울음을 울었을 것이었다. 그렇지만 시찰구로 틈틈이 들여다보는 교도관에 의해 나의 작업이 방해받지 않도록 하기 위해서는 그 울음소리를 한없이 축소시켜야만 하였다.

"우어어우 후후후."

그리고 사백네 개나 되는 두개골을 발굴했다는 그 이상한 늑대류의 울음도 울어보았다.

"커컹 커컹 거컹컹."

먹방 안은 고생대, 중생대, 신생대의 짐승들이 살아나와서 우는 울음들로 가득하게 되었다.

그 짐승들은 울음만 우는 게 아니라 아예 먹방 안을 돌아다니며 서로 부딪치기도 하고 내 몸뚱어리를 짓밟기도 하고 포승줄과 밧줄을 물어뜯기도 하였다. 그러는 중에 나도 모르게 깜박 잠이 들기도 하였는데, 그러면 먹방은 '죽음의 늪'이 되었고, 그 모든 짐승들은 울음을 멈추고 다시금 검은 콜타르 속으로 녹아들어갔다. 나도 그 짐승들 중의 하나가 되어 해골이 드러날 때까지 콜타르 같은 먹방의 어둠 속에서 푹푹 녹여졌다. 새벽녘에 나의 푸르스름한 뼈다귀만이 포승줄과 밧줄에 묶여 있는 것을 교도관이 발견한다면, 아 그런 새벽이 온다면. 정말 교도관이 포승줄과 밧줄에 묶인 내 뼈다귀를 흔들고 있었다.

"일어나, 일어나."

교도관은 포승줄과 밧줄을 풀고 있었다.


앞서 가던 반원이 오른편으로 난 샛길로 꺾어들었다. 그의 수의가 오늘따라 유난히 바래져 있다고 생각되었다. 오랜 세월 동안 수의가 바래진 그만큼 그의 영혼은 푸르게 물들어 있을 것이었다.

"콜록 콜록 콜……."

그가 허리를 구부리며 기침을 하자 양손에 든 경유통이 흔들거렸다. 그는 어쩌면 납중독으로 인하여 기관지나 폐가 삭아내리고 있는지 몰랐다. 나도 항문과 가슴이 답답해 오는 것을 느끼며 고개를 젖히고 심호흡을 해보았다. 하늘이 망막으로 쏟아져내려왔다. 거기 눈물겹도록 그리운 자유가 뭉게구름으로 뭉쳐 고향 쪽으로 흘러가고 있었다. 또 매미소리가 들려왔다. 저기 목조건물이 보였다. 담 안인데도 또 담으로 둘러싸여 있는 그 건물은 기와지붕을 이고 있었다.


드디어 법정 출정날이 왔다. 사방의 사람들은 아침식사 때, 재판 운수가 따르라고 덕담을 해주면서 나에게 밥과 반찬을 맨 먼저 건네주었다. 담당의 출정고지에 따라 나는 복도로 나갔다. 복도에는 이미 출정고지를 받은 십여 명의 미결수들이 나와 있었다. 담당이 중범자들을 따로 분리하여 수갑을 채우고 포승줄로 묶었다. 그 포승줄은 한 사람만 묶는 것으로 그치지 않고 죄수들을 두름 엮듯 죽 연결하여 묶었다. 교도소 마당에 대기하고 있는 호송 버스에도 그렇게 묶인 채 태워졌다.

죄수들은 법정대기소에 가서야 두름에서 각각 풀려났다. 거기서 수갑만 차고 쪼그리고 앉아 호명을 기다렸다. 그곳을 죄수들은 닭장 또는 비둘기장이라고 불렀다. 긴 의자가 두 개 나란히 놓여 있고 그 위에 죄수들이 앉아 있었는데 그 죄수들의 모습이 정말 횃대 위에 웅크리고 앉아 있는 닭이나 비둘기를 연상시켰다. 그 벽에는 온갖 낙서들이 휘갈겨져 있었다. 어디서 구해 왔는지 연필로 쓴 것도 있고, 손톱으로 긁은 것도 있고, 알루미늄이나 쇠붙이 종류로 파낸 것도 있었다. ‘나 또 왔다, 얌생이.’ ‘호식아 크리스마스 밤 여덟시 반 화신 앞에서 한탕하자, 희철이.’ ……이런 것들로부터 시작하여 여자 나체를 그려놓기도 하고 재판장 이름 앞에다 ‘만고역적’ 이라는 수식어를 덧붙여 놓기도 하였다. 그런데 만고역적의 누명을 계속해서 뒤집어쓰고 있는 재판장 이름이 금방 눈에 띄었다. 그는 다른 판사들에 비해 중형을 때리기로 이름난 재판장이었다.


마침내 내 차례가 되어 법정 안으로 들어갔다. 나는 무슨 분묘 (墳墓)의 내실로 들어서는 것 같은 섬뜩한 기분을 느꼈다. 법정의 벽들은 묘벽과 같이 냉기가 서려 있었고, 그곳의 기물들과 사람들은 얼음 조각들인 양 차갑게 굳어 있었다. 판사, 검사, 국선변호인들의 검은 법복들은 수의(壽衣)로 보였다. 법정은 그렇게 나를 파묻어 버리려고 하관식 준비를 하고 있는 것이었다. 재판장은 닭장 벽

보에서 만고역적의 누명을 뒤집어쓰고 수없이 성토를 당했던 바로
그 장본인이었다. 나는 두렵다기보다 오히려 잘됐다 싶었다.

2차공판 때 검사의 구형이 있었다. 검사가 논고를 읽어내려가는
동안 법정은 침묵 속으로 가라앉아갔다. 그 침묵은 역사 속에 내재
하는 엄숙한 심판의 무게이기도 하기 때문에 검사의 논고까지도 집
어삼키려고 하였다. 검사는 그 침묵에 침몰되지 않으려는 듯 혁명
투사처럼 목청을 돋웠다. 검사의 구형이 바로 눈앞에 보이는 듯하
였다.

"사회의 부조리를 일소하고 혁명과업을 완수해야 할 이 시점에
서 이러한 범죄는 극형을 받아 마땅하다고 사료되는바 본 검사는
사형을 구형하는 바입니다."

방청석에서 곡성과 흐느낌이 들려왔다. 나는 이상하게도 마음이
평온해지는 것을 느꼈다.

"피고인 최후진술이 있겠습니다."

나는 여전히 묵비권을 행사했다.


"난 기분 나빠 들어가지 않겠어. 여기서 기다릴 테니까 냉큼 다
녀와."

교도관은 목조건물의 담 안으로 들어오지 않고 바깥에서 대기할
자세를 취하며 담배를 빼어 물었다. 그 반원과 나는 교도관이 내뿜
는 담배 연기를 시선으로 쫓으며 깊숙이 숨을 들이켜다가 침을 삼
켰다.


선고를 기다리는 일주일 동안, 밤마다 얼핏얼핏 선잠을 자며 괴
기한 꿈들을 꾸었다. 한 번도 가본 적이 없는 사형장의 정경이 보이
기도 하고, 검은 모래로 된 사막이 바다처럼 출렁이며 밀려오기도

하였다. 나는 그런 사형장과 사막을 벗어나려고 헐떡이며 달아났
다. 헐떡일 때마다 벌건 혀가 점점 길게 내밀어졌다. 한도 끝도 없
이 혀가 뽑히어나왔다. 내 뱃속의 창자가 아예 혀로 둔갑을 하여 흘
러나오는 것만 같았다. 그 밧줄처럼 길어진 혀는 방향을 틀더니 내
목을 친친 휘감기 시작했다. 아무리 혀를 다시 입속으로 말아넣으
려 하여도 나의 의지를 벗어나 뻗어가는 혀의 움직임을 어떻게 다
스릴 수 없었다. 안간힘을 쓰며 두 손으로 혀를 움켜잡고 그 똬리를
풀어보려고 하여도 얼키설키 얽힌 칡덩굴처럼 꿈쩍도 하지 않았다.
결국 사람이란 혀로 인해 목졸려 죽는 존재인가 보다, 나는 그렇게
깨달으며 숨이 넘어갈 수밖에 없었다. 그러다가 새벽녘에 깨어나
창으로 새어들어오는 신선한 햇살 속에서 내가 살아 있음을 확인하
게 될 때 나는 정말 살고 싶어졌다. 그러나 곧 아침 점검으로 시작
되는 교도소의 일과 속으로 들어가면 이 죽음 같은 생활에서 벗어
날 수 있는 길은 죽음밖에 없다는 사실을 재확인할 따름이었다. 죽
음에 대한 해답은 오직 죽음일 뿐이었다.

　선고의 날이 다가왔다. 세상에 마지막 심판의 날이 온다고 하여
도 그날만큼 긴장되지는 않을 것이었다. 내 입술은 가뭄 만난 논바
닥처럼 쩍쩍 갈라졌다. 내 속의 창자들은 기름 떨어진 등잔의 심지
인 양 칙칙거렸다. 무엇보다 나는 재판장이 사형선고를 내리지 않
으면 어쩌나 하고 초조해하였다. 재판장은 판결주문을 꽤 오랫동안
읽어나갔다. 판결주문이 이어지면 이어질수록 이제는 만고역적의
누명을 뒤집어쓰지 않으려는 재판장의 의도가 점점 더 분명해졌다.

　"본 재판부는 피고에 대하여 십오 년의 징역을 선고합니다."

　땅 땅 땅.

　재판장은 나무망치로 십오 년의 형량을 내 심장에 박아넣고 있
었다. 나는 잠시 십오 년이라는 세월을 재어보려 하였다. 그러자 십

오 년의 세월이 꿈속에서 목을 조른 그 혓바닥처럼 밧줄이 되어 내 목을 감아오는 것만 같았다. 사형수는 교수대에서 한 번 목이 감기기만 하면 되는데 나는 몇 번이나 감기어야 하는가. 아득, 아득할 뿐이었다.

　담 안으로 들어설 때 맨 먼저 눈에 들어온 것은 건물 주위에 가득 자라고 있는 잡초들이었다. 바랭이, 왕바랭이, 개밀, 쇠비름, 달개비, 질경이, 꿀풀 등 노랗거나 자줏빛을 띤 작은 꽃을 단추처럼 달고 있는 풀들과 그냥 줄기만 뻗어 있는 풀들이 어지러이 뒤섞여 마침 슬그머니 불어온 바람결에 하늘거렸다. 그 풀들은 자랄 대로 자라 무릎에 닿을 정도였다. 그것들은 땅에서뿐 아니라 건물벽 틈서리와 지붕의 기와들 사이에서도 비어져나와 있었다. 특히 기와들은 그 풀들이 받쳐주지 않으면 그냥 와해되어 무너져내릴 것만 같은 느낌마저 주었다. 그래서 일부러 제초작업을 하지 않고 내버려두었는지 을씨년스럽기 그지없었다. 영락없는 폐가였다. 어릴적 동네 어귀에 서 있던 으스스한 상여집이 생각났다.
　'석양의 부드러운 빛까지도 그것을 빛내 주지 못했다.' 는 표현이 있듯이, 정말 이제는 이 세상의 그 어떤 것으로도 그 폐가를 아름답게 해줄 수는 없을 것이었다. 아니, 어쩌면 더 이상 아름다워질 수 없을 정도로 퇴락했는지도 몰랐다. 낡아지고 바래지고 허물어지는 아름다움이 그 여름풀들 사이에서 섬뜩하게 전해져 왔다고 하면 지나친 감상일까. 아무튼 그 묘한 목조건물의 분위기에 이끌리며 천천히 다가갔다. 그러면서 땅바닥을 유심히 살피다가 햇빛을 반사시키고 있는 작은 유리조각 하나를 얼른 주워 옷 속에 감춰넣었다. 그리고 나무 꼬챙이도 하나 주워넣었다. 다시금 항문이 묵직해지는 것을 느꼈다.

그는 검방·검신 때마다 복도로 나오면 내가 있는 감방 안을 철창 너머로 건너다보며 미소를 지었다. 삼십 세쯤 되어 보이는 사람으로 깨끗한 한복 바지저고리를 입고 있었다. 처음에는 그가 나 아닌 다른 사람에게 미소를 보내는 줄 알았는데 날마다 그것이 거듭될수록 나를 향하여 미소짓고 있다는 사실을 어렴풋이 감지할 수 있었다. 그러자 그 사람을 바라보는 나의 표정에도 변화가 일어난 모양이었다. 나의 변호를 눈치챈 그는 더욱 다정스러운 미소를 지어 보내고 어떤 때는 한쪽 눈을 찡긋거리며 고개를 끄덕이기도 하였다. 나는 전혀 낯선 사람이 왜 나에게 그런 관심을 보이는지 이해할 수 없었다. 혹시 실성한 사람인지도 모른다는 생각이 들기도 하였지만, 검방·검신 때마다 은근히 그의 미소가 기다려지는 것은 나로서도 어쩔 수 없는 일이었다. 낯선 한 사람의 미소가 이토록 내 마음을 끄는 것은 이전에 경험해 보지 못한 일이었다.

그날도 차례로 사방마다 검방·검신이 실시되었다. 그의 방 차례가 되었을 때 나는 일부러 문께로 바짝 다가가서 바깥을 내다보았다. 어김없이 그는 나를 향하여 미소짓고 있었다. 그것은 분명히 실성한 사람의 미소가 아니었다. 대상이 있고 내용이 있고 파장이 있는 미소였다. 여느 때처럼 내 얼굴에도 그 미소가 반사되는 것을 스스로 느낄 수 있었다. 싯다르타가 말없이 꽃 한 송이를 들면서 미소를 지으니까 그 뜻을 헤아리고 가섭이라는 제자가 지었다는 그 이심전심의 미소, 그것 비슷한 것이 내 얼굴에도 떠올라왔다. 그런데 내 얼굴에 떠오르던 미소가 한순간 굳어져버렸다. 그것은 모두어진 그의 옷소매 사이로 차갑게 빛나는 물체가 비쳐 보였기 때문이었다.

"저 사람 혼자만 수갑을……."

내가 혼잣말처럼 중얼거렸다. 그러자 내 발치에 앉아 있던 빵잽

이가 빨랫줄이 북북 그어져 있는 얼굴을 찌푸리며 내뱉듯이 대답을
해주었다.

"사형수여."

나는 순간, 어찔한 기분을 느꼈다. 그동안 사형수의 미소에 이끌
리고 있었다니. 죽음을 예비하고 있는 그 미소에 참여하다니.

"저 사람은 말이여, 강도 살인으로 감방에 들어온 지 칠 년째고,
사형 확정을 받은 지 사 년째여. 지금 재심 청구중이라카더만. 재심
청구를 하더라도 금방 기각시키고 집행을 하는 게 관례인데 저 사
람은 이상하게도 집행이 연기되고 있어. 공범들은 이미 달렸는데
말이야. 하도 유명한 모범수니께 그런가벼. 이번 혁명정부 수립 때
혹시 특별 감형을 받을지도 몰라, 뭐, 영세받고 가가 카톨릭 신자가
되고부터 각 사람이 달라졌다나."

그래서 그의 미소는 싯다르타와 관련이 있는 것이 아니라 성모
마리아와 관련이 있는 셈이었다.

그날 이후, 나는 세면시간 같은 때 그가 있는 감방 앞을 지나면서
그 방을 슬그머니 들여다보는 습관이 생겼다. 그는 감방 안에서 언
제나 단정한 모습으로 앉아 있었다. 그의 주위에는 그가 입고 있는
하얀 한복 때문인지 늘 어떤 빛이 감돌고 있는 듯하였다. 그리하여
그 방은 감방이 아니라 중세 수도승들의 무문(無門) 암자와도 같이
보였다. 그와 함께 있는 다른 미결수들도 푸른 수도복을 입은 수사
들처럼 보였다. 아닌 게 아니라 그 감방에서는 그의 권위와 영향력
으로 인하여 다른 감방에서 흔히 일어나는 말다툼이나 싸움질이 거
의 없다고 하였다. 한번은 일광욕 시간에 그와 마주친 적이 있었다.
그는 다짜고짜로 수갑 찬 손으로 내 손을 꽉 움켜쥐며, 자기 눈 안
에 나를 담아넣을 듯이 그윽한 눈빛으로 바라보았다. 과연 성자의
눈이라고 표현할 수밖에 없는 그런 눈빛이었다. 그의 청아한 눈동

자 속에 나의 비참한 몰골이 눈부처로 들어가 박혀 있었다. 내 조그만 몰골을 둘러싸고 있는 그의 눈동자, 그 완벽하게 동그란 테두리, 그것은 나에게 완전한 만다라였다. 그가 몇 마디 짧게 말했지만 그 말은 그렇게 중요하지 않았다. 눈빛과 체온으로 그는 모든 말을 하고 있었다.

또 한 사람의 반원과 나는 건물 뒤켠으로 돌아갔다. 거기에도 역시 풀들이 무성히 돋아나 있었는데 그 담벼락을 따라 경유 드럼들이 세워져 있었다. 훅, 경유 냄새가 코의 점막을 덮쳤다. 드럼 주위의 풀들은 거무튀튀한 경유를 뒤집어쓰고 말라가고 있었다.
"자네 여기 처음 왔지?"
그 반원이 드럼의 경유를 통에다 부으며 나를 돌아보았다.
"예, 처음이에요. 구경 좀 할게요."
나는 그 반원에게 경유통을 맡기고 입구 쪽으로 다가갔다.
"두 번 구경할 건 못 되지."
뒤에서 반원이 중얼거렸다. 건물로 들어선 나는 그동안 내가 상상하고 있었던 바와 아주 흡사한 정경이 거기 펼쳐져 있는 것을 보았다. 이제 좀 더 그 정경은 구체적인 형상으로 우중충한 색깔과 냄새와 그림자들까지 띠고 있었다.

검사는 1심 판결에 불복하여 고등법원에 항소하였다. 어떻게 해서든지 내 목을 밧줄로 달려고 하는 검사의 집념은 오히려 나를 안심시켰다. 변호인 측에서도 항소하였다. 한쪽은 형을 더 먹여 아예 지상에서 사라지도록 하려고, 또 한쪽은 형을 감해 보려고 나를 다시 법정에 세운 것이었는데, 나는 자폭하려고 폭탄을 안은 채 그곳으로 들어간 것이었다. 1심에서는 소극적으로 나에게 불리하도록

하였지만, 2심에서는 적극적으로 나에게 불리하도록 이끌고 나갈
방침이었다. 그러면 검사도 원하고 나도 원하고 있는 그 사형선고
가 떨어질 가능성도 있는 것이었다. 나는 짐짓 나에게 불리한 고백
을 할 뿐만 아니라 선고에 재량권을 가지고 있는 재판장의 비위를
주로 건드리기로 하였다. 한번은 재판장이,

"집을 가출한 것은 나쁜 친구들과 어울려 방탕한 생활을 하기 위
해 그랬던 것은 아닌가?"
하고 질문하였다. 그때 나는,

"어떻게 그렇게도 남의 마음을 잘 압니까. 그러니까 언도를 때리
면서 밥 빌어먹는 일이나 하겠지요. 엿장수 마음대로 해석하시오."
라고 빈정거렸다.

"피고는 묻는 말에나 대답해!"

"어디 대고 반말이오? 아까부터 반말을 찍찍 갈겨대는데 그렇게
사람 무시하지 마시오. 당신도 언제 그 법복 벗고 여기 이 자리에
설지 누가 알아. 사람 팔자 시간문제야."

"이건 법정모독죄야."

"반말은 인권모독 아니고?"

"정리, 피고 퇴정시키시오."

이런 식으로 재판은 지연되고 지연되어 사 개월로 규정된 선고
마감기간조차도 넘겨버렸다. 사 개월 동안 사형선고를 바라며 기다
리고 있는 그 심정을 어떻게 설명할 수 있을까.


마룻바닥은 퇴색할 대로 퇴색하여 삐걱거렸다. 저쪽에 흰 커튼
이 내려쳐져 있었다. 나는 그 커튼을 젖히고 지성소 같은 그 안으로
들어가 보았다. 네모 마루판자가 놓여 있고 그 위에 마닐라삼으로
꼬아 만든 밧줄이 도르래에 매달린 채 새까맣게 때에 절어 반들거

리고 있었다. 마루판자 너머로 칸막이가 있었는데 그 칸막이 뒤에
는 길다란 포인트 손잡이가 붙어 있었다. 그 손잡이를 젖히면 네모
마루판자는 받침대가 빠지면서 기역자로 꺾일 것이었다. 어떻게 보
면 너무도 단순한 구조였다. 인생은 복잡하지만 그것을 마감시키는
데는 그렇게 복잡한 장치가 필요없는 모양이었다. 나는 네모 마루
판자를 중심으로 왔다갔다하며 먼지로 얼룩진 하얀 커튼을 건드려
보기도 하였다. 그 커튼은 삶과 죽음의 무대 사이에 쳐져 있는 막인
셈이었다.


　하루, 이틀, 사흘, 나흘…… 선고 마감기간이 지난 하루하루의 날
들은 더욱 기나긴 나날들이었다. 닷새째 되는 점심시간이었다 대개
아침식사 후에 법정 출정이 있으므로 오늘도 나에게는 출정이 없는
가 보다고 여길 수밖에 없었다. 그런데 그 점심식사 중에 내 수인번
호가 복도에서 불리면서 출정고지가 떨어졌다. 출정시는 여러 명을
불러내어 포승줄에 엮어서 호송하는 것이 통례인데 그때는 나 한
사람만 불러내었다. 나 혼자 수갑을 차고 포승줄에 묶여 교도소 마
당으로 호송되어 나가니 거기에 지프차 한 대가 대기하고 있었다.
교도관은 법정대기소를 거치지도 않고 막바로 나를 법정으로 데려
가 재판관 앞에 세워놓았다.
　그 썰렁한 법정에 방청객이라고는 한 사람도 없었다. 교도관과
나, 유도선수같이 건장하게 생긴 정리 둘, 그렇게 네 사람만이 법정
안에 있었다. 나는 이제 곧 방청석으로 방청객들이 몰려오고 검사,
변호사, 서기 들이 각각 제자리에 들어설 줄로 생각했다. 그러나 법
정에 들어선 것은 재판장 한 사람과 배석판사 둘뿐이었다. 재판장
은 서둘러 재판석에 앉더니 누가 뒤에서 쫓아오는 것처럼 허겁지겁
판결주문을 읽어나갔다. 내 귀에는 그 내용이 하나도 들어오지 않

았다. 다만 마지막 구절만이 뚜렷이 들려왔을 뿐이었다.

"원심을 파기하고 무기징역을 선고한다."

땅 땅 땅.

그와 동시에 판사 세 사람은 후닥닥 일어나 서류들을 집어들고는 부리나케 법정을 빠져나가 버렸다. 마치 내가 재판석을 덮치기라도 할 것처럼 그렇게 서두르고 있었다.

판사들이 빠져나가자 정리 두 사람이 내 양팔을 꽉 움켜쥐더니 법정 바깥으로 데리고 나가 '닭장'에다 집어넣었다. 실로 삽시간에 일어난 일이었다. 나는 너무도 얼떨떨하여 조금 전의 일들을 하나하나 뇌리에 되살려 보았다. 아무도 없는 방청석, 재판석의 판사 세 사람, 피고석에 서 있는 나 한 사람, 교도관 정리 세 사람…… 결국 나 혼자 나를 노려보고 있는 여섯 사람에게 둘러싸인 채 피고인 진술 한마디 하지 못하고 그대로 무기형에 처해진 것이었다. 내가 가장 꺼리고 꺼리던, 그래서 일부러 생각지 않으려고 머리를 흔들었던 그 무기언도가, 십 년, 십오 년의 세월을 견딜 길이 없어 차라리 사형선고를 유도하려고 했던 나에게 떨어진 것이었다. 나를 동정하는 죄수들은 2심에서 1심보다 더 많은 형량을 때렸다고 그 재판장을 만고역적 운운하며 성토하였지만 나는 좀 더 많은 형량을 때리지 않은 재판장을 원망하고 있었다. 형사소송법상의 적법성 같은 것은 차치하고 말이다. 빌라도의 법정보다 더 불법적이었다 하더라도 나에게 사형선고만 내려주었던들…….

나는 내가 앉기를 바라고 바랐던 그 마루판자에 한번 앉아보고 싶은 강렬한 충동을 느꼈다. 나는 마음 한구석에 도사리고 있는 거리낌을 마저 밀어내면서 그 판자 위에 털썩 주저앉았다. 항문께로 묵직한 압박감이 전해져 왔다. 나는 거기에 앉아, 뱀처럼 똬리를 틀

고 있는 밧줄을 올려다보았다. 으스스 몸이 떨려왔다. 나는 숨을 크
게 쉬면서 용상에 앉은 임금처럼 어깨를 젖히며 가슴을 내밀어 보
았다.

점심시간이 거의 되었을 무렵이었다. 여느 날 같으면 점심 배식
을 준비하느라고 어수선할 시간인데도 사방 전체가 조용하기만 했
다. 교도관들의 잔심부름을 해주러 나갔던 미결수들도 슬금슬금 다
시 감방으로 들어와 제자리에 가 앉았다. 교도관은 감방마다 다니
며 줄을 맞춰 앉아 있으라고 하면서 일어서거나 조금만 부스럭거려
도 호통을 쳤다. 순식간에 교도소 전체는 취침시간을 맞은 것처럼
정적에 잠겨들었다. 나는 아침과 대낮에 갑자기 찾아오는 그 기이
한 정적의 의미를 알고 있었다.
얼마 후, 그 정적의 끝에서 서너 명은 될 듯한 구둣발 소리가 나기
시작했다. 그 발소리는 내가 있는 4동 복도를 울리며 점점 이쪽으로
다가왔다. 그 소리가 다가올수록 그것은 무슨 탱크의 굉음과도같이
들렸다. 어쩌면 그 소리가 내 심장에서 나고 있는지도 몰랐다.
저벅 저벅 저벅.
그 소리는 내가 있는 사방 앞을 지나갔다. 나는 어쩔, 현기증을
느꼈다. 일순, 아무 소리도 들려오질 않았다. 그것은 태곳적의 소름
끼치는 적막이었다. 나는 그 적막에 질식당할 것만 같아 비명을 지
를 지경이 되었다. 그러나 나보다 먼저 그 적막을 깨뜨리는 소리가
들려왔다.
철커덩.
문을 따는 그 금속성은 그야말로 비명소리처럼 사방 복도를 훑
으며 지나갔다. 곧이어 숫자가 하나하나 불리었다.
"교무과 연출!"

이윽고 사람이 복도로 나오는 기척이 났다. 나는 두 주먹을 불끈 쥐고 있었는데 주먹 안으로 축축하게 땀이 배어들었다. 잠시 후 문께의 창살 너머로 그 사형수의 얼굴이 나타났다.

"잘 있어요."

그는 감방 사람들 전체에게 말하는 것 같았으나 그의 시선과 미소는 나를 향하고 있었다.

"어……."

나는 나도 모르게 소리를 내지르며 벌떡 일어나 문 쪽으로 달라붙었다. 창살을 두 손으로 움켜쥐자 교도관이 T자형 열쇠로 내 손을 내리쳤다. 나는 다시 주저앉고 말았다. 사형수는 내 감방 앞에서 계속 머뭇거렸다. 교도관이 그를 저쪽으로 끌어당기며 말했다.

"교무과에 가는데 뭘……."

그러나 그는 '교무과' 에서 영영 돌아오지 않았다. 이제 어디에서고 그의 흔적을 찾아볼 수 없게 되었다. 이야기 한마디 제대로 나누지 못하고 다만 미소만 주고받았을 뿐인 그였지만, 그의 부재는 내 존재의미의 부재인 양 느껴졌다. 그때 나는 그의 눈빛과 미소가 나로 하여금 그래도 하루하루를 견디도록 힘을 주었다는 사실을 더욱 절실하게 깨달았다. 이제 그 힘을 상실해 버린 나는 허전할 대로 허전해져 곧잘 우는 습관까지 새로 생겼다. 감방의 사람들은 갑작스러운 내 심경의 변화에 의아함을 나타내기도 하였지만, 이제 비로소 감방생활을 현실로 받아들이고 하나의 죄수가 되어가는 과정이라고 하였다. 그 무렵, 나는 무기형에 대한 대법원 확정판결을 기다리고 있던 중이었다.


나는 여전히 마루판자 위에 앉아 주위를 두리번거리며 그 사형수가 여기서 사형 집행되던 광경을 상상해 보았다.

인정신문과 집행선언, 유언 절차가 있은 후 그는 집행관인 교도소장의 손짓에 따라 그의 뒤편에 서 있는 계호직원들에 의해 정수리에서 가슴까지 내려오는 하얀 용수천에 덮어씌워진다. 그리고 상체와 두 다리가 포승줄에 꽁꽁 묶인다. 영락없이 염을 당한 형상이다. 계호직원들이 뒤에서 그의 겨드랑이에 손을 넣어 그를 무슨 부대자루처럼 질질 끌고 뒷걸음질을 친다. 흰 커튼을 젖히고 계속 끌고 가다가 네모 마루판자에 앉힌다. 도르래에서 이미 내려와 있는 밧줄의 올가미에 그의 목을 건다. 직원들이 후딱 비켜서면서 고함을 지른다.

"준비 완료, 포인트 제껴!"

그러면 칸막이 뒤로 나가 있던 직원이 손잡이를 젖힌다. 마루판자가 아래로 처지면서,

꽝.

지하실 벽돌벽을 때린다. 사형장을 폭발시킬 듯이 울리는 그 꽝, 소리는 사형집행이 이루어졌다고 확실하게 도장을 찍는 소리인 셈이었다. 어쩌면 그 소리는 그 인생이 삶의 대기권을 뚫고 죽음의 무한 공간으로 빠져나가는 굉음인지도 몰랐다.

그의 몸은 지하실 허공에 매달린 채 굳어진다. 이십오 분쯤 지난 후 의무관이 지하실에 내려가 가슴에 청진기를 대고 심장이 멎었음을 확인한다. 이제 도르래 돌아가는 소리가 나면서 밧줄이 점점 아래로 내려간다. 드디어 그의 시체가 지하실 바닥에 닿는다. 직원들이 밧줄에 걸린 그의 시체를 풀어 지하실 바닥에 내려놓는다. 밧줄이 제자리로 올라가고 마루판자도 다시 닫힌다. 직원들은 손을 툭툭 털며 점심을 먹으러 사형장을 떠난다. 그저 고요한 적막만이 그 목조건물에 감돈다. 시체가 지하실 바닥에 놓여 있는데도 아무것도 달라진 것이 없는 것처럼 보인다. 다만 도드래의 밧줄만이 지나가

는 바람에 흔들리고 있을 뿐이다.

그 밧줄은 이 세상의 죄악을 질식시키기 위해 거기에 있다. 그 밧줄이 감촉하는 것은 흉악한 죄인들의 억센 모가지이어야 한다. 그런데 이번에 그 밧줄이 감촉한 것은 너무도 맑고 깨끗한 성자의 부드러운 목이었다. 그는 그의 죄악을 이미 오래전에 목졸라 죽였으므로 더 이상 목졸릴 필요가 없었다. 밧줄은 그의 몸의 감촉에서 그것을 알고, 성자를 목조를 수는 없다고 소리쳤는지 모른다. 그러나 인간들에게는 그 소리가 들리지 않았다. 인간들은 밧줄로 하여금 그대로 성자를 목조르도록 절차를 진행시키고 기구를 조작하였다. 지금 현재의 상태로 본다면 집행인들은 그들보다 훨씬 선한 사람을 공동으로 목졸라 죽이는 일을 감행한 셈이다. 그리고 그 공범들은 유유히 사라졌다. 밧줄은 성자를 목졸라 죽였다는 죄의식으로 더욱 몸부림친다. 밧줄은 자기 스스로를 밧줄에 매달고 싶기만 하다. 그러나 그 밧줄의 몸부림도 인간들이 보기에는 그냥 바람에 흔들리는 것으로밖에 보이지 않는다.


나는 항문의 압박감을 느끼며 슬그머니 일어섰다. 엉덩이를 까내리고 오른손을 항문으로 가져갔다. 엄지와 식지 사이에 미끈하게 잡히는 것이 있었다. 그것을 조심스럽게 잡아당겼다. 비닐조각에 말린 담배 한 개비가 항문에서 회충처럼 비어져나왔다. 구린내가 물씬 풍기는 비닐조각을 풀어 한구석에 버리고 담배 개비 속에 박혀 있는 라이터돌 하나를 집어내었다. 그리고 아까 주운 나무꼬챙이 끄트머리에다가 라이터돌을 박아넣고 역시 아까 주운 유리조각에다가 그것을 마찰시켰다. 픽, 하며 불꽃이 일어났다. 이미 입에 물고 있는 담배를 그 불꽃에 갖다대며 힘껏 빨아들였다. 그리고 유리조각과 나무꼬챙이는 건물 바깥으로 던져버렸다. 마루판자가 아

래로 처지는 것처럼 머리가 어찔했다. 다시금 주저앉았다. 납 덩어
리를 주고 바꾼 그 귀한 담배를 그냥 연기로 날려 보내지 않으려고
크게 숨을 들이쉬었다가 조금씩 내쉬곤 하였다.

그러면서 나는 이런 희한한 생각을 하였다. 지금 경유를 통에 붓
고 있는 반원을 불러다가 내 목에 밧줄을 걸게 하고 칸막이 뒤의 포
인트를 젖히게 한다면 얼마나 멋있고 은밀하고 고독한 사형집행이
될 것인가. 아니, 나 혼자서 목에 밧줄을 거는 일과 손잡이를 젖히
는 일을 한꺼번에 할 수 있다면 더욱 장엄할 텐데. 그렇다면 나는
인류 역사상 사형장에서 자기 자신을 사형시킴으로써 자살을 감행
한 최초의 사람이 되는 것이 아닌가. 그러자 끊임없는 감시의 눈길
로 인하여 차츰 희미해져 가던 자살충동이 무슨 향수처럼 아련히
되살아나는 것을 느꼈다.

이때 회오리바람이 지나가는지 온통 나무로 된 건물 내부에서
사개가 뒤틀리는 소리가 났다. 그 삐걱거리는 소리는 바로 이 마루
판자 위에서 죽어간 무수한 사람들의 한맺힌 아우성이었다. 나는
섬뜩 소름이 돋는 것을 느끼며 벌떡 일어나 하얀 커튼을 젖히고 나
왔다. 지하실 층계로 내려가면서 내 손에 담배가 들려 있지 않은 것
을 발견했다. 지하실은 위쪽의 목조건물과는 대조적으로 단단한 붉
은 벽돌로 둘러싸인 광의 형태를 하고 있었다. 더욱 으스스하고 축
축하였다. 거기에 놓여 있는 시체는 없었지만 시체 썩는 퀴퀴한 냄
새 같은 것이 코를 찔렀다. 나는 얼른 지하실을 빠져나왔다. 뒤편으
로 돌아가자 반원이 네 개의 통에 경유를 다 받아놓고 그 근처 풀섶
에 앉아 기다리고 있었다.

"어때 볼만해?"

반원이 싱긋 웃으며 물었지만, 나는 목에 밧줄이 걸린 듯 한마디
도 할 수 없었다. 나는 무언가 참으로 아까운 기회를 놓치려고 하고

있는 자신이 안타깝기만 하였다.

"어이, 빨리들 나와!"

교도관이 재촉하는 소리가 하얀 담 너머에서 들려왔다.

반원이 경유통을 양손에 들고 어기적어기적 앞서 걸어나갔다. 나도 그의 뒤를 따라갔다. 자꾸만 발목에 풀줄기들이 걸렸다. 나는 내가 담배꽁초를 어떻게 처리했는지 확인해 보고 싶어 견딜 수 없었다. 어쩌면 이미 알고 있는지도 몰랐다. 앞서가는 반원이 눈치 채지 못하도록 나는 슬쩍 방향을 틀어 경유통을 든 채 다시금 목조건물 안으로 들어섰다. 커튼을 젖히자 무슨 빈소의 분향처럼 연기가 피어오르고 있었다. 마루판자에 내동댕이쳐진 담배꽁초가 여전히 빨간 불똥을 내보이며 연기를 피우고 있는 것이었다. 그것을 보았을 때 어떤 환희 같은 것이 순간적으로 온몸을 휘감았다.

나는 비시시 웃으며 그 마루판자로 다가가 아까처럼 앉았다. 그리고 손에 들고 있는 통을 기울여 머리에서부터 경유를 들이부었다. 사형수가 뒤집어쓰는 그 하얀 용수천처럼 검은 경유가 내 정수리에서 가슴으로 흘러내려 나를 덮어버렸다. 나는 아직도 빨간 불똥을 보이고 있는 담배꽁초를, 프로메테우스의 불씨인 양 조심스럽게 집어들었다. 그동안 수많은 사형수들을 교수형시켜 온 그 건물이 이제는 자기가 화형을 당할 차례였다. 역사를 거쳐오면서 잘못 내린 사형선고와 거기에 기초한 불법적인 사형집행들에 대한 책임을 지고 그 건물은 심판을 받아야 할 것이었다. 나는 담뱃불을 경유로 번들거리는 내 가슴 쪽으로 가져왔다. 심호흡을 하며 눈을 질끈 감았다가 떴다.

그 순간, 담뱃불이 꺼졌다.

# 유년 광시곡
—서주(序奏)

무언가 새로운 세계로 들어가고 있었다. 아주 낯선 그곳은 부드럽게 숨을 쉬면서 아버지와 어머니, 나와 동생 그리고 트럭 위에 얹힌 이삿짐들을 맞아들이고 있었다. 지금까지 살아온 세계는 그곳의 푸른 하늘에 뭉개어져 지워져갔다. 사실 그날 하늘의 구름 덩어리들은 분필가루를 뒤집어쓴 칠판 지우개처럼 둥실둥실 떠다녔다.

그것은 가슴 설레는 개종(改宗)이었다. 내 까만 두 눈동자로 도시의 내음을 맡았고 조그만 두 콧구멍으로 도시 안에 고여 있는 풍경들을 보았다. 트럭의 바퀴는 아스팔트 길바닥을 계속 정신없이 핥았다. 도시의 중심부로 다가갈수록 자동차 바퀴들이 길바닥을 핥는 소리가 더욱 요란하였다.

트럭은 이방인처럼 주위를 둘레둘레 살피면서 도시의 중심부로 향하는 듯하다가 슬그머니 길을 꺾어 도시의 은밀한 부분으로 스며들어갔다. 거기 바람이 있었고 버짐이 군데군데 핀 산들이 있었다. 여전히 아스팔트 길이었지만 그 길은 까마득한 정점(頂點)에서 아래로 비스듬히 드리워져 있었다. 그 길을 따라 꺼먼 권위가 흘러내렸다. 트럭은 허덕일 때마다 나는 상승하면서 길이 끝난 정점 그 너머에 굴러떨어져 있는 비밀들을 가만히 만져보고 싶었다.

트럭은 정점에 반도 미치지 못하여서 주저앉았다. 빛바랜 개울 위에 코끼리 팔뚝만한 판자 다리가 덩그러니 걸쳐져 있었다. 무거운 문짝이 건들거리고 있는 대문을 지나 무질서의 향연을 벌이고 있는 돌층계를 올라갔다.

안채의 가장자리를 따라 왼편으로 꺾어들자 거기 축축이 젖어 있는 평상과 사금파리가 간간이 흩어져 있는 장독대가, 숨어 있다가 갑자기 들킨 들짐승들처럼 웅크리고 있었다. 평상과 장독대 사이를 지나 판자문을 여니 부엌에 갇혀 있던 냉습한 어둠이 휙 빠져나갔다. 그곳은 판자와 창호지로 둘러싸인 동굴이요 분묘였다.

이삿짐들이 하나씩 제자리를 잡자 동굴과 분묘는 어느새 양지바른 산기슭의 포근한 구덩이가 되었다. 어머니는 재빠르게 부엌을 구수한 연기로 채우더니 아버지와 나와 동생의 배를 물컹한 밥과 국의 온기로 채워주었다.

며칠 후 뒤늦게 도착한 할머니를 아버지가 시외버스 정류장에서 옮겨옴으로써 이사는 일단 완료되었다. 나는 고향에서 멀어진 거리를 계산하며 그 거리로 몸을 휘감는 누에고치가 되어갔지만 얼마 있지 아니하여 누에고치의 껍질은 찌억 벌어지고 말았다. 새로운 세계의 땅을 밟고 다니며 그 공기를 들이마시고 그곳 사람들의 말과 동작을 익혔다. 모든 것이 눈사태처럼 나를 덮쳤지만 나는 어느새 눈 속을 걸어가고 있었다.

거기서 맨 먼저 배운 놀이는 그림자놀이였다. 밤마다 판자벽에는 저 아래 아스팔트길을 오르내리는 차들의 불빛으로 인하여 괴기한 그림자들이 출몰하여 이 모양 저 모양으로 변화하면서 떠다녔다. 나무 같고 사람 같고 짐승 같은 것들이 그림자로 녹아서 이리저리 흘러내렸다. 거기에 내 그림자도 섞여 흘러내리고 두 손의 손가락으로 조작한 소, 나비, 학 들의 그림자도 흘러내렸다. 평상에 앉아서 바라보는 그 판자벽은 내가 처음으로 경험한 추상의 세계였다. 그 추상의 세계에 몰입해 있으면 어느 것이 참된 실재인지 혼돈이 일어났다. 사물들의 그림자가 참실재인 것처럼 보이면서 사물들은 단지 그림자에 불과한 것으로 변해 갔다. 드디어 나도 내 그림자의 그림자에 불과하다는 야릇한 생각이 들면서 유령처럼 밤하늘로 증발해 올라갔다. 아, 그때 밤하늘에도 빛의 점묘로 이루어진 추상의 세계가 펼쳐져 있었다. 온 세상은 추상과 구상이 뒤섞인 채 떡반죽같이 뭉쳐져 있다는 것을 알 수 있었다. 추상은 구상의 그림자로, 구상은 추상의 그림자로 그렇게 맴을 돌고 있었다. 그것은 밤의 즙액에 젖은 내 의식의 환각이었다.

환각은 나를 곧잘 알몸뚱이로 만들었다. 박씨 성을 가진 주인의 아들은 국민학교 삼학년이었지만 이미 중국집 딸아이랑 알몸뚱이가 되어 있곤 하였다. 그런 일은 주인 식구들이 다 외출하고 없을 때 주인집 안방 이부자리 속에서 종종 일어났다. 주인의 아들의 지시에 따라 나는 그 안방 문 앞 마루에 앉아서 고개를 휘두르며 망을 보아주었다. 인기척이 나면 붕어 입을 봉긋거리며 노래를 불렀다. 주인 아들은 간혹 나를 이불 속으로 끌어들이기도 하였다. 알몸뚱이가 된 셋은 각자 손을 뻗어 이불 속의 어둠을 휘저었다. 손가락 끝에 와닿는 중국집 딸아이의 몸의 껍질, 특히 은밀한 부분의 껍질은 그림자가 어지러이 미끄러지는 판자벽의 환각으로 나를 이끌어 갔다. 내 은밀한 몸의 껍질에도 중국집 딸아이의 손가락이 와닿는다. 그 손가락 끝에서 나 자신이 하나의 그림자로 녹아버리는 것만 같았다. 드디어 나는 중국집 딸아이의 안으로 흘러들어갔다. 중국집 딸아이는 간지러운지 키익키익 여우 울음을 웃었다.

그렇게 국민학교에 들어가기도 전에 나는 동정을 잃어버렸다. 얼마 후 국민학교 입학식을 할 때 아버지가 교사로 있는 그 학교 교정은 황토빛으로 충혈된 시선을 보내며 나를 정죄하고 있었다. 나는 담임선생인 여교사를 쳐다볼 적마다 중국집 딸아이의 그 은밀한 부분이 생각나서 곧잘 고개를 숙이곤 하였다.

학습이 시작되었다. 괴뢰군은 붉은 별이 그려진 쑥색 모자를 쓰고 있었다. ‘괴뢰’ 라는 말은 사실 붕어 입으로 발음하기도 어려웠고, 바둑이를 배우는 조그마한 머리로 그 말뜻을 헤아린다는 것은 거의 불가능하였다. 아이들은 입 놀리기 쉬운 대로 그냥 ‘개래군’ 이라고 종알거리며 막연히 개 같고 가래 같은 놈들이라고 생각했다. 그 개래군이 따발총을 들고 비행기를 타고 다니며 우리나라 사람들을 마구 쏴죽였다.

방구석에 앉아 하늘을 쭉 찢는 듯한 비행기 소리를 창 너머로 들을 때마다 개래군이 몰려오는가 싶어 온몸이 오싹해졌다. 우리랑 눈도 같고 코도 같고 입도 같고 귀도 같고 새끼발가락도 같은 사람들이 왜 그리 귀신처럼 무서운 존재가 되어버렸는지 참 알다가도 모를 일이었다.

개래군들은 소련놈들을 닮아서 나쁘고 우리는 미국 사람들을 닮아서 좋다는 학습이 매일 반복되자, 아이들의 머리카락은 노랗게 되어가고 두 눈은 파랗게 되어가고 두 볼때기는 하얗게 되어가고 코는 빼쪽하게 불거지고 키는 꺽다리같이 길어졌다.

라디오를 통해 종종 듣게 되는 대통령 할아버지의 목소리도 혀 꼬부라진 미국말을 닮아 있었다.

집 앞 아스팔트길로는 미군 지프차와 트럭들이 쉴 새 없이 오르내렸다. 마치 미군들이 우리 집을 포위하고 있는 것만 같았다. 무어라 무어라 지껄이는 미군들은 전혀 낯선 산중에서 내려온 척추동물처럼 여겨졌다. 개래군도 무섭고 미군도 무서워졌다. 어머니는 길에 나가놀면 미군들이 지프차에 태워 먼 나라로 데리고 가버린다고 협박까지 해놓고 시장에 가곤 하였다.

그날도 어머니는 똑같은 협박을 되풀이하며 여동생을 나에게 맡겨놓고 시장에 갔다. 마침 할머니도 시골에 가고 없고 아버지도 퇴근하려면 한참을 더 있어야 했다. 나는 오후의 햇살이 여려지는 평상 위에 나보다 세 살 아래인 여동생과 함께 우두커니 앉아 있었다. 미군들 때문에 길에 나가놀 수도 없었으므로 나와 여동생은 갇혀 있는 꼴이 되었다.

여동생이 칭얼거렸다. 나는 여동생을 달래기 위해 작은 바지단추 하나를 따서 콧구멍에 집어넣었다. 횡 하고 코에 힘을 주니 단추가 톡 튀어나왔다. 평상 위에서 떼구루루 구르는 단추를 보고 여동생이 히죽히죽 웃었다. 콧구멍을 바꾸어가며 여동생을 즐겁게 해주었다. 나는 익살꾼이 되고 여동생은 왕비가 되었다. 마침내 왕비의 콧구멍에도 단추가 들어갔다. 왕비가 횡 하고 코에 힘을 주자 단추가 아까처럼 튀어나왔다. 이제 왕비가 익살꾼이 되고 익살꾼은 왕이 되었다. 나는 일부러 왕의 웃음을 허허허 웃어주었다. 그 웃음이 일순간 차갑게 굳어졌다. 여동생의 콧구멍에서 단추가 튀어나오지 않았다.

여동생의 콧구멍에서는 횡횡 하는 소리 대신에 쿵쿵 하는 소리가 나고 있었다. 나는 부엌으로 달려가 젓가락 하나를 들고 왔다. 젓가락을 여동생의 콧구멍에 쑤셔넣었다. 젓가락 끝으로 단추를 건드려 끄집어내려고 했으나 단추는 더 깊숙이 기어들어갈 뿐이었다. 두 콧구멍이 만나는 지점까지 단추가 들어갔는지 여동생은 코로 숨을 쉬지 못하고 입을 벌려 헉헉거렸다. 어떻게 해야 될지 막막하기만 했다. 내가 할 수 있는 일이라고는 여동생의 등을 꼬막손으로 두드리는 일밖에 없었다. 등을 두드리다가 뒤통수를 쥐어박기도 했는데 그것은 뒤통수가 받는 충격으로 콧구멍에서 단추가 튀어나올지도 모른다는 생각에서였다. 여동생은 더욱 헉헉거리기만 할 뿐이었다.

시장바구니를 들고 오던 어머니는 바구니를 평상 아래에 내팽개치고는 여동생을 들쳐업고 미군 지프차들이 오르내리는 길가로 뛰어나갔다. 어머니가 미친년 춤추듯이 손을 휘두르자 고갯길을 내려오던 미군 지프차 하나가 끽 하고 기성을 지르며 멈춰섰다. 미군 지프차는 쏜살같이 어머니와 여동생을 먼 나라로 데려갔다. 평상 위에 서서 그 광경을 내려다보고 있던 나는 섬뜩한 기분이 들어 진저리를 쳤다. 항상 미군 지프차로 협박하던 어머니가 그만 미군 지프차에 실려간 것이었다.

얼마 후, 어머니는 코로 새근새근 숨을 쉬며 잠이 들어 있는 여동생을 등에 업고 헐떡헐떡 집으로 돌아왔다. 이번에는 어머니가 콧구멍이 막힌 표정을 하고 있었다.

여름밤이 깊어갔다. 밤하늘이 별들이 찬란하게 똥을 싸고 있었다. 지구는 별들의 변소가 되고 사람들은 변소에서 키우는 돼지들이 되었다. 아이들은 게으른 어른들이 하품을 하고 있는 틈을 타서 뒷산 골짜기로 별똥을 주우러 갔다. 별똥은 이미 된똥으로 굳어져 있었다. 큼지막한 것도 있고 자질구레한 것도 있었다. 아이들은 달빛 푸르게 부서지는 산골짜기에서 서둘러 별똥을 주웠다. 우주의 비밀들이 그 별똥 속에 있었다. 별똥들을 만지는 나의 손가락들은 별빛처럼 가늘게 떨렸다. 나는 우주가 고여 있는 그 산골짜기에서 비로소 내가 얼마나 작은 아이인가를 알았다.

별똥을 주워온 이후로 별은 유독 나에게만 저주를 내렸다. 내가 잠이 든 동안 별빛이 내 눈시울을 자꾸 문질렀는지 눈에 큰 다래끼가 돋아났다. 그 다래끼가 온몸의 신경을 움켜서 잡아끄는 것만 같았다. 나는 학교를 갈 때도 변소를 갈 때도 동네를 돌아다닐 때도 꼼짝없이 다래끼에 끌려다녔다. 누가 다래끼의 포로가 된 나를 구해 줄 수 있을 것인가.

시골에서 올라온 할머니는 다래끼에 붙어 있는 눈썹 몇 개를 뽑아 내 손에 쥐여주면서 집 뒤 골목길에다 돌집을 지어 거기 두도록 하였다. 나는 작은 돌멩이 세 개를 주워 고인돌 모양으로 돌집을 짓고는 그 지붕 밑에다 눈썹을 뭉쳐서 놓아두었다.

돌집에서 조금 떨어진 은행나무 뒤에 숨어서, 누가 와서 그 돌집을 발로 차주기를 기다리고 기다렸다. 무심결에 돌집을 무너뜨린 자는 내 눈에서 자기 눈으로 다래끼를 옮겨감으로써 다래끼의 포로가 된 나를 건져줄 것이었다. 나 대신 나의 고통을 짊어짐으로써 나의 구주가 될 사람이 속히 나타나기를 나는 열망하고 있었다.

저녁놀이 돌집 언저리에서 핏빛으로 엉기고 있을 무렵, 연둣빛 치마를 입은 한 소녀가 깨끔발로 팔짝팔짝 뛰어오다가 자기도 모르게 돌집을 차버렸다. 돌집은 소리도 없이 무너져내렸다. 고인돌 모양의 구조 안에 괴어 있던 붉은 저주가 땅바닥을 흥건히 적셨다. 소녀는 그 저주에 발목이 잠긴 줄도 전혀 눈치채지 못하고 저쪽으로 계속 달려갔다. 노래까지 부르고 있었다.

며칠 후, 그 소녀의 눈가에 다래끼가 돋아난 것을 보았을 때, 이미 다래끼의 포로 신세에서 벗어나 있던 나는 민망해서 고개를 들 수 없었다. 그 소녀는 자기 할머니가 없어서 저주를 옮기는 비법을 배우지 못했는지 꽤 오랫동안 다래끼에 끌려다녔다. 내가 그 비법을 소녀에게 가르쳐주고 싶었으나, 소녀가 그런 야비한 비법을 알고 있는 나를 업신여길 것만 같아, 머뭇거려졌다. 어쩌면 소녀도 그 비법을 알고 어딘가에다 돌집을 만들어놓았는데 아직까지 아무도 건드리지 않고 있는지도 몰랐다. 아무튼 나 대신 소녀가 희생당한 사실을 통하여, 할머니의 비법이 할머니 얼굴의 주름살 사이에 끼어 있는 그 꾀죄죄한 그늘을 무척 닮았다는 것을 알게 되었다.

아버지는 나에게 매일 일기를 쓰는 것과 그림 한 장 그리는 것을 숙제로 부과하였다. 나는 학교 숙제뿐 아니라 아버지 숙제까지 감당해야 하는 이중고역을 치러야만 했다. 아버지는 늘 통금이 가까울 무렵에 집으로 돌아왔으므로 나는 대개 학교 숙제를 먼저 끝내놓고 아버지 숙제를 하게 되었다. 전기가 동네까지 들어오긴 했지만 정전이 잦아서 상에다 촛불을 켜놓고 일기를 쓰거나 그림을 그릴 때가 많았다. 연필심을 촛불에 구우면 글씨는 좀 희미하게 써졌지만 생각들이 촛불처럼 팔락이며 일어나 문장이 잘 이어졌다. 일기를 쓰다가 글이 막히면 나는 가만히 숯을 굽듯 그렇게 연필심을 촛불에 굽곤 하였다. 향나무 타는 냄새가 일기장 공책에 아련히 배어들어오기도 하였다. 촛불, 연필심, 공책의 파란 줄, 내가 쓰는 글, 창호지 문밖의 바람소리, 잠든 식구들의 숨소리, 이런 것들 속에서 문득 나라는 존재가 한없이 신비롭게 여겨지는 때가 있었다.

하루는 그림은 그려놓지 않고 일기만 써둔 채 상 위에 엎드려 잠이 들었다. 누가 나를 흔들기에 눈을 떠보니 막걸리 냄새에 젖은 아버지가 충혈된 눈으로 노려보고 있었다. 그림 숙제를 해놓지 않은 것을 안 아버지는 내 손에, 도화지 한 장이 끼여 있는 화판과 크레용을 들려주면서 바깥으로 내쫓았다. 바깥은 별도 달도 보이지 않는 캄캄한 밤하늘에 짓눌려 있었다. 아스팔트길 쪽에서 아무 소리도 들려오지 않았다. 판자벽의 그림자놀이도 이미 끝나 있었다.

어둠 속을 더듬어 평상 위로 올라가 앉았다. 장독대 쪽을 바라보았으나 장독들의 윤곽조차 보이지 않았다. 장독대만큼한 크고 검은 장독 하나가 거기 놓여 있을 것만 같았다. 고동색의 위치를 손끝으로 가늠하여 크레용을 집어들었다. 도화지 가득히 장독 하나를 그려나갔다. 물론 눈에는 아무런 선도 색깔도 보이지 않았다. 오직 전후좌우를 두른 암흑 속에서 진행되는 작업이었다. 인생의 모든 몸짓이 그 작업과 같은 것임을 나는 희미하게 깨닫고 있었다.

도화지를 들고 방의 불빛 가운데 다시 섰을 때, 장독의 선은 찌그러져 있었고 고동색은 장독에서 된장처럼 넘쳐나와 있었다. 아버지는 방 한구석에 곯아떨어져 있었다. 아버지야말로 어둠 속에서 그림을 그리고 있는 사람이었다.

소풍 전날, 나는 제대로 잠을 이루지 못했다. 내일 동무들의 손을 붙잡고 걷게 될 길과 가서 보게 될 풍경들, 그리고 여선생이 가르쳐줄 춤과 놀이 들이 자꾸만 눈앞에 어른거렸다. 겨우 잠이 들어 내 의식은 꿈결을 타고 출렁거리기 시작했다. 그늘이 축축하게 묻은 바닷가였다. 묘하디 묘하게 생긴 바위들이 바다라는 이승을 금방 지나온 망혼(亡魂)들처럼 웅크리고 있었다. 파도가 한 번 부딪쳐 깨어지며 흩어질 때마다 바위들은 이승과 저승을 넘나들었다. 나는 바위들 사이에 고여 있는 투명한 물속에서 작은 고기들의 지느러미가 잠자리날개처럼 바삭바삭 움직이고 있는 것을 보았다. 그 투명한 물에는 나의 고향이, 모든 인간의 고향이 녹아 있었다. 어디선가 여선생이 부르는 소리가 들렸다.

어머니가 나를 깨우고 있었고 바깥에는 비가 내리고 있었다. 고운 이슬방울로 이어져 있는 듯한 비를, 등에 멘 소풍가방 위에다 목말 태우고 학교로 갔다. 아이들과 어른들, 선생들은 교무실과 나란히 깔려 있는 골마루에 모여서 유리도 없는 창틀 너머로 운동장에 내리는 빗줄기들을 낱낱이 세어보고 있었다. 출발을 알려야 할 여선생의 호루라기소리는 점점 황토빛으로 물들어가는 운동장의 빗물에 씻겨 자꾸 떠내려가기만 했다. 이제 호루라기소리가 들려온다

는 것은, 지금까지 내린 빗방울들이 다시 하늘로 올라가는 것 만큼
이나 불가능한 것이 되고 말았다. 자연이 인간들의 소박한 희망들
을, 너무도 소박하여 슬프기까지 한 희망들을 무정하게 거부하는
길고 긴 직선의 몸짓을 나는 그때 처음으로 보았다. 그것은 마치 정
성스럽게 종서(縱書)로 쓴 문서에다가 직직 위에서 아래로 줄을 그
어버리는 것과 같았다.

소풍가방에는 김밥 도시락과 과자, 사탕 들이 울고 있었다. 나는
그것들의 울음을 입 안에 집어넣어 삼켜버렸다. 창틀 너머에서는
걷고 싶었던 소풍길과 보고 싶었던 풍경들, 배우고 싶었던 춤들이
여전히 비에 축축이 젖어갔다.

드디어 사생대회날이 다가왔다. 아이들은 화판과 크레용 통을
들고 여선생의 인솔로 운동장 가장자리로 몰려가 여기저기 흩어져
앉았다. 저 아래쪽에 집과 공장 들이 보이고 길과 숲 들이 보이고
볼록 숫은 망루와 성이 보였다. 그 돌로 된 망루와 성은 임진왜란
때 왜구를 막아내는 데 큰 몫을 해냈다고 하였다. 그 망루와 성을
중심으로 펼쳐진 풍경을, 도화지에 담아나갔다. 성 안과 밖은 초록
과 연두의 신록으로 뒤덮여 있었다. 연두를 칠할 때 그냥 연두색 크
레용을 사용하는 것보다는 초록색에다 노랑색을 덮어 칠하는 것이
훨씬 보기에 좋았다. 모든 색들은 각기 고유의 색을 가지고 있는 것
이 아니라 여러 종류의 색이 합해져서 이루어진 것이었다. 이 세상
에 색깔들이 존재하고 그 색깔을 도화지에 나타낼 수 있는 크레용
이 내 손에 쥐어져 있다는 것이 여간 신기한 일이 아니었다. 나는
그 모든 색깔들이 그대로 제 모습을 나타낼 수 있는 것은 파란 하늘
에 떠 있는 빛의 덩어리로 인한 것임을 알고 있었다. 빛은 곧 색깔
이 색깔 되게 하는 근원이었다. 하나님이 천지창조의 첫째날 빛이
있으라 하였다는데 바로 그 빛 속에 모든 색깔이 포함되어 있었을

것이었다. 빛이 있으라는 말은 곧 색깔이 있으라는 말이었다. 하나님은 첫째날 색깔을 창조하신 셈이었다.

도화지에 그려진 망루와 성, 그리고 실제로 바라다보이는 망루와 성은 참으로 아담하게 느껴졌다. 살이 찢기며 선지피가 흘렀던 그 격전의 장소가 이제 하나의 정원같이 보여질 뿐이었다. 나는 도화지에 그려진 풍경이 너무나 정적인 것을 알았다. 무언가 움직이는 것을 그려넣고만 싶었다. 정말은 없는 철길과 기차를 그 성 주위에다가 그리기 시작했다. 상상으로 그렸기 때문에 그만 실수를 하였다. 기차의 화통에서 뿜어져나오는 연기가 기차 앞쪽으로 뭉실뭉실 퍼져나가도록 그린 것이었다. 결국 앞으로 달리는 기차를 그린 것이 아니라 뒤로 달리는 기차를 그린 셈이었다. 나의 도화지에는 세월이 거꾸로 흐르고 있었다. 거꾸로 흐르는 세월을 따라 내려간 나는, 그 망루와 성 밑에서 휘둥그런 눈을 하고 있는 옛날 조선시대의 아이들을 만나보았다.

그 아이들은 이제 귀신들이 되어 나의 전락(轉落)이 갑작스레 찾아오도록 하였다. 그날, 나는 동네 아이들과 함께 아스팔트길을 건너 그늘을 앞치마처럼 드리우고 있는 산으로 올라갔다. 산을 오르는 아이들의 입 안에는 군침이 돌았다. 산은 아이들의 풍성한 식탁이었다. 무엇보다 삐삐풀의 맛은 일품이었다. 풀 껍질을 가만히 열고 속 알갱이를 입에 밀어넣으면 아기 볼의 솜털뭉치 같은 그것이 사르르 녹는 것만 같았다. 삐삐풀의 즙액이 목구멍을 넘어갈 때, 몸 전체로 싸하니 산의 냄새가 번져갔다. 그 냄새에는 어머니 젖봉우리에서 비어져나오던 하얀 액체가 묻어 있었다. 일찍이 이유(離乳)당한 바 있는 아이들은 그때의 단절감을 보상이라도 하듯 삐삐풀을 질겅질겅 씹으며 산의 젖을 빨고 또 빨았다. 나는 한 무덤가에 이르렀다. 그 무덤 위에는 다른 데보다 삐삐풀이 더욱 많이 돋아나 있었다. 그곳의 삐삐풀을 뽑으면서 삐삐풀이 뿌리를 내리고 있는 흙이 시체의 살과 닿아 있는 사실을 새삼 상기하였다. 흙이 시체의 살을 먹고 삐삐풀이 흙을 먹고 내가 삐삐풀을 먹고 있는 것이었다. 나는 죽음이 주는 생명을, 생명이 주는 죽음을 먹고 있었다.

그 순간, 산으로부터 이유(離乳)당하는 사건이 발생했다. 어떻게 된 일인지 나는 산비탈을 따라 곤두박질을 치고 있었다. 디디고 설 한 뼘의 땅도 없고 붙잡을 풀포기 하나 없었다. 공간은 순식간에 텅 비어버렸다. 시간은 너무도 빠른 속도로 흘러 멈추어버리기라도 한 것 같았다. 나의 곤두박질은 처철하게 고독한 몸짓이었다. 잠시 후, 몸뚱어리가 딱딱한 물체에 부딪치는 둔탁한 소리와 함께, 곤두박질은 끝이 났다. 내가 굴러떨어진 깊이만큼 정적이 쌓이고 있었다. 그 정적은 바로 절망의 그림자가 흔들리는 소리였다. 일생을 다해도 기어오를 수 없는 높이로 절망의 그림자는 한 겹 한 겹 쌓여 내 몸을 짓누르고 있는 것이었다. 내 영혼이 몸을 빠져나갔는지의 여부를 가만히 확인해 보았다. 정답게도 내 영혼은 몸 안에 그대로 머무르고 있었다.

아이들이 내 이름을 부르는 소리가 황토를 핥으며 귓가에 부딪쳐왔다. 사지를 꿈틀거리며 청개구리처럼 기어보았다. 몸이 조금씩 앞으로 나아가졌다. 이미 산비탈을 달려내려와 웅덩이 가에 서 있던 아이들은 내가 그 웅덩이를 다 기어오를 때까지 꼼짝을 하지 않았다. 아이들은 나를 웅덩이에서 기어나오는 유령인 양 지켜보고 있었다.

"내 얼굴 어떻노?"

웅덩이를 기어나오자마자 얼굴을 간신히 치켜들며 아이들에게 던진 첫 질문이었다. 그때사 아이들이 우르르 몰려들어 나를 등에 엎고 산길을 달려내려갔다.

할머니가 울고 있었다.

"아이구 우리 종구 눈 빠졌다. 아이구."

내 얼굴에는 머큐로크롬, 옥도정기, 맨솔다마 냄새가 범벅이 되어 있었다. 왼쪽 뺨이 부어도 보통 부은 것이 아니라는 것을 알 수 있었다. 그렇게 부은 살 무더기 아래 왼쪽 눈이 파묻혀 육장(肉葬) 당해 버린 것이었다. 나는 왼쪽 눈을 둘러싸고 있는 끈끈한 근육들을 움직여 눈알의 감촉을 확인해 보았다.

"할무이, 우지 마라. 누깔 있다."

잘 움직여지지 않는 입술을 실룩거리며 할머니를 달래려고 애썼다.

할머니와 함께 병원으로 가는 길은 철둑길이었다. 그 길은 늘 곧았고 내 입은 비뚤어져 있었다. 철둑길 근방에 시장이 있어 할머니는 종종 나를 시장 안으로 데리고 갔다. 하얀 찹쌀가루가 그대로 손에 묻어나는 찹쌀떡은 입 안에서 달착지근하게 녹았다. 병원에 가서 전기치료를 받지 않고 찹쌀떡만 많이 먹어도 비뚤어진 내 입이 몰랑몰랑 제자리로 다시 돌아올 것만 같았다.

찹쌀가루로 뒤집어쓴 듯한 간호원들이 나를 빙 둘러서서,

"웃어봐, 웃어봐."

하며 추근거렸다. 내가 웃으면 입은 왼편으로 치켜올려지면서 더욱 비뚤어졌다. 간호원들은 찹쌀가루를 풀풀 날리며 깔깔대고 웃었다.

양동이 모양의 쇠통에 머리를 들이밀면 왼편에서 불이 들어왔다. 따뜻한 전기 불빛이 왼뺨에 와 닿았다. 가만히 눈을 감았다. 눈꺼풀 안쪽에서 내가 산비탈을 곤두박질하는 모습이 어른거리고 멀리서 아이들이 나를 부르는 소리가 들려왔다. 그 아이들의 소리가 나의 곤두박질을 멈추게 못한 것처럼 이 전기 불빛도 비뚤어진 내 입을 돌려놓을 수는 없을 것이었다.

　식구들이 다 잠든 깊은 밤, 어머니 화장대에서 면경(面鏡)을 몰래
꺼내들고 바깥 평상으로 올라갔다. 면경에는 달빛에 반사된 푸른
얼굴이 비쳤다. 그 푸른 얼굴은 웃음을 연습했다. 입이 덜 비뚤어지
는 웃음을 자꾸만 연기하였다. 면경에는 어느새 슬픈 꼭두각시가
웃고 있었다. 내 유년 시절이 데크레셴도로 미끄러지고 있었다.

# 조성기의 자성소설에 대하여

김경수

　소설이 인간 사회에서 있을 수 있는 여러 가지 의사소통의 방법 가운데 하나라는 점은 분명하다. 이 점은 한 편의 소설을 둘러싸고 이루어지는 작가와 독자의 우회적인 대화의 양상에서도 확인되며, 보다 근본적으로는 소설론에서 이야기되는바 이야기의 전달 주체로서의 서술자와 텍스트 안에 존재하는 피화자 사이의 관계에서도 확인된다. 이렇게 보면 한 편의 소설을 둘러싸고 이루어지는 작가와 독자 사이의 의사소통과 소설 내적으로 이루어지는 독서 행위 속에서의 서술자와 피화자 사이의 의사소통의 체계는 그 자체로 병행성을 지니며 또한 그 어느 하나가 다른 것의 확장이거나 축소일 수 있을 것이다. 그러나 작가가 속해 있는 실제 세계와 그의 대변인 격인 서술자가 이끌어가는 소설 내적인 세계는 엄밀한 의미에서 별개의 세계로 인식되어 왔다. 즉 그 두 세계는 허구와 실제라는 개념의 차이만큼이나 확연히 구별되어 왔던 것이다. 그리고 그것은 아주 오랫동안 우리 소설의 소설적 관례였다.

그러나 1980년대 중반 들어 우리 소설은 이러한 소설적 관습 자체에 대해 숙고하기 시작하는 징후를 보여주는데, 이른바 자성적인 소설의 대두가 바로 그것이다. 『저문날의 삽화』에 수록된 박완서의 일련의 작품들과 「숨은 꽃」을 비롯한 양귀자의 일련의 소설, 그리고 『천하무적』에 수록된 김남일의 일련의 작품들이 그 단적인 예들이 된다. 이러한 작품들을 일견하면, 독자는 이 작품의 내적인 이야기가 작가의 실제 삶과 구분할 수 없을 정도로 진행되고 있는 점을 알게 되는데, 그런 까닭에 쉽사리 고백 소설이라고까지 부를 만한 징후를 담고 있음도 알게 된다. 고백적인 성향이라는 말에서도 확인되듯, 이들 소설에서는 작가에게 속한 세계와 서술자에 속한 두 세계가 더 이상 닫혀져 구분되는 것이 아니라, 서로 침투하거나 영향을 미치고 있는 것이다. 더 부연하면 이 소설들은 이야기의 주체로서의 서술자와 실제 창작자로서의 작가의 구별 따위를 별로 문제 삼지 않고, 마치 독자가 앞에 있는 듯이, 아니면 작가가 그 작품을 읽는 독자 한 사람만을 위해 서술하는 듯이 이야기를 직접 건네는 듯한 화법을 구사하여 소설을 쓰거나 읽는 행위 자체가 일상에서 이루어지는 작가와 독자의 직접적인 대화와 별로 다름이 없는 것이 되도록 하고 있는 것이다.

이 점은 이들 소설이 플롯과 이야기의 배치 등에서 작의에 따른 선별성을 극도로 회피한 채, 시간의 순서대로, 또는 기억에 떠오르는 삽화의 중요도에 따라 자유롭게 이야기를 엮어가고 있다는 점에서도 확인된다.

조성기의 일련의 작품에서도 우리는 방금 위에서 말한 그러한 자성적인 소설의 면모를 쉽게 읽어낼 수 있다. 「통도사 가는 길」과 「우리 시대의 법정」을 비롯해 1980년대 후반에 그가 발표한 소설에서 우리는 소설적 인물 또는 서술자가 실제 작가로 상정되어 있거나 아니면 실제 작가로 유추해도 좋을 만큼 작가의 자전적인 삶의 실상과 친연성을 드러내 보이는 예를 보게 되기 때문이다. 그 외에도 작품집 『통도사 가는 길』의 여러 국면에서 우리는 소설 속의 인물들이 작품 속에서 스스로가 소설을 쓰는 작가임을 분명하게 드러내고 더러는 주저 없이 자신의 소설 쓰기의 괴로움이라든가 소설에 얽힌 사소한 이야기를 건네는 모습을 발견하기도 하는 것이다. 그 구체적인 모습을 살펴보면 다음과 같다.

사실, 내가 판사나 변호사가 되지 않고 목사가 되지 않고 작가가 된 것은, 이 여행의 자유를 위함이라 하여도 과언이 아닙니다. 어디 여행의 자유뿐이겠습니까.

나는 배낭 속에 세면도구들과 함께 굴원(屈原)의 시집이라 할 수 있는 『초사(楚辭)』 제1권과 제2권을 넣고 떠났습니다. 명지대학교 출판부에서 나온 책으로, 송정희 교수가 번역을 하였더군요. 일전에 태종출판사에서 하정옥 교수 번역으로 내놓은 굴원 시집은 이미 다 읽었는데, 이번에 또 『초사(楚辭)』가지고 간 것은 번역의 차이로 인한 묘미를 느껴보려 한 것이지요. 그리고 이번 시집이 더 많은 분량의 시를 담고 있는 것으로, 아마 굴원이 지었다고 하는 시는 다 실은 모양입니다.

왜 하필 굴원의 시집을 들고 갔느냐구요. 요즈음 내가 굴원의 생애를 소설화하는 작업을 하고 있기 때문이기도 하지만, **무엇보다 내 마음의 상태 때문**이라고 해야 되겠지요.(강조는 필자)

위 인용문은 그의 작품 「통도사 가는 길」의 도입 부분이다. 인용문이 보여주듯 이 소설의 주인공이자 화자는 스스로를 작가라고 분명하게 내세우고 있고, 더 나아가 자신이 현재 "굴원의 생애를 소설화하는 작업을 하고 있다."고 말한다. 조성기의 연보를 조금이라도 아는 독자라면, 실제로 조성기가 굴원의 생애를 소설화한 『굴원의 노래』를 집필한 적이 있음을 알 것이고, 따라서 이 부분의 진술에서 소설의 주인공을 작가 자신과 동일시하지 않을 수 없을 것이다. 이러한 정황은 「우리 시대의 법정」이라든가 「우리 시대의 무당」에서도 그대로 확인된다. 따라서 조성기의 이런 유형의 소설을 읽는 독자들은 누구라도 자신이 읽고 있는 작품이 어떤 가상의 인물을 주인공으로 한 소설이라기보다는 작가 자신의 일상의 한 모습이라든가 의식의 추이를 그대로 보여주는 소설이라는 확신을 가질 법하다. 따라서 이런 자성 소설을 읽는 독자들은 이 소설이 애초부터 살아 있는 허구적 인물의 창조 따위와는 거리가 멀다는 것을 알 수 있다. 그것은 「통도사 가는 길」과 「우리 시대의 법정」에 등장하는 남성 주인공에 대한 정보가 결코 총체적이기를 지향하지 않고 있는 그대로의 파편적인 사실들을 그때그때 제시함으로써 이루어진다는 데에서도 확인된다. 작가가 소설에서 살아 있는 인물의 모습을 형성하기를 포기했다면 그것은 작가 스스로가 소설 내의 인물을 적어도 자신에게서만큼은 자명한 것으로, 그래서 별다른 인물화의 기법이 요구되지 않는 인물로 설정했음을 알려주는 징표일 텐데, 이러한 징표는 사실상 위의 조성기의 소설의 특징적인 국면이 되어주고 있기 때문이다.

자성 소설의 이런 국면에서 또 하나 우리의 관심 대상이 되는 것은 역시 소설적 리얼리티에 대한 고정관념의 배제다. 「통도사 가는 길」의 경우 전체 이야기는 소설가인 화자가 통도사에 이르는 과정을 그리고 있는 소설인데, 이 경우 부분 부분 작가의 과거의 경험이 산재되어 제시되기는 하지만, 기본적으로 이 이야기의 줄거리는 자신이 '通道寺'라고 믿었던 절 이름이 실제로는 '通度寺'였다는 것을 자각하는 과정이 그 모티브가 되어 있다. 사실상 이 같은 소설의 전개 과정은 그것 자체를 주제로 하기에는 뼈대가 약한 이야기의 전개다. 그러나 조성기는 그것에 만족한다. 모티브의 주제로의 연장이라는 말이 여기서 가능할 것이다. 여기서 우리는 위의 소설에서 작가의 관심이 더 이상 이야기의 구축에 있지 않고 오히려 어떤 언어에 대한 자신의 경험 내용, 또는 개인의 의식 자체에 놓여 있음을 알게 된다. 이것은 철저히 주관적인 경험 내용이며, 그래서 작가 자신도 그것의 리얼리티를 수용될 만한 리얼리티로 형상화하고자 하지 않는다. 전통적인 소설의 문법에서 보자면 이것은 개연성 없는 이야기로 폄하될 만하지만, 그러나 위와 같은 맥락에서 이야기 구축의 의의를 따지자면, 그것은 전혀 현실성이 없다고 비난할 만한 성질의 것은 아니다. 위의 인용문의 맨 마지막 진술도 보여주듯이, 인물로 설정된 작가 스스로도 자신이 통도사로 가는 여행길에 굴원의 시집을 가지고 가게 된 그 심리적 동인(動因)에 대해서 "무엇보다 내 마음의 상태 때문"이라는 답변 외에는 마련하고 있지 않기 때문이다. 그의 마음의 상태가 어떤 것이었는지는 소설 전편을 통해 결코 밝혀지지 않는다. 따라서 전통적인 소설의 플롯 구축의 필요성에 준하자면 오히려 위와 같은 진술은 작품 자체의 구조적 완결성을 스스로 해치는 발언일 수밖에 없다. 하지만 조성기는 그러한 약점을 알면서도 굳이 그러한 진술을 끼워 넣는다. 그 이유는 무엇일까.

이러한 문제에 대해 우리에게 하나의 시사를 던져주는 것이 「영화구경」이라든가 「공습경보」, 「여자의 눈」과 같은 작품들이다. 「영화구경」은 제목 그대로 주인공 화자가 자신이 본 영화에 대한 자신의 사념을 별다른 형식의 구애 없이 풀어 적고 있는 작품이다. 아니 오히려 소설이라기보다는 개인의 영화 에세이라고 해도 무방한 작품이다. 작품에서 독자들은 화자에 대한 어떤 정보도 제공받지 못한다. 그의 나이라든가 외모 등은 철저히 괄호 속에 넣어져 있고 그의 성향마저도 파악하지 못한다. 단지 가능한 것이라고는 그가 이야기하고 있는 영화의 내용과 그에 대한 그의 사념뿐이다. 따라서 그것은 말 그대로 에세이일 따름이다. 이야기의 형태 자체가 최소한의 허구물의 형태를 갖추고 있다는 점에서 경우는 다소 다르지만, 거기에 그려져 있는 내용의 도입과 전개의 맥락을 보면, 「공습경보」와 「여자의 눈」 또한 에세이풍의 자유로운 서술의 연장으로 보아도 무방하다. 예컨대 다음과 같은 부분을 보자.

1) 일 분 동안 평탄하게 울려야 하는 경계경보였다. 나는 그 경계경보가 울리고 있을 때 사당동 대로의 인도를 걸어가고 있었다.

사이렌은 아마 오디세이아의 항해에 나오는 그 세이렌(Seiren)에서 따온 말일 것이다. 오디세이아는 태양의 소들이 살고 있는 섬으로 가는 도중에 사이렌의 섬을 지나가게 되었다. 사이렌은 상반신은 여자요 하반신은 새의 모습을 한 바다의 인어들이었다. 그 인어들은 이루 말할 수 없는 아름다운 목소리로 노래를 불렀기 때문에, 그 노래를 듣는 사람은 누구나 정신이 홀려 바다로 뛰어들고 마는 것이었다. 바다로 뛰어든 자들은 모두 익사하고 말았고 사이렌들은 그 시체의 해골로 둑을 쌓아나갔다.

2) **아무튼** 그 청량리 극장에서 만난 여자를 떠올리면, 시시각각 다른 분위기로 바뀌던 동그란 눈망울이 맨 먼저 떠오른다. 어쩌면 여자들은 어떤 종류의 여자이든 눈망울로 추상화하는지도 모른다. 그런데 일단 여자가 눈망울로 추상화하면, 창녀이든 수녀이든 내 의식 속에서는 분위기의 차이만 있을 뿐 그 종류에 있어선 아무런 구

별이 없게 된다.

　　**얼마 전** 에이에프케이엔 미군 방송에서 에이즈 문제로 긴급 토론 프로를 방영한 적이 있었다. 그 프로는 미국 본토에서 제작된 것을 복사해 와서 방영해 주는 것으로 거기에 나온 사람들은 그야말로 각 계각층의 인물이었다.(강조는 필자)


　　위 인용 가운데 1)은 「공습경보」 도입 부분의 한 대목이고 2)는 「여자의 눈」의 중간 대목이다. 그야말로 우발적으로 닥친 거리에서의 민방위훈련 경보에 대한 반응을 토대로 이야기를 꾸며가고 있는 이 작품에서 화자는 사이렌 소리를 듣고 위와 같은 사념에 빠진다. 그리고 뒤이어 오디세이아와 사이렌에 얽힌 이야기를 길게 하고 있다. 그리스 신화를 패러프레이즈하고 있는 이러한 이야기는 작품을 읽어본 독자라면 알겠지만, 전체 이야기의 전개와 그다지 긴밀한 관계에 놓여 있지 않다. 따라서 전체 이야기를 그리스 로마 신화를 패러디한 것이면 모르되, 그렇지 않은 상황에서는 작가 개인이 스스럼없이 첨가시켜 넣은 부분으로 읽어도 무방하다. 「여자의 눈」 또한 마찬가지이다. 인용 부분 중 강조된 단어들이 소설 속에서 하는 기능이 이른바 플롯의 요구로부터의 일탈을 지향하는 의도를 드러낸다는 것은 자명하며, 앞 두 사건의 연결의 방식 또한 어떤 소설적 완고함으로부터는 이미 벗어나 있는 상태다. 중요한 것은, 여전히 독자들에게는 어떠한 특성으로도 자신을 설명하지 않는 그(인물)가 언젠가 한번 그런 일을 겪은 적이 있다는 것이고, 본인 스스로가 그렇게 마련된 별개의 사건들을 소설적으로 '그럴듯하게' 연결 지을 의사를 애써 감추지 않은 채 자연스레 이야기를 이끌어간다는 것이다.

　　조성기 소설의 이러한 자연스러움, 즉 플롯의 요구로부터 가능한 한 벗어나 여러 삽화들의 내연적 연쇄(이것은 작가가 소설을 쓸 때부터 이미 존재했었다고 보아야 한다. 왜냐하면 아무리 자유로운 구성이라도 그러한 구성의 저변에는 이야기를 그렇게 풀어나갈 수밖에 없었던 무의식적 요구가 있었다고 보아야 하기 때문이다.)를 독자의 판단에 맡겨버리려는 작의 또한 이미 앞에서 말한 자성 소설적 성향과 긴밀하게 연관되는 측면이다. 이러한 자성 소설의 면모가 엄격하고 완고한 플롯 구축을 통해 '제2의 현실'을 창조하려는 의도로부터 벗어나 아주 사소하거나 일상적인 리얼리티를 추구하고자 하는 세계관의 산물인 것 또한 분명하다. 기존의 많은 소설들이 '살아 있는 인간' 또는 '대표성을 띤 총체적인 인간상'이라는 환상에 기대어 오히려 삶의 대표성을 간직한 작은 특성과 성향들을 애써 무시해 왔다는 점을 감안한다면, 조성기의 소설이 내보이는 소설적 징후는 특히 인물 이해의 차원이라는 점에서 주목할 가치가 충분히 있다. 소설을 이해하는 데 인물 이해는 아주 중요하다. 그러나 일반적인 독서의 관행상 소설 속의 인물 이해는 많은 경우 소설 속에 드러나 있는 정보의 총량으로만 설명되지, 몇몇 삽화와 화행, 또는 말실수와 같은 부분들의 저변 해석을 통해 인물의 심리적 깊이라든가 의식의 병적인 국면들을 해석하고자 하는 시도는 그리 활발하지 않다. 이러한 점을 감안한다면 조성기의 소설은 최소한 자성적인 소설의 경우에, 인물에 대한 정보 제공의 수준을 작위적인 차원에서 벗어나 자연스러운 심리적 추이에 대한 독자들의 적극적인 이해의 노력을 요구한다는 점에서라도 되새겨 볼 만한 가치가 충분히 있다고 생각한다.

  인물 의식의 자연스러운 추이와 그것을 통한 대화의 시도라는 점에서 「통도사 가는 길」과 「우리 시대의 법정」과 같은 소설은 다시 한번 거론할 만하다. 그것은 많은 다른 자성 소설들이 그러하듯, 조성기의 소설 또한 독자들도 이미 친숙한 많은 사회적 정황에 대한 자신의 경험으로부터, 궁극적으로는 독자가 아니라 자신에게로 향하는 마음의 무늬를 재현하는 데에 스스럼이 없는 모습을 보여주고 있기 때문이다. 예를 들어 「우리 시대의 법정」에서 부천 성고문 사건의 법정 심리를 목격하고 난 후 주인공 소설가가 내보이는 아래와 같은 사념은, 주인공 소설가의 소설 쓰기가 지향하는 바가 무엇인지까지를 단적으로 환기시켜 주는 대목이라고 할 수 있다.

나는 앞으로 아버지처럼 나 자신이 감옥에 들어가는 일이 있거나, 어머니처럼 친척이 재판을 받는 일이 있거나 하기 전에는 법정에 다시 올 것 같지가 않았다. 우리 시대 법정에서의 방청이라는 것은, 단순히 보고 듣는 방청이 아니라 가슴 에이는 아픔으로 동참해야 하는 방청이라는 사실을 이제는 똑똑히 알았기 때문이었다. 언젠가 십자가를 끌지 않고 지게 될 날이 있을 때, 법정에 가득한 아픔과 분노에 함께 동참할 자신이 생겼을 때, 나는 진정한 방청객으로 방청석에 앉아 있게 될지도 모른다. 아니, 그때는 피고석이나 증인석에 있게 되지 않을까.

위 소설의 경우 「통도사 가는 길」에서와 마찬가지로 소설가로 제시되어 있고 또 그 이야기 전개가 별다른 소설적 구성 없는 소설가의 경험담의 형식으로 이루어지고 있는 점을 감안할 때, 독자들은 위와 같은 인물의 의식을 소설 밖의 작가가 스스로에게 다짐하는 내밀한 목소리로 간주해도 별 무리가 없다. 그리고 사실상 위와 같은 진술은 작가 개인의 대사회적 발언 자체로 이해해도 큰 무리가 따르지 않는다. 이 지점에서 우리는 조성기의 자성적 소설의 경향이 궁극적으로는 스스로가 처한 현실의 특별한 조건 속에서 작가로서의 자신의 입지를 문제 삼으려는 의도와 긴밀하게 연관되어 있다는 것을 알게 된다. 필자가 이미 다른 글에서도 말한 바 있지만, 이러한 자성 소설에서 추구되는 가장 소중한 덕목이 있다면, 그것은 무엇보다도 소설 밖의 세계와 소설 안의 세계를 경계 없이 연관 지으려는 이러한 글쓰기가 작가로 하여금 실제 자신을 향한 반성적 사유를 가능케 하고, 더 나아가서는 소설을 쓰는 작가 자신의 행위를 돌아보게 함으로써 소설 자체에 대한 작가의 제반 의문까지도 하나의 시선 속에 담아낼 수 있다는 것일 것이다. 그리고 이러한 특징들로부터 우리는 조성기의 일군의 소설이 허구의 인물을 주인공으로 내세우지 않고 작가인 자기 스스로를 인물화하여, 허구의 맥락을 단지 '삽화' 정도로 최소화시키는 가운데 경험 현실의 사실성(事實性)을 최대한도로 유지하면서, 그 속에서 작가라고 하는 자신의 사회적 실존을 전경화시키거나 아니면 글쓰기 자체에 대한 자의식을 드러내는 자성 소설의 면모에 적절하게 부합한다는 것을 알 수 있다.

소설적 현실과 바깥 현실을 어느 모로든 연관 지으려는 이러한 소설적 의도는 시대적인 변화와 긴밀하게 연관되어 있다. 어쩌면 그것은 「우리 시대의 법정」에서 상정된 것처럼, 마치 허구처럼 전개되는 어처구니없는 현실 자체 때문일 수도 있고, 아니면 「통도사 가는 길」에서처럼 그러한 현실 속에서 소설을 통해서밖에 자신의 실존을 확인할 수 없는 작가로서의 자의식 때문일 수도 있을 것이다. 물론 이 점은 조성기와 유사한 자성 소설을 썼던 몇 작가들의 작품들을 검토해 보면 보다 소상하게 드러날 문제이지만, 최소한 조성기의 경우에 한정한다고 해도 우리는 그의 이러한 글쓰기가 소설의 위기 상황에 대한 나름대로의 타개책으로서 마련되었다는 것은 말할 수 있다. 그것은 이전에 펴낸 그의 작품집 『통도사 가는 길』에서, 작가 자신이 그러한 발언을 하고 있는 것에서 확인할 수 있다.

자기 소설의 수필적 경향에 대해서 작가는 작품집의 말미에서 자신의 소설이 드러내는 위와 같은 특징들을 수필 기법 또는 에세이즘이라고 명명하면서 무질의 작품에 대한 페터 지마(Peter Zima)의 논의를 끌어들여 그러한 에세이즘이 소설의 위기와 관련되어 있다는 사실을 밝히고 있다. 이는 "무수한 이야기들이 프로파간다처럼 소설 속에서 오고 갔던 우리의 1980년대는 다름 아니라 우리 시대의 '소설의 위기'를 반영하고 있다고 해도 과언이 아니다."라는 진술에서 확인된다. 물론 조성기가 소설의 위기를 방증하고 있는 자료인 지마의 논의가 1980년대 후반의 우리 소설의 현상에 직접적으로 적용될 수는 없을 것이다. 우리의 소설을 둘러싼 정황에 대한 심도 있는 분석 없이 현상의 유사성만 가지고 지마의 견해를 그대로 적확한 것으로 받아들일 수는 없는 것이기 때문이다. 하지만 위에 말한 것처럼 조성기가 소설 속에 차용하고 있는 실제적 현실의 맥락이 지니는 공통점과 그것에 대해 작가가 견지하고 있는 일련의 태도가 다분히 사회적인 존재로서의 일반적인 반응으로 채색되고 있는 것을 보면, 조성기 소설의 그러한 변화가 작가 나름대로 궁지에 처한 소설의 타개책을 모색하는 과정에서 도출된 한 양식임을 짐작하기란 그리 어렵지 않다.

조성기가 최근에 발표한 소설 「모젤 강가의 마르크스」와 같은 작품 역시 여행기로서의 면모를 강하게 내보이고 있는데, 이것으로 보아서 수필적 경향의 글쓰기는 이제 조성기에게는 어느 정도 그만의 소설적 방법론으로 확립해 가는 것으로 보인다. 물론 여행기라는 양식 또한 1990년대 초반의 우세한 양식으로 동시대 소설들과 변별되는 사회적 의미를 지니고 있을 테지만, 기본적으로 시간적

순차와 공간적 순차를 따르면서 전개되는 여행기의 형식 또한 스스로에게 향하는 글쓰기의 전범이기 때문이다. 그것은 이 책에 수록된 일군의 소설들, 예를 들면 「불일폭포」라든가 「홍소령기」와 같은 작품이 드러내 보이는 실험성 때문이다. 시간 몽타주와 공간 몽타주의 기법을 차용하고 있는 이 몇 편의 소설이 추구하고 있는 세계는 앞서 살펴본 그의 자성 소설들과는 또 판이하게 다르다. 이 두 세계가 어떤 긴밀한 상관성이 있는지는 이후의 작가론에서 천착되어야 할 테지만, 여기서 우리가 한 가지 알 수 있는 것은 조성기라는 작가가 어떤 소설의 '정격(正格)'에 만족하지 않고 부단히 자기 갱신을 도모하는 작가라는 사실이다. 소설 자체가 항시 자기 갱신을 지향하는 장르인 것을 생각하면 조성기의 이러한 실험 정신은 그 자체로 당연하면서도 또 바람직한 것이라고 할 수 있다.

지금까지 나는 조성기의 최근의 소설 세계를 주로 자성 소설이라는 각도에서 해명하고자 했다. 그리하여 그 과정에서 그의 자성 소설이 1980년대 후반 모습을 드러내기 시작한 일군의 자성 소설과 마찬가지로, 그동안 자명한 것으로 인식되었던 실제 세계와 소설 세계 사이의 구분을 문제 삼고, 실제 삶의 현실에 대한 반성적 사유를 통해 소설과 삶을 연관 지으려는 목적을 드러내고 있음을 살펴보았다. 미적인 구조에 대한 해명은 다소 도외시되었지만, 이러한 조성기의 일군의 자성 소설들이 리얼리스틱한 핍진성을 목적하는 소설들과는 분명하게 구별되는 자체의 미학을 유지하고 있다는 것은 의심의 여지가 없다. 이제 남은 것은 우리가 독자로서 이러한 작품의 독서 과정에서 마주치게 마련인 주관적인 리얼리티를 수용하는 문제이다. 특히 그 수용의 태도에 따라 작품의 구조 및 주제적 의미가 큰 폭으로 변할 수도 있다는 점을 상기해 보면, 자성 소설과 더불어 행해지고 있는 조성기 소설의 여러 양상은 아주 주의 깊은 접근을 요청하고 있다고 할 수 있다. 이 경우 적어도 우리가 조성기의 자성적인 소설의 면모가 새로운 리얼리티를 추구하고자 하는 비관습적인 태도의 연장임을 똑바로 인식한다면, 우리는 1980년대 후반에 대두된 자성 소설의 문화적 의미에 대해서는 물론이고, 그 와중에서 조성기의 소설이 차지하고 있는 위상을 보다 분명하게 파악하게 될 것이다.

(문학평론가)

1951년  3월 30일 경남 고성 출생.

1962년  중학교 입학.

1965년  경기고등학교 입학.

1968년  서울대학교 법과대학 입학.

1971년  「만화경」으로 《동아일보》 신춘문예 당선.

　　　　단편 「통증」, 「하얀 가시관」 발표.

1977년  서울대학교 법과대학 졸업.

1985년  「라하트하헤렙」으로 제9회 '오늘의 작가상'을 수상함으

　　　　로써 창작 활동 재개.

　　　　장편 『라하트하헤렙』 출간.

1986년  장편 『야훼의 밤』(전 4권) 출간. 이 작품으로 제4회 '기독

　　　　교문화상' 수상.

1987년  장편 『가시둥지』, 『슬픈 듯이 조금 빠르게』 출간.

1988년  장편 『베데스다』, 창작집 『왕과 개』 출간.

1989년   장편『바바의 나라』,『천년 동안의 고독』출간.

1990년   창작집『아니마, 혹은 여자에 관한 기이한 고백들』,『굴원의
         노래』,『잃어버린 마음을 찾아서──맹자와의 대화』출간.

1991년   장편『전국시대』(전 5권),『우리 시대의 사랑』출간.
         중편「우리 시대의 소설가」로 제15회 '이상문학상' 수상.

1992년   창작집『통도사 가는 길』출간.
         그동안 출간된 종교적인 장편들을 연작 형태로 모아『에
         덴의 불칼』(전 7권) 출간.

1993년   장편『욕망의 오감도』(전 5권) 출간.

1994년   창작집『안티고네의 밤』출간.

1995년   장편『일연의 꿈, 삼국유사』(전 2권), 창작집『우리는 완전
         히 만나지 않았다』출간.

1996년   장편『너에게 닿고 싶다』(전 2권) 출간.

1997년   장편『난세지략』(전 5권) 출간.

1998년   장편『내 영혼의 백야』,『실직자 욥의 묵시록』출간.

2000년   창작집『종희의 아름다운 시절』출간.

2001년   평전『맹자가 살아 있다면』출간.

2002년   평역『삼국지』(전 10권) 출간.

2003년   장편『소리 없는 아우성』(전 2권) 출간.『한경직 평전』출간.

2004년   장편『잃어버린 공간을 찾아서』,『반금련』출간.

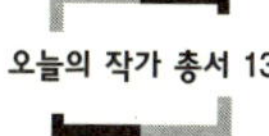

오늘의 작가 총서 13

# 통도사 가는 길

1판 1쇄 펴냄 1996년  5월 30일
1판 5쇄 펴냄 2004년  7월 10일
2판 1쇄 찍음 2005년  9월 20일
2판 1쇄 펴냄 2005년 10월  1일

지은이 · 조성기
편집인 · 박상순
발행인 · 박맹호, 박근섭
펴낸곳 · (주) 민음사

출판등록 1966. 5. 19. 제16-490호
서울 강남구 신사동 506번지 강남출판문화센터 5층 (135-887)
대표전화 515-2000 팩시밀리 515-2007

값 10,000원

© 조성기, 1996. Printed in Seoul, Korea

ISBN 89-374-2013-9 04810
ISBN 89-374-2000-7 (세트)